講談社文庫

インド倶楽部の謎

有栖川有栖

講談社

目次

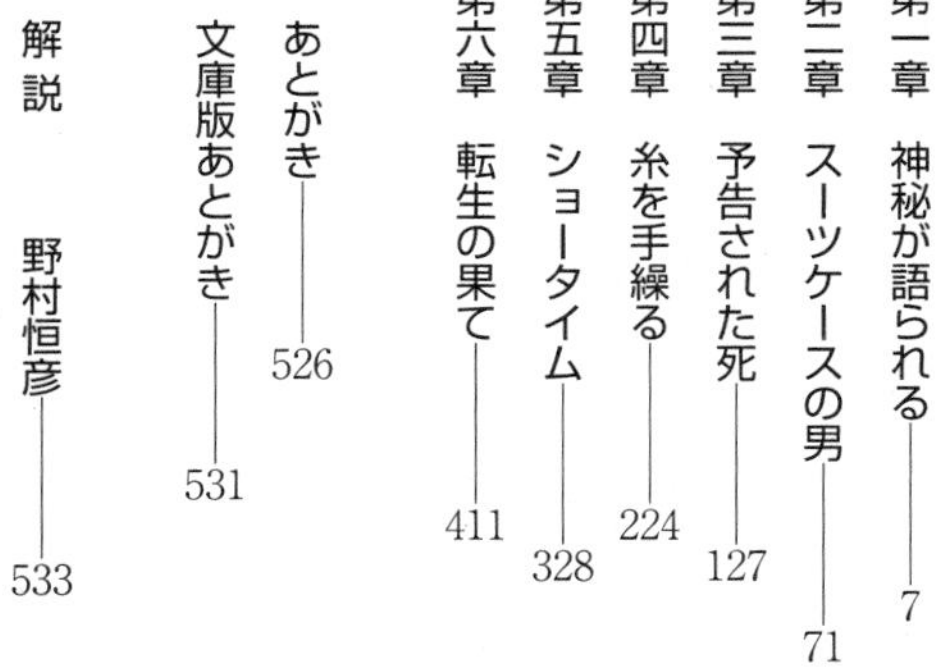

インド倶楽部の謎

第一章　神秘が語られる

1

北野の異人館街。

神戸の中心である三宮や元町から坂道をまっすぐ北へ上っていったところに広がるエリアで、新神戸駅から西へ歩いても十分ほどしかかからない。文化財保護法で指定された伝統的建造物群保存地区である。

明治・大正期に外国人の住居として建てられた西洋式の邸宅は二百棟を超したが、戦災や高度経済成長期の再開発によって多くが失われてしまった。それでも今なお、よそにはない景観がここに残り、一九九五年の震災も乗り越えて異国情緒を漂わせている。港町・神戸の観光スポットとしての人気はつとに高く、行楽シーズンの休日ともなれば、近郊あるいは遠方から訪れた人たちでごった返す。

実際に外国人が生活する住居だったものも次第に観光用の施設に転じ、多くが有料で公開されるようになった。それらは、その建築の特徴やかつての住人の国籍などにちなんで〈英国館〉〈仏蘭西(フランス)館〉〈ラインの館(やかた)〉〈オランダ館〉〈デンマーク館〉というふうに称されている。

もっとも、すべての異人館が観光施設化したわけではなく、賑(にぎ)わいから離れたところに身を潜(ひそ)めるようにして建つ邸宅で暮らす住人もいた。

急な坂を上りつめたところ、散策コースからはずれて観光客が入り込むこともめったにない界隈(かいわい)に、菩提樹(ぼだいじゅ)の木立に囲まれた屋敷(やしき)がある。木々の間から覗(のぞ)くのが大きな二階家であることは判(わか)っても、他の異人館とは趣を異にした外観をはっきりと見ることは難しい。もしそれが東西に貫(つらぬ)く北野通りや山本(やまもと)通り（通称・異人館通り）に面していたならば、必ずや〈インド館〉と命名されただろう。全体としてはコロニアル様式なのだが、インド風の装飾が柱や鎧戸(よろいど)の周辺など随所に施されている。

隣人たちは〈インド亭〉と呼んでいた。〈館〉とつけなかったのは観光スポットと一線を画す配慮もありそうだが、少しばかりスケールが小さかったためでもある。それでも敷地(しきち)面積からしてまぎれもなく豪邸なのだが。

戦前から戦後にかけて、シルクを扱うインド人貿易商が大家族で暮らしていたという。彼が帰国してから所有者は何回も替わり、五年前にある日本人の実業家の住居となった。家族は夫婦と娘が一人。

夫の名は間原郷太、四十八歳。

夜遊びにはとんと興味のない者の間でも、神戸の〈ニルヴァーナ〉の名はよく知られている。彼は、亡父から受け継いだ昭和臭の残るナイトクラブを徹底的にリニューアルし、東京や大阪にもないほどの本格的なショーが楽しめるクラブを創り上げた。ロマンティックで刺激的なナイトライフを満喫したいカップルはもちろん、インターネットで情報を得た訪日外国人も〈ニルヴァーナ〉目当てに神戸へと足を伸ばすほどだ。それを足掛かりに、現在ではレストランやステーキハウスにも手を広げ、多角化を図った事業展開がはずれたことはない。

眩しいばかりの成功を称えて、間原郷太の仇名はインドの地方を治める王の称号に掛けて〈マハラジャ〉になった。もともと本人が音の一致を意識していたのは明白で、それが証拠にサンスクリット語で涅槃——悟りの境地——を意味するニルヴァーナを自慢の店の名にしているし、その内装は多分にキッチュながらインド風である。

そんな彼であるから、インド亭が売りに出たと知るやいなや行動を起こし、仲介業者の言い値で購入した。マハラジャたるもの、値引きの交渉をするなど考えられなかったのだろう。

妻の洋子とは「ふらりと入った蕎麦屋で相席になり、ひと目惚れした。一つ年上と知って、ちょうどいいと思った」と語っているが、金満家が大衆受けを狙ってこしらえたエピソードのようでもあり、真偽のほどは定かではない。

娘の名は花蓮、十七歳の高校二年生。父の影響もあってショービジネスに関心を寄せている。芸能全般を好み、今はミュージカルに夢中。活発な性格で容姿に恵まれているが、自分がステージに立ってスポットライトを浴びることは望んでいない。

仕事上の必要があって社交的にふるまう間原郷太の私的な交友範囲は狭く、妻の洋子も非社交的ではあったが、毎月一度、自宅に五人から六人の客を招く。特別な結びつきを感じられる人間に絞って人付き合いをしていたのだ。

インド亭に集まった面々は、〈ニルヴァーナ〉から出張してきたシェフのディナー――いつもインド料理――に舌鼓を打ち、午後十時ぐらいまでとりとめのない談話を楽しむ。目的のない集まりはただ例会と呼ばれ、第二日曜日に開かれた。

2

十一月十二日。

停滞前線がたすき掛けのごとく西日本に横たわったせいで、数日前から雨天が続いた。その日は朝から雨模様で、日が傾く頃に空が耐え切れなくなったように強く降りだす。例会の集合時間は午後四時だったので、地下鉄・新神戸駅から歩いてきた者も含め、例会の参加者たちは誰も傘を開くことなくインド亭に到着することができた。

いつもなら広々としたリビングでお茶（チャイ）を供されながらまずは寛（くつろ）ぐのだが、その日は特別の趣向が用意されていたため、メンバーらは隣の談話室へと通される。中央に大きなテーブルがどんと据えられた一室で、インド人貿易商がいた時は撞球室（どうきゅうしつ）だったらしい。何代か前の所有者である会社会長は、ここに重役たちを集めて頻繁（ひんぱん）に会議を開いていたそうだが、現在はめったに使われていない部屋だ。

インドから取り寄せた品々でいっぱいのリビングに比べると、こちらは簡素である。畳半畳ほどのタペストリー――曼陀羅（まんだら）めいた模様が刺繍（ししゅう）されたもの――が三枚壁に飾られ、一隅の小卓に象の形をした真鍮（しんちゅう）製の香炉がのっているだけ。アンティークなテーブル自体が立派な装飾と言えなくはなかったが、間原郷太が購入時に業者から聞いたところによると、これはインド製ではなく、その宗主国だったイギリスから渡ってきたという。ウォルナット材のトップは年月を経（へ）てよい風合いとなり、煙草（たばこ）でできた古い焼（や）け焦（こ）げの痕（あと）さえ味わいとなっていた。

窓の外では、さっきまでより勢いを増した雨が庭木を叩（たた）いている。客たちは、この一ヵ月の近況などを交換して時間を潰（つぶ）していた。

「イベントは四時半からだったね」

右掌で気持ちよさそうにテーブル面を撫でながら、客の一人が口を開いた。メンバーの中でただ一人、間原郷太より年長の男だ。青みがかったジャージ生地のカジュアルスーツに赤いネクタイを締めており、中背ながら恰幅がいい。生え際の後退した額は蛍光灯の明かりを受けて艶やかに光り、エネルギッシュな行動家であるのを誇示しているかのよう。感情表現が豊かで、ころころと目まぐるしく表情が変わり、プライベートでは概して上機嫌である。

彼——加々山郁雄、五十歳は、東京の大学在学中にイベント企画会社を興したのをふりだしに、今では大阪を拠点とする西日本切ってのプロモーターとして名を馳せるまでになった。仕事を通じて知遇を得た間原郷太とは十五年来の友人で、〈ニルヴァーナ〉のソフト面を裏で支える心強いビジネスパートナーでもある。

「そろそろ……」

くるべき人がまだこないが大丈夫か、と言いたいのだ。主が何か応えようとしたところで、妻の洋子が入ってきた。

「皆さん、お待たせしています。今しがた出戸さんからお電話がありました。雨で道路が込んでいたのと、運転手さんがまごついたせいで予定より少し遅れていますけれど、もうお着きになるようです」

夫の郷太は「ああ、そう」と頷き、スーツの男に向き直る。

「ということです、加々山さん」

「了解。いや、待ち遠しくてね。と同時に少し不安でもある。さっきから落ち着かないんだ」

彼の右隣で、一座の中で最も年下の女が口許(くちもと)に手をやって笑った。細面(ほそおもて)の長身。ヨガのインストラクターをしているだけあって、すらりと四肢(しし)が長い。ストレートのロングヘアは黒々としていて、目許には可憐(かれん)でエキゾチックな憂(うれ)いがあった。おまけに年始のパーティで着たサリーがあまりにも似合っていたものだから、「日本美人というより東洋美人」と間原夫妻は認定している。

「いつもどっしりしていて貫禄(かんろく)たっぷりの加々山さんが、今日はここにきた時からそわそわなさっていますね。そんなに楽しみなんですか？」

年長の男は苦笑いを返した。

「ここにきた時からじゃなくて、昨日の晩からだよ。楽しみが八割で怖さ二割という感じかな。その気持ち、リンちゃんにも想像できるだろう？」

気安く名前を呼ばれた若い女――井深(いぶか)リンは「はい」と答えた。

「何が起きるのかをビデオに撮っておきたいぐらいです。『録音はかまいませんが録画は駄目です』と出戸さんに禁止されましたけれど」

「出戸さんって、どんな人？」

「ごく普通の人ですよ。齢は三十代半ばぐらいかな。色黒で口髭を生やしているところがちょっとインド人っぽいけれど、目鼻立ちはどこから見ても日本人。間原さんの方が、ずっとインド風です」

　間原郷太は彫りの深い顔に堂々たる口髭をたくわえていた。〈ニルヴァーナ〉のオーナー経営者として、インド亭の主として、自分の顔貌をインド風にするために洒落っ気で生やしているのは言うまでもない。

　なおも加々山は井深に尋ねる。

「リーディングをする先生は、インド人なんだよね？」

「もちろん。インドからお越しになっていて、来週まで日本に滞在するのだとか」

「その人には会っていない？」

「はい。今日が初対面です」

「出戸さんを仲介者にして日本人からの依頼にも応じている、ということだけど、よくそんな人と面識が持てたね。リンちゃんのヨガ教室に出戸さんが『ポスターを貼らせてください』って、ひょっこり現われるなんて大した偶然だ」

「インドに興味のある人が集まりやすい場所だと思われたんでしょうね。ヨガ教室って美容と健康のためにくる方ばかりで、別にインド趣味があって通っているわけでもないのに」

「ラッキーガールのリンちゃんが引き寄せたんだよ。おかげで貴重な体験ができる。感謝しているよ」

感謝された側は、「いえいえ」と受け流してから、

「自分の運命を知るなんて、小心な私には恐ろしくてできません。でも、加々山さんは見てもらいたいんですよね。すごい勇気だと思います」

「勇気なんてものではないけれど、絶対に知ることができないはずのものを教えてくれるというのなら、気になるじゃないか。好奇心に負けて俎板の上の鯉になるんだ。さて、何番目に俎板に上がるんだろうな」

加々山は、視線を斜め向かいの席の女——坊津理帆子に向ける。三十九歳の彼女は、元町にささやかな事務所を構える私立探偵だった。低い声がよく響き、言動は小気味がよい。加々山が評するところでは女傑タイプだが、物腰が堂々としているだけではなく、まなざしに何やら深みがあって、時としてその光が人を威圧する。

「くじ引きで決めませんか？　最初がいいとか最後がいいとか、希望のある方がいらしたら、どうぞ」

「そうだね。坊津さんがああ言っているけれど、どうする？　僕は何番目でもかまわない」

加々山が尋ねた相手は間原郷太だ。窓際に立って外の様子を見ていた主は、ゆっく

り振り返った。

「私も順番にはこだわりませんよ」

それを聞くなり「では、くじ引きで」と言って坊津がハンドバッグから手帳を取り出し、白紙のページを破ってくじを作りだす。番号を書いた紙を丸め、テーブルに並べて「どうぞ」と。

腕を伸ばして加々山が一つを取り、開くと①とある。郷太が③を引き、順番が決した。坊津は残ったものを念のために開いて、②であることを示す。

「準備万端、整いましたね。先生、今のお気持ちは?」

左横から坊津にマイクを向ける仕草をするのは、西元町で心療クリニックを開設している臨床心理士の佐分利栄吾、三十三歳。〈サブ〉と呼ばれたがるのは、それがヒンディー語で〈すべて〉を意味するからだ。

顔立ちは、目許が涼やかで知的にして端正と言ってよい。いわゆる甘いマスクをしているが、それに合わせようとするかのごとくしゃべり方や態度にどこか甘えた感じがまとわりついている。大きく波打つ頭髪は、本人の弁では美容師の技に依らない天然のウェーブとのこと。

「『お気持ちは?』ってサブちゃん、自分が何かするわけではないから、別に何ともありませんよ。私、占い師に診てもらったこともないの。だから新鮮な気分はしている」

「なるほど」と受けたところで、佐分利は正面の席の男にも架空のマイクを向ける。

「弦田（つるた）さんとしては、いかがですか？　さっきから黙っていますけれど」

男――弦田真象（しんぞう）、三十五歳――は、問われている最中に欠伸（あくび）をした。

「あ、ごめんやで。寝不足で眠たいだけなんや。俺が目ぇ瞑（つぶ）ってるの、判らんかったやろうな」

丸レンズのサングラスが彼のトレードマークの一つだ。あと三つは蓬髪（ほうはつ）と無精髭（ぶしょうひげ）と破れたジーンズ。インド音楽に精通し、初めて手にした楽器もやすやすと弾（ひ）きこなすのだが、本人は「身過ぎ世過ぎのためにライブハウスで演奏することもあるけど、俺はミュージシャンなんかやない。野生の修行僧や。千の楽器を奏（かな）でる虚無僧（こむそう）みたいなもん」と嘯（うそぶ）いている。

「これから始まることにあんまり興味がないんですか？」

佐分利は、ようやくエア・マイクを持っていた手を下ろす。

「ないこともないけど、あんまりないな」

「相変わらず鰻（うなぎ）みたいにのらりくらりと話しますね」

「鰻はしゃべらへん」

「ほら、のらりくらり」

「個性やわな、それも」

「ええ、弦田さんらしいです」

「好きでこんなしゃべり方してるのと違うんやで」

メンバーの中で最も年齢が近いとはいえ、この二人の男はまるでタイプが違っているせいで会話もえてして嚙み合わない。それでいて、彼らの一種独特のやりとりは周囲の雰囲気を和ませた。当人同士が親密さを感じているかどうかは、余人には判らない。

「今日は、花蓮ちゃんはお出掛けですか？」

井深リンが郷太に尋ねる。

「ええ。友だちとミュージカルのマチネを観に大阪へ」

「ボーイフレンドと？」

「とは聞いていませんね。あいつには彼氏はいないでしょう」

「それはお父さんの願望だったりして」

「彼氏がいたってかまいはしません。うちは自由放任主義ですよ。お堅い仕事をしているわけでもなし。お堅いどころか、ぐにゃぐにゃに柔らかいか」

門の前で車が停まる音がした。

「いらっしゃいましたね。待ち人来たる」

洋子と一緒に出迎えるため、井深が立ち上がった。玄関で二人が応対している声が聞こえていたが、訪問者たちはすぐには談話室に入ってこず、奥の応接室へと通される。事前の打ち合わせで、そこを控室（ひかえしつ）にすることになっていた。

「ゴロゴロという音がしていた。キャリーケースでも持ち込んだのかしら？」

坊津理帆子の呟（つぶや）きを受けて、弦田真象がぼそりと言う。

「まるで余興のマジシャンの楽屋入りみたいやな」

場の雰囲気をぶち壊しかねないひと言に、佐分利栄吾が「いよいよですね！」とかぶせた。弦田の失言を吹き飛ばそうという意図からのようにも取れる。

洋子と井深に続いて、二人の男が姿を現わした。一人は開襟（かいきん）シャツにツイードのジャケットを羽織（はお）ったインド人。がっちりとした体格で、目は常に見開かれたように大きく、美しく豊かな口髭と鉤鼻（かぎばな）に一同はついつい視線を注ぐ。彼こそ異国から神秘と驚異を運んできた〈先生〉だ。

もう一人の男、出戸守（まもる）は黄ばんだ麻袋を右手に提げており、まずは到着が遅れたことを詫（わ）びた。遅刻といっても、ものの十分足らずである。

井深が言ったとおり、出戸はどこにでもいそうな男でこれといった特徴はなく、いでたちは、サファリジャケットの下に黒いTシャツ。首に翡翠（ひすい）らしい石がついたネックレスを掛けているのが目を引く。口髭は先生のものよりずっと控（ひか）えめで、チャップリンに近い。口を開くときれいに揃(そろ)った白い歯が覗き、よく通る声が部屋に響いた。

「お待たせいたしました。こちらがナーディー・リーダーのラジーブ先生。南インドのチェンナイからおいでです。私は出戸守と申しまして、先生とリーディングを希望なさる日本人とのコーディネイトを務め、現地ツアーのご案内などもしております」

彼が話す傍(かたわ)らで、ラジーブは両手をテーブルの上に置き、まっすぐに前方を見つめている。正面の壁と無言で対話でもしているかのごとく。

「本日はよろしくお願いいたします。この後、会食のご予定だと伺っていますので、皆様の夕食の時間に重なってしまわないよう、さっそく始めましょうか」

出戸が手にしていた麻袋をテーブルの上に置くと乾いた音が鳴り、全員の視線がそこに注がれる。そんな反応を楽しんだのか微(かす)かに笑ってから、彼は中身を取り出して掲げた。ラジーブは身じろぎもしない。

袋から出てきたのは、細長い何かを紐(ひも)で束(たば)ねたもの。木札に見えた何かは短冊状に切り揃えた椰子(やし)の葉で、一枚ずつに異国の文字が細々(こまごま)と綴(つづ)られていた。それぞれの幅は三センチあるかなしか、長さは三十センチほど。

「それが……あれですか？」

食い入るように見つめながら、加々山が問うた。出戸は答えて——

「はい。これがアガスティアの葉です」

3

出戸は朗々と、かつ厳(おごそ)かに語りだす。

「今から五千年ほども昔、聖者アガスティアはすべての人の運命を書き記しました。シヴァ神やガネーシャ神が聖者に語り給(たも)うた予言と聖者の占星(せんせい)術によって得られた真実で、この一枚一枚にある人の誕生から死までのみならず、前世さえも古代タミル語によって詩の形で記述されているのです。それが現在まで伝わっていることは奇跡と呼ぶしかないことで——などという解説は皆様には無用でしょう。あらかじめ提出していただいたものを頼りに、リーディングを希望なさる方の葉を捜し出し、ラジーブ先生に日本までお持ちいただきました。それが皆様の目の前にあるというわけです」

日本語が理解できないはずのラジーブが、わずかに頷いた。出戸の話の流れを承知しているのだ。

「リーディングを行なうためには、古代タミル語の理解の他にも特殊な技能が必要で、ラジーブ先生は十六年かけてそれを習得なさっています。日本にいらしたのは今回が三度目。貴重な機会と申すしかありません」

さっそく始めましょうか、と言ったわりに前置きが長い。本人もそれに気づいたのか、咳払いをして口調を改めた。

「では、リーディングにかかりましょう。どなたから？」

加々山が「僕」と手を挙げると、近くにくるよう手招きされ、ラジーブのそばの席に移動した。すると、出戸が朱肉とコピー用紙をバッグから取り出して右手親指の指紋を求めたので、加々山は出戸に質す。

「指紋でしたら事前にお送りしてありますが、またですか？」

「その指紋に基づいて、あなた様の運命が書かれたものを選んできましたが、ここには三人分の葉があります。そのうちのどれかを確認するためです」

それぞれの椰子の葉の束には、指紋のコピーのタグがついていた。それと照合するための押印だと知り、加々山は納得した。三つのうちのどれが加々山のものかが特定される。

「では、開始です。これから先生がなさる質問にイエスかノーかでお答えください。簡単な英語によるやりとりですが、もしも意味が判りにくい場合は私が通訳いたします」

「英語は得意じゃないけれど、仕方がありませんね。がんばります」

「もう一つだけお断わりしておきます。質問の順が不自然に思われることがあるかもしれませんが、それはそういうものだとご理解ください。では——オーケー」

出戸とラジーブの間で、アイコンタクトが交わされ、一座は、しんと静まり返った。加々山の顔をまったく見ず、椰子の葉に視線をやったままナーディー・リーダーが最初の問いを放つ。

『あなたには妹がいますか？』

インド訛(なま)りなのか、耳慣れない抑揚(よくよう)があったが、明瞭(めいりょう)で聴き取りやすい英語だった。声は高めだ。

加々山は「イエス」と答える。

『あなたを産む時、母親は大きな苦痛を感じましたか？』

「相当な難産だったと聞いて……ああ、イエス」

『あなたは、日々、色々な人と接する仕事をしていますか？』

「これもイエスだな。――イエス」

『仕事でよく遠くに行きますか？』

「イエス」

『子供の頃から犬を可愛(かわい)がっていますか？』

「イエス」

『あなたは結婚していて、一人の息子を持っていますか？』

「イエス」

加々山が迷わず「イエス」と答える質問が九つ続く。

『あなたは、三十歳の時に失恋をしましたか？』

彼は三十代半ばで結婚したことを仲間たちはみんな知っていた。それ以前の話だ。

「――イエス」

一瞬、絶句してから加々山は答えた。誰も知らないはずのことを言い当てられたことに衝撃を受けたのか、古傷が疼いたのかは本人にしか判らない。

『あなたは五十歳ですか？』

「イエス」

『西暦にして、あなたは一九六七年九月三十日生まれですか？』

それまでは淡々とした質疑の応答だったが、この十二番目の質問で加々山は表情を硬くした。

「イエス」そして、小さく独白。「剣先がいきなり懐に飛び込んできたな」

部屋中の緊張が高まる中で、出戸は涼しげな顔をしている。すっかり見飽きた展開だ、とでも言うかのように。

ここでラジーブは、なおも椰子の葉に視線を落としたまま告げる。

『あなたの父親の名前は、カガヤマ・サッダオ。母親の名前は、カガヤマ・カァツヨ。あなたは、カガヤマ・イックオ』

日本人の名前は発音しにくそうだったが、全員がサダオ・カツヨ・イクオと聴き取った。それがすべて的中していることに、加々山は驚きを表わす。

「……今のは質問ですか？　違うのかな。質問だとしたら、イエスイエス。そのとおりです！」

ほおっと、何人かが声を洩らした。誰もが感嘆したわけでもなく、逆に白けた表情をそっと顔を伏せた者もいる。

「この葉で間違いないようですね」出戸が言葉を挟む。「慎重に選んでお持ちしたとはいえ、なにせ〈アガスティアの館〉に保管されている葉の数は膨大ですから、中にはよく似たものも存在します。念のために第二、第三候補の葉もスーツケースに入れて持ち込んでいたのです。それを隣の部屋から取ってこなくてよくなりました」

佐分利が拍手の手真似をした。

「お見事です。その葉が加々山さんの運命を記したものだと確定するまで十分もかかりませんでした。いつもこんな感じなんですか？」

出戸は答えて「いえいえ、異例のスピードですよ。が、ラジーブ先生について言えば、たいていこうです。非常に目が利いて能力が高いので。だからこそ、一度に三人の方のご依頼をお引き受けいたしました。正しい葉を見つけ出すまで、リーダーによっては何時間もかかることはざらですし、一日では捜し出せない場合もあります」

「ふぅん、そら素晴らしいなぁ」弦田が平板な声で言う。「でも、ここからが本番ですね、加々山さん。両親の名前や家族構成てなもんは、教えられんでも知っているんやから」

日本語が通じないラジーブはさて措き、この皮肉っぽい物言いに出戸が気分を害したかというと、そうでもない。澄ました顔で頷いている。

「そちらの方のおっしゃるとおり、加々山様の過去と現在についてはご当人が先刻承知のことで、お知りになりたいのは未来のはず。――将来の何について先生にお訊きになりますか？」

加々山は小さく深呼吸をしてから、出戸に向かって答える。

「事業運というか、仕事の先行きについて教えてください」

仲介者は「ビジネス」とだけ伝え、リーダーは椰子の葉をめくって該当する箇所を捜す。アガスティアの予言は何章にもわたって綴られているから、該当箇所を捜しているのだ、という旨の説明を出戸は加えた。

『あなたは多くの人に楽しみを提供する仕事に従事し、これまで成功を収めてきた。その成功の果実は年月を経るほどに大きく育ち、あなたに金銭的な豊かさと精神的な満足をもたらす。自分の意志で仕事を退こうと決めるまで成功は持続するが、途中で苦難も訪れるのは避けられない』

にわかに言葉が長くなり、これまでより複雑な構文になった。肉体的な負荷に耐えるかのように、加々山は苦しそうな表情で聴き取りに努める。

『五十二歳の時、信頼していた者の裏切りに遭って、順調だった仕事に乱れが生じる。あなた自身も周囲からの信頼を失いかけるが、新しい知人の助けを借りて乗り切り、五十三歳で安定が戻る』

「だいたい判りましたが、つまりこういうことですか？」

英語に自信のない彼は、出戸に確認を求める。ちゃんと聴き取れていた。

「私の英語力もまんざらではないな。――健康面については、どうでしょう？」

ラジーブは、また椰子の葉を繰る。

『幼い頃から健康だったあなたは、大きな病とは無縁のまま人生の大半を送る。死の原因も病ではない』

加々山は、その言葉の含意を探ろうとする。病と無縁なのはありがたいが、死ぬまで健康ということは不慮の事故で死ぬのか、と質したのだ。出戸はすぐには通訳せず、問い返す。

「他の皆様がお聞きの場で、そこまで尋ねてもよろしいですか？　今回のリーディングは親しいお仲間を集めて公開する、とは伺っていますけれど」

「ああ……いや、どうしようかな」

照れたような笑みを浮かべて、周囲を見回した。アガスティアの葉のリーディングを公開で行なうことを言い出したのは坊津で、加々山は積極的に賛成した身だ。ラジーブは、返答に迷う男を穏やかに見つめている。

「加々山様が、いつどのようにして生を終えるのかについても、あの葉には書かれています。その時にどなたが看取ってくださるのかも。さすがに、そこまでをお仲間に伝えなくてもよろしいのでは？　立場を弁えず僭越なことを申しますが」

出戸の助言を加々山は受け容れた。

「おっしゃるとおりですね。リーディングを始める前とは心境が変わりました。私の最期について書かれた箇所を読み上げるのは、やめていただきましょう」

テーブルを囲んだ顔がいくつか頷くのを見てから、彼は尋ねる。

「アガスティアの葉には、私が死ぬ正確な日付まで明記されているんですよね？」

今さら確認するまでもないことだ。出戸は「はい」と答えて——

「お知りになりたいですか？　断乎拒絶される方もいれば、ぜひ聞いておきたいと望まれる方もいらっしゃいます」

加々山はジャケットの胸ポケットからやにわに手帳を取り出すと、あるページを開き、ボールペンとともにラジーブに差し出した。

「このチャンスを逃すのは惜しい。黙ったまま、そこに日付を書いていただけますか？　何年何月何日ということだけにしてください。自分がどういう死に方をするのかは恐ろしくて聞けません。——出戸さん、先生に通訳をお願いします」

「承知しました。日本式に年・月・日の順の表記にしてもらいます」

加々山のリクエストは承諾された。唇を結んだままのラジーブから手帳を返された彼は、ためらわず胸ポケットにしまうと、一つ溜め息をついた。

「これで満足です。もうお腹いっぱいというか、胸いっぱいというか、気が済みました。ありがとうございます。——サンキュー・ベリー・マッチ、マイスター」

そして、二番手の坊津理帆子と席を替わる。私立探偵は、ふだんにない神妙な面持ちで「どうぞよろしくお願いいたします」と頭を二度下げた。

まずは指紋の確認作業。女性の場合、左手の拇指紋によって照合が行なわれる。そのように決まっているのだ。

ラジーブは指紋を見比べ、しかるべき椰子の葉の束を手許に引き寄せて、質問を開始した。

『あなたは一人っ子ですか？』

「イエス」

『あなたは川のそばで生まれましたか？』

「イエス。……まぁ、すごい」

『あなたが生まれたのは夜中ですか？』

「イエス！　ジャスト・ミッドナイト。マイ・マザー・トールド・ミー」

『あなたは法律を勉強しましたか？』

「……イエス」と答えてから呟く。「一応、大学では法学部だったから」

『子供の頃、喉の病気に悩まされましたか？』

「オオ、イエス。喘息でした。アイ・ワズ・アストマ。……アストマってドイツ語だったかしら？」

彼女は、日本語や英語で注釈をつけながら答えていく。それがおかしいのか、佐分利が含み笑いをする。

『あなたは結婚したことがありますか？』

「イエス」

『夫は亡くなっていますか？』

「イエス」

『あなたは、亡き夫から仕事を引き継ぎましたか？』

「イエス。ビコーズ・アイ・ライク・ヒズ・ジョブ」

遠慮がちに出戸が注意する。リーダーの集中を削ぐのでイエスかノーか以外のコメントを返さないでください、と。

「ソーリー。申し訳ありません。——ねぇ、出戸さん。どうやらこの葉っぱ、私の葉に間違いないようなんですけれど」

「まだ判りません。先生に続けていただきましょう」

質問再開。

『あなたは十八歳の時、心に大きなダメージを受けて死を考えましたか？』

坊津理帆子は、とっさに胸に手をやった。心臓が跳ねでもしたかのように。動揺を見せながらも手の位置はそのままに、はっきり「イエス」と答える。

『あなたは三十九歳ですか？』

「イエス」

『西暦にして、あなたは一九七七年十二月八日の生まれですか？』

「イエス」

『あなたの父親の名前は、ミヤケ・シューイッチ。母親の名前は、ミヤケ・カヨ』

固有名が出てくると、坊津は息を吞んだ。

『あなたは、ボウツ・リホコ』

彼女は「イエス」と言いながら、ラジーブに向かって手を合わせた。

「目的の葉に巡り合えて、何よりです」出戸は依頼人を祝福してから、次のステップに誘導する。「どんなことをお知りになりたいですか？」

彼女はすぐには出戸にもラジーブにも答えず、テーブルを囲む仲間たちに語りかける。

「仕事のことについては、知ろうと思わないんですよ。一生懸命にやって、結果がどうなるかは神のみぞ知る、ということで結構。その方が、働きがいを持てそうです。秘密を探るのを仕事にしているから、そんな性分なのかもしれませんね。だから、いずれ嫌でも判ることではなく、アガスティアの葉に尋ねるしかない質問をさせてください。それは、自分の前世について。――伺ってもかまいませんね？」

出戸は「もちろんです」と答え、ラジーブに取り次いだ。ナーディー・リーダーは椰子の葉から該当箇所を捜し始める。

「あっ、すみません、出戸さん。私は何度も転生しているのでしょうね？　すべてを読み上げていただいたら、時間がかかりそうですけれど……」

まだ間原郷太のリーディングが残っているため、坊津は時間を気にした。

「ええ、そうですね。質問の幅を狭めていただければ大丈夫かと思います。一つ前の人生について聞きたいだとか、最も古いものが聞きたいだとか」

「百五十年ぐらい前に、私はどこでどんな生涯を送ったのかを教えてください。長くなるようでしたら要点だけでもかまいません。きっとその時代には地上にいたはずなんです。ここから遠い遠い土地に」

　坊津は訴えるように言ったが、出戸はその枝葉は切り落とし、『依頼人は百五十年ほど前の前世が知りたいそうです』とだけ伝えた。ラジーブが何か言葉を返す。日本人に馴染(なじ)みの薄い単語が入りそうなので、出戸に同時通訳を求めたのだが、それは全員が歓迎するところだった。

　前世については異なる章(カンダム)に書かれているという。葉をめくる乾いた音がしばらく続いたが、やがてナーディー・リーダーの手が止まった。

『あなたは、北インドのアワド太守(ナワーブ)に代々仕えてきた武官の家の長男として、ゴーラクプルでこの世に生を享(う)けた』

　ラジーブが読みだしたところで、「インド！」と洋子が声を発してから、慌てて口を噤(つぐ)んだ。他の者たちも、はっとしたように顔を上げる。ある者の目には驚きが、ある者の目には戸惑(とまど)いが、また別のある者の目には戦慄(せんりつ)に近い色が浮かんでいた。

『名前はアジャイ・アラム。生家は正方形の中庭を持ち、非常によい水がいくらでも汲(く)める井戸があった。玄関は東向き。そこで両親の愛情を注がれながら育ったあなたは利発にして活発。父親の薫陶(くんとう)よろしきを得て少年の頃より武芸に秀(ひい)で、豪胆さと勇敢さは誰もが認めるところだった』

　坊津は、体が硬直してしまったかのようで、身じろぎもしない。突き上げてきた感情を内に閉じ込めているためか。

『幼馴染みの領主の娘と愛し合い、十一歳で将来結婚することを約束するが、血の臭いとともに戦乱の雲が南から押し寄せた。大英帝国によって廃されたアワドの太守を復位させるため、十八歳のあなたはインド各地で起こった兵士らの叛乱に勇ましく身を投じ、デリーを目指すも、行き着くことはかなわない。野営中、思わぬところで遭遇した敵と銃撃戦になり、凶弾に胸を撃ち抜かれたあなたは暗い川に落ちて命を落とした』

　アジャイ・アラムの生涯は短く、坊津が案じたほどの時間を取らなかった。聞き終えた彼女は放心状態の態で、両手で口許を覆っており、指の間から微かな呻き声を洩らした。

　雨音が強くなったせいで、ただならぬ雰囲気が強まる。

　坊津以外にもショックを面にしている者がいた。間原洋子も瞠目して口許に手をやり、井深リンは狼狽したふうに視線をきょろきょろ泳がせているし、加々山も大きく心を動かされたようで、意味もなく耳のまわりの髪の毛をいじっていた。それ以外の者たちも新たに生じた感情をめいめいが押し殺しているのか、どことなく所作がぎこちない。

「もっと詳しいことが書いてあるんですか？　たとえば、私と愛し合った娘の名前は？」

出戸を介して坊津が尋ねると、答えはすぐに返ってきた。

『シャンバビ』

「シャンバビ……シャンバビ」

彼女は二度復唱して、俯いて目を閉じる。その名前を胸に刻むため、いったん外界から意識を遮断したかに見えた。

「他にご質問は？」

出戸に促されて、ようやく晴れ晴れとした表情で顔を上げた。

「長年の疑問に終止符を打てましたから、もう満足です。あれもこれも尋ねるよりも、これ以上のことは知らないままにしておきたいと思うんですけれど、もう一つだけ」右手の人差し指を立てる。「私がこの世を去る日を、加々山さんと同じやり方で教えてください。紙をお渡しするので、ちょっとお待ちを」

ハンドバッグから真っ赤な表紙の手帳が出てくる。薄くて小ぶりなそれは業務用のものではなく、ごく私的な予定や心覚えを書き込むためのものである。

「栞紐を挟んだページにお願いします」

ラジーブは再び手許を隠しながら、依頼者が望むとおりにした。返してもらった手帳をバッグに戻す前に、坊津はそれを頭上に掲げて朗らかに言う。

「もし、できることなら……お医者様から余命を告げられるなど、死期が迫ってきたところで自分が死ぬ日を見ます。残された時間を知ることによって、最大限有効に使いたいからです。これなら想い出のあそこに行けるな、とか。懐かしいあの人とあの人に会う時間があるな、とか。身辺の整理だってしやすくなるでしょう。死は突然にやってきて、そんなことをする余裕はないのかもしれませんけれどね」

「名案だと思いますね」

彼女は、発言者に向き直った。

「加々山さんもそう思いますか？　じゃあ、同じようになさればいいんですよ」

「医者に見せながら、治療方針の参考にしてもらうのもありですね。無駄なことをされないように」

「ああ、それもよさそう」

と言ったところで坊津はバッグを手に立ち上がり、席を空けた。間原郷太の番が回ってきた。残されたアガスティアの葉は一つなので、指紋を照合する段取りは省かれる。

「最後は私です。どうかよろしくお願いいたします」

着席してから一礼した彼は落ち着き払っていたが、洋子は離れた席から心配そうに見守っていた。

『あなたには、一人の姉がいますか？』

「ノー」

初めてのノーに「えっ？」と反応した者がいたが、ラジーブは重ねて問う。

『あなたにはかつて一人の姉がいたが、亡くなっていますか？』

「ああ……イエス」

質問が続行される。

『あなたの父親は、歌や踊りに関係する仕事をしていましたか？』

「イエス」

『あなたも歌や踊りに関わりのある仕事をしていますか？』

彼が人生を懸けて築いた〈ニルヴァーナ〉に歌と踊りは欠かせない。

「……イエス」

『その仕事を始めたのは、二十五歳からですか？』

「答えにくいですね」彼は、出戸に助言を求める。「その頃から父譲りの店を作り直して〈ニルヴァーナ〉を興しましたが、二十六歳とも言えるんです。どうしましょう？」

「イエスにしておいてください。これがあなたの葉でなかったら、いずれノーと答えるしかない質問が出ます」

その後は「小鳥を飼っていたことがあるか？」だの「泳ぐのが得意か？」だの答え

やすい問いが続き、郷太は躊躇のない「イエス」を三つ返した。

『二十歳前後のあなたは、父親に反抗して奔放にふるまいましたか？』

「イエス」

『あなたは、二十五歳で結婚しましたか？』

迷うことのなさそうなこの質問に対して、彼の返事は少し遅れた。

「……イエス」

『その妻は、自然の災害で亡くなりましたか？』

「……イエス」

『その妻が死んだのは山の近くですか？』

「……イエス」

『その妻が死んだのは夜ですか？』

「……イエス」

〈その妻〉に関する質問が連続するため郷太は居心地が悪そうで、そんな彼を洋子が心配そうに見つめている。

『その妻が死んだ日、雨が激しく降っていましたか？』

質問にかぶさるように「イエス」と答えた郷太は、深く吐息してから誰にともなく言った。

「しつこいですね。もう充分じゃないか。これは私のことだ」

日本語を解さないナーディー・リーダーはそれを無視する。

『二番目の結婚をしたのは二十七歳の時ですか？』

「えっ？　ああ、イエス」

『二番目の妻、つまり現在の妻と知り合ったのは二十六歳の冬ですか？』

「イエス」

『その妻とあなたの間には、一人の娘がいますか？』

「イエス」

『あなたは、四十八歳ですか？』

終わりが近いことを予告する質問にたどり着いた。郷太本人は、すでに「これは私のことだ」と結論を下しているようだが。

「イエス」

『あなたは一九六九年六月十八日の生まれですか？』

「イエス」

『あなたの父親の名前は、マハラ・カンイチロウ。母親の名前は、マハラ・カッズミ。あなたは、マハラ・ゴータ』

「イエス。ザッツ・コレクト。アイ・アム・マハラ・ゴータ」

驚くのはもう済ませた、とばかり郷太は静かに応じた。ここまでのやりとりで疲れたのか、右手で左肩を揉む。

「私の過去がその葉に書かれていることはよく判りました。未来についても記録されているということですが……」

依頼者の言葉が途切れたので、出戸が促す。

「どういったことを知りたいですか？」

二つの章まで調べて答える、という約束になっていた。それ以上は別途相談で、追加の料金が発生することも聞いている。郷太の返答は、多くの者が予想しないものだった。

「アガスティアの葉の予言が本物であることが判り、心から感動しました。ありがとうございます。はるばる日本にお越しになり、拙宅までご足労いただいた先生に申すのも恐縮ですが、それだけでもう充分です。運命というものがあるのを信じた上で、今から死を迎えるまでの時間、精一杯生きていくことにします。最期まで無心に生き抜くため、未来を知ろうとは思いません」

無理な注文をつけられたわけではないが、出戸は少し戸惑ったように言う。

「せっかくの機会ですが……それでよろしいんですか？　気が変わって知りたくなっても、この次はご自身の葉を捜し出せないかもしれません」

「かまいません。先生には、私が深く感謝していることをお伝えいただけますか？非礼のないように」

郷太ならば今後の事業を展開する上での参考にと、その方面の未来について熱心に訊きたがると思っていた者が多かった。佐分利は拍子抜け（ひょうしぬ）けした顔をしたが、彼の妻と坊津は、それはよい判断だ、と賛同するように頷いていた。

最後に、ラジーブから授けられた言葉を出戸が通訳する。

「聖者アガスティアの予言に誤りはありませんが、天から与えられた運命といえども、その人の力によって変えることも可能です、また、誰もが抱（かか）え持つ業（カルマ）を消すことで、よりよい一生を送ることもできます。そのためには定まった寺院への巡礼を繰り返さなくてはなりません。ここにお集まりのお忙しい皆様には、実際は困難極まりないでしょう。それでもぜひに、とお考えになることがあれば、ご相談に乗りましょう」

ご用命の際は出戸まで、という案内でスペシャル・イベントは締め括（しくく）られた。

洋子がお茶を勧めるのを断わり、ラジーブと出戸はインド亭を辞する。電話で呼んだ迎えのタクシーが門を抜けて雨よけの突き出した玄関先に着くと、全員が席を立って二人を見送ろうとした。

「ご希望の方のアガスティアの葉がすべて見つかり、万事つつがなく終了して何よりです。では皆様、よい夕べをお過ごしください」

大きなスーツケースを後部のトランクに収納し、タクシーに乗り込む直前に出戸は言った。奥のシートに掛けたラジーブも軽く会釈をする。

間原郷太と洋子は寄り添い、夫は妻の背中に手を置いていた。

加々山郁雄は、手帳を収めたポケットのあたりをひと撫でした。

坊津理帆子は、拝むように胸の前で手を合わせていた。

佐分利栄吾は、軒先から滴る雨粒が肩に当たっているのに気づいていない様子だ。

弦田真象の表情は、サングラスによって誰にも窺えない。

車はゆっくりと動きだし、門を出るとすぐに右に曲がって消えた。あとは常夜灯がぼんやりと照らす庭に雨が降るばかり。

「まるで夢を見ていたみたい」

井深リンが、ぽつりと言った。

4

同日午後七時。

私・有栖川有栖は、阪急電車の梅田駅から遠からぬ居酒屋で、友人と相対していた。雨が降っていたので手近に店を選んだのだが、京都まで帰る友人のためにも駅の近くは都合がよかった。突き出しの小皿に続いてビールが運ばれてくると、乾杯することもなく手酌でまず一杯。

「小洒落た店だな。ふらりと飛び込んだにしては上出来だ」

英都大学社会学部の火村英生准教授は、小さな幸運を噛み締めているようである。店構えからして大漁旗や民具などでごてごて飾られているのかと私も思ったら——そういう賑やかなのもいいのだが——、明るい木目調で統一されたシックな内装で、すっきりしている。テーブルの配置には余裕があり、ほとんどの席が埋まっているのに客層がいいのか店内のざわめきも控えめだった。値段がリーズナブルなのは店頭に出ていたメニューで確認してあるから、これで料理がおいしければ大当たりだ。

「忙しいんか？」と私は訊く。

「忙しいな。大学の雑務も多くて」

「今月は下旬になったらひと息つけるやろう」

「まぁな」

「日曜日を返上してのフィールドワーク、ご苦労やったな。収穫はあったか？」

犯罪社会学を専門とする火村は、二年前に解決したある殺人事件の関係者に話を聞くため、京都から大阪まで出向いていたのだ。調査は夕方には片づき、どうせ大阪で晩飯を食べるのなら、と思った彼から連絡が入った時、私は梅田の書店を回って次作の資料を漁っているところだった。夕陽丘の自宅マンションにいたら、億劫だから雨の中を出てこなかったかもしれない。

待ち合わせ場所に現われた火村准教授は、濃紺のオータム・コートの下に白いジャケット姿。見慣れぬコートはこの秋に買ったばかりのようだが、よく着ている白ジャケットは街角で似合わない季節になってきた。ネクタイをルーズに締めているのも、いつもどおりである。

「フィールドワークでは興味深い話が聞けたよ。だけど、お前が書く小説の参考にはならないだろうな。よくある隣人トラブルに端を発した事件で、謎解きを主体としたミステリの題材にふさわしい特異性はない」

「小説のネタが拾いたいから会うたわけやない。居酒屋でぐちゃぐちゃ延々としゃべりながら飲み食いする機会が久しくないなぁ、と思うてたから誘いに乗ったんや。――おっ、第一陣がきたで」

刺身の盛り合わせ、ソーセージ、温泉玉子入りのシーザーサラダがテーブルに並び、私たちは同時に割り箸をパチンと鳴らす。どうでもいいが、何故この行為を「割る」と言うのだろうか？　茶碗じゃあるまいし、箸を割るというのは妙な表現ではあるまいか、などという疑問は頭から振り払い、取り急ぎ空腹感を鎮めにかかった。まだ判定を下すには早いが、この店はどうやら大当たりだ。

「今日は犯罪の話は抜きや。他愛もないことを話そうやないか」

私の提案に、彼も異存はない。提案というより、これは実のところ自分に対する戒めに近かった。火村英生は異色にして異能の学者で、警察の協力者として実際の犯罪捜査に加わり、ミステリに登場する名探偵のごとく事件解決に何度も貢献をしている。これもフィールドワークの重要な一環で、彼はいわば〈臨床犯罪学者〉だ。そして、しばしば私はその助手——らしき役目——を務めるのだが、同行しない場合も多いため、ついつい彼と出会うと「最近、どんな事件があった？」と訊いてしまう。これはよくない。大学時代から十四年来の付き合いになる友人としては、彼を犯罪から解放する時間を作ってやるべきなのだ。

彼に心を開ける恋人や妻がいればよいのだが、三十四歳にしてまったく女っ気がない——私が知る範囲において——から困ったものだ。もっとも、それはベストセラーと無縁のミステリ作家である私も同様なのだけれど。

火村が研究対象とする犯罪は、ほぼ殺人事件に限られている。そこまで殺人に強い関心を向けるのは、彼自身が「人を殺したいと思ったことがある」ためだと言うのだが、実行に移さなかったのであれば暗い想念から離れればよいものを、彼はその奥を覗き、探ろうとする。研究するだけならまだしも、殺人者が罪を免れることが赦せず、学究の道に進みながら刑事と同じことをしようとする。いかなる心的メカニズムが働いているのか不明で、理解しがたいところが彼の面白さであり、何やら不穏で放っておけない理由でもある。

フィールドワークに同行していて、彼が事件の関係者たち——犯人を含む——から様々に言われるのを聞いた。「プロのギャンブラーのよう」と評されたこともあれば「外科医っぽい」と言われたこともある。人によって火村は「やくざの顧問弁護士」にも「孤高の園芸家」にも「ベンチャービジネスの起業家」にも「昔バンドをやっていた（職場で浮いてる）会社員」にも映るらしいが、「大学の研究者」と「刑事」には見えないようだ。

「いいぜ。他愛もない話をぐちゃぐちゃ延々と、で」

私たちのテーブルは奥まったところにあり、他の客の声は届きにくかったのだが、大声を出す者がいれば嫌でも耳に入る。「ミサイルが」「金正恩（キムジョンウン）は」という言葉が聞こえたので、テレビのニュースを観ながら思ったことを口にする。

「北朝鮮が開発してる長距離弾道ミサイルは〈火星〉。なんでそんな名前がついたのか、由来を知ってるか？」

「あいにく知らないな。戦いの神、マルスから取ってるんじゃないのか。火星は、赤くて血の色を連想させるというだけでマーズと命名された」

「ま、そんなところかな。別に不可解なネーミングでもないけど、〈火星〉というのはやばい」

「どうして？」と彼が訊いたところで、第二陣がやってきた。う巻きと蛸の天婦羅。

「ノストラダムスの大予言にあったやないか。世界の終わりについて書かれた象徴詩、覚えてるか？　正確には暗唱できへんけど、こんな感じや。一九九九年七の月、何とか大王を甦らせるために空から恐怖の大王が降りてくるだろう。その前後、マルスが統治するだろう」

「どこをどう読めばそれが世界の終わりの予言と解釈できるのか謎だ」

「俺にもそれは解説できへんけど、ここがノストラダムスの予言の中で一番有名な箇所やろ。少なくとも日本では。世界の終末に何かが『空から降ってくる』んや。それは『マルス』に関係があるらしい。ときたら、これは〈火星〉というミサイルを暗示してるんやないか？」

「だから『やばい』？　ンなもん、全然やばくねぇよ。真面目に言ってるんだったら、お前の方がやばい」

期待どおりの反応が返ってきたので、にやにやしてしまう。彼は、予言や占いの類を爪の先ほども信じず、むしろ毛嫌いしていることをよく承知した上でからかってみただけだ。この男は、ついでに神の存在も信じていない。

ノストラダムスの象徴詩が如何様にも解釈できることを講釈しようとする気配を感じたので、それは止めた。さすがにネタとして古すぎる。

「ノストラダムスの予言は、あまりにも曖昧やわな。的中した予言はすべて偶然の産物である、はずれた予言はそもそも語られずに消える、という理屈は火村先生のご高説を伺うまでもなく、俺も判ってるわ。けど、この世には条理を超越した現象もあるんやないか?」

こういうテーマこそ、ぐちゃぐちゃ語るにふさわしい。火村は二杯目のビールを飲みながら乗ってくる。

「そりゃ、人類がまだ解明していない現象は数限りなくあるだろう。二百年前の人間の前で電話を使って見せたら、彼らは超常現象だと思うに違いない。俺たちのご先祖は、火山の噴火や雷を神の怒りと信じていた」

「どんな現象も原理や法則が未知なだけであって、いずれは解明できる、と?」

「人類が滅亡しなければ、そのうち色んなものに説明がつくさ。どこが人類という知的生命体の限界なのかは知らない」

「何から何まで解明されるとも思えんけどなぁ。それに、幽霊は本当にいました、UFOは実在していて宇宙人が飛ばしていました、と証明されるかも」

「宇宙人がいてもいいけれど、気持ちが悪いからユーフォーと発音するな。あれは日本以外ではユー・エフ・オーなんだ」

どこかで聞きかじったのか語学が堪能な故なのか、神経質な指摘をしてきた。

「お前の言うとおりかもな。幽霊やユー・エフ・オーについては、トリックで説明がつくことも多いし。けど、中にはトリックとは考えられへん事例もある」

「巧妙なトリックが見破られていないだけさ」

とことん懐疑的である。

「火村先生の手に掛かったら、たちどころに解明か？　せやけど、どんなトリックを使うたんか見当もつかん謎もあるやないか。たとえば、前世の記憶」

「そんなものが不思議か？」

あっさりと言ってくれるものだ。

「不思議やないか。小さな子供が『僕は、ナントカ村の奥にある谷間で生まれたことがある。棕櫚の木に囲まれた尖がり屋根の家だった。お父さんの名前はA、お母さんの名前はB。弟と妹が三人ずついた。木登りが得意で、八歳の時に枝から落ちて死んだ』とか言いだすので、普通の地図にも載っていないようなその寒村に行ってみたら、そんな家や子供がかつて実在していた、というケースが世界各地で報告されている。これに生まれ変わり以外のどんな説明がつくんや？」

「前提の信憑性に問題がある。ただの作り話なんじゃないか？」

「俺も本で読んだだけやから保証はできんけど、こういう事例の全部が作り話と断定できるか？　その子供が、絶対に学習する機会がなかった外国語でしゃべりだすこともあるんやぞ。常識だけでは考えられへんやろう。奇怪千万、摩訶不思議と言うしかない。子供に起きることが多いらしいけど、大人に関する事例もある。触ったこともなかったピアノを、ある日、急に演奏できるやなんていうことも説明不能や」

　ソーセージにマスタードを塗る手を止めて、火村は私の顔をまじまじと見た。

「アリス。お前、輪廻転生を信じていたのか。長い付き合いなのに知らなかった」

「信じてるわけやない。不思議なこともあるもんやなぁ、と思うてるだけや。生まれ変わり以外の答えがあるなら知りたいなぁ、と。ミステリに仕立てられへんか、考えてみたんやけどな。――最後のソーセージは俺がもらうぞ」

「ミステリ作家の性分として、謎解きに挑みたいだけか。それで、もっともらしい仮説ぐらいは思いついたのか？」

「考えると同時に、関連する本を読んだこともある。俺が仮説を立てるまでもなく、色々と書いてあったわ」

　最も素朴なのは、前世を語る当該人物が嘘をついている、という説。子供の悪ふざけに限らず、驚いて見せた親による詐欺的行為という見方だが、そんなことをしても何の利益もない場合が圧倒的多数だとのこと。

次に、当該人物の言うことは空想の産物にすぎない、という説。しかし、彼もしくは彼女が語ったところに行ってみたら、話の内容と合致するものが実在したことについては、偶然で片づける。固有名詞の的中まで偶然で済ませるのは説明として苦しすぎるだろう。

偶然の一致ではなく、当該人物が何らかの方法で知識や情報を得ていたのだ、とする説もある。行ったこともない遠い村の名前や有り様をどこかで見たり聞いたりしていたから空想に織り込めるのだ、と。この解釈で説明がつくケースもあるにせよ、具体的な事柄まで次々に的中するケースには無効である。

誰かから聞いた話を当該人物が自分の過去に変換してしまい、彼もしくは彼女に元ネタとなる情報を提供した人物がその事実を忘却しているのだ、という説もある。幾許かのもっともらしさはあるとはいえ、周囲にそんな情報を与えられる人間が存在しないなど、説明しきれない事例多数。

そもそも、ことは記憶に限定されないのだ。接したこともない異国の言葉を突然しゃべりだしたり、触れたこともない楽器を弾きだしたりする事例の前では、これらの仮説は無効となる。

そこで登場するのが、記憶の遺伝という説である。後天的に獲得されると信じられている記憶が、実は遺伝によって他の個体に伝わるのではないか？　現代科学の認めていない現象だから、このあたりから超常的な概念に足を踏み入れる。だが、当該人物と彼女もしくは彼女が語る前世の人格との間にいかなる血縁関係もないことが立証されたら、これも成立しない。

「——となると、人は生まれ変わる、輪廻転生する、としか考えられへんやないか。どうや。お前やったらこの謎をどう切る?」

「輪廻転生を検討する前に、やることがたくさんありすぎて面倒だな」

「お、どういうことや? お注ぎしましょう、先生」

ビール瓶(びん)を取ろうとしたら、彼は自分で注いだ。

「関係者が虚偽の証言をしているかどうか、徹底的に洗う。意外なところに嘘をつく利益があるかもしれない。お前もミステリ作家だったら関係者の証言を鵜呑(うの)みにせず、そこを集中的に疑え」

言われてみればもっともだ。信じられない事例を記録し、研究・発表している人間は成果を欲するわけだから、その人物が主犯のペテンという可能性も捨てきれない。

「外国語やピアノは——」

「もともとできなかった、というのが嘘かもしれないだろう。ありそうもないことと絶対にあり得ないことは峻別(しゅんべつ)すべきだ。お前という男は情緒的すぎる」

輪廻転生の有無を真剣に考えていたわけでもなく、謎と戯(たわむ)れていただけだ。正解を知りたかったわけでもないが、火村の一貫した姿勢に接して、私は愉快だった。

「生まれ変わったら何になりたい、なんてアンケートの答えも真面目に考えたのか、有栖川先生？」

この指摘には意表を衝かれた。

「驚かなくてもいいだろう。ここへ来る前に時間調整しようと本屋に寄ったら、お前がよく寄稿している雑誌が積んであった。また何か書いていないかと開いてみると、〈もし生まれ変われるのなら〉とかいうアンケートが特集されていた」

「ああ」あれを見たのか。「回答したわ。ほんまはまたミステリ作家に生まれたいけど、それでは面白ないから適当なことを」

海洋生物学者と書いた。

「本心でも何でもないぞ。海洋とつく肩書がカッコええな、と思うただけや。海洋地形学者にしようか迷うた。深海調査艇に乗り込んで、世界で一番深い海の底まで潜る。何故、危険を冒してまで潜るのか？　そこに謎と驚異があるからだ」

「名刺を差し出しながら『はじめまして。海洋生物学者の有栖川です』。――似合わねぇ！」

「ほっとけ。ねぇねぇ、うるさいな。生粋の江戸っ子でもないくせに、お前は何年関西に住んだらこっちの言葉に染まるねん。どうせ俺は紙の上だけの冒険者や」

ここで第三陣の焼き鳥がくる。身が大きくて、味もよろしい。

「そういうお前は何になりたい？　生まれ変わることがあるとしたら、と仮定しての遊びの質問やぞ」

「来世の職業を選べるのなら、そりゃ孤高の園芸家だな」

いつぞやのことを覚えていたのか。うまく返したつもりでいるらしい。

「借り物のアイディアを使わず、自分で考えて答えろ」

「じゃあ、猫にでもしておくか」

血腥(ちなまぐさ)い殺人現場を研究のフィールドにする臨床犯罪学者は、無類の猫好きだった。

5

同日午後十時。

インド亭での例会がお開きとなり、参加者たちはまだ雨が降り続く玄関先で間原夫妻に見送られていた。

「今日も大変お世話になりました。ありがとうございます。楽しかっただけでなく、とても刺激的でしたね」

「どうもお邪魔しました。お料理も最高でした」

アガスティアの葉の公開リーディングというイベントの興奮は、ラジーブと出戸が帰った後もなかなか醒めず、ディナーの席でも大いに話が弾んだ。弦田真象だけは口数少なめで無愛想にも見えたが、これは気分屋の彼にはよくあることである。

参加者たちは三台の車に分かれてインド亭の門を出て行く。一台目は、佐分利栄吾が運転する車で弦田が同乗した。臨床心理士は完全な下戸で、アルコールを一滴も口にしていなかった。

「アガスティアの葉のリーディング、本当のところ弦田さんはどう思いました？」

異人館街を抜けて北野通りを左折し、新神戸駅の前を通り過ぎたあたりで佐分利が助手席のミュージシャンに尋ねる。

「ものすごく怪しかった。サブさんもそう思てるんやないの？」

「僕は感心しながら見ていましたよ。でも、弦田さんは何か言いたそうにしていましたね。口のあたりをもぞもぞさせて」

「そんなん、してへんよ。我慢してたんやから」

「あのラジーブ先生とやらはインチキだと思っているんでしょう？」

「アガスティアの葉のリーディングがどういうもんか、本で読んでおおよそ知ってるけど、だいぶ違うたな。まず、あんなにぱっぽと当たりが出ることが変やないの。時間内に全部済ませてしまおうっていうのが丸判りや。今日は二時間で三人分の謝礼がもらえてウハウハやな。一人当たり五万円やで。ぼろいわ。そう思わん？」

「それだけでインチキと決めつけるつもりはないけれど」

「人がええな」

「見てもらった加々山さんも坊津さんも間原さんも、いたく感心していましたよ。ラジーブ先生のお見立てが的中していたからでしょう」

「お見立てやない。インチキがないんやとしたら、あの先生は葉っぱを捜し出して、そこに書いてある字を読んだだけや。——あれを的中って言うか？　未来のことは当たっているかどうか不明やし、過去や現在は依頼者の身辺を調べたら判るやん」

「私立探偵でも使って？　依頼者の中にその私立探偵が交じっていますけれど」

「坊津さんは、まさか自分が洗われる側に回るとは思うてなかったんやないかな。案外、そんなもんやで」

「かといってインチキだという証拠もありません」

「君は甘い」

「でもね、弦田さん。三人の身辺調査で探偵を雇ったりしたら、その経費だけでだいぶかかるじゃないですか。一人頭五万円の報酬なんて、それで飛んでしまいそうです。割に合わない」

「俺らが『あの先生、すごいわ』と吹聴したらええ宣伝になる、と見越してたりして」

「九〇年代のブームがとうに去った今時、アガスティアの葉に関心がある人は大勢はいません。そんな損して得取れみたいなことはしませんよ。宣伝効果だってほとんどない」

黒い波のように横たわる六甲山の裾を、車はなお東へと走る。執拗に降る雨は、明日の午前中いっぱいやまないという予報が出ていた。

「それはそうと、なんでサブさんは診てもらわへんかったんや？　前世療法を得意とする心理カウンセラーやったら、後学のためにも身をもって体験すべきところやのに」

弦田は窓の方を向いたまま言った。雨でにじむガラスには、ステアリングを握るカウンセラーの横顔が映っている。

「過去にも現在にも、隠したいことがたくさんあるからですよ。子供時代は暗かったし。座興みたいに公開の場でリーディングしてもらうことになったのでやめました。自分のカウンセリング手法には自信も確信も持っていますから、その参考にするつもりもなかったし」

「へぇ、隠したいことがたくさんんか。人間臭うてええな。どんなことやろ」

「詮索しないでください。弦田さんにもあるでしょう、色々と?」

「しょぼい秘密ばっかりで、それが恥ずかしいわ」

「本当かなぁ。——秘密を守りたいだけでなく、未来を知りたいとも思いませんしねぇ。坊津さんや間原さんが、これからのことについてはリーディングを断わった気持ちもよく判ります。明日のことも判らないからこそ、人生は面白い」

「人間なんか儚いもんで、一分先のことも判れへんで。センターラインをふらーっと越えてきた車と正面衝突して、人生の幕が下りるかもしれへん」

「可能性としてはあるわけですよね。そう思うと、生きるってことはスリリングだ」

赤信号で停止したところで、弦田が言う。

「私立探偵を雇わんでも、依頼者についての情報収集はできた」

「どうやって?」

佐分利は、助手席を見やる。サングラスのミュージシャンは、無精髭を撫でていた。

「今日のメンバーの誰かが、あらかじめ出戸に依頼者の素性を事細かに教えてたとしたら?」

「どうしてそんなことをするんですか?」

「さぁ。例会の座興を盛り上げるため、かな」

「オープンになっている経歴だけでなく、みんなが知らなかった事実がいくつも出てきていましたよ。加々山さんの三十歳での失恋だとか。坊津さんが十八歳で死のうとしたなんてことも、間原さんの前の奥さんの亡くなり方も初耳でした」

「当人が誰かにこそっと話したことがあるんやないかな。聞いた人間がリークした」

「そこまでしたとすると、悪意がありそうですね。洒落にしてはきつすぎる」

「ちょっと思いつきで言うただけや。……俺、酔うてるんかな。ここだけの話にしよ」

信号が青に変わる。弦田の家は、もうすぐそこだった。


二番目に門を出たのは、加々山郁雄を乗せたタクシー。運転手に行く先を告げると、彼は自宅の妻に「これから帰る」と電話をかけ、スマホに返信を要する連絡が入っていないことを確かめてから、目を閉じた。大阪に帰るまでの間、うたた寝をしてしまいそうだ。

運転手はもともと寡黙なのか、お客が眠たそうなのを察したのか、行く先を訊いた後はひと言も発しない。車は阪神(はんしん)高速に上がって大阪へとひた走った。

ラジオの音量は控えめで、男女のパーソナリティのおしゃべりには品があった。しばらくすると、「ここで一曲」となり、加々山への子守歌のようにバラードが流れる。井上陽水（いのうえようすい）の『人生が二度あれば』。仕事や子育ての苦労ばかりして老いた両親への想いが歌われる。夜の高速を走るタクシーで聴くにはいささか哀切すぎる歌だった。

　彼は心地よく微睡（まどろ）みながら、右手を胸にやる。自分が死ぬと定められた日を記した手帳が、ポケットに入っていることを確かめるために。

　井深リンの車が、加々山のタクシーに続いて出て行った。佐分利・弦田組と同じく、アルコールを嗜（たしな）まない井深が、帰る方角が近い坊津理帆子を送っていくのが恒例だった。

「ねぇ、リンちゃん。リーディングを受けている時の私って、おかしくなかった？　冷静さをなくして、取り乱したような気がするんだけれど」

「いいえ、そんなことはありませんでしたよ。前世のお話が出た時はびっくりなさっていましたけれど、あれには私たちも驚かずにはいられませんでした」

「そうよね！　私が言っていたとおりだったでしょ。自分では疑ったことがなかったけれど、アガスティアの葉にちゃんと書かれていたと知って、声も出なくなるほど感激した。百五十年前の世での正確な名前も判ったし、今日は記念すべき日だわ。私はアジャイ・アラム。アジャイ・アラム……。唱（とな）えてみると、すごくしっくりくる」

「洋子さんは、どう感じたんでしょう？」

「シャンバビも茫然としていたわね。自分のことを言い当てられるとは思ってもみなかったんでしょう」

急坂を下って中山手通りに出たところで右折して西へ向かい、トアロードを横切る。夕方来の雨のせいだろう、いつもより人通りが少ないが、色取りどりの傘の花がぽつぽつと咲いて神戸の夜を彩っている。パン屋の店先から路上にあふれ出す光がゴッホの名画のように美しい。

「アジャイの従妹や、お兄さんの名前も訊いたら教えてもらえたんでしょうか？」

「ごめんなさいね」坊津は手を合わせる。「私、おろおろしてしまって、それを訊くのを忘れてしまったの。でも、あのアガスティアの葉は私のものだから、そこまでは書いていなかったかもしれない」

「アジャイ・アラム以外は脇役ですものね。キャスト全員の名前を書いていたら、葉が何百枚あっても足りないでしょう」

ゴム毬のようにずっと弾んでいる坊津の声に対して、井深の口調は終始クールだ。車を運転しているうちに、例会の興奮が収まってきていた。

「坊津さん」

「何？」

「ご自分が死ぬ日を手帳に書いてもらいましたよね。あれは、ずっとご覧にならないんですか？　私だったら家に帰るなり、こそっと見てしまいそう」

「勇気があるのね、リンちゃんは」

「だって……怖いけれど、気になるじゃないですか。端(はし)の方からゆっくりページをめくっていって、まず日にちだけ見るとか、しません？」

「しなーい。あの場で言ったとおりにするわ。それが一番いいと思う。——そんなこと言うんだったら、リンちゃんも先生に観(み)てもらえばよかったのに。仲介者の出戸さんは、あなたが見つけた人なんだし」

「勇気がなかったんです」

「ああいうオープンな場じゃなくて、個室でこっそりとだったら観てもらった？　だとしたら、ごめんなさいね。めったにないチャンスだから、アガスティアの葉のリーディングという体験をみんなで分かち合いたかったの」

「お気になさらないでください。惜(お)しいことをした、なんて思っていません」

「ならよかった。——勇気といえば、間原さんって思っていたより度胸がなかったわね。敏腕実業家、神戸のマハラジャなのに。自分の過去と現在を言い当てられたら圧倒されてしまって、未来については何も尋ねなかった。ビジネスのことだとか、自分の健康のことだとか、花蓮ちゃんのことだとか、よほど訊くのが怖かったみたい」

「アガスティアの葉が偽物でないと判っただけで、ほぼ目的を達したからじゃないですか？　十月の例会で私が出戸さんのお話をした時、『はたして本物なのかねぇ』と疑っているご様子でしたから」

「そうね。もともと間原さんは神秘主義なんかにもあまり関心がなかったようだし、私たちに勧められたからお付き合いでエントリーしたのかしら。それだけに本物だと判った時のショックが大きかった、ということかな」

「結局、未来のことを尋ねたのは加々山さんだけでしたね」

「あの人は何に向かっても突っ込んでいくほどエネルギッシュだもの。それに、興行を手掛けているだけあって、根っから面白がり屋。間原さんもエンターテインメントに関係するお仕事をしているけれど、今日は個性が出たわね」

県庁前を過ぎ、花隈町に入ったあたりで、井深は静かに尋ねた。

「十八歳の時、おつらいことがあったんですか？」

ここから坊津のマンションまでは数分しかかからないので、込み入った話をする時間はない。

「ラジーブ先生にずばり指摘されてしまったわね。若い頃によくある悩みよ。振り返ってみたら大したことでもないような……。十七、八歳って、誰でも傷つきやすくてよく悩むでしょ」

「私は十四、五歳の頃に生きるのが苦痛で、それを抜けたら楽になりました。十八歳だと、初めてボーイフレンドができて楽しかった想い出があります」

「人それぞれ、暗黒時代はズレているのね。どこまでいっても悩みから完全に解放されることはないけれど」

目的地に着いたので、会話はそれで打ち切られる。坊津は傘を開きながら車を降り、窓越しに井深に礼を言った。

「いつも送ってくれてありがとう。気をつけてね。おやすみなさい」

「おやすみなさい」

井深の車が中山手通りの方に戻っていく。ハンドバッグを肘に掛けた坊津は、雨でにじむテールランプを少し見送ってから、エントランスに足を向けた。

「おやすみなさいっ」

「おやすみなさいませ」

顔馴染みの運転手にひらりと手を振って、花蓮はタクシーを降りた。「門の前でいいから」と停めてもらったが、傘を開くのが面倒だったので、赤いタイトワンピースの上に羽織ったチェスターコートの裾を翻し、玄関まで一気に駈ける。思っていたより降っていたのでかなり濡れてしまった。

玄関のドアをそっと開け、中の様子を窺ってみると、リビングから父と母の話し声が聞こえていた。門前でタクシーが停まったことには気がつかなかったらしい。帰りが遅くなったので、ちょうどいい。このまま二階の部屋に上がり、もっと早くに戻っていたことにできそうだ。しめしめ、と思いながら厚底ローファーをスリッパに履き替える。

　ミュージカルが終わった後、友人と喫茶店で甘いものを食べながら話し込んだ。面と向かってでなければできない悩みの相談に始まり、クラスメイトの噂話やら最近注目している若手俳優のことやら。夕食はすませて帰ることは母に伝えていたので、友人がカラーコンタクトを選ぶのに付き合ってからパスタを食べ、まだ別れがたかったのでカラオケボックスに行った。あまりに楽しくて延長を繰り返し、RADWIMPSの『前前前世』を一緒に熱唱して締めたのは九時近く。自由放任主義がモットーの間原家に明確な門限はないが、「今日は九時までには帰る」と言って出てきているので、ちょっと焦った。約束を破ったことになり、父に叱られる。

　十時前までに帰れたら、まだ例会の最中かもしれない。音を立てないように自分の部屋に滑り込めるのでは、と考えたが、それも間に合わなかった。三宮駅から父が契約している会社のタクシーを呼んだところ、雨のせいで配車に時間がかかってしまった。そうでなくてもタイミングとしては微妙で、例会がお開きになったところに帰宅することにもなりそうだった。

　壁で背中を擦りながら階段へ向かおうとしたら、両親の会話が聞いて取れた。自分のことをしゃべっているのではないか、と足が止まる。

「そうか、冷や冷やしていたのか」と父。

「当たるも八卦、当たらぬも八卦の占いみたいなものだからって、あなたは言っていたけれど、私は最初からやめておいて欲しかった。未来なんか知らない方がいいの。知ったって碌なことがない」

「だから観てもらわなかったじゃないか」

「そこは賢明だった。でも、昔のことを無遠慮に掘り返されたでしょう。あなたも愉快ではなさそうにしていた」

「途中で嫌になったね」

「痛々しいほどだった。お義父さんとの確執のことも当てられていたわね。『反抗して奔放にふるまった』とか」

　自分のことについて話しているのではない、と判ってからも、花蓮はその場に留まって耳を欹てる。父も母も声がふだんより低く、秘密めいた匂いがしたせいだ。

「でも、よかった。変なことを言われなくて」母が言う。「若い頃のあなたがお義父さんに盾突いていたことも、事故のことも、皆さんがある程度は知っていたことばかり」

「そこだよ」と父の声に力がこもった。「誰かがあの先生に、というか出戸某に依頼者の情報を吹き込んでいたみたいだ。どうも引っ掛かる」

「だとしても、かまわないでしょう。かえってよかった……のかもしれない」

「よかった、なんてことはないよ。シャンバビさん」

「あれは、どきっとした。急にその名前が出てきたから」

夫婦で娘には意味不明のことを言い合っている。今日の例会で何かハプニングがあったらしい。

「それはそうと、花蓮は？　もう十時を過ぎてるぞ」

「たまにこうなるわね、あの子。さっき門の前で車が停まるような音がしたけれど」

母が立って、こちらに歩いてくる。階段を忍び足で上るのは間に合わないので、花蓮は自分からリビングに顔を出した。

「ただいま。遅くなってごめんなさい。友だちと進路の話をしていたら、つい……」

「ほお。進路ね。近いうちに、お父さんにも聞かせてもらいたい」

帰宅が遅れたことを父が叱らなかったので安堵する。今は母と話していたことに気持ちが行っているのか、怒りのスイッチがオフになっているらしい。

「濡れているじゃないの。風邪を引かないように、タオルで拭いてきなさい」

母は、いかにも日常的な母親の口調で言う。素早くモードを切り替えたのだ。

「大したことないよ。玄関先で濡れただけ。——今日は弦田さん、何か弾いてくれた？」

両親が主催している例会に興味はなく、定期的にお客が集まることを鬱陶しく思うこともあったが、弦田がシタールだのサーランギだのプーンギだの珍しい楽器を演奏する時は花蓮も同席していた。

「今日は音楽は抜きだ。来月は何かやってくれるそうだから、お前も聴かせてもらいなさい」

「うん」

十二月だから、クリスマスソングが流れる街中に友だちと遊びに行くか、何かのイベントに出掛けてしまいそうだが。

「お風呂に入って寝る。おやすみ」

部屋に戻ると、まずコートを、次に鏡の前で髪をタオルで拭った。今日のステージで光っていた女の子——自分と二歳しか違わない——がクライマックス前に独唱しながら見せた表情を真似してみる。そのシーンは観客によく受けていた。

弓形の眉やすっきりとした顎のラインが母親に似ている、とよく言われるが、彫りの深さは明らかに父親から受け継いでいる。遺伝子が混ざるとこうなります、という見本のようで自分でもおかしい。両方からいいところをもらえたのは幸いだ。母はやたら濃いアイラインを入れ、目許に妙なアクセントをつけるが、あれをやめればもっと美人になるのに、と残念に思う。化粧にも好みがあるから仕方がない。

髪をブラシで梳きながら、さらに色んな表情を作ってみる。「今のゆるふわのショートボブが一番似合ってる」と友人は言い、花蓮が「この冬は伸ばしたい」と言ったら、「うーん」と唸っていた。

熱めの風呂に浸かりながら今日のカラオケで覚えた曲を口ずさみ、部屋に上がってパジャマに着替えた。スマートフォンで友人のＳＮＳを覗き、「今日は楽しかったね」を交換して電源を切る。ミュージカルのパンフレットをベッドの上で開いたところで耳を澄ませたが、リビングの声がここまで届くわけもない。まだ父も母も階下にいる気配がするのだが。

今日の例会で占いめいたものに興じたようだ。観てもらった父はおかしなことを言われなかったらしいけれど、母は「痛々しいほどだった」とも言っていた。多分、何があったのか花蓮が尋ねても答えをはぐらかすだろう。

父や母が何か秘密を持っていたとしても、それは当然だ。娘としては、知ろうとしないことが礼儀だろう。

日曜日が終わりかけている。

花蓮はごろんと仰向けになり、天井を見上げて大きく息を吐く。体を動かすのは好きだし運動神経にも自信があるが、月曜日の一限目が体育という時間割はうれしくなかった。

第二章　スーツケースの男

1

十一月十七日午後二時。

兵庫県警捜査一課警部の樺田（かばた）は、長身を折り曲げて警察車両から降りるなり、はだけそうになるコートの前を押さえた。海からの風が強い。初冬らしい冷たい風で、ふだんより湾内の波も高いようだ。ユリカモメの群れがどこかを目指して飛んで行く。

張られたばかりの目隠し用ブルーシートが煽（あお）られ、バタバタとやかましく鳴っていた。ここだ、早くこい、と樺田を呼びつけるように。

あたりを見渡すと、港湾（こうわん）施設が立ち並ぶばかりで、人気（ひとけ）を避けて二人きりになりたいカップルが散策するような場所ではない。ロマンティックなデートを楽しみたければ、左手の対岸に見えている神戸ハーバーランドに行けばよい。夜になるとイルミネーションで飾られ、遊ぶにしても食事をするにしても施設が揃っているし、何よりも安全だ。

樺田はブルーシートの間から中に入る。機動警察隊は一応のことを済ませ、鑑識課の出番になっていた。彼らの真ん中に鎮座しているのは、灰白色のスーツケース。サムソナイト社製の大きなものだ。浚渫作業員が発見して異状を認め、警察に連絡してからまだ三十分しか経っていない。

スーツケースが廃棄されていたぐらいで一一〇番通報をするわけもない。浚渫用ショベルカーが引き揚げた際にバケットの爪がその一部を破損し、中に人間の太腿らしきものが見えたことで現場が大騒ぎになったのである。

樺田よりひと足早く県警本部を出た野上と遠藤が、額を突き合わせるようにして開いたケースの中を覗いている。二人は樺田の到着に気づくと、中腰をやめて背筋を伸ばした。

「どんな具合や？」

警部のよく響く声で問われて、年嵩の野上が答える。笑った顔はめったに見せない巡査部長だ。長身の樺田とは対照的に短軀の彼はごりごりの職人気質で、ここ十五年ずっと刑事畑を歩いている。

「絞殺のようです。首に紐が結んだままになっています」

沈められてどれぐらい経過しているのか不明だが、死体の腐乱はあまり進んでいない。樺田の経験から見立てると、一週間というところか。

スーツケースに窮屈そうに押し込まれていたのは、下着姿に剝かれた男の死体だ。二十代もしくは三十代。頸部に巻きついた紐を除くと、ざっと見たところ目立った傷などはなく、刺青や手術痕といった特徴も見られない。所持品は一切なし。被害者の身元の特定から始めなくてはならない事件になりそうだ。

死体の隙間には、コンクリートブロックが三つ詰められていた。錘のつもりで犯人が入れたのだろう。スーツケースは護岸のすぐ近くで発見されているし、錘も適当だ。こんなことでは早晩見つかることを犯人は覚悟していたに違いない。そうでなければ見通しが甘すぎる。

「こいつと一緒に十文字に結われたらしき荒縄が見つかっています。スーツケースが開かないよう縛っていたものかもしれません」

遠藤が言った。見た目も人当たりも柔らかく、よき家庭人という外見の刑事で、野上に負けず樺田の信任は篤い。

「それから、両手の指先をライターで炙るなどして焼いた形跡があります。指紋を消そうとしたんでしょう」

「暴力団絡みの線はどうやろうな」

死体を見ただけでは何とも判断できないのは承知で、樺田は部下たちに印象を聞こうとした。慎重を期したのか野上が言い渋っているので、遠藤が答える。

「指を焼いているのは乱暴ですが、始末の仕方が雑すぎるんやないでしょうか。連中のしわざやったら、山に運んで埋めるとか、もっと手慣れたところを見せると思います」

「素人やわな」と野上。

樺田も同感だった。死体の身元特定を困難にすれば捜査は初手から出遅れ、自分に利すると犯人は考えたようだが、それぐらいは素人でも考えつく。

本格的な検視のため、死体がスーツケースから引き出される。樺田たちは、退いてその様子を見守った。被害者が死後どれぐらい経ってスーツケースに詰められ、いつ海に投棄されたのかによって死亡推定時刻も変わってくるから、死後に何日経過しているぐらいしか判らないだろう。

「行方不明者届が出ている者のリストに当たると同時に、歯科医に照会やな。見たところ散髪の跡はあるし爪も切ってあって、路上生活をしてたわけではなさそうや。念のため組織犯罪対策課にも心当たりがないか訊いてみよう」

警部の言葉に、遠藤が「はい」と応えてから、

「厄介な事件にならなかったらええんですけど」

「嫌な予感でもするのか？」

「そういうわけではありませんけれど……。被害者の口の中を見たら、矯正を完了した芸能人みたいにきれいな歯並びをしてるんです。歯医者とはあんまり縁がなかったかもしれません」

野上が鼻を鳴らした。遠藤を小馬鹿(こばか)にしたのではなく、昨日から風邪気味なのだ。

「ふん。どんな事件でも厄介やろ。それを汗水垂らして片づけるのが刑事(デカ)の仕事や。この稼業はしんどいから面白いんやないか」

「おっしゃるとおり」

遠藤は頭を下げてみせてから、思い出したように樺田に言う。

「先週、火村先生と電話で話すことがあったんです。九月の事件のその後の経過について説明するために。先生、今月は忙しいみたいですね。下旬には時間に余裕ができるそうですけれど」

「何が言いたいんや？」野上が絡む。「この事件の捜査が難航したら、ＳＯＳを発信するつもりやないやろな」

「そんなこと言うてませんよ。火村先生から電話でそういうことを聞いた、と報告しただけです」

「おかしなタイミングで言うんやない」

樺田が治めに入る。

「ガミさんが煙たがってる火村先生の体が空くまでに、この事件をさくっと解決させたらええだけのことや。長引いたら、先生と有栖川さんにきてもらうことになるかもしれんぞ」

「煙たがってるわけやありません。素人に捜査の現場を掻き回されたくないだけです」

と言う野上の反駁には、あまり勢いがなかった。どの捜査員にも先んじて火村英生が真相にたどり着いた事件がいくつもあることを、彼はよく知っていた。遠藤が言った「九月の事件」も、いち早く犯人を突き止めたのは臨床犯罪学者である。

所轄署の警部補がやってきて、樺田に挨拶をする。顔見知りの男だった。

「ご無沙汰しています」

「うん。——ここらは夜になったら人通りも絶えて淋しいやろう。犯人は海の際まで車を乗りつけたか」

「どうでしょう。車を目立たないところに停めて、スーツケースを引きながら運んできたとも考えられます」

「なんでそんなことを？　かえって目立つやないか」

「倉庫街の中にぽつんと外国人旅行者向けの民泊があるので、そこの泊まり客がよく重たげなスーツケースを転がしてここらを歩いています。日が暮れてから」

「こんなところに民泊が？　ふぅん、そういうご時世か」

被害者が外国人旅行者だったら面倒なことになりかねない。樺田はわれ知らず呟いていた。

「ひょっとすると、厄介な事件になるかもな」

2

不運なことに、死体発見現場で樺田警部らの頭をよぎった不安は現実のものとなる。二日が経過しても、浚渫用ショベルカーが海中から引き揚げたスーツケース詰め死体の身元の見当がまったくつかないのだ。

被害者は死後四、五日と見られ、引き揚げられたばかりの死体を観察して樺田が想像したほどは殺されてから時間が経過していなかった。

各メディアで大きく報じられたというのに、家族や知人から問い合わせなどが入ることはなく、兵庫県内で受理している行方不明者届を調べても該当者が見つからない。捜査は初手から躓（つまず）き、腕まくりして料理を作ろうにも食材が揃わない、といった悩ましい状況に陥（おちい）った。

死体が遺棄された現場付近での聞き込みの結果も捗々しくない。おそらく犯人は、死体を詰めたスーツケースを引きずりながら人目の少ない夜間に現われたのだろう。通りすがりの人間がいたら目立ちそうなものだが、遺棄現場から百メートルほど北西の古いビル――ある荷役会社が寮として使っていたことがある――が簡易宿泊施設として営業しているため、日頃から荷物を引いて歩く外国人旅行者を見掛ける機会が多く、手応えのある証言は出てこない。もし、そんな旅行者の中に不審な人物の目撃者がいたとしても、彼らはすでに次なる目的地に移動していたり帰国していたりして、話を聞こうにも追跡は困難だ。

被害者自身が外国からの旅行者ではないのか、という見方も出たが、否定的な意見が優勢である。理由の第一は、身に着けていた下着が日本製であること、第二は、ごく最近に散髪をしたらしい跡――海中に浸かっていたので判然とはしないが――があること。海外からの旅行者なら限られた滞在時間内に散髪はしまい、と推測されたのだ。それ以外に、死後に顔貌が変化していることを加味しても、被害者の全体から受ける雰囲気が日本人ぽい、という漠然とした声も出た。いずれも根拠としては薄弱なのは否めず、不法滞在中の外国人となると身元調べは困難になる。

捜査陣の手中にある最大にして唯一の証拠品――死体の見分と司法解剖の結果からも被害者の身元や犯人像を示す痕跡は得られず、暴力団関係者とのつながりを洗うために組織犯罪対策課に照会してもアタリはない。ポートアイランド内の神戸水上警察署に設置された捜査本部の空気は、次第に重くなっていった。

その夜の捜査会議でも捜査一課長は終始渋面のままで、翌日から再度行なう付近の聞き込みについて署長が説明を終えるなり、大きな溜め息をついた。捜査員たちが立ち上がる際にガタガタと鳴った椅子の音も、どこかしら物憂く拗ねているように響く。

「何を焦ってるんや。ホトケが揚がってまだ三日目やないか」

野上が、課長の態度を批判するごとく呟いた。隣に座っていた遠藤は、こっそりと同感の意を表する。

「そうですよね。家族が旅行にでも出掛けてて、まだ事態に気づいてないだけかもしれません」

「あり得るな」野上は手帳をスーツの内ポケットにしまい、「さて」と言う。

何か予定がありそうな様子だ。この二日間、本部の道場に泊まり込んでいたので、着替えを取りにいったん自宅に帰るのかと思ったら違った。

「現場を見に行ってくる。どうする？」

ついてきてもこなくても、どちらでもいいぞ、という口調だ。時刻は午後十時十分。犯人はこれぐらいの時間に死体を運んだのかもしれず、現場を見ておく必要を感じた遠藤は「お供します」と答えた。

「お供って……俺を桃太郎みたいに言うな」

本部を出た二人はポートライナーで人工島を脱し、ビルの谷間を縫って三宮駅へ。ＪＲ線に乗り換えて神戸駅に着くと、イルミネーションで映えるハーバーランドを逸(そ)れ、阪神高速の下をくぐって人気の少ない道を海側へと歩いた。まっすぐ現場に向かうのではなく、野上は四つ辻(つじ)にくると右に左に折れながら進む。この時間の界隈の様子を把握(はあく)しようとしているのだろう。コンビニもない町は、ひっそりと静まり返っていた。

「このあたりは防犯カメラも少ないな。犯人にとって都合のええことに」

遠藤の独白に、野上が応じる。

「かと思うと、ああいうのがおる」

中国語で談笑しながらキャリーバッグを運ぶ中年の男女が交差点を渡り、海の方へと去って行った。例の民泊を目指しているのかもしれない。

同じ関西にあっても訪日外国人旅行者(インバウンド)で賑わう大阪や京都とは異なり、神戸のホテル事情はさほど深刻ではない。そのせいもあってか民泊についての規制は全国きっての厳しさで、現場近くにある寮を改造した簡易宿所は条例に違反していた。野上には、それが面白くないらしい。当該民泊のせいで被害者の身元が突き止められないわけではなく、八つ当たりの気味があるが。

「当夜の宿泊客から話が聞けたとしても、彼らこそスーツケースを引く人間なんか自分と同類で印象に残ってないでしょう」

遠藤が言うと、部長刑事は、むすっとする。

「歯の治療記録からもたどり着けませんね。やけにきれいな歯をしてたから、嫌な予感がしました」

「まだ県内しか当たってない。結果が出るのはこれからや」

近隣の府県で行方不明者届が出ている者についての照会は始まったところだ。歯科医院についても然(しか)り。捜査員たちは、他力本願ながら大阪府警からの返事に期待を寄せていた。

「そろそろ現場を見に行きませんか？」

遠藤に促されて、野上は踏み出す足の方向を転じた。右手はグラウンドのある公園、四車線の道路を隔(へだ)てた左手にある大きな建物は川崎重工業(かわさきじゅうこうぎょう)の工場だ。車はほとんど通らず、ひんやりとした夜風に並木の梢(こずえ)が音もなく揺れている。

公園を少し過ぎたところに、花壇に囲まれた黒いオブジェがあった。鉄をねじ曲げて作ったメビウスの輪が二つ絡まったもので、台座を含めた高さは二メートル半ほどか。文字が刻まれていたので何の気なしに遠藤が台座を覗き込むと、暗い中でかろうじて〈横溝正史生誕の地〉とあるのが読めた。「へえ」と声が出る。

「ガミさん、ここが横溝正史の生誕地やそうですよ。知ってますよね、横溝正史？推理作家の」

野上は、コートのポケットに手を入れたまま立ち止まる。

「知ってるわい、それぐらい。ここに生まれた家があったわけやないぞ。生家があったんは、川重の敷地の中や」

遠藤はのけぞった。

「なんでそこまで知ってるんですか？　まさか金田一耕助の大ファンなんやないでしょうね」

「キンダイチコウスケって誰や？」

もう一度のけぞらなくてはならない。

「ちょっと待ってください。横溝正史が生まれた家の場所を正確に知ってるくせに、金田一耕助を知らんってどういうことですか？　謎やなぁ。映画やドラマでも有名ですよ。金田一耕助というのはですね――」

説明すると、野上は面白くもなさそうに鼻を鳴らす。

「俺がその小説家のことを知ってたんは、昨日ここで聞いたからや。この碑をタオルで拭いて掃除してる親爺さんがおったんで聞き込みをかけたら、その人が話し好きで尋ねもせんことを色々としゃべってくれた。熱心なファンなんやろうな。ボランティアでこれの掃除をしてるそうや」

たまたま耳にしただけではないか。「知ってるわい、それぐらい」と豪語するほどのことではない。

「しかし、〈生誕の地〉やなんて碑が建つのは大したもんですね。よっぽどの小説家でないとこんなものはできません。横溝正史が神戸生まれというのも知らんかったなあ。てっきり岡山県出身かと思うてましたよ。あっちの方がよく舞台になるから」

遠藤が興味深そうにオブジェを眺めだしたからか、ちょうどいいタイミングだとばかりに野上は煙草をくわえる。遠藤にしても横溝正史の本を読んだことはなく、『八つ墓村』だの『悪魔の手毬唄』だのという映画をテレビで観て知っているだけだ。

「横溝正史がこのへんの生まれやということぐらい、有栖川さんには常識なんでしょうね。あの人やったらこの碑のことも知ってそうやな。——それにしても、面白い人や」

「誰が？」と野上が訊く。

「有栖川さんです。実際に事件を解く名探偵みたいな友だちを持ってる推理作家やなんて、できすぎやないですか。そんな人は、世界中を探してもあの人だけでしょう」

「名探偵やない、犯罪学者や」

「その二つは両立しますよ。火村先生を名探偵と認めたくはないですか？」

「名探偵やなんていう呼び名は、物語の中だけのもんや。本物のデカが真顔で言うてくれるな」

「はいはい」

職人気質の先輩は、煙草を遠藤の方に向けながら付け足す。

「もし名探偵がほんまにいてるんやったら、あのホトケの素性を言い当てて欲しいもんや。ざっと見ただけで『インドで修業してきたカレー屋の大将だ』とか『売れない日本画家だ』とか」

「なんぼ名探偵でも、そら無理ですよ」

倉庫が立ち並ぶ一角を通り、海に出た。水面はひたすら暗く、夜風が冷たく感じられる。死体が揚がった時に群れ飛んでいた海鳥たちは、どこで眠りに就いているやら。東に見えるハーバーランドの光は異界から射すようで、人の影はどこにもない。ゆるやかな波が岸壁に寄せ、たぷたぷと音を立てている。

犯人は、この時間のこの場所の様子をあらかじめ熟知していて死体を遺棄しにきたのか、土地勘がなくてもこのようであろうと見当をつけてやってきたのか、いずれにも考えられる。

「山中に埋めに行くほどの手間はかけず、できる範囲で済ませた、という感じの死体処理やな」

「まさか数日で引き揚げられるとは思うてなかったでしょう」

並んで立ったまま二人の刑事は言葉を交わす。

「どうかな。それでもええ、と考えてたんかもしれんぞ」

「現に身元が割れませんからね」

「それも、どうでもええのかもな。遠くへ飛ぶための時間稼ぎが目的やったら、これで充分だったんやないか」

「しかし、死体の指紋を火で炙って消してます」

「それぐらいは造作もないことや。どうせやったら指紋も消しといたれ、という警察への嫌がらせみたいなもんやろう」

「ムカつくなぁ」

「ああ、腹が立つ。どんな面をしてるのか、はよ見せてもらおうやないか」

現場まで足を運んだ収穫はなく、二人は本部へと引き返す。

死体発見から四日目の翌十一月二十日には、生前の被害者の顔を復元したイラストと死体が入っていたスーツケースの写真が公開される。

そして、オーストラリアから一人の女が帰国した。

3

二十日の午後七時に、「神戸港でスーツケースに詰められて見つかった男性に心当たりがある」という女が兵庫区内の派出所に現われる。名前は細野起美（ほそのたつみ）、二十九歳。悪戯（いたずら）や勘違いとも思えなかったので、対応した巡査はただちに捜査本部に連絡を取り、膠着（こうちゃく）していた捜査にようやく曙光（しょこう）が射した。

本部に案内されてきた細野起美からの事情聴取にあたったのは、聞き込みを終えて戻ったばかりの野上と遠藤。主に遠藤が聞き役となった。

「細野起美さんとおっしゃるんですね」氏名と住所を確認してから「お仕事は何をなさっていますか？」

「私のことから質問するんですか？」

彼女は反問してから、洋菓子会社で経理を担当している旨を答えた。初めのうちは目が泳いでいかにも落ち着かない様子だったが、話しているうちにしっかりとした印象に変わった。被害者が彼女の案じるとおりなのかどうかはまだ判らないが、淡いピンクのニットセーターが殺風景な部屋で哀（かな）しく映えている。

「テレビの夕方のニュースをご覧になって派出所に向かわれたそうですが、亡くなった男性とよく似た方をご存じなんですね？」

「はい。知っている男性ではないか、と。似顔絵と一緒に映った写真のスーツケースにも見覚えがあります」

これは脈がある、という感触に喜びながら遠藤は質問を繰り出していく。

「その人の名前を教えてください」

「出戸守さんです」

どんな字を書くのかを訊いてメモした。

「あなたとのご関係は？」

「知り合い……かな。友人でもかまいませんけれど」

恋人と呼ぶほど親密な間柄と思われては困る、ということか。

「何をしている人ですか？」

「本当のところはよく知りません。『色んなサービスを提供する便利屋みたいなもの』とか言っていました」

「具体的な仕事はご存じないんですね？」

「はい。でも、働いていたのは確かです。ちょこまか動き回って忙しそうにしていましたし、『思わぬ儲け(もう)が出たから』と焼肉をご馳走(ちそう)してくれたりしました」

「出戸さんのお住まいは？」

「新長田(しんながた)です。住所を言いましょうか?」

スマートフォンで調べて、読み上げてくれた。地下鉄の駅から歩いて十分ほどのマンションで、彼女が実際に訪ねたことはないそうだ。

「彼の出身地や家族について、ご存じですか?」

「生まれは大阪で、京都や東京に住んだこともある、と聞きました。兄弟はいなくて、両親は東京で暮らしているそうです。何をしているのかは知りませんけれど」

そのへんは出戸のマンションを調べれば判る。

「あなたが最後に出戸さんと会ったのはいつですか?」

「十一月十一日の土曜日です。〈さんちか〉を歩いていたらばったり会って、ちょっとだけ立ち話をしました」

日付を即答できたのは、事前に記憶をたどってきていたからだろう。

「三宮の地下街ですね。その時、どんな話をしたのか、どんな様子だったのかを話してください」

「私が旅行に行くことを知っていたので、『いつ出発?』とか、『お土産(みやげ)はいいからね』とか、そんなことを。どんな様子かと訊かれても、ごく普通でした。いつもどおり」

「その後、連絡を取ったりもしていない?」

「はい。もともと頻繁に連絡し合っていなかったし、私が旅行に出ましたし」

「どちらへ？」

「オーストラリアのブリスベンです。高校時代の同級生が向こうで日本語教師をしているので、遊びに行ったんです。忙しくて取得できなかった夏休みの休暇を利用した旅行です」

日本を発ったのが十一月十二日で、今日の正午前に関西国際空港に帰ってきた。荷物を片づけ、ほっとしてテレビを点けたら夕方のニュースで愕然としたということだ。

「オーストラリアから帰ってきたところですか。時差ボケで大変なところを恐縮です」

遠藤が労うと、「向こうが一時間進んでいるだけなので平気です」と返された。頭に世界地図を浮かべて納得する。

「つまり」野上が口を開いた。「あなたは十二日から今日までオーストラリアに行っていたので、神戸港でスーツケース詰めの死体が見つかったのを知る機会がなかったわけですね？」

「はい」

「向こうに滞在中、出戸さんと連絡を取ろうとしたこともない。そんなに親しい関係ではなかったから」

「そうです」

「仕事上のお付き合いでもなかったようですが、いつどこで出戸さんと知り合ったんですか？」

「半年ほど前に、〈ニルヴァーナ〉で」

「というと、あのナイトクラブの？」

プライベートはもちろん捜査でも行ったことはないが、名前ぐらいは武骨な刑事も知っていた。

「女友だちと二人で食事とショーを楽しみに行ったら、あの人が一人で来ていたんです。友だちは積極的な方なので、『わりといい男やね。好みのタイプやから声を掛けてみよ』と言って――」

ジャズバンドとマジシャンが共演するショータイムが終わったところで同じテーブルに着き、しばらく一緒に酒を飲んだ。「好みのタイプ」と言った友人は「しゃべってみたら、そうでもなかった」となったが、細野起美とは波長がよく合い、電話番号を交換して二度三度と会うようになったのだそうだ。ただし、異性の友人という域を出てはいないと、あらためて強調するのを忘れない。

野上が腕組みをして黙ったので、再び遠藤が聞き手になる。

「あなたにそのつもりはなくても、出戸さんは細野さんを恋人だと思っていたというようなことはないんでしょうか？」

「ありませんね。『気楽に話せる女友だちっていうのはありがたい存在だ』と言っていましたから」

「あなた以外に恋人や親しい女性がいた様子は？」

「断言しかねますけれど、お付き合いしている女性が話題になったことはありません。『学生時代のカノジョに箸の持ち方をうるさく注意された』といった笑い話があったぐらいです」

「悩みの相談などはどうですか？」

「そういうのはなくて、どうでもいい話ばかりしていました。お互いにそれが心地よかったんです」

「何かトラブルで困っていたようなことも話に出ませんでしたか？　よく思い出してみてください」

考える時、彼女は視線を天井に向ける。

「ありま……せんけど……」

「遠回しに仄(ほの)めかすようなことも？」

「……はい」

「お金には不自由してないようでしたか？」

「『もっと余裕があればいいんだけど』なんて言うことはありましたけれど、そんなのは誰でも口にすることですね。訊かれる前に言っておくと、お金を貸して欲しい、とか頼まれたことはありません」

「どんなお仕事をしていたかは、詳しく聞いていないんですね」

「別に隠しているふうでもなかったんですが、『便利屋みたいなことをしていて、細々と色んなサービスをしているから説明が面倒なんだ』という言い方をしていました」

「たとえばこんなこと、と少し話したりしそうですけれど。何かありませんか？」

重ねて問われたことで質問の重要性に気がついたのか、思いがけない答えが返ってくる。

「占い師みたいなこともする、と言ったことがありました」

便利屋という言葉から遠藤が思い描いていたイメージとは違う。

「街角で易者(えきしゃ)みたいなことをしていたんでしょうかね」

「さぁ、それはどうか……。出戸さんは占いが得意だったので、どこかで小遣い稼ぎ程度のことをしていたのかもしれません。最初に〈ニルヴァーナ〉で会った時も、私と友だちの手相を診たり星座で占ったりしてくれました。私にはそれが面白かったんですけれど、友だちは『我流の占いで女の気を惹こうとする男は好きやない』という反応だったんです」

「我流の占い、ね」

「でも、適当なことを言っているようではありませんでしたよ。聞いたことのない専門的な言葉がすらすらと自然に出てきました。出鱈目じゃないことは、帰ってからネットで調べて確認しています。占星術が一番得意らしくて、『生まれた時間を教えてくれたら正確なホロスコープを作ってあげるよ』と言われたこともあります」

「出戸さんの写真はお持ちですか？　スマートフォンで撮ったスナップなど」

「一枚だけあります」

スマホに画像を呼び出してから刑事らに示した。引き揚げられた死体に似てはいるが、ちょび髭を生やしているので印象が違う。特大サイズのフルーツパフェのクリームをスプーンですくいながら、人懐っこい笑顔を見せており、口許からはきれいに揃った白い歯——これは死体の特徴と一致している——を覗かせていた。

「テレビで流れた似顔絵には髭がなかったのに、あれが出戸さんだとよく見当がつきましたね」

そんな疑問に対する細野の答えは筋が通っていた。

「知り合った頃の出戸さんは、髭を生やしていなかったからです。その写真は二ヵ月前に撮ったもので、『時々、気分転換に髭を生やすんだ』と言っていました」

「なるほど。写真はこれ一枚しかないんですね？」

「調子に乗ってそんなパフェを注文したので、面白がって撮ったんです。出戸さんに送ってあげようとして忘れていました。もう……」

もう送ることはないという現実を噛みしめたのか、声が湿った。

ノックの音がして、捜査員の一人が封筒を手に入ってきた。「ご苦労さん」と遠藤が受け取り、中身をそっと机の上に置く。

「われわれが身元を探している死体の顔写真です。それほど惨い顔になっていませんが、気を落ち着けて見てください」

彼女はためらわずに写真を確かめ、「出戸さんです」とはっきり答えた。

「間違いありませんか？」

「百パーセントとは言えないにしても、九十五パーセントぐらい確かです。頰骨のあたりの特徴がよく出ています」

「出戸さんのマンションの部屋から採取するものによってＤＮＡ鑑定ができるはずですから、細野さんに責任を負ってもらう必要はありません」

「……そうですよね」

写真を遠藤に返すと、彼女はほっとしていた。ショッキングではあったが、いきなり突きつけられたわけではないから動揺はすぐに治まったようだ。出戸に相違ないと断言できなくてもよい、と言われたことも心理的負担を軽くしたのだろう。

遠藤が次に出したスーツケースの写真についても、彼女の返事に迷いはなかった。出戸守が持ち運んでいるのを見たことがあり、それと色も型も同じである、と。

「あなたがご覧になった時、何を入れて運んでいたんでしょう？」

「仕事関係のもの、とだけ聞きました。具体的に何だったのかは知りません」

「彼は、中身が何なのかについては言いたがらなかったんですか？」

「いいえ、私が知りたがらなかったんです。あまり重いものは入っていないみたいでしたね」

細野起美の好奇心がもっと旺盛(おうせい)であればよかったのに、と残念に思う。

「見たのはいつですか？」

「先月の初め頃……かな。仕事帰りに会って、一緒にベトナム料理を食べた時のことです。旅行用のスーツケースを買い替えようとしていたのでしげしげと見て、型も色もよく覚えています」

出戸守の交友関係について尋ねても、ほとんど情報は得られなかった。彼女の証言をすべて信じたとしても、出戸守は定職に就かずに神戸で気ままな独り(ひと)暮らしをしていた男、ということしか摑(つか)めない。

「その筋の人間と付き合いがあったというようなことは……その筋では判りませんか。端的に言うと暴力団の構成員やらその関係者やらのことです」

「なかったと思いますけれど……」

わずかに言い淀んだが、誤解されないようすぐに言葉を接ぐ。

「そんなことを臭わせるものは一つもありませんでした。だけど、おっとりとした優等生タイプでもありませんでしたから、そういう飲み友だちがたまたまいた、ということもあったかもしれません」

「ちょっとワルぶったりすることは？」

遠藤は、さっき見せてもらったスマホの写真を思い出しながら尋ねてみた。誰も敵意を持ちようのない笑顔ではあったが、どことなく隙のない目をしているのに引っ掛かりを覚えていたのだ。彼女に言われずとも、おっとりとした優等生という感じではない。たった一枚のスナップ写真から受けた印象にすぎないのだが。

「ワルぶるというより、俺は世知に長けているんだよ、と軽くアピールすることはあったかも。……なんか私、どういう男性か判らないままに付き合っていたんですね。刑事さんから色々と訊かれているうちに、それを自覚しました。深い関係に発展する相手だとは爪の先ほども思っていなかったから、表面的なことさえ充分に知らなくていい、と考えていたんでしょう」

何とか被害者の人物像を探ろうとしてか、野上が質問を挟む。

「出戸さんの趣味や得意なことは何でした？　占い以外で」

「英語です」

訊いてみないと判らないものだ。

「中学時代から英語だけは得意だったそうです。外大の英語学科を出た、とも」

街を歩いていて外国人旅行者に道を尋ねられた出戸が流暢に答えたことがあり、その時に聞いたという。

「仕事でも英語が役に立つことがある、と言っていたのを思い出しました。外国人を相手に商売をすることもあったみたいです」

細野起美から吸い出せる情報は尽き、これ以上のことは彼のねぐらを調べるしかない。遠藤の心は、すでにそちらに飛んでいた。

4

あらかじめ電話で連絡を入れておいたので、野上と遠藤を始めとする捜査員たちが〈四つ葉コーポ〉に到着した時、管理人でもあるオーナーが待っていた。実直そうな五十絡みの男で、刑事らに腰を折って挨拶をした。二、三人の刑事がくるだけだと思っていたそうで、鑑識課の捜査員たちが何人もやってきたことに驚いている。

「神戸港で見つかった死体が出戸さんかもしれない、ということでしたけれど……うちのマンションが犯行現場やということですか？」

「まだ何とも言えません」遠藤が応じた。「被害者が出戸さんと決まったわけでもありませんしね。まずそれを確かめるためにきたんです。――お電話で伺ったところによると、このところしばらく出戸さんの顔を見ていない、と？」

「はい。一週間から十日ほど、お見かけしてません。けど、仕事で遠出することもあったみたいで、それぐらいご無沙汰するのは今までにもちょくちょくありました」

「確認させてください。これは出戸さんですね？」

細野に転送してもらった出戸の写真を見てもらうと、「そうです」とのこと。

出戸について話を聞くのは後回しにして、さっそく二階に上がって部屋を見せてもらう。五階建ての〈四つ葉コーポ〉は一九九五年の大震災の後に建てられたもので、界隈には築後年数を同じくするビルや家屋が多い。あの震災において、このエリアが人的被害も物的被害も最大だった。補修や外壁の塗り替えをしてからも結構な年月が経っており、汚れが目立つのはいいとして、ささやかなエントランスに防犯カメラがないことが遠藤には気になった。本当にここが犯行現場だったとしたら、死体をスーツケースに詰めて運び出した犯人にとってまことに都合がよかったことになる。

合鍵で二〇三号室のドアを開けてもらい、靴カバーをつけた上で捜査員たちがどかどかと中に入っていった。解錠したオーナーには捜査に立ち会ってもらうことになる。

八畳ばかりのワンルームは、これぐらいは仕方があるまい、という程度のちらかり方で、キッチンのシンクに汚れた食器が溜まっていたりはしない。コンロの周辺もきれいな状態で、そもそも自炊の習慣がなかったのかもしれない。

ざっと見たところ変わった点はない。部屋の中央には、食卓にも仕事机にもなったであろう座卓が一つ。テレビやオーディオ機器はなく、右手の壁面には整理ボックスと本棚とクロゼット。本棚に並んだ背表紙の中に、インド占星術という言葉があった。ベッドは左手の壁にくっつけて置かれている。部屋の隅の屑籠には、丸めたティッシュペーパーとチョコレートの空き箱が入っているだけだ。

浴室に向かった野上が、扉を開けるなり「くそ」と毒づいたので、何事かと彼の肩越しに覗いてみると、水を張ったバスタブの底にノートパソコンが沈んでいた。中身を調べられないようにハードディスクを破壊すべく犯人が投げ込んだのは明らかだ。

「お釈迦にされたのはパソコンだけかな。スマホは――」

遠藤の呟きは、野上に断ち切られる。

「風呂には沈んでない。犯人が持ち去って、よそで処分したんやろう」

「不親切な奴ですね」

「きつい仕置きが必要やな」

鑑識課員たちは、フローリングの床や枕カバーから何本もの毛髪を採取し、洟をかんだらしきティッシュペーパーも回収している。DNA鑑定のための材料は充分すぎるほど揃ったことだろう。それらを放置したまま済ませたところからして、犯人はさほど慎重な性格とも思えない。警察がいずれ被害者の身元にたどり着くのは避けられない、と割り切っていたようでもある。

パソコンに入っていたデータが失われてしまったとしても、スマホの通話履歴は電話会社に照会して突き止めることが可能だ。押し込み強盗の犯行ならば死体を運び出したりしないはずだし、通りすがりの人間との喧嘩が殺人に発展したとも考えにくいので、犯人は被害者の交友範囲におり、通話履歴に名前を連ねているだろう。

「ここが現場なんでしょうか？」

遠藤の問いに答えず、野上はクロゼットの中を検めにかかった。上段がぽっかりと空いているのを見て、小さく頷く。

「スーツケースはここに収めてあったんやろうな。ちょうど入るやろ」

「それに死体を詰めて持ち出した、ということか。としたら、やっぱり現場はこの部屋らしい」

絞殺だったから血痕などあからさまな犯行の痕跡は遺っておらず、鑑識の結果をふまえて慎重に判断しなくてはならない。指紋を採取している課員に遠藤が声を掛け、様子を訊いてみると、「いたるところに指紋を拭き取ったらしき形跡があります」と言う。

「ここで殺したという証拠にはなりませんね。スーツケースを取りにきただけでも、犯人は指紋を消すでしょう」

「よそで殺したんやとしたら、わざわざこの部屋にスーツケースを取りにきたりせんやろう」

「被害者の部屋にちょうどいい大きさのスーツケースがあることを犯人が知ってて、それなら見つかっても足が付かない、と思ったら取りにきたかもしれんでしょう」

「それだけのことで被害者の自宅に出入りする危険を冒すか？　誰かに目撃されたら致命的やないか」野上は結論を出していた。「犯行現場はここや」

「言い切りましたね。いや、自分もそう感じていますけれど」

指紋採取の完了を待って、刑事らは室内を念入りに調べていく。日記や手帳の類はなし。犯人が持ち去ったのか初めからなかったのかは不明。郵便物の中に電話会社からのものがあったので、契約している会社が判った。どんな仕事をしていたのかを示すものは見当たらず、出戸守がいかなる人間であったのかは摑めないままだ。違法な薬物を使用していたとか、犯罪行為に手を染めていたという様子はなく、本棚下部の抽斗(ひきだし)にあった預金通帳の残高は百三十万円ほどで、金の出入りにも特に怪しげな点はなかった。

「インドやら精神世界やら占いに関連した本が目立ちますが、単なる趣味かな。占いで小遣い稼ぎぐらいはしていたのかもしれませんけれど」

本棚を眺めて、遠藤が言う。

「インドには関心が強かったらしいぞ。こういうのもある」

野上は、整理ボックスから抜き出したファイルを開いていた。現地を旅した時に入手したらしい英語のパンフレットや地図が何枚も綴(と)じられていて、一番上にはヨガ教室のパンフレットが挟んであった。若い女性が笑顔でポーズを取った写真があしらわれ、住所は元町になっている。

預金通帳と同じ抽斗にあったパスポートをあらためて見てみると、ここ五年間で三回渡印(といん)していた。直近は今年の六月半ばに十日間だ。

「ガミさん、さっきのパンフレットはまだ新しいものでしたね。出戸はインドオタクで、ここに通っていたのかもしれませんよ」

「それはないやろう。女性向けの教室みたいやぞ」

「ヨガは男もします」

とはいえ、〈心身の美容に〉というキャッチフレーズからして、このパンフレットは女性の生徒を勧誘しているようである。出戸が通っていた可能性は低いかなと思いつつも、遠藤はそこに書いてある番号に電話をかけてみた。時刻が十時半を過ぎていることに気がついたのは、「本日は終了いたしました」という案内を聞いてからだ。明朝にかけ直すしかない。

他殺の痕跡を調べるのは鑑識に任せ、二人は、オーナーの部屋で話を聞くことにした。老母の世話をするため妻は実家に帰っているそうで、慣れない手つきでお茶を淹れてくれる。

遠藤が持参した死体とスーツケースの写真を見てもらうと、オーナーは「出戸さんみたいですね」と答えた。一メートル七十センチという身長も一致するそうだ。写真をしまいながら、質問を開始する。

「出戸さんがこちらに入居したのはいつですか？」

「去年の二月です」

「以前はどこで暮らしていたんでしょう？」

「雑談で聞いたかな。聞いたとしても忘れてしまいました。遠くから引っ越してきたふうではありませんでしたよ」

「何をしている人だったのか、ご存じですか？」

「『旅行のプランナーとか、色んなことをしています』と話していましたけれど、詳しくは知りません」

「朝出勤して、夜帰宅するという生活でしたか？」

「そういう時もあれば、昼間にぶらぶらしていることもありました。一週間とか十日とか家を空けることもあって、確かに色んなことをしているようだな、と思っていました」

「お客の出入りなどは？」

「ほとんどなかったんやないでしょうか」

「では、女性の出入りなども？」

「私が知る限りでは、一度も見掛けたことがありません」

オーナーの証言によると、出戸は穏やかに暮らしており、マンション内でトラブルを起こしたこともないという。ゴミの出し方などのマナーもよく守る模範的な住人で、もちろん家賃の滞納もない。

「出戸さんについて、普通と違ったところはありませんでしたか？」

「ですから、ありませんよ。さっき部屋の中を見たところ、とてもきれいにお使いいただいていました。こんなことになって本当にお気の毒です」

「ちょくちょくインドを旅行していたようです。今年の六月にも十日間ほど」

「そうですか。大きなスーツケースを提げて帰ってきたのを見た覚えがありますね。インドに行っていたとは知りませんでした」

出戸にとってオーナー夫妻は賃貸契約を結んだ家主にすぎず、土産を買って帰るようなことはしなかったのだ。それでも何か引き出せる情報はないか、と遠藤は粘る。

「出戸さんが殺害された場所がどこなのかは、まだ特定できていませんけれど、今月の十一日に出戸さんと会った人がいます。それ以降に彼を見ましたか？」

「しばらく見ていないので、いつ会ったのが最後だったのか考えていたんです。思い出しましたよ。家内と久しぶりに外食をして帰ってきた時、コンビニの袋を提げた出戸さんに『こんばんは』とご挨拶したのが最後です。前の前の土曜日の十時頃でした」

細野起美とばったり三宮で会ったのと同じ十一月十一日である。

「変わった様子などは？」

「何も。ビニール袋に缶ビールと乾き物のつまみが入っていたので、土曜日の夜をのんびり過ごすんだな、と思いました」

ありふれた日常の光景が目に浮かぶ。

「出戸さんから、何かに困っているという話を聞いたことはありませんか？」

「いやぁ、ないな。そういうプライベートなことを伺う機会はありませんでした」

出戸の身辺に不審なことは見当たらない。もう十一時になってしまったが、近隣の住人から話を聞きたくなった。と、オーナーは申し訳なさそうな顔をする。

「出戸さんの部屋の両隣は、ここしばらく空いたままになっています。上と下の部屋には入居者がいますが」

両隣が空室なのは聞き込みをするには具合がよろしくないが、彼に恐縮してもらわずともよい。野上はひと言も発しないまま腰を上げて、刑事らはまず一〇三号室に向かった。

警戒しながらドアを細く開いた住人は、遠藤が差し出した警察手帳の記章をとくと眺めてから、やっとドアガードをはずす。三十前後の青白い顔をした男性だった。ここに引っ越してきて一年弱になるそうで、出戸のことはまったく知らないと言う。

「上の階からの物音などで悩まされたことはありません。争うような声や何かがどーんと倒れるような音？　そんなのも聞いたことはないですね」

三〇三号室の住人は六十代の男性で、やはり出戸のことは何も知らず、叫び声や物音なども耳にしていなかった。

「このマンション、エレベーターが棺桶(かんおけ)みたいに小さいし、防犯カメラもついてないけど、こう見えて防音だけはしっかりしてるんです。少々の物音はよその部屋に聞こえへんのやないですか」

棺桶みたいに小さいはさすがに大袈裟で、もちろんこのマンションのエレベーターでもスーツケースを運ぶのに支障はない。が、他の住人と鉢合わせするのを犯人は恐れたはずで、おそらく裏手の非常階段を使用したものと思われる。そちら側には隣の雑居ビルが屏風のように聳えており、人目に触れることなく外へ出られそうだ。おまけに周辺の人通りは少なく、路上やコンビニの街頭の防犯カメラも近くにない。付近での聞き込みで有益な証言が得られるかどうか。

「水没していたパソコンのデータを復元するのは容易ではなさそうですから、スマホの通話履歴に期待しますか」

非常階段の手摺りにもたれて遠藤が言うと、野上は面白くなさそうな顔をする。それであっさり犯人にたどり着ければ重畳だが、職人としてはつまらない、とでも思っているのだろう。

5

〈ヨガスタジオ・リン〉は、神戸の中華街として賑わう南京町にほど近いビルの二階に入っていた。レッスンが始まるのは午前九時半からだが、井深リンは準備のために九時前には出勤する。その朝、さらに早い八時過ぎにスタジオに入ったのは十二月から開設する新しいコースの勧誘パンフレットの文案を練るためだ。昨日のうちに作成してあったのだが、ありきたりすぎるので手直しがしたくなったのである。

九時になると、九時半からの常温ヨガ・中級コースのアシスタントが爽やかな笑顔とともに入ってきて、色とりどりのマットが敷かれたスタジオで軽いストレッチを開始する。井深もパソコンを閉じ、長い髪をシニヨンにまとめて、レッスン用のウェアに着替えようとしたところで電話が鳴った。出てみると「警察です」と言うので、どきりとする。

「お忙しいところ申し訳ないんですが、事件の捜査に関してちょっと伺いたいことがあるんです。そちらには男性の生徒さんも通っていらっしゃいますか？」

「いいえ。健康増進のためレッスンを受けていた方もいらっしゃいましたが、現在は女性ばかりです」

「ああ、そうでしたか。では、そちらの教室の関係者や取引業者に出戸守さんという方は？」

このように訊かれた場合、個人情報がやかましく言われる昨今、問われるままぺらぺら話してよいものだろうか？　電話だから警察手帳を見せてくれと頼むこともできず、相手が本物の警察官だと信じるしかない。まぁ、「その人なら知っています」だけなら個人情報の問題に抵触はするまい。

「知っています」

「ご存じなんですね？」相手の声が弾む。「そちらと出戸さんとは、どういうつながりなんでしょうか？」

「うちのスタジオの者ではないし、取引業者でもありません」

相手は黙ったままで、もっと詳しく、と無言のまま促している。説明がいささか面倒だったが、ありのままを話すことにした。

出戸守と初めて出会ったのは、十月の初め。ヨガやスピリチュアルなものに興味がある人を対象にしたインド旅行のポスターを貼らせてもらえないか、と飛び込みで教室にやってきたのだ。物腰が柔らかく言葉遣いも丁寧だったし、レッスンの合間の空き時間だったので門前払いはせず応じはしたものの、持参したポスターはこの教室には似つかわしくない――〈ヨガスタジオ・リン〉では営業上の理由から宗教めいた要素はすべて排除していた――と判断して、それについては断わった。出戸があっさりと了解してポスターを引っ込めたので安心しながら、井深は個人的に気になり、具体的にどんな旅行を企画しているのかを訊いてみた。あくまでも雑談として。すると、アガスティアの葉のリーディングを盛り込んだものだと聞き、彼女は前のめりになってしまう。

「アガスティアノハというのは何ですか？」

ざっと解説しかけたら制止された。

「ややこしそうですね。あなたがおっしゃっているのが出戸さん本人か写真を見ていただいて確認したいし、面談でお話を聞かせてくださいますか？　三十分後には伺えます。なるべくお時間をいただかないようにしますので」

「待ってください。これからレッスンがあります」

「失礼しました。いつになったら時間が空きますか？」

十二時半と答えると、相手は兵庫県警捜査一課の遠藤と名乗って電話を切った。

しばらく受話器を持ったままでいたのを訝ったらしく、「先生、どうかしましたか？」とアシスタントに声を掛けられ、笑顔を作って首を振った。

「ううん、何でもない。……何でもなくはないのかな」

「どういうことです？」

「事情がよく呑み込めていないんだけれど、昼休みに警察の人が訪ねてくるって。ポスターを貼らせて欲しい、と言ってきた人のことで。先月いたでしょう？」

アシスタントは、ぼんやりと覚えていた。

「あの人が悪いことをしたんですか？　だとしても、うちには何の関係もないやないですか」

「悪いことをした、とも言ってなかったなぁ」時計を見て立ち上がる。「そんなことより早く着替えなくっちゃ。もう生徒さんがいらっしゃる」

　常温ヨガ・中級コースの生徒は八人。朝一番のコースにしてはまずまずの集まりようで、二十代から五十代までの主婦が和気藹々とレッスンに励む。彼女らの多くにとって当初の目的はダイエットだったのだが、今では教室の雰囲気を楽しむことも通う理由になっているようだ。そうなると飽きることなくずっと継続してくれるので、井深にとってはありがたい。ヨガが大好きで始めた仕事だが、スタジオを持つ身になると経営の安定を第一にしないわけにはいかない。従業員だって五人も雇用しているから、その責任もある。

　十時十五分からの一時間は、リラックスヨガ。人気のあるコースで、スタジオが生徒でいっぱいになる。ヒーリング音楽を浴びながら適度に汗をかき、心身のリフレッシュが終わったら南京町でランチを楽しむ、というわけだ。大学生やら子供から手が離れた奥様やらフリーランスのクリエイターやら、参加者はバラエティに富んでいる。

「はい、もうワンセットいきますよ。最初に戻ってヴリクシャーサナ、木のポーズです。両手を上に、指先までしっかりと伸ばす。――前川さん、もう少し脚を開いて、ぐっと床を押すような感じにしましょうか」

　ふたコマのレッスンを終えた井深の額には、うっすらと汗が浮かんでいた。今朝は体が幾分か硬かったが、だんだんとほぐれてきた。午後のハードヨガのレッスンでは調子が出るだろう。

すぐにランチを摂りに行きたいが、警察がくるのでここにいなくてはならない。スタジオに残り、野菜ジュースを飲んで待っていると、約束の時間ぴったりに私服の刑事がやってきた。テレビではいつも二人で行動しているのに一人だけで。

「お電話した遠藤です。お昼休みに押しかけてすみません」

生まれて初めて相対した刑事は、予想に反して穏やかな感じだった。彼ならファミリーカーや洗剤のＣＭに出演しても違和感はないだろう。

「まず出戸さんの写真を見ていただきましょうか。この人ですね？」

スマホのスナップ写真をプリントアウトしたものらしい。井深が「そうです」と答えると、遠藤は小さく頷く。

「先月の初めに出戸さんがやってきた時の様子を、もう一度最初から聞かせてください」

彼の印象について語り、ポスターについては協力できないと答えたところまでは、同じような話の繰り返しにすぎなかったが、刑事は真剣なまなざしで聴き入っている。

「つれなく押し返すような感じになるのも悪い気がして、どんな旅行を企画しているのかと訊いてみたら、アガスティアの葉に関するツアーだと」

「それは、占いの一種だそうですね」

電話では初めて耳にしたような反応だったが、同僚から聞くか自分で調べたのだろう。占いと言われたら否定したくなる。

「アガスティアの葉は、紀元前三千年頃にインドの聖人アガスティアが書き残した人間の運命の記録です。生まれてから死ぬまでが、椰子の葉に記されているんです。それを観たい、読みたいと希う人の葉はすべて捜せば見つかります」

「インド人でなくても、ですか？」

「国籍は関係ありません」

「だとしたら、膨大な数になりますね」

「それはもう膨大です」

「五千年も前に椰子の葉に書かれたものが、今でも読める状態でどこかに保存されているんですか？　常識的には考えられないんですが」

そんな馬鹿なものがあってたまるか、と絡まれているのなら辟易しただろうが、遠藤はごく素朴な疑問を投げてきているようだったので、井深は律儀に答えていく。

「もともとは鹿の革に書かれたものが二千年ほど前に椰子の葉に書き写されて、その後も何度か新しい葉に転記されて伝わっているんです」

「なるほど」と言いながらも、刑事は明らかに納得していない。

「ヨガの先生である井深さんもアガスティアの葉にご興味があったので、しばらく彼と話したんですね？」

「ヨガをしている人間はアガスティアの葉に興味がある、というわけでもありませんが……。私は以前から強い関心を持っていました。なので、軽い調子で出戸さんに言ったんです。

『機会があれば私も自分の葉に何が書いてあるのか知りたい』って。すると、出戸さんが身を乗り出してきました。『もしお望みなら、インドまで行かなくてもリーディングしてもらえますよ』」

「リーディングというのは、その葉っぱに書かれた運命を読むことですか？」

「はい」

出戸はこう言った。

――来月、それを得意としている先生がインドから日本にきて、何人かの依頼人のところを回ります。スケジュールにはまだ若干の余裕があるので、よろしければセッティングしましょう。

「ふうん、日本にいながら観てもらえるのなら願ってもないチャンスですね。どれが依頼人の葉っぱなのかは、名前を言ったら判るんですね？」

「そうではありません。依頼人は、前もって自分が生まれた年月日と時刻を伝え、指紋を送らなくてはならないんです。男性は右手の親指、女性は左手の親指の指紋です」

「葉っぱには名前は書いていないんですか？」

「名前も書かれているんですが、自分の葉を選ぶにはインド占星術で作製されたホロスコープが要るそうです」

「指紋はどうして？」

「葉に記された指紋と照らし合わすために」

遠藤は苦笑いをして頭を掻いた。さっぱりわけが判らない、と言いたげだ。ホロスコープなんか作らなくても葉に名前が書いてあるならそれで検索すれば充分だし、指紋の照合といった面倒な作業をする必要などないではないか、と問い返したいのを礼儀としてこらえているのだろう。

「出戸さんの申し出に、どうお答えになったんですか？」

「『私の知っている方たちがリーディングを希望しそうです』と言って、連絡先を伺いました。出戸さんは『だったら急いでくださいね。先生が来日するまでの限られた時間内にその人の葉を捜し出さなくてはなりませんから。何人かいらっしゃるとなると、よけいに』と」

「『私の知っている方たち』……。あなた自身ではなく？」

「めったにない機会なので観てもらいたくもあったんですけれど、決心がつきませんでした。自分が死ぬ日まで教えてもらえるとなると、恐ろしいじゃないですか」

「そんなものを聞かされそうになったら慌てて耳をふさぎますよ。しかし、知りたい人もいそうです。——井深さんには、何人か心当たりがあったんですね？」

「はい。出戸さんには、二、三日のうちに連絡すると約束しました」

「そして、あなたは心当たりの人たちの意向を尋ねた」

「皆さんに電話で訊きました。さすがにためらう人も多くて、この話に乗ってきたのは三人です」

刑事は怪訝そうだ。

「いったい何人に声を掛けたんですか？」

「六人です」

「その六人につながりはあるんですか？　この教室の生徒さんだとか」

「さっきも申したとおり、ヨガとアガスティアの葉は関係がありません。私がお電話したのは、定期的に会食を楽しんでいるメンバーでした。インド好きが集まったグループがあるんです」

「そのメンバーは何人ぐらいで、どんな活動を？」

遠藤は、それなりの規模の団体を想像したらしい。

「私を含めて七人だけです。特に何をするという目的はなくて、毎月一度、例会と称して間原さんのお宅に集まって食事を楽しむだけです。インドについて語らいながら。間原さんというのは、〈ニルヴァーナ〉の社長さんです」

「〈ニルヴァーナ〉の社長さんなら知っています。インド好きで、仇名がマハラジャでしたね。お宅は北野にある〈インド館〉」

「〈インド亭〉です。奥様もメンバーで、〈ニルヴァーナ〉のシェフがお料理を作ってくれます。アガスティアの葉が話題になったこともあって、『インドまで自分の葉を捜しに行ってみたい』とおっしゃる方がいたので、出戸さんの話に飛びついたわけです」

時間的に厳しいかと思われたが、先生は三人分の葉を見つけ出し、それを携(たずさ)えて来日。十一月十二日の例会の席でリーディングを行なってくれたことを話すと、遠藤は手帳にボールペンを走らせた。挙句、参加者の名前と連絡先を教えて欲しい、と言う。警察の捜査なのだから協力するのが市民の務めということで、スマホのデータを見ながら答えた。

「このメンバーの中で、リーディングを希望した三人というのは誰ですか？」

「間原社長、加々山さん、坊津さんです」

「間原さん以外のお二人は、何をしている人でしょう？　ああ、いや。お仲間全員について ご職業を教えてください」

メモをしながら、「バラバラですね」と遠藤は呟く。

「そこが面白いところです。ちょっとした異業種交流会みたいで、色んなお話が聞けますから」

「同じインド旅行のツアーに参加して知り合ったとか？」

「いいえ。インド好きがたまたま知り合って、自然にできたグループです」

その過程まで説明を求められなかったので、手間が省けてほっとする。

「出戸さんが連れてきたラジーブ先生の連絡先は判りませんか？」

「それは知りません。帰り際に、『これから東京に向かいます』と出戸さんがおっしゃっていましたけれど、もうインドに帰国したんじゃないですか。来週まで日本にいる、ともおっしゃっていましたけれど」

遠藤はボールペンの尻で、唇の下をなぞる。

「例会の時の様子を、もう少し詳しく伺えますか？」

この調子では、ランチの時間がなくなってしまう。それは諦めるとして、井深リンはこれまで訊かれ役に徹して我慢をしてきた質問をせずにいられなくなった。出戸守について刑事が話を訊きにきた理由だ。どういう意図があるのかわざと伏せているようなので、ずばりと尋ねる。

「その前に答えてください。出戸さんという方がどうしたんですか？　犯罪の容疑で指名手配されたとか？」

「失礼しました。先入感なしに話していただこうとして後回しにしていたせいで、説明が抜けていましたね。——出戸さんは殺人事件の被害者になりました」

「えっ」

「神戸港でスーツケースに詰められた死体が見つかった事件があるでしょう。あれが出戸さんだった模様です」

刑事が自分の瞳(ひとみ)の奥を覗き込んでいる。私の反応を窺っているのだな、と感じて井深リンは緊張した。出戸守が殺害されたからといって、自分が警察にただちに疑われる理由は何もないのに。

6

ヨガ教室などという施設に立ち入るのは初めてだったので、遠藤は事務室に通されながらレッスンをするスタジオとやらを横目で眺めた。木目が美しいフローリングの床と壁一面の大きな鏡はダンススクールと変わらず、特殊な道具や器具は見当たらない。道場でもレッスン室でもなく、写真を撮影する場所でもないのにどうしてスタジオと呼ぶのか判らないが、業界でそのように決まっているのだろう。何故、刑事が捜査本部を帳場と呼ぶのか、と部外者に問われたら自分も説明できない。

〈ヨガスタジオ・リン〉という名称からして、井深リンはこの教室の経営者であるようだ。ホットヨガだのアロマヨガだのインストラクター養成コースだの、いくつものコースがあるから彼女を始めとする何人かのインストラクターが分担しているのだろう。楽しそうなレッスン風景の写真がエントランスに貼ってあった。

それなりの年齢だろうに声が若々しいな、と電話で話しながら思っていたのだが、井深リンに対面してみるとまだ二十代後半か三十歳に手が届いたばかりに見える女性がレッスン用のウェアで現われたのが意外だった。こんな場所でこの規模の教室を経営しているとは、若いのに立派なものだ。

上背があり、手脚が長く、健康そうな肌が光っていた。団子のようにまとめた髪は、ほどけばかなり長そうだ。ヨガの先生だと知っているせいもあるのか、細面の顔はどこか異国の雰囲気をたたえていた。

昼休みでアシスタントや職員らが出払い、がらんとした事務室で話を聴く。どの質問にもはっきりとした言葉で答えが返ってきてやりやすかったが、どことなく態度が硬かった。刑事の事情聴取となると緊張してしまうのだろう。

出戸守はポスターを貼らせてもらいにきただけではなく、アガスティアの葉のリーディングとやらのコーディネイトをしたようだが、この件が事件に結びついた可能性は低いかもしれない。とはいえ、どこにどんな手掛かりが潜んでいないとも知れない。リーディングのやり方や結果に強い不満を持った人物との間で、思わぬトラブルが生じることもあり得るだろう。

そのあたりは、井深の話だけでは判然としなかった。彼女らのグループのメンバーにひととおり会い、聞き込みを掛けたくなる。加々山郁雄という男性だけは大阪市在住だというが、他の五人は神戸市内で働き居住しているのは好都合だ。さっそく午後から順に回りたい。

貴重な昼休みの時間を割いてもらっていることに恐縮しながらも、情報欲しさの一念でつい質問を重ねていたら、「出戸さんという方がどうしたんですか？」と井深に尋ねられた。すべき説明をしていないのは承知している。話の途中で織り込もうとして、タイミングが摑めずにいたのだ。

出戸が殺人事件の被害者になったらしいことを伝えると、彼女は当然のごとく驚きの表情を見せた。捜査中の刑事たるものがそんなことに感心している場面ではないが、ぱっちりと開いた目の潤みが増して可憐で、視線が引き寄せられてしまった。

「昨日からニュースで似顔絵が流れていますが、気がつきませんでしたか？」

「私、テレビはあまり観ないんです。特にニュースは。新聞にも載っていたんでしょうけれど、それも読まないので……」

「そうですか」遠藤は、ここで例のスーツケースの写真を取り出す。「これに見覚えはありませんか？」

「あります。リーディングの際に、出戸さんがアガスティアの葉を入れて持ってきたものです。もしかして……」

「出戸さんの遺体は、これに詰め込まれていたんですよ。下着だけを身に着け、体を折り曲げられて」

井深が写真を見たくなさそうにしたので、すぐに引っ込めた。

「彼が例会にきた時に、何かいざこざが起きたりはしませんでしたか？」

この質問は、相手の警戒心を煽ることになった。

「いいえ。先ほどお話ししたような様子でしたから、そんなものはありません。ずっと和やかでした。私たちのグループは出戸さんと無関係です」

「承知しています。事件の前後に、出戸さんに何か変わったことがなかったかを確かめたかっただけです」

「お役に立ちそうもありません。そういうことでしたら、ラジーブ先生をお捜しになるのがいいかと思います」

「そのアドバイスは役に立ちます。例会が和やかなものだったのなら、みんなでラジーブ先生を囲んだ記念の写真を撮ったりしませんでしたか？　あれば助かるんですが」

「撮っていません。私も後になって記念撮影をすればよかったな、と思ったんですけれど、その時はみんなリーディングのことに集中していて、頭から抜けていたようです」

「お互いに残念ですね。――お時間を取って、失礼しました」

捜査に協力してもらった礼を言って、スタジオを出た。聞き込みの結果について本部に報告を入れてから南京町で昼飯にするか、と思ったら催促するように腹が鳴った。中華料理らしい胡麻(ごま)風味の匂いが風に乗って漂ってきたせいだ。

人通りの少ないところに移動して、電話することにした。適当な場所を探して歩きながら、本部を出る直前のことを思い出す。詳細は聞いていないが、ここから近い元町のビルで殺人事件が発生したらしい。県警本部は神戸市内で二つの殺しを同時に抱えてしまったわけで、忙しいことだ。

静かな路地があった。樺田警部に連絡を入れることになっていたが、先に野上にかけてみる。彼は、〈四つ葉コーポ〉周辺で朝から聞き込みをしていた。

電話がつながると、「どうした？」と訊いてくる。ががやと周囲がうるさいところからして、食堂にでも入って昼食中なのかもしれない。

「今、いいですか？」

「かまわん。ヨガの先生からええネタを摑んだか？」

「一つだけ急ぎでお伝えしたいことがあります。十二日の午後六時半までの出戸の動きが判りました」かいつまんで説明する。「というわけです。インド亭を出た後、インド人のラジーブ先生とやらと一緒に東京に向かうと言っていたそうですが、それが本当かどうかは未確認です」

「嘘やろ。インド亭を出てそのまま東京の依頼人のところに向かうんやったら、荷物が足りん。そっちで使う用のなんちゃらの葉を持ってないやないか」

「それをいったんどこかで取ってから新幹線に乗ったのかもしれませんけれどね」

「依頼人が誰でも、同じ葉っぱで占うてたんやろ」

「インチキと決めつけますね」

野上にすれば、リーディングが的中するかどうか以前の問題らしい。

「そのインド人が臭うな。インチキ占いのコンビが仲間割れしたんやろう。それで出戸を殺して、商売道具のスーツケースに詰めて海へドボン」

「結論が早すぎますよ」

「時間が経ってるから犯人は高飛びしてるやろう。お前あたりが追わされるぞ。インド出張の準備をしとくこっちゃな。ご苦労さん」

「またまた」

遠藤と話しながら野上は席を立ち、勘定を済ませているようで、「レシートは要らんわ」などと言っている。一刻も早く聞き込みに戻ろうとしているのかもしれない。外に出てからドスを利かせた声を出す。

「元町でも殺しがあったらしいやないか。ぼやぼやしてられん。こっちの事件をさっさと片づけようやないか」

「気張ります」

野上と接していると、捜査一課の刑事であることの責任と面白さを確認できる。一徹で融通が利かない一面もあるにせよ、行き止まりに何度ぶつかってもへこたれない粘り腰が身上の野上は、遠藤にとって得がたい先輩だ。思いもかけないところに手掛かりを見出し、刑事の常識を超えた推理を組み立ててみせる犯罪学者・火村英生准教授とはあまりにも対照的だが、どちらも範としたい。

井深リンの話をまとめた手帳を左手に持ち、遠藤は捜査本部の樺田警部に電話をかける。野上に話したより丁寧な報告をしていたら、言葉の途中で「待て」と止められた。説明不足の箇所を質されるのかと思ったら、そうではない。

「井深たち七人が例会を開いた時、メンバーのうち三名がリーディングとやらを頼んだんやな。その名前をもういっぺん言え」

「間原郷太、加々山郁雄、えー、それから……坊津理帆子です」

警部は何故か唸っていた。

「坊津理帆子というのは、私立探偵やな？」

「よくご存じで」

警部の耳に届いているということは、何かの事件の捜査に関わったことがあるのか、よほど敏腕で鳴らしているのか？

「有名な探偵なんですか？」

「いや、俺もさっき初めて聞いた。――今朝、元町で殺人事件の通報があった。現場はビルの二階に入った探偵事務所や」

「もしかして……」

「殺されたのはそこの所長、というのも大袈裟な小さな事務所らしいが、探偵の坊津理帆子。出戸と同じく、紐で首を絞められてたそうや」

どれにしようか、と迷っていた中華のメニューが吹き飛んだ。

第三章　予告された死

1

　京都の紅葉がピークに達した頃——年によってはそれを少し過ぎた頃——に、私の母校・英都大学では学園祭が催される。十一月二十五日が創立記念日にあたるため、その前の二日間を含めた三日にわたってお祭りとなるのだ。

　あいにくながら、その期間に友人たちと馬鹿騒ぎをしたとか、可愛いガールフレンドができたとかいう青春の想い出は私にはない。本代を稼ぐため、短期アルバイトを見つけて小遣い稼ぎに勤しんだ記憶があるばかりだ。火村英生も同じようなことをしていたのではないか。本代といっても私の場合はもっぱらミステリで、彼の場合は値の張る犯罪社会学の研究書だったであろうが。

　母校の准教授となった彼が学園祭の三日間をどのように過ごしているのかは知らな

い。いつだか「有給休暇みたいなもんやな」と羨んだら、「講義がなくてもすることは山ほどある」とつれなく言い返された。それでも、多忙な日々の中でちょっとした小休止になることはあるようだった。

今年は二十五日が土曜日で日曜日と合わせると四連休となっていたから、私なら近畿圏を脱出する旅行を計画したかもしれない。火村はそんなことはせず、自宅もしくは研究室にこもって資料の整理をするつもりだったらしいが、予定は樺田警部からの電話で粉砕されてしまう。

連休とは無縁のミステリ作家に火村から電話がかかってきたのは、勤労感謝の日にあたる二十三日の正午前だった。これでも食べるか、と取り出しかけた袋詰めの鍋焼きうどんを冷凍庫に戻して電話に出る。

「俺だよ。この前に会った時の様子だと仕事に追われているようでもなかったけれど、どうだ?」

それだけで用件の見当がついた。

「今のところ余裕がある。――どこかで事件が起きて、警察からお声が掛かったみたいやな」

「神戸だ」

「樺田さんから出馬要請がきたんやな。神戸ということは、私立探偵殺しか?」

数日前にそんなニュースが流れていた。被害者の探偵は女性だったはず。

「正解だ。あの事件に妙なところがあるので、授業に差し障りがなさそうならきて欲しいとさ。支障はないんだよな、学祭が始まってるから」

「樺田さんは英都大学の学祭がいつからいつまでか知ってるぞ。それでかけてきたんや。息抜きする暇も与えられへん売れっ子はつらいな」

〈あの事件に妙なところがある〉というのが気になったが、あえて訊かずにおいた。現場に着いてのお楽しみ、ということで。

「フィールドワークの助手をご要望なら、行けるぞ」

「JR元町駅のホームで落ち合おう。二時に」

火村は家を出る支度をしているところだと言う。二時に元町駅とは慌ただしいが、急げば行けなくもないので承知した。ラフすぎる服を着替え、地下鉄で東梅田に出ると、大阪駅で立ち食いの蕎麦を掻き込み、新快速に飛び乗った。

元町駅に着いてホームを見渡すと、火村が先に私を見つけて近づいてくるところだった。先週の日曜日と同じく白いジャケットの上に新しいオータム・コートを羽織っている。

「元町が現場ということは中央区やけど、中央署というのはないんやったな。所轄はどこや？」

「生田署だ」

三ノ宮駅を貫いて南北にまっすぐ延びるフラワーロード以西を管轄するのが生田署、以東が葺合署ということだ。中央区がかつて生田区と葺合区に分かれていた頃の名残りである。大阪市中央区に東署と南署があるのと事情は同じだ。

捜査本部に直行するのかと思ったら、そうではなく死体が見つかった現場で遠藤刑事がわれわれを待ってくれているという。彼がそちらにいる間に、私たちにまず現場を見せようという段取りらしい。

「待っているのが野上さんでなくてよかった、という顔をしているな」

火村の口許に笑みがある。

「お前かて、遠藤さんでほっとしてるやろ。いきなり煙たがられずに済む」

「俺はとっくに慣れた。あの人が急に優しく接してくれるようになったら体調を崩すだろうな。——そっちの階段を下りるぞ」

私たちは東改札口を抜けて、山側に出た。六甲山に向かって鯉川筋を歩きながら、これから捜査に加わる事件について火村から概略を聞く。まくしたてるところからすると、目指している現場は遠くないようだ。

「十七日に神戸港からスーツケースに詰められた他殺死体が揚がり、そっちの被害者の身元を調べているうちにある私立探偵の名前が浮上したと思ったら、その探偵が事務所で殺されているのが発見された。二つの事件はどこかでつながっている可能性があるため、どっちも樺田班が担当することになったわけだ」

「同一犯のしわざという見方か？」

「紐で絞殺という手口だけでなく、二人の被害者のパソコンを水に沈めて破壊している点が一致している。偶然とは思いにくいな。二つの殺人事件の関連性については、まだよく判っていない」

「挑み甲斐がありそうやないか。ところで、お前が電話で言うてた『妙なところ』というのは何や？」

「もうすぐ遠藤さんか樺田さんが教えてくれるから聞け。——そこを曲がる」

ほんのりと場末感が漂う一角だったが、秘密を取り扱う探偵事務所にとってはふさわしい立地かもしれない。五階建ての雑居ビルが見えてきて、火村が「あそこだな」と指差した。二階のガラス窓に金文字で〈坊津探偵事務所　調査迅速・安心誠実〉とある。薩摩藩が密貿易の拠点にしていた港を連想して「ボウノツ探偵事務所」と私が読んだら、「ボウツだ」と訂正された。

私はエントランスの防犯カメラをちらりと見てから、靴音が陰気に響く階段で二階に上がった。ワンフロアに三室ずつあるらしいが、二階に入っているテナントは坊津探偵事務所だけである。三階の窓に〈空室あり〉と大きな看板が出ていたことで推察できたとおり、埋まっていない部屋が多いようだ。

私たちの靴音に反応したのか、遠藤が廊下に出てきて、「ご苦労さまです」と一礼した。いつも絵に描いたように無愛想(ぶあいそう)な野上とは違って、この人は丁寧に応対してくれるのだ。樺田班は、まったくもってメリハリが利いている。

「火村先生と有栖川さんがおいでになる時間に合わせて、死体の発見者をここへ呼んでいます。被害者の下で働いていた事務員兼探偵見習いで、柿内望(かきうちのぞみ)という男性です」

腕時計を見て「二時十五分と言っていましたから、もうくるでしょう。先に現場をご覧いただきましょう」

古いアメリカ映画に出てくるような探偵事務所だった。右手にはテーブルを挟んで革張りのソファが向き合った応接スペース。左手にはファイル類が並んだキャビネット。その向こうには壁を背にして柿内のものらしいスチール机。奥の窓際にはボスのものであろう机。苦み走ったハードボイルド探偵がその上に両脚を投げ出しているシーンが目に浮かんだが、ここのボスは女性だったから、そんな行儀のよくない真似をしたはずはない。

想像していたよりもささやかな探偵事務所で、みすぼらしいとまでは言わないにしても、繁盛していたとは思えない。ボスと事務員兼探偵見習いの二人しかいなかったと遠藤に聞くと、なおのこと。

「殺害されたのは坊津理帆子、三十九歳。この事務所に一人で居残っていたところを襲われたようですね。死因は絞殺で、頸部に凶器の紐が巻きついたままでした。それ以外の傷はありません。死亡推定時刻は二十日の午後十一時から日付を跨いだ翌二十一日の午前一時にかけて」

遠藤の説明を聞きながら、火村は視線を床に落とす。死体は、奥の机の脇に倒れていたのだろう。頭を椅子の方に向けた人形のテープが貼ってある。窓が南に面しているから、頭が東で爪先が西だ。

「坊津探偵事務所の始業時間は午前九時。毎朝、柿内は八時五十分ぐらいに出勤してきます。所長の坊津理帆子は先にきていて、自宅から持ってきた朝刊をこの机に広げて読んでいるそうです」

ここの流儀は長閑というか緩いというか、事務員兼探偵見習いが先にきてボスの机を拭いたりはしないわけだ。

「一昨日、二十一日の朝も、柿内は八時五十分に出勤したところ、床に誰かが倒れていた。上半身は机の陰になっていましたが、スカートと靴からして坊津だと判ります。残業している時に急病で倒れでもしたのか、と慌てて駆け寄ってみると、すでに絶命していたということです。顔面が鬱血して首に紐が巻きついていたので、医学の心得がなくても絞殺なのは明らかでした。柿内が警察に通報した時刻は、八時五十三分と記録されていますとか」

「室内が荒らされた形跡はないようですけど」私が言う。「パソコンが壊されていたとか」

「被害者のものだけが給湯室のシンクに満たした水に浸けられていました。犯人のしわざでしょうね。柿内望の机にあるパソコンは手をつけられていません。彼の指紋しか検出されていないので、犯人は触ってもいないらしい」

そこでドアがノックされたので、遠藤は身を翻す。二時十五分から少し遅れて、柿内望が到着したのだ。

「出てきていただいて、すみません。こちらがお話しした火村先生と有栖川さんです」

私たちを紹介されると、彼は「どうも」と形ばかり頭を下げた。二十六、七歳だろうか。顔つきが若々しいというよりやや幼く、肌がつやつやとして少年のようにおぼこいので、濃紺のスーツ姿で就職活動の面接に現われたかのようだ。両サイドをすかっと刈り上げにしたショートヘアは、遊びの場でよく映えてビジネスの場にもまずまず対応できます、という感じだった。

応接スペースのソファで話を聞くことになると、給湯室に行ってお茶を淹れようとするので「結構ですよ」と遠藤が止めた。お茶汲みは日頃の業務だったらしい。

柿内望は二十六歳。大学卒業後に大阪のＩＴ関連の会社に就職するが、仕事の環境に馴染めずに半年で退社し、出身地の神戸でいくつかの職を転々として腰が定まらなかったところ、この事務所の求人案内を目にして「探偵というのも面白そうだ」と門を叩いてみたら、短い面談だけで採用が決まった。

「坊津先生の眼鏡にかなったから、というわけではなく、人手が足りなくてひどくお困りだったんです。タイミングがよかったので拾われました」

この十一月で、ちょうど勤続一年。柿内は一人前の探偵になることを希望し、ボスも彼を育成して自分の片腕にしたがっていたのだが、そのためには事務の専任者が要る。ところが、人手不足の当節は募集してもなかなか応募者がなく、何人か採用できたものの待遇面の問題などで定着しなかった。そのため、いまだに柿内は事務員兼探偵見習いという境遇に留まっていた。

「見習いというと、坊津さんのアシスタントのようなことをなさっていたんですか？」

火村に訊かれると、畏まった調子で「はい」と答える。

「調査の下調べや尾行などの補佐といったことを。一つの案件を単独で任されたことはありません」

「夜遅くまで、坊津さんが事務所に居残って仕事をすることは？」

「珍しくありませんでした。依頼人への報告書を急いでまとめるために。それ以外でも、別に仕事がなくてもいたりしたようですよ。パソコンであれこれ観たり、本を読んだりして過ごしたり。この事務所は坊津さんの城で、その椅子が大のお気に入りだったんです」

「二十日は残業だったんですか？」

「どうだったのかな。八時過ぎに『もう上がっていいわよ。私は晩くに帰るから』と言っていました」

「それであなたは八時過ぎに事務所を出た、と。——こちらが扱うのは、主にどのような案件でしたか？」

「一番多かったのは浮気調査です。次が家出人や昔の知人などを対象とした人捜し。不正を働いている疑いがある従業員の身辺調査など、多岐にわたります」

「多岐にわたります」は大袈裟で、専任の調査員が所長だけなのだから、普通の探偵事務所が手掛ける範囲内だったであろう。思ったとおり景気はよくなかったが、いったん調査の依頼が入ると徹夜の張り込みをすることもあってきつい。それでも彼は探偵の仕事に面白みを感じて、給料がもう少し多ければ、ということ以外に不満はなかったそうだ。

「坊津さんがどういう方だったのか、お聞かせください」

「一見したところ、怖そうなんです。低めの声でぽんぽんと指示をしてくるし、面倒な依頼人が筋違いの文句をつけてきたら臆することなく言い返します。僕もよく失敗して『おい、柿内！』と怒鳴られましたが、根は親切で優しい人でした。叱り方もからっとしていて、ただ怒るだけでなく何がどう駄目なのかを説明してくれましたから、僕にしたらかえってやりやすかったぐらいです」

因果ではあるが、故人を持ち上げる言を全面的には信用しかねた。彼は被害者のただ一人の部下で死体の第一発見者でもあるから、とりあえず犯人候補として疑わなくてはならない。

「長い時間、顔を突き合わせて色々な話をしましたけれど、坊津さんのことをどれだけ理解しているのか……。僕に見せていたのは表面だけで、本当の自分は隠していたような気もします」

「そう思う根拠は？」

「あ、いえ。そんなふうに訊かれると返事が難しいですね。なんというか、勝ち気でせっかちで仕事ができる上司というのは、坊津さんが〈見せてもいい〉と判断した部分で、実際はもっともっと厚みというか、深みがあったように感じるんです」

今後の捜査のために銘記しておくべき証言のようでもあり、誰にでも当て嵌る常識的見解のようでもある。そもそも柿内の人間を観察する目がどれほどのものか、私は知らない。

「坊津さんの身辺にトラブルはありましたか？」

火村は、坊津の人となりを探るのは後回しにした。

「事件につながるようなことについてお尋ねだったら、思い当たるものはありません。現在も過去も。僕がここにくる前のことは、もちろん答えられませんけれど。あ、プライベートに関しても同じです」

「何か悩み事があるのでは、とあなたが感じることもなかった？」

「ありません。亡くなった日も、いつもどおりの坊津さんでした」

そう言われたらとりあえず呑み込むしかない。火村はいったん退却して同じことを重ねて問わず、遺体発見当日の話に移る。

「僕がいつものように出勤すると――」

ボスが殺されて床に倒れていた、と。そこまでは彼がドアをノックする前に遠藤から聞いた。

「すぐに警察に電話して、廊下でパトカーがくるのを待ちました。亡くなっているのは一目瞭然(いちもくりょうぜん)でしたけれど、坊津さんの脈を見ようとしたら、もう冷たかった……。それ以外、室内のものには手を触れていません」

「賢明です。――遺体を発見した時、反射的に思ったことはありますか？　強盗のしわざだ、とか」

「頭の中が真っ白で、そんなことも考えませんでした。これはどういうことだ、と混乱するばかりで」

「坊津さんのパソコンが給湯室で水に浸けられていたそうですが、他に何か狼藉の跡はなかったでしょうか？」

なくなっているものがないか、すでに彼は警察にしつこく訊かれていた。ボスの机の抽斗の中身は見たことがないので何とも言えないが、自分の机やキャビネットの資料類がいじられた形跡はない、とのこと。

「すると、犯人は坊津さんのパソコンにあったデータの破壊だけが目的だったとも考えられますね。所長が過去に扱った案件もしくは調査中の案件に関係していそうです。心当たりは何もありませんか？」

「刑事さんからもさんざん訊かれましたけれど、僕には何も」

「坊津さんは、単独で何か調査していたのかもしれない。そういうこともあったんでしょう？」

「ありましたね」ふと顔を上げる。「そういえば……」

「思い出したことがありますか？」

火村が食いつくのも当然で、その調査の対象となっている人物が怪しい。遠藤が身を乗り出したところをみると、柿内はこれまで警察にしていなかった証言をしようとしているらしい。

「最近、何か調査していたようなんですが、『お手伝いしましょうか？』と僕が訊いたら、『私だけでやるからいい』と言われたことがあります」

「最近とは、いつです？」

「そんなやりとりをしたのは、二ヵ月近く前です。九月の終わり頃だったかな。いや、もう少し前か」

「そういうことは、これまでにもあったんですか？」

「『簡単な仕事だから、独りで片づける』ということもありましたけれど、二ヵ月前は何だか様子が違っていました。仕事を離れて、プライベートなことを調べていたような……。口ぶりから漠然とそう感じただけなんですが」

「プライベートね」火村は指先でテーブルを二、三度叩く。「それは、坊津さんご自身の問題を解決するためのものだったのか、知り合いに頼まれてこっそり調査していたのか、どちらでしょうね？」

「そこまでは何とも」

「具体的に、どんなことをしていたんですか？」

「ここそこ……でもないのかもしれないけれど、どこかに電話をしていました。僕が出先から帰ってくると声を小さくして、『またあらためて』と切ってしまいました。ドアを開けた時に聞いた口調は事務的で、彼氏とデートの約束をしているふうではなかったなぁ」

彼氏という言葉が出たのをきっかけに、坊津理帆子の男性関係についての話になるが、柿内は何も知らなかった。

「『独り身に戻ってからは第二の人生。女一人で自由にのびのびやるわ』とおっしゃっていたし、親しくしている男性はいなかったんじゃないでしょうか。この一年間で、坊津さんに男性の気配を感じたことはありません」

それまで淡々と話してきた柿内が、そこで急に目頭を押さえた。どうしたのかと見ると、目尻に涙がにじんでいる。

「すみません。悲しみが込み上げてきて……。坊津さんが亡くなったのが現実のことと思えなかったんですけれど、ようやく実感が湧いてきました。もういないんだな、と」

彼は、懸命に自分の気持ちを伝えようとする。

「あの人は、僕の雇い主で探偵になるための師匠というだけではなくて、心の拠り所でもありました。怒ると怖いんですけれど、大きく包み込んでくれるようなところがあった。たまに私生活上の不安や悩みをこぼしたら、肩に手を置いて慰めてくれました。僕の目を見ながら『私が大丈夫と言ったら大丈夫』なんて励まされると、本当に大丈夫なんだ、と確信できたんです。そんな坊津さんを失って、自分を支えていた大きな柱がぽっきり折れてしまったようです」

　坊津の遺体は司法解剖の後、岡山県との県境近くからきた遺族へただちに引き渡され、郷里での密葬となったため、柿内は出席することがかなわないという。通夜や葬儀に参列できないことも心残りなのだろう。

　柿内の感情が鎮まるのを待ってから、遠藤が「まだ先生方にお話ししていない事実を交えて、私から少し」と質問役を引き受ける。

「出戸守さんについてお尋ねしたことがありましたね。知らないということでしたが、何か思い出すことはありませんか？」

「いいえ」

「坊津さんが単独で調べていた案件に関係しているかもしれないんですけれどねぇ」

「まったく聞いたことがないんです。──その人も殺されたんでしたよね？」

　出戸守というのは、神戸港から引き揚げられた方の被害者の名前らしい。どんな事件なのか予備知識がないから、ここは黙って聞くしかない。

「ええ。出戸さんのスマートフォンは見つかっていませんが、電話会社に照会して通話履歴は判っています。それによると、彼は九月二十六日から何度も坊津さんと連絡を取っているんです。年齢は三十代半ばで、ちょび髭を生やしていたそうなんですが、それらしい人がこの事務所にきたことは？」

「ありません」

「この人に見覚えは？」

遠藤は若い男の写真——それが出戸なのだろう——を見せたが、返事はやはり「ありません」だった。

「では、インド人かもしくはインド人らしき人物が坊津さんを訪ねてきたことはありますか？　こちらは立派な口髭をたくわえていて、名前はラジーブです」

「インド人？」柿内は刑事の顔を見返した。「ないですね。出戸さんという人と関係があるんですか？」

「コンビで動いていたようなので、お訊きしてみたんです。きていない？　そうですか。——坊津さんはインドがお好きだったそうですね」

「は？」柿内はまた怪訝そうにする。「そうなんですか？　僕と話している時にはインドのことなんか出ませんでしたけれど」

「占いがお好きだった、ということもない？」

「意外な質問の連続です。そんな話題も出ませんでした」

どうしてそんなことを尋ねるのか、その理由が私も気になる。

「ついでに伺っておこうかな。細野起美という名前に心当たりは？」

「まったくありません」

「やはりね。——坊津さんのことに戻ります。亡くなる前の数日、彼女が不安そうだったり憂鬱（ゆううつ）そうだったりしたこともない？」

「はい。ふだんどおり、お元気そうでした」

「坊津さんが使っていた赤い表紙の手帳を、あなたが覗いてみたことはないんでしたね？」

「それについても前にもお答えしたとおりです。決してありません。あの赤い表紙の手帳は坊津さんが肌身離さず持っていましたから、僕が覗き見する機会なんてなかった。他人の秘密をてきぱきと調べ上げる一方で、ご自分の秘密はしっかりとロックしていたんですよ」

2

柿内が帰った後、犯行現場となった事務所をじっくりと見分し、パソコンがシンクに浸けられていた給湯室やビルの周囲も見て回った。エントランスの防犯カメラの記録は警察が調査中だが、裏の非常階段には防犯カメラが設置されていないということなので、あまり意味がなさそうだ。出戸守を殺害した犯人も、死体を詰めた大きなスーツケースを運び出すために非常階段を利用したらしく、その点でも手口が一致していると遠藤は見ているようだったが——私は異を唱える。

「二つの事件の手口が同じとも言えんのやないですか。出戸の死体は現場から運び出しているのに、坊津の死体は現場に転がしたままでした。犯人は殺害後に違う行動をとっています」

「それは、出戸ならばしばらく姿が見えなくなっても周囲で騒ぐ人間がいなかったのに対して、坊津は翌日から柿内が不審に思うのが予想されたからでしょう。——有栖川さんは、別の人物の犯行だとお考えなんですか？」

「いいえ、そこまでは言いませんけれど」

「先生のご意見は？」と訊かれた火村は、そっけなく答える。

「今のところはコメントしようがありません。出戸守が殺された事件について、まだ詳細を伺っていませんから」

遠藤は頭を搔く。

「いきなり坊津殺害の現場にご案内して、おかしな順序になってしまいました。署で一から詳しくお話しします。合同捜査本部が設置されましたので、そちらで」

生田神社の西にある生田署までは、歩いてもすぐだった。樺田警部が私たちを待ちかまえていて、「ゆっくりお話しできる部屋が他にないもので」と空いている取調室に通される。マジックミラーになっている鏡の向こうから誰かに覗かれている気がして落ち着かなかったが、いつもながらの美声による事件概要の説明に耳を傾けるうちにそんな雑念は頭から去った。

「出戸守の身元がなかなか判らなかったのは、彼のことをよく知る人物がこの神戸にあまりいなかったためです。昨日、東京からきた両親に遺体を引き渡したんですが、学生時代からの友人もいなかったとか。何故こんなことになったのか、心当たりはまったくないそうです。四日間、身元不明だったのもやむを得ません」

その女性が帰国したことで出戸の身元が割れ、ごく最近に彼と接触していた何人かが突き止められたと思ったら、そのうちの一人である坊津理帆子が殺されているのが発見された。被害者が絞殺されていることであったりパソコンが水に浸けて破壊されていることであったり、犯行の様態にはいくつかの類似点があり、二つの事件の関連を強く示唆(しさ)している。

「出戸の身元が判った途端に坊津の死体が発見されるというタイミングは、できすぎの感もありますね」私が言う。「偶然なんでしょうか?」

樺田はイエスともノーとも答えない。

「出戸の死体が見つかったのは浚渫作業のおかげですが、その予定は直前まで定まっていませんでした。犯人は、何らかの方法で細野起美が帰国する予定日を事前に摑むことはできたかもしれませんが、死体詰めのスーツケースが何月何日頃に引き揚げられるかを予想することは不可能でした」

そういうことならば、すべてが犯人の計画どおりということはあり得ない。警察が公開した似顔絵を帰国するなり細野が見たのも偶然だろう。いつ似顔絵がニュースで流れるかも犯人には予想できなかったのだから。

「鑑識の結果、出戸が自宅で殺されていたのは間違いないんですね？」

火村の問いに遠藤が「はい」と答えたのをきっかけに、樺田は以降の説明を彼に任せる。現場写真などの捜査資料を見せてもらいながら火村と私は聴き入った。起きたことを時系列順に並べると、次のようになる。

十月の初めに、ヨガインストラクターの井深リンのスタジオに出戸が現われ、インド旅行のポスターを貼るのは断わられるが、アガスティアの葉のリーディングがコーディネイトできるという話に井深が反応し、その方面に興味を抱いている知人たちに連絡を取った。インド好きが集まったグループのメンバーは彼女を入れて七人。うち三人がリーディングとやらを希望した。彼らは、必要な情報や指紋を出戸経由でラジーブというインド人に提出する。ラジーブは依頼人の運命が記された葉っぱを見つけ出し、それを携えて来日。十一月十二日の夕方に、メンバーの一人である間原郷太郎でリーディングが行なわれた。ラジーブと出戸が間原邸を辞したのは午後六時半。その後、東京に向かうと出戸は話していたそうだが、真偽のほどは判らない。生きている出戸が目撃されたのは、現時点ではそれが最後である。

十七日になって、出戸がスーツケース詰めの死体となって発見されるも、なかなか身元の特定ができずに三日が経過する。二十日に海外に出ていた知人女性が帰国して、警察に連絡してきたことでやっと被害者が出戸らしいと見当がついた。女性は、日本を発つ前の十一日に出戸とたまたま会ったが、その後は連絡を取っていなかったため、彼がいつまで生存していたのかは不明だ。警察は、出戸が契約していた電話会社に彼の通話履歴の開示を請求する。

翌二十一日。出戸の動きを手繰るための聞き込みの過程で、前述のヨガスタジオで井深リンの証言にぶつかり、間原邸でのリーディングのことを遠藤は摑んだ。そこに集まっていたメンバーの一人として坊津理帆子の名前が挙がったのだが――

「坊津の名前は、二十一日に三ヵ所から花火のごとく打ち上がりました」遠藤には、それがひどく劇的に思えたらしい。「井深の口からその名前が出る少し前に、捜査本部に電話会社から出戸の通話履歴の報告があったんです。彼は、ここ二ヵ月ほどの間に何度か坊津理帆子と電話でやりとりをしていました。となると、是が非でも坊津なる人物から話を聞かねばならないのですが、かないませんでした。その朝、彼女が自分の事務所で殺されているのが発見されたからです」

出戸と坊津のつながりを警察が炙り出しかけた途端に、坊津が死体となって見つかった。これは偶然なのか、犯人の意志が働いているのか判断に迷う。

「犯人が警察の動きを熟知していて、坊津の口を封じるために先回りして消したみたいにも思えますね」

火村が黙っているので私が思ったたままを述べると、樺田がわずかに表情を曇らせた。

「有栖川さんは、警察に内通者がいると想像しているんですか？」

「まさか。根拠もないのに、そこまでは言いません。ただ、妙なタイミングやなぁ、と。――どうや？」

傍らの火村を見ると、肩が凝っているのか軽く両腕を回す。

「お前が想定している犯人にとって、坊津の存在は邪魔だったわけだ。しかし、もしそうなら出戸と坊津のつながりを警察が摑みそうになるのを待つまでもなく、出戸の身元が割れるのにも先んじて、トランク詰めの死体が見つかった時点で坊津の殺害に及んでもよかったんじゃないか？」

「犯人は、なるべく坊津を殺したくなかったのかもしれん。しかし、彼女と出戸とのつながりが露見するのは非常にまずかったので、出戸の身元が割れかけた時点でアクションを起こした」

「割れそうになっているのを犯人が察知できたのは警察に内通者がいたから、か？」

「いや、せやから俺はそうは言うて――」

「言っているのも同然だ」

樺田と遠藤を前に、警察の取調室の中で「内通者」を連呼するのは心苦しいが、そういう理屈も成り立つだろう。

「有栖川さんの御説が正しいとしたら、内通者の候補は一人に絞られます」

「えっ、候補者がいるんですか？」と言い出した本人が驚く。

「もし正しかったら、ですよ。犯人に情報を洩らしたのは野上さんです」

えらい人の名前が出てきた。

「……なんでそうなります？」

遠藤によると――彼が井深リンに接触したのは、出戸の部屋で〈ヨガスタジオ・リン〉のパンフレットを目にしたからだ。最近、何かの必要があって入手したものかもしれないと考えた彼は、ただちにスタジオに電話を入れてみたが、すでに十時半を過ぎていたので誰も出なかった。

「仕方がないので翌日の朝にかけ直すことにしたんですけれど、私が井深のヨガ教室に注目したことを知っているのは、その場にいた野上さんだけです。現場に出入りしていた他の捜査員は、私が何を見ながらどこへ電話しようとしていたのか判らなかったはずです」

よって内通者が存在するとしたら野上がただ一人の候補者となるわけか。食えない親爺だが、地球が三角になっても彼が警察を裏切ることはないだろう。内通者などいないのだ。樺田と遠藤を前に、警察の取調室で軽率なことを言ってしまった。

「としたら、出戸との結びつきが発覚しかけたタイミングで坊津が殺されたのは偶然ということか」

私の呟きに、「だろうな」と火村が呼応し、続ける。

「そう考えても無理はない。偶然ではなく意味があるのだとしたら、捜査が進めば判ってくるだろう」

面白くもないコメントだな、と思って私は言葉を返す。

「まだ二つの事件のあらましを聞いただけやけど、お前はこの事件をざっくりどう見る？　出戸が坊津に何かの調査を依頼して、それを知られては困る何者かが出戸を殺して海に沈めた。それが思いがけずに早く発見されたので、秘密を知った坊津の口をふさぐのと彼女がまだ手許に持っているデータを消去するために第二の犯行に走った、という見立てでええのか？」

「それがお前の見立てなのか？」

「俺が訊いてるんや。質問に質問を返すな」

「質問に含まれている曖昧な部分について確認を求めただけだ。――そうなんだな？　俺がイメージしているものとまるで違う」

そのひと言は、樺田と遠藤の興味を喚起したようで、二人の目つきが少し変わる。

「有栖川仮説によると、犯人は自分の秘密が露見することを恐れて、それに迫ろうとした出戸を抹殺し、秘密に触れた坊津をやむなく殺害したことになるけれど、そうだろうか？　俺には、犯人は最初から坊津を主たるターゲットにしていて、出戸の方が巻き添えを食ったように思える」

「なんで巻き添えになった方が先に殺されて、死体が念入りに処理されるんや？」

「見解がそこで分かれるんだよな。俺は、出戸が念入りに処理されたとも思っていない。トランクに詰めて現場から持ち出し、海まで運ぶのは面倒でリスキーだったとしても、それしきの手間では死体がいずれ発見されるのは必定で、時間を稼ぐ程度のことしか期待できない。犯人は時間稼ぎがしたかっただけ、と見る」

「何のために？」

「さぁな。本命である坊津を殺す準備を整える時間が欲しかったのかもしれない」

「出戸の死体を現場に放置したままでも、彼は近所付き合いのない独り暮らしで友人も少なかったから、どうせ何日も発見されへんかったやろう。夏場のことでもないから、しばらくは死体が異臭を放つこともない。放っておいたらよかった」

「そんなことを犯人は確信できたかな？　出戸に友人が少ないことを犯人が知っていたとしても、定期的に誰かと連絡を取り合っていたり、仕事の予定が入っていたりして、音信不通になったことを不審に思って彼の部屋を訪ねてくる人物が現われるかもしれないだろう」

「出戸が巻き添えを食っただけやとしたら、犯人が彼のパソコンのデータを破壊した理由は？」

「それは言うまでもなく不都合な情報が入っている、もしくは入っている可能性があったからさ。坊津とメールをやりとりした履歴は警察に見られたくなかっただろうし、それ以上のものもあったかもな」

「『それ以上のもの』というのが、坊津による何かの調査報告やないのか？」

「出戸が依頼した調査とは限らないじゃないか」

「お前が言うとおり、坊津は自分が関心を持った何かを独りでこそこそ調べていたのかもしれん。柿内もそれを臭わす証言をしてたからな。としたら、出戸の役割が判らん。彼は坊津が臨時で雇ったアシスタントやったとでも？」

「臨時のアシスタントではなく情報源だったとも考えられる。出戸は、アガスティアの葉のリーディングの仲介をしていたから、それを通じてどこかで誰かの秘密を知って、それを引き出そうと坊津が近づいたということもあり得る」

「出戸から引き出した秘密を悪用して、坊津は誰かを恐喝しようとして、その相手に殺された？」

「それは、いくつも考えられる仮説の中の一つにすぎないな。頭の片隅にメモしておくだけでいい」

「火村先生、有栖川さん」

樺田の妙に厳かな声が響いた。これから重大発表があります、という感じだ。何事かと思っていると、警部は「あれを」とだけ遠藤に言い、何かを取りにやらせた。

「十二日に、間原邸で出戸と坊津は立場こそ違えども席を同じくしています。そこで何かがあったのかもしれません。昨日、間原郷太氏から話を聞いたところ、その席上で二人は初対面を装っていたそうですが」

「九月から電話やメールで連絡を取り合いながら、実際に顔を合わせたのは初めてだったのかもしれません」

「火村先生のおっしゃるとおりです。それはひとまず措いて、ラジーブ先生とやらによるリーディングの際、坊津は自分が死ぬ日を教えてもらっています。アガスティアの葉には命日も書いてあるそうで」

「リーディングは公開で行なわれたと伺いましたが、そんな席上で『あなたはいついつ死ぬ』なんてラジーブは依頼人たちに告げたんですか？」

呆れる私に、警部は「いえいえ」と首を振る。

「さすがにそれは憚られたんでしょう。坊津理帆子も、別の依頼人の加々山郁雄も、ここに書いてくれ、と自分の手帳をラジーブに差し出したんです。それも気が進まなかった間原郷太は、命日を聞こうとしませんでした」

領置した証拠品が入ったビニール袋を手に、遠藤が戻ってきた。ブツは赤い表紙の手帳だ。そういえば彼は、坊津が使っていた赤い手帳を覗き見したことはないのか、と柿内にしつこく質していた。これが実物か。

「坊津の手帳です。業務用とは別で、私的な予定を書き込むのに使っていたようです。――ここをご覧ください」

あるページを開いた警部は、向きを逆さにして私たちに示した。左ページの十一月十二日の欄に、〈例会　インド亭　16:00～〉と記されている。警部はその右の白紙ページにある書き込みを指差した。――癖のある筆跡で、2017.11.20とある。

この事件の〈妙なところ〉とは、これか。

「ラジーブが書いたと思われる坊津理帆子の命日です」

死亡推定時刻は、二十日の午後十一時から二十一日の午前一時だった。ほぼ当たっている。

3

火村と私は取調室に留まり、遠藤が用意してくれた捜査資料に目を通した。二つの事件が絡み合っていることに疑いはないが、何がどうなっているのか構図が読み取れない。それ以上に気になるのが、坊津の手帳に書かれた日付である。

「アガスティアの葉には真実が記録されていて、ラジーブ先生はそれを正しくリーディングしてたことになる。坊津の死は予告されてた」

私が呟くと、火村は渋い顔になる。彼としては、アガスティアの葉など一顧(いっこ)だに値しないのだろう。

「火村先生は、これも偶然で片づけるのか？　まぐれ当たりとは考えにくいぞ」

「まぐれでないとしたら、ラジーブはこの人為的な出来事を予見していたんだろう。呼びつけて話を聞く必要がある」

当然ながら樺田らもそう考えて彼を捜しているのだけれど、行方は杳(よう)として知れない。ラジーブというのは姓ではなくギヴンネームらしい。それが本名かどうかも怪しいが、彼がすでに出国したかどうかも判っていない。

「予見していたというのは、彼が殺人計画に一枚嚙んでいる、ということやな？　しかし、それもおかしな話や」

「ああ。坊津にわざわざ殺人予告をするなんて理屈に合わない。かといって親切心からの警告とも思えないな。差し迫った危険を知っていたのなら、彼女が回避できるよう何が起きつつあるのか具体的に伝えればよかったんだ」

「死ぬ日付だけを書いた、というのも変やな。彼女の質問に答えただけとも言えるけど……。親切心からの警告と見るのは無理がある一方、恐怖を与える不吉なメッセージとして書いたとも考えにくい。リーディングの席上で、彼女は年を取るまでそれを見ない、と宣言していたそうやからな。見てもらわれへんのやったら脅しにならん」

見ないと宣言しておきながら好奇心に克(か)てず、坊津は家に帰ってすぐにページを開いてみたかもしれないが、必ず見るという保証はない。ラジーブが何を考えてあの日付を書いたのか謎だ。

出戸と坊津を殺した犯人がラジーブだと仮定したら、何か見えてくるだろうか？三人である種の謀略を企てていたところ、仲間割れが起きて二人が殺された、と見ることもできるが、根拠なき想像の域を出ない。

逆に、ラジーブも殺されている可能性だってあるではないか。グルになって悪事を働こうとしていた三人が、脅そうとしていた相手から機先を制され逆襲を受けたのかもしれない、などという物語ならば、いくらでも捻(ひね)り出せる。

火村が腕時計を見たのに釣られ、私も自分の時計に目をやったら五時半だ。ドアが開き、「お待たせしました」と遠藤が入ってくる。あらかじめ決めてあった時間どおりだ。

六時に遠藤とともに〈ニルヴァーナ〉を訪ねることになっていた。間原郷太から話を聞くためだが、うまくすると仕事の打ち合わせで加々山郁雄もきているかもしれないそうで、ラジーブのリーディングを受けた二人に面談できるのは楽しみだ。その後は〈ヨガスタジオ・リン〉に向かう。八時台ならば井深リンの体が空いており、事情聴取に応じてくれるという。

「六時より早くに着いてもいいということでしたから、そろそろ出掛けましょうか。歩いても行ける距離ですが、元町のヨガスタジオに回るので車を出します」

遠藤が運転手を務め、火村が助手席に、私が後部座席に座って三宮に向かった。車中で意見交換をする間もあらばこそ、ものの五、六分で〈ニルヴァーナ〉の専用駐車場に着いていた。間原に指定されたとおり、遠藤は関係者用のスペースに車を駐める。

「聞き込みなんかの仕事でいらしたことは別にして、この店に遊びにきたことはありますか？」

私が訊いたら、刑事は「一度だけ」と言う。

「九州から義理の親父さんが出てきた時に行きたがったので、連れてきたことがあります。女房も一緒です。江戸時代の侍がインドに迷い込み、民のことを想う情け深いマハラジャに助太刀して悪いマハラジャと闘うミュージカル仕立てのショーで、剣劇ありインド映画のようにダンスシーンあり。豪華で健全だし、とても洗練されていましたよ。大きなロックフェスティバルを手掛けるスタッフが演出や舞台効果に参加しているそうですね。親父さんも女房も大喜びでした」

お客は華やかな正面のエントランスに回って入場するようになっていたが、私たちは駐車場の奥へと進み、従業員用の出入口で遠藤が来意を告げる。制服姿の警備員が内線電話を一本入れると、間原郷太がじきじきに出迎えにきた。紺色のダークスーツに青っぽいネクタイを合わせている。反復するエスニックな文様は更紗だろう。

「お待ちしておりました。応接室にどうぞ」

彫りが深くて目鼻立ちがはっきりとしたインド風味の顔立ちは、噂に聞いていたとおり。口髭をさらに豊かにしてターバンを巻けば、インド紳士に化けられそうである。

廊下を奥に歩いていると、インドならぬインドネシアのガムラン音楽が聞こえていた。まだ生バンドの演奏ではなく、録音されたものが店内に流れているようだ。煌びやかなサリー姿の若いインド人女性——大輪の花を思わせる美人——が、すれ違う際に間原と「ナマステ」と挨拶を交わしていた。私でも知っているこのヒンディー語は、朝昼晩を問わずに遣えるらしい。

「彼女はうちが売り出そうとしているシンガーで、素晴らしい才能の持ち主です。ヴィマラといいます。歌唱力と美貌だけでなくタレント性がすごいので、遠からぬうちに日本中の人気者になるでしょう。デリー生まれ、神戸発のスターですよ。もしもこの後のご予定がなければ、シアター席を三つご用意するので彼女のステージを観て行ってください。出番は八時半頃です」

せっかくの間原の誘いだったが、予定がしっかり埋まっているので遠慮するしかなかった。

装飾品も応接セットもインド調に統一された部屋に通され、薔薇のような香りが立ち上る紅茶を供される。最高級のダージリンティーなのだろう。遠藤が以前に観たショーのことを褒めると、オーナーはいかにもうれしそうな顔になる。

「お楽しみいただけて何よりです。訪日外国人旅行者は増える一途で、地方にもその波が及びつつあるというのに、神戸は集客に苦労しています。異人館街に象徴される港町のエキゾティシズムや南京町の中華街や日本最初のモスクである神戸回教寺院といったものは、日本的なものを求めて来日した外国人にアピールしにくいのはやむを得ないとしても、大阪や京都に観光客を奪われるばかりでは残念すぎます。私は、神戸の人たちに愛されるだけでなく、海外からのお客様も引きつけるスポットが作りたくて、〈ニルヴァーナ〉をより魅力あるものにするべく奮闘しているんです」

経営者然としたトークを前置きにしてから、間原は続けて言う。

「刑事さんがお話を聞きたがっておられる加々山さんは、店でマネージャーと打ち合わせをしているところです。六時過ぎには終わって、こちらにくることになっています」

ということだったので、それまで間原から話を聞かせてもらうことになった。まずは遠藤が質問を並べていく。

「間原さんと坊津さんのご関係について、あらためて伺えますか?」

「あの人の亡くなった旦那さんが、うちのご贔屓だったんです。雰囲気がよくて料理もお酒もおいしい、といたくお気に入りで。私はお客様の前に出ることが多くて、ショーの前後に客席でご挨拶をして回ることがよくあります。その時に旦那さんと一緒にいらしていた奥様の理帆子さんとも親しくお話しするようになって、旦那さんがご病気で亡くなった後も、私と理帆子さんとの交友は続いたわけです」

「その旦那さんが探偵事務所を開設していらして、理帆子さんが跡を継いだんでしたね」

「彼女は以前から事務所の仕事を手伝っていましたから、自然な成り行きだったと思います。〈坊津探偵事務所〉という看板を守りたがっていました。ビルの一室の小さな事務所と思われたかもしれませんが、昔は三、四人の調査員がいたんですよ。不人情なことに、そのうちの一人が独立する際、腕利きの同僚を引き抜いていったそうで、彼女がしょんぼりしていた時期もあります」

「今は違うんですね？」

「本人の弁によると、『辞めた連中はそれなりに優秀だったけれど、信用できないところがあった。使いにくいと感じていたので、かえって清々しましたよ。自分のペース、自分の器量でやっていきます』とのことです。幸いなことに、亡くなった旦那さんはかなりのお金を彼女に遺していました。彼が父親やら身寄りの少ない親族から相続したお金をたくさん持っていたおかげで、探偵事務所が繁盛していなくても彼女は余裕のある生活をしていたようです。かといって、趣味や道楽で探偵稼業をしていたわけでもありませんよ。彼女は私立探偵という仕事を天職と考えていました」

証人としてありがたいことに、間原郷太はよくしゃべる男だった。本当に価値ある証人かどうかは、話す内容で判断しなくてはならないが。

「坊津理帆子さんだけでなく、他にもインドが好きなお仲間が間原さんのお宅で定期的に集まっていたそうですが、その方たちも皆さん、〈ニルヴァーナ〉のお客さんだったんですか？」

「そうではありません。メンバーの一人である加々山さんは、十五年来のビジネスパートトナーで、友人でもあります。井深リンさんとは、坊津さんを通じてお近づきになりました。坊津さんは、井深さんのヨガ教室に通っていたことがあるんです。忙しくて、ヨガの方は一年も続かずやめたそうですが」

私は、膝の上で手帳を開いてみる。インド亭の例会とやらに参加していた他のメンバーは、間原郷太の妻・洋子を除くと、あと二人。佐分利栄吾と弦田真象だ。

「佐分利さんは心療クリニックを開いているカウンセラーで、私の妻がお世話になったことがあります。心が疲れたことがあって、カウンセリングを受けに行ったんですが、私も多忙の中で精神を潑剌と保つため、妻の勧めに従って受診して知遇を得ました。最初は〈佐分利先生〉だったのが、いつしか〈先生〉が取れましたね。この頃では〈サブさん〉です。話題が何かと豊富で、おしゃべりが楽しい人です。気さくなところもいい。お祖父さんがインド人だったそうで、彼もインド好きです」

「ミュージシャンの弦田真象さんは、ショーの出演者だった？」

「はずれですよ、刑事さん。弦田さんはユニークなミュージシャンで、インドの楽器をあれこれ扱えるので、その点については〈ニルヴァーナ〉に向いている人なのですけれど、あまりにも自由人なのでショーマンシップを欠いている。ご本人も高いギャランティーでうちのステージに立つより、路上で投げ銭をもらう方が本望でしょう」

「音楽を生業としているのではないんですか？」

「四、五十年前だったらヒッピーと呼ばれる人種でしょうか。十代の終わりから何度かインドを放浪して、あちらの浮世離れした空気に染まったようですね。哲学を語らない哲学者という趣もあります」

話を聞いていると、この人が一番面白そうである。

「弦田さんの職業ですか？　不詳というのが正確なんでしょう。人が集まるところで楽器を弾いたり、たまに小さなライブハウスで音楽を演奏したりするだけでは生計を立てられないので、貯金が尽きてくると短期のアルバイトをしているそうです」

「なるほど、自由気ままに生きているんですね。――で、そんな方と間原さんがどこで知り合ったんでしょう？」

「路上です」

「ロジョー？」

「西元町駅の近くで彼がシタールを弾いているところへ、私たち夫婦と佐分利さんが通りかかったんです。一緒に食事をした帰りのことでした。人の心を捉える演奏に感心して、足許に置いてあった帽子にお金を入れながら話しかけたのがきっかけです。その頃にはインド亭で不定期的にですが坊津さんや井深さんを招くようになっていたので、余興と言ってては申し訳ないけれど、彼に演奏をしてくれるように頼んでみたら承諾してくれました。これがまた素敵だったので、重ねて演奏を依頼するうちに弦田さんも仲間に加わった、という次第です」

たまたま知り合った仲間たち、ということか。私は、気になっていたことを尋ねてみる。

「例会とおっしゃっていますが、その集まり自体に名前はないんですか？　たとえば、〈インドの会〉とか〈インド倶楽部〉とか」

「インドの会では、漠然としていますね。インド倶楽部はいい響きですけれど、あいにく神戸には〈インドクラブ〉が実在します。正式な名称は一般社団法人ジーインデヤクラブでしたか。百十年以上の歴史を持つ団体で、インドの文化や芸能・音楽に親しむことができます。……クラブを漢字にして、私たちのささやかな集まりを内輪で〈インド倶楽部〉と称しても問題はなさそうですね」

十二日の例会がどのようなものであったか、ラジーブのリーディングを受けた感想などについて尋ねると、死んだ姉の存在やら今の仕事を始めた時期やらを言い当てられた事実だけを淡々と答えていく。それが物足りなかったのか、火村が口を開いた。

「リーディングは的中していたわけですね。驚いたとか、恐ろしくなったとか、その時のお気持ちはどうでしたか？」

間原は、わずかに体を火村の方に向けて応じる。

「狐につままれたよう……でしょうか。当たるものだな、と感心しました」

私はちょっとやそっとで動じる男ではありませんよ、と取り繕っている感もある。

「インチキの可能性は考えましたか？　自分について事前にリサーチをしてきたのではないか、といった疑いを持つ人もいそうです」

「見料は一人につき五万円でした。それだけの報酬を得るために、私の過去や現在を調べる手間や時間をかけては、とてもではないが割に合いませんよ。インチキではないでしょう」

「合理的に考えれば不合理を認めるしかない、ということですか。パラドックスだな」

「合理的な態度だと思いますが」

「ええ、納得できます。インチキだと思わなかったからこそ、自分が死ぬ日を訊くのを拒んだんですね？」

「それは最初から訊かないつもりでした。寿命を知るなんてことは自然の摂理に背くように思えたもので」

「間原さんは、もともとアガスティアの葉を信じていらしたんでしょうか？　胡散臭いと思っていたら、五万円の見料を払って観てもらいませんよね。いくら経済的に余裕がおありだったとしても」

「かといって、信じ切っていたわけでもありませんよ。半信半疑……というより、むしろ信じない方にいくらか傾いていたでしょうか。リーディングをしてもらうことになったのは、坊津さんに強く勧められたせいでもあります」

「どんなふうに？」

「『二度とない機会だろうから、ぜひやりましょうよ。私も観てもらうから』という調子で、二の腕を摑んで引っぱるような勢いでした。仲間がいないと心細かったのか、場が盛り上がるようにしたかったのか判りませんけれど」

「非常に熱心だったんですね。その点に不自然なものを感じたりは？」

「不自然とまでは言いません。以前、アガスティアの葉が話題になった時に私が興味を示したので、優柔不断は後悔の元と考えて、親切心から背中を押してくれたんでしょう」

「もうお一人の加々山さんも、坊津さんに誘われたんですか？」

「彼は進んで参加しました」

「例会の席で、公開でリーディングを行なうことに抵抗はありませんでしたか？」

「ああ、それはありましたね。プライバシーに関わるので、個別に観てもらうのが本来のやり方だと思いました。それについても坊津さんが『みんなの前で』と提案したせいですよ。あの人はアガスティアの葉の奇跡を疑っていなかったので、他の人たちと興奮をともにしたかったようです。ラジーブ先生を例会にお招きできることが、よほどうれしかったと見えます」

うわべはそうだが、裏がある。間原たちとラジーブの橋渡しをした出戸は、井深リンより先に坊津と電話で連絡を取り合っていた。出戸がヨガ教室にふらりと現われたのは偶然ではなく、そうするように坊津が仕向けたのだ。そして、このグループ——便宜上、インド倶楽部と呼ぶことにしよう——のメンバーに例会の席で公開のリーディングを受けさせようとした。何か秘められた意図があったと思えてならない。

一時間ほど前の火村の言葉が甦る。

——俺には、犯人は最初から坊津を主たるターゲットにしていて、出戸の方が巻き添えを食ったように思える。

私もそんな気がしてきた。坊津には、ひどく秘密めいたところがある。身を滅ぼす結果になる何かを彼女は企てていたのかもしれない。

「坊津さんにお会いしてみたかった。どんな女性だったのか興味が湧いてきましたよ」火村は残念そうに言う。「たった一人の部下にも慕われていたようです。魅力的な方だったんでしょうね」

「人にはない魅力がありました」

「というと？」

間原は、わずかに口許を曲げた。説明するのが簡単ではないらしい。

「人間味があって、明るくて活力に満ち、話が上手。しかし、そんな美点を超越して理屈抜きに人を引きつける磁力のようなものをお持ちでした」

「それは、人を従わせる力でもあった？」

「従わせるというと感じがよくありませんが。人によってはそう受け取る場面があったかもしれません」

「坊津さんのイメージが、さらにふくらんできました。そういうキャラクターだと、相手によっては反発されることもあったのではありませんか？」

「ありそうですね。しかし、私たちの仲間内では人気者でした。みんなの中心で咲いた向日葵（ひまわり）のような存在とでも言いましょうか」

非業の死を遂げたことで評価が上げ底されている可能性も否定できないが、判りやすい喩（たと）えではあった。

間原は坊津と親密ではあったが、彼女の私生活について「よく知りません」と慎重に答え、彼女がトラブルに巻き込まれているかどうかも「聞いていません」の一語で、容疑者を指摘したりはしてくれない。

「しかし、人の運命とは判らないものですね」マハラジャの異名を持つ男は嘆息する。「例会の夜、坊津さんを玄関先でお見送りした時は、また来月も元気な姿が見られると思っていたのに、あれが最後になるなんて。あの夜の雨を思い出すと、よけい悲しくなります」

間原は坊津殺害の動機を持つ容疑者ではないが、彼女が殺された夜のアリバイについてはすでに警察が訊いていた。午後八時半に〈ニルヴァーナ〉から帰宅し、午前一時に就寝したとのことだが、それを証明してくれる者は妻と娘しかいない。

「皆さんがラジーブ先生や出戸さんを囲んで、記念写真の一枚でも撮っていたらありがたかったんですが」

遠藤が未練がましく言った。出戸はどうでもいいが、捜査員たちはラジーブの写真が喉から手が出るほど欲しいのだ。

「こんなことになるとは思いもよりませんでした。写真を撮ろうと誰も言い出さなかったのは、リーディングが厳粛(げんしゅく)な儀式だったので、そんな雰囲気ではなかったからです。また、もし記念撮影をお願いしていたとしても、あの先生は断わったかもしれません」

ラジーブがインチキ占い師だとしたら、なるべく自分の写真を残したくなかっただろう。あらかじめ依頼人たちが気安く記念写真を頼めないような空気を醸成(じょうせい)しておいたとも考えられる。

「ご質問はそれぐらいでしょうか？　七時までに込み入った電話を何本かかけなくて

はならないんですが」

間原が席を立つのとほぼ入れ替わりに、加々山郁雄がやってきた。

4

加々山もすでに遠藤と面識があった。昨日も大阪から神戸にくる用事があり、空いた時間に三宮の喫茶店で事情聴取に応じていたのだ。二十分ほどの面談だったそうだが、「ああ、遠藤さん。これはどうも」と心安く挨拶をして、刑事に紹介された私たちにも「それはどうも」と軽やかに低頭する。

まだ捜査に大きな進展がないことを断わった上で、遠藤は昨日と重複する質問をすることを申し訳なさそうに言った。加々山は「捜査ですから、もちろん結構です」と如才ない。

加々山は、坊津の死に大きなショックを受けているようで、「信じられない」を連発しながら、故人を悼む言葉を次々に繰り出す。皮肉なもので、弁舌が巧みなのが禍して、どこまでが本心なのかがかえって判りにくい。

「私立探偵という仕事が性に合っていたようですが、ご主人を亡くした後、僕の会社にきてもらいたいほどでした。頭の回転が速くて器用な質だったし、人の気を逸らさぬ魅力があったから、経験がなくてもすぐに要領を摑んでばりばり活躍してくれたのではないでしょうか」

ほとんど例会で顔を合わせるだけの付き合いではあったが、二度ばかり二人で酒を飲みながら話したこともあるという。ただし、深い仲だったと誤解されては困る、と言明した。このあたりは、出戸について語った細野起美と似ている。

「ひと回りほど齢(とし)の離れた異性の友人でした。坊津さんにしても同様だったはずです。僕が一緒にいたい女性は、パワフルな坊津さんとは違って、ほっとさせてくれる癒(いや)し系なんです。うちの女房みたいに……と言ってもご存じありませんね。すみません。そして、彼女の好きな男性のタイプは、ちょっと翳(かげ)がある落ち着いた感じだったと推察します。僕みたいに、大声でガハハと笑う男は駄目です」

そんな彼女に恨みや憎しみを抱く人間について、彼に心当たりはない。

「坊津さんは、嫌いな人には自分からすっと距離を置く人でしたから、嫌われた方も同じようにふるまったと思うんですよ。彼女のような態度をとる人は、危機を回避しやすかったはずです」

坊津は何かに悩んでいたふうでもなく、十二日の例会でも変わったところはなかったそうだ。「例会といえば——」と遠藤が話をつなげ、加々山がアガスティアの葉のリーディングを受けた経緯について尋ねる。

「希望者を募られた時、間原さんは坊津さんに熱心に誘われてエントリーしましたが、僕は自発的に手を挙げましたよ。ナーディー・リーダーがインドから自分の葉を携えてきてくれるなんて、千載一遇のチャンスを逃すわけにはいきません」

　時間的にリーディングを受けられるのは三人までだと言われたので、くじ引きで決するのかと加々山が思っていたら、積極的だったのは彼と坊津だけだったわけだ。

「意外でした。みんな気が小さいなぁ、なんて思いましたよ。公開リーディングというので尻込みしたのかな。五万円という謝礼を惜しんだとは思えない。……ああ、弦田さんだけは『五万円もよう払いませんわ』と言っていたか」

　リーディングを受けた感想については「感激しました」と言う。インチキなどとは微塵も思っていないようだ。

「あの場にいたみんなが、その正確さに度肝を抜かれていました。依頼人の過去も現在も、ずばずばと言い当てたんですから疑う余地はありません。いや、過去と現在だけじゃないな」

「未来のことは的中しているかどうか、まだ判らないでしょう」

　遠藤が言うのに、大きくかぶりを振る。

「そうではありません。僕が言おうとしたのは前世のこと。アガスティアの葉には、その人物が経験するいくつもの人生について記されているので、ラジーブ先生は前世について教えてくれたんです」

インドに輪廻転生の思想が根づいているのは承知していたが、アガスティアの葉の記述は一つの人生についてだけだと思っていた――という勘違いはどうでもよい。無意識のうちにぽかんと口を開けていた私に、加々山は顔を向ける。

「どうかしましたか、有栖川先生？」

「はあ」と力ない声を発してから「おっしゃる意味が判らなかったので、失礼ですがご説明いただけますか。加々山さん、間原さん、坊津さんの前世についても、ラジーブ先生はリーディングで語ってくれたんですね？」

「はい」

それはいい。

「それが的中していることに、皆さん驚かれた？」

「はい」

「何故、当たっていると判るんでしょうか？『あなたは前世で、足軽(あしがる)として関ヶ原(せきはら)の合戦に参加しました』と言われても、その記憶が現世の皆さんにはないわけですから的中しているかどうか判断できないと思うんですけれど」

「一般的にはそうですね。しかし、僕たちは記憶していますから」

「……前世を、ですか？」

「はい」

この人たち大丈夫か、と思った。もちろん口には出さないが。

「まだお話ししていませんでしたっけ」加々山は遠藤に目をやる。「他の人も刑事さんに話していないんだな。——僕たちは、インドの音楽をＢＧＭにインド料理を食べ、インドについての雑談を楽しむだけの仲間ではありません。前世にインドで生まれ、深い交わりを持ったことがある者の集まりなんですよ」

聞いていないも何も——いい大人の彼らがそんなオカルト趣味でつながっていたとは驚きだ。事件には何の関係もないのかもしれないが、この件について踏み込まずにいられない。

「皆さんが何をきっかけに知り合ったのかは、さっき間原さんに伺いました。坊津さんはご夫婦でお客として〈ニルヴァーナ〉にいらしていたとか、坊津さんは井深さんのヨガ教室に通っていたとか」

「はい、そうですね。同じ職場にいたとか同じツアーに参加していたというのではなく、たまたま出会った人間の集まりです」

「そんなメンバーがみんな前世でつながっていたんですか？　たまたま？」

与太話（よたばなし）にしてもリアリティがなさすぎだろう、と呆れてしまったが、加々山は諭（さと）すように言う。

「馬鹿らしいと思われるのも無理はないでしょう。僕だって、自分が体験しなかったら有栖川先生と同じ反応をしたに違いありません。しかし、この世界には人知では計り知れない不思議がたくさんあるもので、それが僕たちのまわりで発現したのですよ。ただ、『たまたま』と言ってしまうのは適切ではないかもしれません」

「たまたまでなかったら必然ですか？」

「はい。前世でつながっていたものは後の世でも巡り合うことがよくあり、気がつかないまますれ違うこともあれば、磁力によって互いに引き合うこともあります。僕たちのケースがそれですね。その磁力を強めてくれたのが坊津さんでした」

「彼女が何かしたんですか？」

成り行きで私がインタビュアーになっている。

「僕たちの中で、最初に前世の〈輩〉を見つけたのが彼女だったんですよ。それが井深リンさんで、ヨガ教室で対面するなり、『久しぶりに〈輩〉に会えました！』と抱きつこうとしたらしい。いきなりだったので井深さんは面食らったそうですね」

その時の井深がどう感じたのか、会ったら訊いてみたいものだ。驚いたが、坊津の話を聞くうちに引き込まれ、そうだったのだと信じるようになったという。「他の人たちについても同様です。坊津さんが『あなたは！』と叫んだり、『もしかしたら……』と言ったりして、ついには全員が覚醒しました。うん、そう、覚醒だな。自分たちは何百年も前のインドで同じ時間を生きていた縁の深い〈輩〉だと自覚するに至ったんです」

突っ込みどころが満載である。仮に輪廻転生という現象が本当にあったとしても、何百年も前にインドで生きていた者たちが相次いで甦り、みんな揃って現在の神戸で再会するということがあるだろうか？　確率から考えて、あるとは思えないのだが、それを言ったら〈磁力〉で片づけられるのだろう。

梅田の居酒屋で火村と酒を飲み、超常的な現象が話題になった時、「お前、輪廻転生を信じていたのか」と火村に言わせた私だが、生まれ変わりだとしか思えない不可解な事例がある、世界には解けない謎もある、と言いたかっただけだ。無条件に転生を受け容れている加々山を前にすると、呆気に取られてしまう。

「皆さんが前世によって結ばれている、というのは新情報です」遠藤が言った。「どなたも話してくれませんでした。常識はずれなお話なので口に出しにくかったようですね」

加々山は真顔で応える。

「それだけではないでしょう。僕たちが前世からのつながりを持っていることは、警察の事件の捜査のお役に立つ情報ではないと判断したんですよ」

私は彼らの前世が気になったが、遠藤は薄く苦笑いをするだけで、超常的な現象にとことん否定的な火村の関心も別のところに向いていた。

「お話を伺っていると、皆さんが一堂に会するようになったのは偶然が作用しているとしても、月に一度集まるほどの関係になったのは坊津さんの影響が大きかったようですね。何らかの目的があって、彼女が皆さんをつなげていったのではありませんか？」

「何のためにそんなことをするんです？」

「質問の中でお断わりしたとおり、それは見当がつきません。秘められた意図と言うしかない」

「いやぁ、そんなものを感じたことはありませんね。僕たちが出会ったのは、数奇な運命の導きだと思っています。メンバーの中で最も感覚が鋭敏だったのが坊津さんだったから、気づくのが早かっただけでしょう。あの人は、ちょっと違うんです」

間原や加々山の話を聞いていると、坊津理帆子には宗教家のごとき……とまでは言わずとも、ある種のカリスマ性が具わっていたように思えてくる。柿内が涙ぐみながら「心の拠り所でもありました」と彼女について語ったのも、そんな力に魅了されていたせいではないか。

リーディングの際の様子については、間原の証言と大きく違うところはない。ラジーブのリーディングに坊津が誰よりも感嘆していたようだ。無邪気に喜んでいただけなのかもしれないが、出戸との打ち合わせに始まり、すべてのお膳立(ぜんだ)てをしたのが彼女だと知ってしまうと白々(しらじら)しくもある。

待てよ。

坊津の意図とは、単純にアガスティアの葉の驚異を証明することだったのかもしれない。そのために彼女は、出戸を介してラジーブ――ナーディー・リーダー役を演じるインド人――を雇い、仲間たちをリーディングに誘いながら、その希望者たちの過去と現在を調べて出戸とラジーブに吹き込んだのだろう。前世についてはわざわざ調査するまでもない。彼女がそれまでに仲間たちに語っていたことを、そのままラジーブに語らせればよい。それで驚異のでき上がり、だ。

私がそんなことを考えている間にも、火村が何か尋ねている。

「加々山さんの過去も正しく言い当てられたということですが、たとえばどんなことですか？」

「母親が難産だったとか、子供の頃から犬を可愛がっているとか、息子が一人いるとか、そんなことです」

「その程度のことだったら雑談の中で話していそうですね」

「どこかで誰かにしゃべっているかもしれません。しかし、それ以上のことも言い当てられましたよ」

「どんなことですか？」

加々山は、言いにくそうにした。

「三十歳の時に失恋の痛手を負いましてね。そんなこと他言した覚えはないのに、ラジーブ先生に暴（あば）かれてしまいました。いや、アガスティアの葉に書いてあったのだから、あの先生に暴かれたわけではないか」

犯罪学者は、人差し指で頰を撫でている。おそらく彼も私と同じことを考えたのだ。加々山自身から聞いたことに、坊津がリサーチして得た事実をまぶしてラジーブたちに伝えていたのだろう、と。失恋の件についても、加々山は坊津と二人で飲みに行ったことがあるそうだから、その際に彼が酔ってぽろりと洩らしていたのを抜かりなく利用したのかもしれない。そうであれば私立探偵の技能を発揮するまでもなかった。

あれこれ仕込んだおかげで、坊津が得られたものは何だろうか？　アガスティアの葉が真実を記している、という確信をみんなに植えつけられたことか？　少なからぬ手間と時間と費用をかけてまで、そんなことをしたかったわけではあるまい。それは撒き餌（まえ）で、本当の大きな目的が別にあったとしたら？　それが何かと自問すると、答えに窮してしまう。

質問が途切れたので、事件の捜査にとって重要ではないかもしれないと思いつつも、私は気になったことを尋ねてみる。

「坊津さんは、前世ではインドで何をしていたんですか？」

「さる地方の藩王に仕えていた家の出で武人です。イギリスの支配に叛旗(はんき)を翻しながら、敵の銃撃に遭って若くして命を落としています」

「セポイの乱ですね。インド大叛乱とも言うんでしたっけ」

「第一次インド独立戦争という呼称がより適切でしょう。今から百六十年ほど前のことです」

「それは、以前から坊津さんがおっしゃっていたことなんですね？」

「はい。ラジーブ先生は、その武人が生まれたところの名前も生家の様子も両親についても淀みなくリーディングなさいました。すべて坊津さんの朧(おぼ)ろな記憶と合致していたらしく、彼女は文字どおり瞠目していましたね」

自作自演だったのではありませんか、とは訊けない。その質問に答えられるのは、死んだ坊津理帆子だけだ。

「それで、ラジーブ先生は加々山さんについては何と？」

「自分の前世のことは尋ねていません」

私が聞き落としたのか、てっきり教えてもらったのかと思っていた。

「僕の話し方がまずかったようで、失礼しました。前世のことを訊いたのは坊津さんだけです。質問の時間が限られていたので、僕は前世よりも現世での未来についてリーディングしてもらうことに多くの時間を使いました。将来的に健康上の不安はないか、ビジネスはうまくいくのか、といった質問の優先順位がより高かったわけです。まことに世俗的ですけれど」

「私たちは世俗に生きていますから、無理もありません」と合わせておいて、「加々山さんは前世にご関心があったとしても、それは坊津さんほど強くはなかったわけですね？」

「そういうことです。間原さんも同じでしたよ。彼は前世のことを聞かなかったのみならず、未来についても知りたがりませんでしたね」

「だとしたら、過去と現在について聞いただけですか？　自分が知っていることを言い当てるだけでは意味がないでしょう」

「おっしゃるとおり。あれでは手品師が『あなたが選んだカードはこれですね？』と当てるのに等しく、お客の側の彼には何も得るものがない。でも、神秘的なものに触れることができて、彼は満足そうでしたよ」

間原は、自分が死ぬ日を問わなかったことについて「自然の摂理に背くように思えた」と語っていた。実際にリーディングを受けて、アガスティアの葉には本当に人間の運命が記されていることを信じたからこそ、未来について知ろうとするのも自然の摂理に反する、とブレーキを掛けたようだ。何も得ていないようで、何か大きなものを会得したのかもしれない。

「前世云々はさて措いて――」

遠藤がこの話に幕を引いて、加々山のアリバイについて確認する。二十日にも彼は〈ニルヴァーナ〉に立ち寄っており、十時過ぎに店を出た後はショーの余韻に浸りながら夜の街をぶらついてから電車で大阪の自宅に帰った、ということだから、坊津が殺されたと推定される時間帯のアリバイはない。

頻繁に〈ニルヴァーナ〉にくるのは、先ほどすれ違ったインド人歌手のヴィマラのショーを観るためである。どうやって彼女を大々的に売り出すかを考えるのが今は楽しくてならないそうだ。

「おお、ヴィマラと廊下ですれ違ったんですね。ご覧になりましたか、あの輝き。見た目だけでなく、ステージの素晴らしさといったらない。まさに希世の歌姫だ。皆さん、あの娘のサインをもらうなら今のうちですよ。僕は間原さんとともに、彼女をアジアの歌姫に育てるつもりですから」

火村は「ステージを拝見してみたいですね」と抑揚のない声で言ってから――

「ところで、加々山さんはご自分が死ぬ日を手帳に書いてもらったそうですね。あなたがそうなさったので、坊津さんも倣った。――運命の日付は、まだ見ていないんですか？」

「はい。見ないと決めていますから」

「気になるでしょう？」

加々山は複雑な表情になった。

「それなんですよ」

「それとは？」

彼は両膝を鷲摑みにし、噛みつくように私たちに迫る。

「坊津さんが殺された現場に、彼女の赤い表紙の手帳は遺されていたんでしょうか？もしあったのなら、彼女が死ぬ日が書いてあったはずです。その日付を教えてはいただけないでしょうか？　予言が的中したかどうかを知りたいんです」

彼がそう訴える心情は察するに余りあったが、捜査上の秘密であることを理由に遠藤はつれなく返答を拒んだ。

5

駐車場へと向かいながら、私が「見たかったたな」と呟いたのに、火村が反応した。

「見たかったたって、美しい歌姫のショーか？」

「違う、加々山の手帳や。彼の最後の日がいつと記されているか、猛烈に知りたいやないか」

遠藤が恐縮する。

「私も見たかったんですけれど、それを言い出したら『さては、坊津が死んだ日は手帳に書かれていた日付どおりだったんだな』と加々山に悟られてしまいそうで、訊けませんでした。その件については秘匿する方針が出ているもので」

助手席に乗り込み、シートベルトを掛けながら火村は言う。

「早くラジーブの行方を突き止めることですね。まったく出鱈目に書いた日付が坊津殺害の日付と一致する確率は、ゼロではないにしても低すぎます。彼が二〇一七年十一月二十日と書いたことには、何か理由があるはずです。たとえ趣味のよからぬ悪戯だったにしても」

「悪戯とは、どういうことですか？」と運転席の遠藤。

「リーディングの日から二十日まではたったの八日しかない。『あんた、もうすぐ死ぬよ』という悪ふざけですよ」

「そんな子供じみた真似をしたら、リーディングがインチキだというのがすぐにバレてしまいますよ。見料はそれまでにもらっているとしても、わざわざ『自分は詐欺師でした』と告白するような悪戯はしないでしょう」

「坊津にはバレてもよかったんですよ」

「どういうことですか、火村先生？」

「例会でのリーディングは、井深リンがセッティングしたようでいて、実は坊津が裏で糸を引いていた模様です。坊津は出戸とラジーブが何者であるかを知っていた。そんな彼女が死ぬ日として、ラジーブはリーディングから八日後の日付を手帳に書いて渡した——となると、これは悪戯というより事情を承知した者同士の間の冗談です」

「坊津は、リーディングを受けて感激していたそうですが」

「きっと芝居ですよ」

後部座席の私は割り込まずにいられない。

「冗談としてはアリやろう。せやけど、実際に坊津はその日に殺された。死亡推定時刻が日付を跨いでるから正確には何日やったか確定してないけど、とりあえず〈その日〉でええやろう。ということは、犯人はラジーブの冗談だか悪戯だかを知る機会があった人物ということになる。該当するのは……誰やろう？」

少しは考えるかと思ったのに、火村はただちに答える。

「いないんだよ」

「ん、そうか？　俺は、インド倶楽部のメンバーやったら誰でも該当するから決めかねる、と思うんやけれど」

「インド倶楽部って何だよ？　ああ、お前が勝手に名付けたんだったな。坊津は、彼らのうちの誰にも〈その日〉を教えていないだろう」

「なんでや？　死の予言を真に受けてないんやから、『こんな悪ふざけをされてしまったわ』とか言うて手帳を見せてもよかったやろう」

「よくねぇよ。坊津は、ラジーブのリーディングがずばずば的中することに感嘆してみせたんだから、それを帳消しにするような行動には出ない」

言われてみれば、それが理屈だ。

「ただ」准教授は補足する。「もしもインド倶楽部の面々の中に坊津と気脈を通じている人物がいたら、そいつには『こんな悪ふざけをされてしまったわ』と打ち明けていたかもしれない」

「その人物は、ラジーブのリーディングが出鱈目で、過去や現在について言い当てられたのは坊津が情報提供をしていたからやと知りながら、例会の席上では坊津に合わせて驚く演技をしていたことになるな。そんなことをする動機は？」

「坊津が出戸とラジーブを雇い、インチキなリーディングを仕込んだ動機も判らないんだから、俺に訊かれても答えようがない」

至極(しごく)ごもっとも。

「まずは情報の収集ということやな。――えーと、次の目的地は井深リンのヨガスタジオでしたね」

遠藤は「はい」と答えて車を出してから、独り言めかして呟く。

「まだ時間が早いんやなぁ。直行せずに寄り道をしようかな」

どこへ立ち寄ろうとしているのかを運転者が語らないまま、車はトアロードを下って行く。結局、〈ニルヴァーナ〉の全容が見られなかったのが残念だが、ここにまたくる機会はありそうだ。今日のところはインドからきた歌姫を見掛けただけで幸運としよう。振り返ってみると、丸いドームを細い柱が支えたてっぺん部分がライトアップされているのが、街路樹の間から覗いていた。

寄り道すると言いながら元町の方角に向かっていた車は、進路をぷいと西に取って元町駅を行き過ぎる。やがて高架の下をくぐって、ハーバーランドがあるＪＲ神戸駅前に出た。出戸の死体が見つかったのはここから遠からぬところだと聞いているので、遠藤はそこに私たちを案内しようとしているのかと思ったら、そうではなかった。

「おっ、いた。あそこです」

遠藤が指差したのは、駅前の一角で演奏しているストリート・ミュージシャンらしき男だった。アジアの民族楽器なのか見慣れぬ笛を吹き散らしており、五人ばかりの男女が彼を取り巻いている。

「ひょっとして、弦田真象ですか？」

「正解です。有栖川さん、勘がいいですね」

自慢にもならない。

「私は適当なところに車を置いてきますから、先生方は彼の音楽を鑑賞していてください。お客が途切れたら、ちょっとぐらいは私たちと立ち話に応じてくれるでしょう」

火村と私が車を降り、蛇使いが吹くような笛の音に近づきかけたところで演奏が終わって、五人の聴衆から拍手が起きた。サングラスを掛けたミュージシャンの足許の帽子にコインを入れる者もいる。「幻想的でよかったです」「おおきに」というやりとりがあって四人の男女が去り、一人がその場に留まった。祝日だというのに制服姿の女子高生だ。

濃紺のブレザーに臙脂色（えんじいろ）のリボン。すぐに名前が出てこないが、確か神戸のさるお嬢様高校の制服である。ショートボブがよく似合っていた。手にしているのはアップリケ付きの〈ファミリア〉のデニムバッグだけで、筒状に巻いたポスターらしきものが二本突き出しているところからすると、部活だか文化祭の準備で学校へ行っていたのかもしれない。

「プーンギって、そんなに色々な音が出るんですね。目を閉じて聴いてたら、瞼（まぶた）の裏で万華鏡がくるくる回ってるみたいでした」

「これは壺から頭を出したコブラを操るためだけの楽器やないで。せやけど、聴きながら上半身がくねくね揺れてたな、君。前世はコブラやったんと違うか？」

「牛でも馬でもいいけれど、蛇は嫌です」

ミュージシャンと女子高生は親しげに話していたが、演奏が済んだのに近寄ってくる私たちに気がつくと、揃ってこちらに向き直った。

「何か？」と男に訊かれて、私が言う。

「残念ですね。いい演奏やったのに、ちょうど終わってしまいました」

「見えてたで。お宅ら、車でしゅーっと通り過ぎただけやった。ええ演奏かどうか、よう聴いてないやないの。俺のプーンギには通りすがりの車に乗った人を降ろすほどの魔力はないわ」

プーンギという楽器なのか。吹口に近い方が丸くふくらんだ縦笛で、そばで見たら二本の筒が一体となっている。

「聴きそびれたことを残念に思っているのは本当です」火村が言う。「音色だけで引きつけられそうでした。けれど、演奏を聴いて車から降りてきたのではありません。

——私は犯罪社会学を研究している火村、こっちは小説家の有栖川といいます。失礼ですが、弦田さんですね？」

丸型フレームのサングラスのせいで表情が読みにくいが、妙な取り合わせの二人に名前を問われて訝しそうにしている。傍らの少女は明らかに警戒していた。

「そうやけど」

「演奏に区切りがついたのなら少しお話が聞きたいんですけれど、お相手していただく時間はありますか？」

若くて愛らしいファンとのふれあいのひと時を邪魔されたくない、と弦田は思うかもしれなかったが、少女はあっさりと言う。

「私、そろそろ帰ります。弦田さん、来週はどこに立つかだけ教えておいてください」

「来週は……どこやろな。風に吹かれて転がってるみたいなもんやから判らんわ。またここかもしれへんし」

「弦田さん、スマホを持てばいいのに。不便すぎる」

「俺は、電話を持ち歩くほどのＶＩＰと違うねん。――今日は部活の後でわざわざ寄ってくれて、ありがとう。気ぃつけて、はよ帰りな。あんまり遅なったらマハラジャに怒られるで」

「九時までには帰るって言ってあるから大丈夫。まだ八時になってない」

体の向きを転じかけた少女を、火村が呼び止めた。

「マハラジャというのは、もしかしたら間原郷太さんのこと？」

「えっ？……そうですけど」

「ついさっきまで〈ニルヴァーナ〉で間原さんと会っていたんだ」

「私、娘です。どうしてお父さんと――」と言いかけたところで、火村の肩書を思い出したらしい。「もしかすると、坊津さんの事件のことですか？」

火村は、私たちが捜査に協力していることを要領よく説明した。それでもなお疑わし気な目をしていたので、大学の職員証を示した上で名刺を手渡す。弦田が「俺にも一枚」と所望したので、彼にも。

「英都大学、犯罪社会学、准教授、火村英生」読み上げてから、少女は「間原花蓮です」と名乗った。蓮(はす)の字が入っているのは、どことなくお釈迦様に似た名前を持つ父親のインド趣味によるものか。十七歳の高校二年生だった。

「お父さんは容疑者なんですか？」

穏やかならざる気持ちになるのは、娘として当然かもしれない。年齢よりいくらか大人びてしっかりした子のようだが、「父」ではなく「お父さん」と呼ぶところがあどけない。火村は、彼女の心配を払拭(ふっしょく)してやる。

「坊津さんと親交があった人に話を聞いて回っているだけだよ。その流れで弦田さんに会いにきたのさ」

「俺が今晩ここにいてるって、なんであんたら――」

弦田はそう訊きかけたところで、向こうから遠藤が足早にやってくるのを見て、ふんふんと頷いた。神戸駅の界隈に立つことがあるのを遠藤には話していたらしい。

「ご苦労やね、刑事さん。こちらの二人と挨拶は済んだで。知らんかったわぁ。兵庫県警って、民間人を助っ人に呼ぶんや」弦田は平板な口調で言う。「ショーは休憩タイムやから、話があるんやったらしましょか。大したことはしゃべれんし、あんまり長いのはかなわんけど。――花蓮ちゃん、またな」

デニムバッグを両手で持った女子高生は、はっきりと意思表示する。

「どんな話をするのか気になるから聞いていたいんです。私がここにいたら邪魔ですか？　このぐらい」蟹のような横歩きで三メートルほど退いて「離れてますから」

「俺はええけど、捜査上の秘密があるから刑事さんらがやりにくいやろ。愉快な話でもないで」

「いいんじゃないですか？」

火村は遠藤に「はい」と言わせる。花蓮の希望に添ってやりたいわけではなく、期せずして出会った間原郷太の娘からも有益な情報が引き出せるかもしれない、と考えたのだろう。

「ほな、さっさと。笛、まだまだ吹かなあかんから。どうせ昨日と同じようなことを訊くんやろうけど。坊津さんについては、個人的な付き合いがあったわけでもないから俺はあんまり知らんで」

西元町でシタールを弾いていたら彼女や間原夫妻から声を掛けられ、インド亭にゲストとして招かれたことなどを遠藤があらためて語らせるので、弦田は面倒臭そうだった。インド倶楽部のメンバーに加わったのは、例会で供される料理と酒が楽しみだったからだ、と言ったところで火村が尋ねる。

「あの集まりに参加していた人たちは、前世でも近しい間柄だったそうですね。弦田さんにも前世からのつながりがあったんですか？」

「そんなこと、捜査に関係あんのかな。——訊かれたから答えると、あったよ。坊津さんが教えてくれたわ。西元町で会うた時に、はっとしたそうや」

「弦田さんも感じるものがあった？」

「いや、全然。けど、坊津さんの話を聞いてるうちに、はー、せやったような気もしてきたな、と」

「前世のあなたは何だったんですか？　坊津さんはインドの藩王に仕える家の出で武人だったそうですが」

「俺は、その友だち。幼馴染みだったんやけど、何をやらしても坊津さんに劣るぱっとせん奴やったらしい。おまけに若死にした坊津さんよりもまだ先に死ぬ。なんや情けない男やけど、いかにも俺らしい気もしたわ。剣の腕前はからっきしやけど、ユーモアを愛する剽軽者(ひょうきんもの)で、友情にも篤(あつ)かったんやて」

「それが自分の前世だと、疑いなく信じているんでしょうか？」

「言われてみたらそうかな、と。しっくりきた。それでええやん。証明のしようがないんやから」

　頼りない話で、彼が暗示に掛かりやすい人間だというだけである。当人の先ほどの表現を引用したら、「風に吹かれて転がってるみたいなもん」だ。

「おっしゃるとおり通常であれば証明なんかできませんが、ご自分のアガスティアの葉を見つけ出して読めば書いてあるはずですよ。ラジーブ先生に診てもらおうとは思わなかったんですか？」

「誰かに向けて証明してみせる必要はないんやし、わざわざそんなことをしてもらわんでもよかった。なにより観てもらうのに五万円も払わなあかんのがネックやったな。路上でそれだけの金をもらおうとしたら、何日かかると思う？」

　彼の足許の帽子を覗き込むと、入っているのは小銭ばかりで、千円稼ぐのも楽ではなさそうだ。

「ラジーブ先生のリーディングに立ち会って、どんな感想を持ちましたか？　信用できるとか、できないとか」

「段取りがよすぎて、インチキ臭かった。一ヵ月もかけんと膨大なアガスティアの葉の中から依頼人の葉を見つけ出した、というのからして非現実的やもんな。そんなん無理やわ。リーディングが当たったたんは、下調べしてたからやないの」

「前世についても、ですか？」

「坊津さんについてのリーディングが当たってたもんな。例会の参加者のうちの誰かが耳打ちしてたんや。なんでそんなことをしたのかは知らんで。みんなをびっくりさせるのが楽しかったんか、ラジーブのことが評判になるよう商売の片棒を担いだんか」

花蓮は視線をハーバーランドの方角に投げているが、こちらの話に聴き入っているようだ。

「ラジーブ先生と出戸さんに耳打ちしていたのが、坊津さんだとは考えられませんか？　彼女は前世について一番よく知っていて、皆さんを覚醒させたと伺っています。その駄目押しのために自作自演をしたのかもしれませんよ」

弦田は、右手に持ったプーンギで左掌をぽんぽんと叩く。

「そういうとこ、関係者に聞かんと勘違いするわな。例会のメンバーの中に、坊津さんが話す前世のことを疑うてる者はいてなかったんや。わざわざ駄目押しをしたりせんよ」

「弦田さんの側から見たらそうでしょうけれど、坊津さんとしては念を入れたかったのではないですか？　ラジーブ先生という恰好の人物を見つけた機会を利用して」

「そう切り返されたら、絶対に違うとは言えんなぁ。真相がどうやったかは、そっちで考えて悩んどいて。――もうええやろ」

「いや」と遠藤が制して、火村に質問を続けさせる。

「坊津さんは、特異なキャラクターだったようですね。彼女が皆さんに何かをして欲しがった、ということはありますか？」

「予想外のことを訊かれるなぁ。いや、別にないよ。あの人は、わいわい楽しくやるのが好きやったやろな」

「どなたとの関係も良好だった？」

「嫌な奴がいてたら例会に顔を出さんでしょう。義務でもないのに」

「弦田さんにとっても居心地のいい場だったんですね？」

「例会で出してくれる料理も酒もおいしいいんや。こればっかり言うてるな、俺。間原さん夫婦が特に優しいから寛げる、というのが大きいかな。花蓮ちゃんが横で聞いてるから、おべんちゃらで言うんやないで。齢も職業もまちまちな人間が集まってるんやけど、あそこは温かいわ。このとおり外の世間の風は冷たい」

帽子の中を指差す。

「これからも路上で楽器を弾き続けるんですか？」

「とりあえずは他にすることがないから。またインドをぶらぶらしたいとも思うけど、三十を過ぎてから暑いのに弱なったから、しんどいかもな。――今の質問、俺の夢や目標を訊いたんやったら、ないで。そんな納税義務みたいんもんを抱え込んだりせず、気ままに生きるんが一番ええという性分や。死ぬまで生きて、死ぬ時は太陽が沈むみたいに逝く。――な？」

最後の「な？」は花蓮に同意を求めたもので、彼女はくすりと笑う。彼のそういうところを好もしく思っているらしい。夢と希望で風船のようにふくらんだ十七歳の少女にとっては、かえって新鮮な人生観なのだろう。

「人間関係の不和もなかったとしたら、坊津さんを殺す動機を持つ人間が見当たらんなぁ」

私がぽつりと言うのに、弦田が返す。

「他を当たったらええんと違う？　あの人が手掛けた調査に逆恨みをしてた奴とか」

抜かりなくその方面も洗っていることを遠藤が伝えた。野上が担当しているらしい。

「ああ、そう。そっちの線が有望やと思うで、素人の見立てやけど。せやから俺のアリバイなんか気にせんこっちゃ」

「私はまだ聞いていないんですが、弦田さんにはアリバイがあるんですか？」

とぼけた調子で火村が問う。

「あいにく、そんな洒落たもんはない。坊津さんが殺された夜は、十時ぐらいまでここに立ってたんやけど、その後は独り静かに都会の夜の闇に消えたから」

「家に帰らず、どこかへ？」

「ぶらついてただけや、なんやしら気分がうきうきして、ちらかった部屋に帰りとのうなった。シタールでも背負うてたら目立ったやろうけど、最近はこれを入れたバッグだけを提げて歩いとぉからなぁ」

ひと節、プーンギを吹く。

「アリバイなら、私のお父さんにもありますよ」花蓮の声が飛んできた。「お母さんにも。夜はずっと家にいました」

火村は「君が証人だね？」

「はい」

「判った」

火村がカブスカウトのように――彼がそんなものに所属していたとは思えないが――二本指で敬礼すると、花蓮はわずかに微笑んだ。のみならず、坊津についても証言してくれる。

「私は音楽が好きだから、うちの例会で弦田さんが楽器を演奏する時は一緒に聴かせてもらうんです。坊津さんとはその時に少し話すぐらいだったけれど、朗らかで優しくて、殺されるような人だと思いません。強盗とかのしわざじゃないんですか？　火村先生」

「お金が現場に遺っていたし、現場の様子からして強盗だと考えるのは無理がある。坊津さんが生きていることを疎ましがった人物がいるんだよ」

「悲しいですね」

「ストレートなその表現は正しいね。どんな理由があったとしても悲しいことだし、赦すわけにはいかない」

「先生はそんなふうに考えて、犯罪の研究をしているんですね？　ふぅん」

火村の返事がないまま、彼女は納得している。

「ところで、坊津さんは君に優しかったんだね？」

「いつも会うとにこにこ接してくれました。だけど、本当を言うとそれだけのことです。訪問先の家の娘が顔を出したら、愛想よくしてくれますよね」

「私がこれまでに聞いたところでは、頼もしくて堂々としている半面、威圧感のようなものを持っている人だったように思うんだけれど、君の目から見てどうだろう？」

「威圧感……。それは感じました。怒ったらすごく怖くて、なかなか赦してくれない先生みたいな感じ。その凄みを隠しながら、ちらちら出し入れして見せたりするタイプ、かな。自分の味方だったら最高に頼もしくて、敵にしたらサイキョー」

〈サイキョー〉は、最強ではなく最恐か最凶と表記するのだろう。火村は、彼女の本音を掘り出した。

「いい加減なことを言って、すみません、今のは証言に入れないでください」

花蓮は自分の坊津評を打ち消そうとしたが、弦田は「ええやないの」と笑う。

「うまいことコメントしてたで。言われてみたら、そうやな」彼は、言われたことに影響されやすそうでもあるが。「せやけど、知らん人が聞いたら坊津さんが黒幕やラスボスみたいなタイプに思いそうやなぁ。ちょっと押し出しがええだけで、そんなんでもないやろう。作劇術から言うたらあの人は中ボスで、最後に正体を現わす意外な黒幕やラスボスっていうのは、俺みたいな奴や」

「うん、それもありませんけれどね」

異色の漫才コンビのような会話になっている。

腕時計を一瞥した遠藤が、そろそろ移動する時間であることを目顔で伝えるので、火村は質問を切り上げ、「ありがとうございました」と二人に礼を述べた。

すると、弦田が「こっちから一つだけ、ええかな？」と尋ねてくる。

「坊津さんは、自分が死ぬ日を赤い表紙の手帳に書いてもろてた。それ、現場にあった？　あったんやったら、いつと書いてあったんか知りたいんやけど」

遠藤は、加々山にしたのと同じ返事をして有耶無耶にしようとしたが、それを聞いた弦田は「ああ……」と呻く。

「ラジーブの予言は合うてたんや！　そうでなかったら警察が秘密にするわけがないもんな。ということは……ラジーブもあのアガスティアの葉もほんまもんやった、ということか」

「いや、そういうことでは――」

「失敗したぁ。ほんまもんやったとしたら、自分の未来を知るのに五万円なんか安いもんやったな。借金してでも観てもろとくんやった。……ああ」

遠藤を無視し、弦田はなおも呻いている。花蓮はぽかんとして立ち尽くし、火村は醒めた目で弦田を見つめていた。

6

井深リンにとっては空き時間であっても、〈ヨガスタジオ・リン〉では他の講師によるレッスンが行なわれていたため、「お話は隣の喫茶店で」と言われた。コーヒーが飲みたかったので、私としては望むところだ。火村は、店先に貼られた〈全席禁煙〉というシールにそっと唇を曲げていた。

　ヨガ教室帰りの女性に好まれるであろう洒落た内装の店の一隅の六人席に着く。さすがにインストラクターは背筋がきれいに伸び、座った姿勢が美しかった。

「遠藤さんとは三回目ですね。初めての方がご一緒ということは、また同じことを訊かれるんでしょうか？」

「多少は重なるかと。すみませんね」

　などとあって、火村と私が紹介される。井深は「そうですか」とだけ応えたが、表情は曇り気味で、刑事ならぬ人物が立ち会うことに抵抗を感じているのかもしれない。拒絶するのも面倒だから短く「そうですか」なのだろう。

　坊津の人物像については、これまで耳にしたものと大きな違いはなかったが、井深は花蓮のように否定的とも取れることは決して言わなかった。年齢差はあるが、仲がよかったのだ。例会の帰りも、たいてい井深が坊津のマンションまで車で送って行くらしい。十二日もそうだった。

「北野にある間原さんのお宅から花隈町にある坊津さんのマンションまで、車に乗ったらすぐに着いてしまうので、車中で大した話はしていません」

　火村とのやりとり。

「リーディングの感想などを交わしたんじゃないですか？　二人きりになったところ

で、『あれ、どうだった？』と」

「しました。間原さんが途中でストップをかけて、未来について尋ねなかったことに『度胸がない』とか。非難したわけではありませんよ」

「他には？」

「坊津さんの過去について。リーディングによると、坊津さんは十八歳の時に心にダメージを受けて、死のうとしたらしいんです。それを指摘されて動揺していらしたので、その件について少し」

「何があったんですか、と？」

「不躾なんですけれど、今だったら訊いてもいいか、という雰囲気になったもので。さっきも言ったとおり坊津さんのマンションにはすぐに着くので、湿っぽい長話になる気遣いがなかったせいもあります」

「坊津さんは、何があったのかを打ち明けましたか？」

「いいえ。若い時にはよくある悩み、とかおっしゃっていたので失恋したとか、親友と喧嘩別れしたとか、そんなことだと思いました。私は十四、五歳あたりに悲しいことが多かったので、それを話すと『人それぞれ、暗黒時代はズレているのね』とか。——まさか、坊津さんが十八歳だった頃の出来事が今回の事件につながっているなんてことは……」

「まずないでしょうが、そんなふうに些細なことまでお話しいただけると助かります」

ないわな、と私も思う。十八歳の時に何かに悩んで死を考えた、というのは刺激的に聞こえるが、私たちはリーディングが坊津によって仕組まれたことを摑んでいる。それも彼女自身が台本にスパイスを利かせただけだろう。

「坊津さんの前世についても、ラジーブは正確に言い当てたそうですね。日頃から彼女が言っていたとおりに」

「あれにはびっくり仰天でした。だって、アジャイ・アラムやシャンバビという名前まで言い当てたんですよ」

飛び出した固有名詞を遠藤が手帳にメモしている。

「何ですか、これは？」

「アジャイ・アラムは、戦士だった坊津さんの前世の名前。シャンバビというのは、間原洋子さんの前世の名前です。どちらも坊津さんが以前から言っていたとおりでした」

「戦士というと、前世では坊津さんは男性だった？」

「はい。そして、洋子さんは許嫁だったんです」

「それはまたロマンティックですね。生まれ変わっても性別は同じかと思っていましたが」

「いいえ、変わるんですよ。サンサーラ——輪廻転生とはそういうものです」

「あなたの場合はどうなんですか？」

「私は、その世でも女でした。でも、別の世では男だったんだろうし、来世が男なのかもしれません。いえ、いつかはきっとそうなります」

もし輪廻転生というものが現実にあるのなら、完全に前の記憶が消えなければいいのに。そうであれば、男女とも互いの苦労を今よりずっと察しやすくなる。

「他の方の前世については、リーディングで出なかったんですね？」

「はい。尋ねたのは坊津さんだけでしたから。加々山さんはこれからのことを聞きたがったし、最後の間原さんはああいう場に臨んで腰が引けてしまったのか、ご自分の将来についても知りたがりませんでした」

「井深さんは、観てもらえばよかった、と思いましたか？」

「いいえ。むしろ観てもらわなくてよかった、と思いました。人前で現在・過去・未来を丸裸にされるのは嫌です」

「出戸さんをお仲間につないだのは、あなたなのに」

「リーディングを希望する方が何人かいるだろう、と思ったからです。案外、少なかったですね。佐分利さんが手を挙げなかったことに、坊津さんは拍子抜けしていました」

今日は先方が多忙なのと私たちが動きだした時間が遅かったせいで、その佐分利栄吾と会う時間が取れなかった。「明日の昼休みなら」と遠藤は聞いているそうだ。

「拍子抜けしたのは、佐分利さんがふだんからアガスティアの葉への関心を表明していたからですか？」

「それもありますが、佐分利さんの心療クリニックは前世療法を売り物にしているので、きっと体験してみたがるだろう、と私も思っていました。ところが、ご案内した途端に『いいよ、僕は』でした。『どうしてですか？』と尋ねると、『他の人がリーディングを受けている現場を、第三者の視点で冷静に観察していたいんだ』と」

佐分利が前世療法などというものを売りにしているとは初めて聞いた。そうであるならば、前世を絆（きずな）とするインド倶楽部に彼が加わったのは自然な成り行きだったのだろう。

であるにしても、井深が誘ってもリーディングを受けなかった理由は、もっともらしさが乏（とぼ）しい。それこそ腰が引けて辞退したとか、インチキと決めつけて見送ったということもありそうだ。

「前世療法という言葉は耳にしたことがありますが、正確な知識が私にはありません。どういうものなんですか？」

解説を頼まれた井深の目に喜色が浮かぶ。任せてくれ、と言うような光が。

「火村先生は退行催眠をご存じですか？」

「ええ。催眠状態に入った人間にあれこれ問い掛けることで過去の記憶を引き出す施術ですね。とうに忘れてしまっている幼少期の記憶などを」

「ごく簡単に言うと、それを前世にまで延ばして、かつてどこでどんな人生を送ったかを当人に語らせ、その結果を現世での疾病の治療に活かす、というのが前世療法です」

具体的にどう活かすかの説明が始まりかけたが、火村は「時間がないので、それはまたの機会に」といなした。

「佐分利さんは、自分の前世についてはどう捉えていたんですか？　前世療法ができる人なら、坊津さんに教えてもらわなくても承知していたでしょう」

「はい、知っていました。坊津さんに『あなたはナシームですね？』と言われて、『そのとおりです。あなたは、もしかして……』『あなたがナシームだった時、アジャイ・アラムでした』『おお！』という感動的な場面がありました」

それだけのことか、と脱力した。転生や前世という概念を人間が持つことを興味深く感じ、それが本当にあるように思わせる事例を不思議がりながらも、私は信じてはいない。だから、前世の実在をアピールするため二人が示し合わせて芝居をしているか、坊津の妄言に佐分利が合わせにいったかのように思えてしまうのも致し方ないだろう。ただ、井深たちは心を激しく揺さぶられたらしい。

「生前の坊津さんの電話の通話履歴を警察が調べたところ、気になる事実が判明しました」

その事実を明かすことについて、火村は遠藤の了解を取っていた。隠したままでは事情聴取にならないからだ。

「彼女は、九月の二十六日から出戸さんと連絡を取り合っていたんです」

「九月の二十六日……ですか？」

聞き違えたのか、と井深は思ったようだ。

「ええ。〈ヨガスタジオ・リン〉に出戸さんが現われてアガスティアの葉の話をし、あなたがそのことを坊津さんに伝えるより前から、彼女は出戸さんを知っていたことになる。――合点がいかないような顔をなさっていますね」

慕っていた坊津が自分に嘘をついていたことに当惑しているのだ。そして、その感情を露わにするのをためらっているふうにも見える。

「それは変です。私が出戸さんのことを坊津さんに話した時、そんな素振りはまったくありませんでしたよ」

「だとしたら、坊津さんは出戸さんを知らないふりをした、ということになります。

あなたの記憶に間違いはありませんね？　これは捜査をする上で重要な意味を持ちます」

「考え直すまでもありません。坊津さんは『まぁ、そんな人がリンちゃんのスタジオにきたの？　素晴らしい幸運だわ』と喜んでいました。──どういうことなんでしょう？」

「何か目論見があったんでしょうね。それを本人に訊くことはできなくなりました」

「どんな事情があったのかは判りませんけれど、出戸さんが仲介してくれたラジーブ先生が本物のナーディー・リーダーだったことに疑いはありません。リーディングに立ち会ったから言えます」

疑う余地はいくらでもあるのに疑わない。こうなると信者の弁だ。

「ちなみに、井深さんは前世ではどんな人だったんですか？」

「勇敢な戦士アジャイ・アラムの従妹で、名前はラダ。『小さな僕のポピー』と可愛がってもらいました。アジャイがイギリス軍との戦闘で命を落としたと聞いた時は、転げ回って泣きました。とてもとても悲しくて。坊津さんと話しているうちにその記憶が甦って、胸が苦しくなりました。現世でもこんな悲劇が……。やりきれません」

彼女が語る前世云々は私にとってはお伽噺だが、現世で向き合っている悲しさは本当のものに思えた。

火村は質問の方向を変える。

「坊津さんがこちらの教室に通うことになったきっかけは何だったんですか？」

「特別なことはなくて、運動不足の解消のためだとおっしゃっていました。美容と健康にいいだろう、というありふれた理由でしょう。初対面の時に、印象に残っていることがあります。お電話でお問い合わせいただいた後、体験レッスンにいらした坊津さんは、何故か私の顔をじろじろと見たんです。インストラクターの値踏みをしているのかと思ったら、レッスン後に『おかしなことを言うと思われるでしょうけれど』と断わってから、『ヨガをなさっているのですから、先生はインドにご興味がおありでしょう。それは、あの国に深い縁を感じるからですか？』と。『子供の頃から、理由もなくインドが好きでした』と答えたら、『やっぱり』」

いきなり「あなたと私は、前世で従兄妹同士だった」と言うのは憚られたらしく、その時は思わせぶりな「やっぱり」で終わった。教室に通うようになった一ヵ月後に、ようやく「あなたと私は——」と切り出したという。

「坊津さんの事務所は、ここから歩いて十数分です。お仕事の後で通いやすいので、この教室に問い合わせの電話を入れたのでしょうけれど、それだけではなかったみたいです。『〈ヨガスタジオ・リン〉という名前をネットで見た瞬間に、脳のどこかに強い電流が走るのを感じたの。前世の記憶に導かれて、ここを選んだのね』と聞いて、世界の底知れない深さを感じました」

〈世界の底知れない深さ〉が意味するところは曖昧だが、言葉にできないものを懸命に言葉にしようとして出てきた精一杯の表現なのだろう。

「井深さんが輪廻転生を信じるようになったのは、ご両親の影響ですか？」

「もしかしたら、リンという名前からそう考えたんですか？　いいえ、違います。凛とした人間になるように、と父が希って命名したんですが、凛だと漢字が難しいので片仮名にしたんだそうです。輪廻転生については、小学生時代から感得していました。死んだら全部おしまいというのは淋しすぎるから、人は何度も生き返るんだろうな。現に、私は何度目かの命を生きているような気がする。中学生になって色んな本を読むうちに、そんな想いが固まっていきました。私が読んでいる本を見た友だちから『オカルトに嵌ったの？　やばいよ』とからかわれたりしましたが、生まれ変わりという現象があることは科学的にも証明されています。やがてインドの思想に関する本を読み漁るうちにヨガ――正しい発音はヨーガですけれど――に出会って、大学に通いながらインストラクターの資格を取得したんです」

「その若さであれだけの教室をお持ちなのは、大したものです」

教室の中をよく見てはいないが、入居しているビルの立地と佇まいである程度は判断できる。

「買いかぶりです。ここを開設するにあたっては父と母から全面的な支援を受けています。二人して予備校を経営しているので、娘がヨガ教室をやりたがっていると知って、うまくいけば採算が取れるだろう、と算盤を弾いた上でサポートしてくれたんです。おかげさまでこれまでのところ順調です」

「あなたにとって、現世の坊津さんはどういう存在だったんでしょうか？」

火村の質問が跳躍したが、井深は気にした様子もなく答える。

「母でもなく姉でもなく、その両方を兼ねた感じでしょうか。豊かな包容力を持っていて、『大丈夫よ』と言われただけで、日常の悩み事が薄らいでいくようでした」

「身近にそういう人がいると、楽になれますね」

「はい。こんなことを言うのも身勝手なんですけれど、坊津さんがあんなことになって、自分の心の支えを失ったような喪失感を覚えています。レッスン中もつい上の空になってしまって……いけませんね」

「坊津さんに悩み事ができた場合、相談を持ち掛ける相手は井深さんだったように思います。そういうことはありませんでしたか？」

「一度も。坊津さんがお忙しくて教室をお辞めになった後、私からつまらない相談で電話をすることがありましたけれど」

遠藤が小さく手を挙げた。

「電話と言えば、井深さんに伺いたいことがあります。あなたは十七日の金曜日に坊津さんの事務所に電話をかけていますね。時間は午後三時十分。どういった用件だったんですか？」

電話会社から提供された通話履歴に基づく質問である。先ほど取調室で見せてもらったから火村も承知しているが、彼がなかなか触れないので遠藤が焦れたらしい。

井深は「それは……つまり」と口ごもってから顔を上げる。

「用事はなくて、坊津さんの声を聞くためにかけただけです。レッスンの空き時間だったし、坊津さんも三時からティータイムだとおっしゃっていたので、その時間に。どうして声が聞きたくなったのかは、自分でもうまく言えません。もしかしたら虫の報せだったのかな、と思っています」

「坊津さんの声が聞けなくなるかもしれない、という予感に襲われたんですか？」

「というのでもなく……何なのかしら？　元気にしているかどうか確認したいような気持ち。十二日の例会でお別れする前に、死ぬ日について話したせいかもしれません」

「それだけですか？」

「はい。『用事はないんですけれど』とも言えないので、電話がつながってから困りました。『手帳の日付はまだ見ていないんですか？』と訊いたら、『わざわざそんなことでかけてきたの？　見ないと言ったじゃない』と笑われて……。そんな会話が最後になったんです」

そんな会話が最後になった。——井深リンが犯人でなければ、と私はこっそり注釈を添えた。

7

喫茶店を出たのは九時半近くになってからで、井深はスタジオに戻って行った。もうレッスンは終了している時間なので、後片づけなどのためだろう。

すぐそこが南京町なので、中華で夕食にしようと提案したら、遠藤は「早く本部に戻りたいので」と言う。私たちも一日の終わりの捜査会議にオブザーバー的に顔を出すことがあるが、今日は出席しないことになっていた。火村にも私にも、家に帰ってすることがあったためだ。

「晩飯はお二人で食べてください。私は、あれでも腹に入れていこうかな」

遠藤は、いい匂いの湯気が上がっている店頭で豚饅（ぶたまん）を一個だけ買い、その場で豪快にむしゃむしゃやりだす。食べながら、こんなふうに今日を振り返った。

「火村先生と有栖川さんとご一緒できて、喜んでいます。トリオを結成したみたいな感じで楽しかった……というのも変ですね」

「もっと実りがあればよかったんですけれど」と火村。

「これからですよ。明日、残りの関係者から話を聞いてからが本格的なスタートでしょう。ガミさんが洗ってる線から発見があるかもしれませんし。——明日は、十一時三十分に本部にお越しください」

豚饅を平らげた刑事は、指をなめてからハンカチで拭き、「では、お疲れさまです」と人込みに溶けた。気が急いているにしても、もう一個ぐらい食べていけばいいのに、あれではとてもではないが足りないだろう。

「こんなにようけ店があったら迷う——」

私が言いかけたところで、火村が近くの店を指差した。

「あそこだ。迷いだしたらキリがない」

味は運任せの即断即決だが、出てきた料理はどれもおいしくて、店の名前を頭にメモした。青椒肉絲（チンジャオロウスウ）や五目炒飯（チャーハン）や小籠包（ショウロンポウ）といったありきたりのものばかり頼んだので、この次にくることがあればもっと冒険的なオーダーをしてみたい。

黙々と食べ切ったところで、私は訊いてみた。

「一日の終わりに、あらためて訊きたい。この事件の印象はどうや？」

火村は青島（チンタオ）ビールをひと口飲んでから答える。

「狭くて広い」

「どういうことや？」

この店は分煙になっていたので──それだけは確かめてから選んだのだろう──、火村は灰皿を引き寄せておもむろに一服つける。

「坊津探偵事務所も〈ニルヴァーナ〉も〈ヨガスタジオ・リン〉も歩いて移動できる距離だし、北野のインド亭や新長田にある出戸のマンションにしたって大して離れていない。明日行く佐分利の心療クリニックも西元町なんだろ。舞台がとても狭い範囲に収まっている」

「コンパクトではあるな。──で、何が広いんや？」

「遠い異国のインドのフレイバーが漂っている。それだけじゃなく前世まで絡んでいるんだから広大無辺で、この事件は恐ろしいばかりの広がりを有しているじゃないか」

「それ、いつもやったら俺が言いそうなフレーズやな。取られてしもた」

「どんな事件なのか、まだ俺には見えていないんだ。野上さんが特大のネタを摑んだり、ラジーブがどこかで見つかったりして、明日にも解決に向かうかもしれないし、手掛かりが出てこなくて泥沼に嵌っていくかもしれない」

坊津が独りで何を調べていたのかが気になるが、事務所の通話履歴からたどるのも難しい。業務上の電話をかけた先はあまりにも多方面にわたっていた。

「今日、会うた中で火村先生のセンサーが反応した人物は？」

「特にいない。だいたい、いつだってそうなんだよ。誰が犯人だったかが判ってから、それ以前のふるまいが意味を帯びて記憶に甦ってくる。この順序はどうしても変わらない」

「悔しがるな。もし順序が変わったら、お前が人間やなくなるわ」

あまりゆっくりもしていられないので、ビールを飲み干したら店を出て、ＪＲ線の元町へ向かった。各停でひと駅隣の三ノ宮駅まで行き、新快速に乗り換える。しばらく吊り革に捉まっていたが、芦屋駅で二人連れの客が降り、私たちは席に着けた。

「何か思い出したのか？　にやっと笑いやがって」

火村が、からかうように言ってきた。私が、ふっと声を洩らしてしまったせいか。

「タイトルが決まったんや」

「タイトルって、何の？」

私は、火村のフィールドワークに立ち会うたびに、それぞれの事件に名前をつけていた。そんなものは自分にも彼にも無用なのだが、小説家の性なのか、捜査の渦中やら解決後に思いついてしまうのだから仕方がない。

「たとえば以前、ジュエリー堂条の社長が六甲山の別邸で殺された事件があったやろ。ご自慢のダリ髭を剃（そ）り落とされて、フロートカプセルとかいうタンクの溶液に浮かんでた。あの事件のタイトルは『ダリの繭（まゆ）』。お前のゼミ生でオレンジ色恐怖症に悩んでた貴島朱美（きじまあけみ）さんが巻き込まれた事件は『朱色（しゅいろ）の研究』。伊勢湾（いせわん）に浮かんだ烏（からす）だらけの島の事件は『乱鴉（らんあ）の島』」

　つまらなそうな顔をするかと思ったら、火村は真剣な目で私を見返していた。彼に軽い衝撃を与えたようだ。

「事件を素材にした小説を書くわけでもないのに、わざわざタイトルをつけていたのかよ。知らなかった。全部の事件に名前があるのか？」

「ある」

「驚かせてくれるねぇ。今回の事件は『予告された死』あたりか？」

「長編のタイトルとしては弱い。それは章題の候補やな」

「短編とか長編とか、何を基準にしているのか判らねぇよ」

「雰囲気や。タイトルの例をもっと挙げてみる。――人気の作詞家が青酸化合物入りのロシア紅茶で毒殺された事件は『ロシア紅茶の謎』、英国式庭園での宝捜しゲームの最中に起きた事件は『英国庭園の謎』、お前とマレーシアのキャメロン・ハイランドで遭遇したのが『マレー鉄道の謎』。このへんは、エラリー・クイーンの初期長編みたいに国名を冠したシリーズものになってる」

「『マレー鉄道の謎』って……あの事件と鉄道の関係は薄かったぜ」

「ええんや。本家のエラリー・クイーンのタイトルからして、そんな感じの作品が多い。——まだ捜査に加わったばっかりの事件に、どんなタイトルをつけたか。国名シリーズに言及したから見当がつくやろう？『インド倶楽部の謎』しかない」

「たったそれだけのことで、やけにうれしそうだった。作家という人種はおもちゃ要らずだな」

というわけではなく、私がちょっと変わっているだけだ。車中の退屈しのぎにと、さらに駄弁を弄する。

「エラリー・クイーンの国名シリーズは『ローマ帽子の謎』から『スペイン岬の謎』まで九作ある。現在、ローマという国はないけど、そこは見逃せ。クイーン自身は国名シリーズと呼ばず、地名を冠したタイトルと認識してたから。『スペイン岬の謎』の後に『ニッポン樫鳥の謎』とか『日本庭園の秘密』というタイトルの本が日本では出版されてる。原題はまったく違うのに、日本的なものがいくつもモチーフになっているから、そういう邦題になったんや」

火村の興味がみるみる減退していくのを感じたが、こっちの好きな話なのでかまわず続ける。

「シリーズが全部で九作というのは半端な数やけど、だんだんいいタイトルを考えられなくなって方針を変えたらしい。しかし、書かれたかもしれない幻の国名シリーズ作品のタイトルが伝わっている。それこそが『インド倶楽部の謎』。魅力的なタイトルと思うんやけどな。なんで書くのをやめたのかは詳らかにしてない」

これとは別に、気になるエピソードがある。クイーンには、せっかく思いついたアイディアをアガサ・クリスティに先に使われてしまった苦い経験が二度あるそうで、うち一度は執筆中にバッティングに気づいたのだという。クイーンに長編を没にさせたクリスティ作品とは、かの『そして誰もいなくなった』だったとも言われている。

「無人島に招待された八人の客と二人の召使が一人ずつ殺されていく話だな。〈十人のインディアン〉とかいう童謡の歌詞に合わせて。よくできていた」

「そう。ミステリにはあまり縁のない火村先生も楽しんだほどの傑作や。エピソード一、クイーンはクリスティの『そして誰もいなくなった』にアイディアをさらわれたことがある。エピソード二、クイーンは『インド倶楽部の謎』というタイトルを思いつきながら書くことはなかった。この二つを重ね合わせて、幻の『インド倶楽部の謎』こそ、クイーン版『そして誰もいなくなった』である、という推論を唱えるファンもいる。今となっては証明不可能やけどな」

マニアックになりすぎるので火村に言うのは控えたが、国名シリーズ最後の一作『スペイン岬の謎』の二年後に、クイーンは『悪魔の報復（別題・悪魔の報酬）』という長編を発表しており、その中で風変わりなものが凶器になっている。アスレチックジムで使われる棍棒状の器具——新体操競技では〈棍棒〉と称されている——で、英語でインディアン・クラブと呼ばれるものだ。ただし、これが発表されたのは『そして誰もいなくなった』よりも前で、幻の長編『インド倶楽部の謎』とどうつながっているのか、いないのか、これも解けない謎である。

そんな話をしているうちに尼崎駅を過ぎ、あと数分で私が下車する大阪駅に着く。

「なぁ、アリス。お前は悦に入っているけれど、解決してみたらインド倶楽部の面々とは何の関係もなかった、ということになるかもしれないだろう。それでも『インド倶楽部の謎』でいいのか？」

「いいや、さすがにそれはおかしいな。あのメンバーが関与してない場合のタイトルは、お前が言うた『予告された死』にでもするしかないか。どんな結末になろうとも、アガスティアの葉によるとされる死の予言がこの事件の最大のポイントであることは変わらんやろう」

「どうだか」

「おっ、異論がありそうやな、火村先生。死の予言についてはもう答えが見えかけてる、とでも？」

「ぼんやりと。推理の美を希求するミステリ作家のお前も判っているんだろ？」

冗談ではない。彼自身も、何時間か前まではさっぱり判らないようなことを言っていたのに、どこで何を摑んだというのか？

「俺には皆目判らん。お前のことやから、アガスティアの葉には真実が書かれていたのだ、とは口が裂けても認めんやろう。となると、行方知れずのラジーブが事件に絡んでいるのは間違いない、ということか？」

「思いつきの段階だから話す気にならない。まだ会っていない関係者もいるしな。俺が何を言おうとしているのか明日までに考えてみろよ」

「もったいぶるか……」

ヒントを求めようとしたところで、電車は速度を落とし始めた。

第四章　糸を手繰る

1

翌日の午前十一時五分前、私が生田署に顔を出すと火村はすでに到着しており、ほとんどの捜査員が出払って静かな捜査本部の片隅で遠藤と何やら話していた。昨日からとんと見掛けていない巡査部長殿の噂をしているらしい。

「野上さんがどうかしたんですか？」

遠藤は、はっとしたように顔を上げて、まずは「今日もご苦労さまです」と返し、私は勧められるまでもなく空いている椅子に腰を下ろした。

「火村先生と有栖川さんに出馬していただいているのに、兵庫県警捜査一課樺田班から残念なお報せがあります。今回の先生方は、ガミさんとなかなか会えない巡り合わせのようです」

願ってもないことだ、とは言わずに私は意外そうな顔を作る。

「どうしてですか？　鬼の霍乱で寝込んだ、というのでもないでしょう」

「少々の病気に罹っても、あの人は捜査中に休んだりしませんよ。早くに遠征に出たんです。五時台には荷物を提げて駅に向かいました」

「はるかな旅路らしいぜ」

火村が真顔で言ったので、大きなスーツケースを手にした野上が三ノ宮駅から新大阪経由で関西国際空港に向かい、エア・インディアの飛行機に乗る光景が鮮やかに浮かんだ。ラジーブの行方が判明し、急遽、彼を訪ねるために海外出張することになったのか？

「あの人、パスポートを持ってたんですね」

と言ったら、遠藤が笑う。

「奈良県に行くのにパスポートは要りません。インド出張かと思いました？」

「なんや、奈良ですか」白いジャケットの男を指差して「こいつが『はるかな旅路』とか言うたんで早とちりしました」

「火村先生がそう言ったのも、あながち嘘ではありません。ガミさんが向かった先は、奈良は奈良でも小栗温泉というところで、十津川村のはずれにあるんです。まだあたりが暗いうちに神戸を出発しても、あっちに着くのは午後二時過ぎになります。

片道八時間ですよ、八時間」

遠藤は、わざわざ八本の指を立てて所要時間を強調する。なるほど、そう聞くとはるかに遠い。

小栗温泉なんて聞いたことも……なくはないが、正確な場所は知らなかった。十津川村のはずれと言うことだから、交通の便がよろしくないことだけは察しがつく。奈良県の恐ろしく山深い中央部あたりか。

野上がたどったルートは、おそらくこうだ。大阪駅から大和路快速を利用し、関西本線の王寺駅から和歌山線で五条駅へ。あるいは、大阪環状線の鶴橋駅を経て、近鉄で大和八木駅へ。いや、天王寺から近鉄南大阪線に乗って、高田市駅で乗り換える手もあるか。奈良県中央部には鉄道が走っていないから、いずれの駅を目指したとしても小栗温泉とやらに行くにはバスに乗らなくてはならない。小栗温泉行きなどという便利なバスが存在せず、十津川温泉あたりで乗り換えるのだとしたら、八時間あっても足りないのではないだろうか。

「なんでまた、そんなところへ？」

私の愚問に、遠藤は、「もちろん、捜査のためですよ」

「今日中に帰ってこられるんですか、野上さん？」

「多分、無理でしょう。行って帰ってくるだけなら可能でも、捜査にそれなりの時間がかかるでしょうからね。鉄砲玉(てっぽうだま)みたいに飛んで行ったので、泊まることになったら宿の手配は向こうでするしかありません。あの人の決断力、行動力はよく知っていますけれど、今回の弾丸出張には驚きました」

昨夜の捜査会議の席上で、彼を駆り立てる事実が出たのに違いない。

「二件の殺人と小栗温泉がどう結びついたんですか？　インドとはあまりにも方角が違いますけれど」

「逸(はや)るなって」火村が言う。「俺だってまだ聞いていない。それをこれから遠藤さんが話してくれるんだ」

ならばよけいなことは言わず、駅のホームで買ったペットボトルのお茶を飲みながら聞くとしよう。

「捜査会議では、目の覚めるような新情報は出ませんでした。現場付近の聞き込みの成果もなく、坊津理帆子の交友関係からも発見なし。ラジーブの所在も依然として判明していません。ただ、『それらしい男に心当たりがある』という人間が見つかりました」

アガスティアの葉のリーディングを斡旋(あっせん)・仲介している大阪の業者に当たったところ、「ちょくちょく日本にきているインド人がいて、そんな名前だった気がする」というのだ。日本語ができないから一人では動かず、日本人と組んでビジネスを行なうらしい。

「臭うでしょう。出戸守という名前については『聞き覚えがある。まだ新参者で、面識はない』とのことでした。その業者に頼んで、東京で同じような仕事をしている人物を紹介してもらい、ラジーブについて照会しているところです。今日中に何か判るかもしれません」

期待しすぎてはいけないが、見込みがありそうだ。ラジーブから話を聞くことなしに事件の解決はないように思う。

「さて、ガミさんの件です。あの人を突き動かしたのは、坊津の下で働いていた柿内望の証言です。火村先生と有栖川さんもお聞きになったでしょう。坊津は、二ヵ月前の九月の終わり頃から独りで何かを調べているようだった。助手が『お手伝いしましょうか？』と言っても断わったし、彼女のパソコンのデータが復元できないので、どういう調査をしていたのかは判らないままです。『何か思い出せませんかね？』とガミさんが粘っても、柿内は首を振るだけだったんですが、こんなことを言いだす。『九月の終わりではなく、もう少し前からこそこそしている感じがありました』と」

若干、証言を修正しただけで手掛かりになりそうになく、私なら聞き流してしまっただろうが、プロは違った。

「そう聞いてガミさんは、坊津の机にある卓上カレンダーに注目しました。九月七日の木曜日と八日の金曜日に〈休み〉と書いてあった。土日と合わせると四連休です。これは何の休みかと柿内に訊いたら、坊津の遅めの夏休みでした。彼女がこそこそと調べものを始めた時期に近い。夏休み中に見聞きした何かが秘密の調査に関係しているのかもしれない。あるいは、夏休みと称して実は遠方に調査に出向いていたとも考えられます」

「なるほど。で、坊津はどこに行ってきたんですか？」

お茶をひと口飲んで、私は訊いた。

「休み明けに柿内が尋ねると、『それは内緒。ちょっと温泉に浸かってきたわ』と答えたそうです。彼は『どこの温泉だったのか内緒にするほどのことでもないだろう。ボスにお愛想で訊いただけで、こっちだって別に知りたくない』と思って、それっきりどちらも話題にしなかった」

「旅先で買った温泉饅頭の土産もなかったわけですね」

「饅頭の代わりに、行き先をはぐらかすように柿内が好きな〈ツマガリ〉のバタークッキーを提げてきたそうです」

「元町の大丸で買えるやないですか」

はたして坊津はどこに行ってきたのか？　野上が事務所だけでなく坊津の自宅マンションを調べてもそれを示すものは見当たらなかったが、スマートフォンの通話履歴に気になるものがあった。八月三十日に一度だけ、奈良県にかけているのだ。その番号に電話をしてみたところ、出たのは小栗温泉にある〈翠明館〉という旅館である。

「事件の捜査で兵庫県警からかけていることを告げ、坊津理帆子について尋ねると、すぐに記録を調べてくれて、『その方でしたら九月七日、八日に二泊なさっています』と言う。しかも、ただ保養に行っただけではなくて、『調べものにいらしたようでした』と聞いたから、ガミさんは食いつきます。電話で応対してくれた人から大した情報が引き出せなかったので、これは現地に出向くしかない、となったわけです」

坊津が小栗温泉の地誌や歴史を研究していたとも思えず、野上でなくても現地に飛んで行きたくなる。山奥の温泉に、事件を解く鍵があるように思えた。

どんなルートを選んだにせよ、野上はもう奈良交通バスに揺られている頃だ。始発の大和八木駅から十津川温泉までは四時間ほども要するからご苦労なことで、彼の腰が長いバス旅によく耐え、無事であることを祈る。

私がバス会社の名前まで知っているのは、以前に酔狂で国鉄の未成線——工事が途中で打ち切られた路線——の跡をたどりに行き、十津川温泉よりずっと手前まではあるが、バスを利用したことがあるからだ。風邪気味だったためか歩いているうちに体調を崩し、日暮れて廃業したぼろぼろの旅館に転がり込めたのはいいが、夜中におかしな光景を目撃し、後日に火村とともにある事件を掘り起こす羽目になった。『暗い宿』と名付けた一件である。

「ラジーブの行方と小栗温泉の謎。この二本の糸を手繰って捜査が進展しそうですね。どちらも報告を待つしかありませんけど」

私の雑感にかぶせるようにして、火村が尋ねる。

「ところで、遠藤さん。インド倶楽部のメンバーの中に、小栗温泉に縁のある人物はいないんですか？」

「まだ確認していませんが、奈良県出身だとか奈良県に住んだことがある、という人はいませんでしたね」

「それは彼・彼女らが語っていない、というだけでしょう。つながりを持った者がいるかもしれません」

「坊津はインド倶楽部の仲間内の誰かの秘密を知ってほじくり返していた、ということですか？　わざわざ調べたのは脅迫するのが目的だったと」

「ぼんやりとした仮説ですけれどね。最初から脅迫が目的だったとも、結果として脅迫することになったとも考えられます。いずれにせよ、坊津が握った秘密の深刻さによっては殺人に発展しかねなかった」

「やっぱり、あのメンバーの中に犯人がいてるんかなぁ」

遠藤が独り言めかして呟く。インド倶楽部の例会から数日後に、そこに居合わせた出戸守と坊津理帆子が相次いで殺されたのだから、彼らの中に犯人がいるとは限らないにせよ、何らかの関係があるのだろう。今日は、まだ会っていない二人のメンバーに対面する予定だ。ひと回りしたら、見えてくるものがあるかもしれない。

まずはそのうちの一人、佐分利栄吾をこれから訪ねる。昼休みに応対してくれることになっていたので、私たちは今日もアテンドしてくれる遠藤とともに、頃合いをみて生田署を出た。

2

佐分利のクリニックが入居しているビルの正面に立って見上げる。ガラス窓には整体・歯科・皮膚科・眼科・耳鼻咽喉科(じびいんこうか)の文字が並んでいるせいか、白亜(はくあ)の外壁がドクターの白衣を思わせた。場所は、坊津の探偵事務所から歩いて十分ほど。

最上階の六階でエレベーターの扉が開くと、すぐに〈佐分利心療クリニック〉だ。カーペットも壁も天井も淡い水色で統一されている。優しい色合いは、鎮静効果を計算してのカラーリングなのだろう。

受付のカウンターは無人で、午後の診察時間が一時からだという案内が出ている。奥に遠藤が声を掛けようとしたところで、白衣の男性が姿を見せた。火村や私と同年輩に見える。

「警察の方ですね？　奥へどうぞ」

とだけ言って振り返る。ついてこい、と背中で促されているようだったが、柔和な目つきからするとことさら尊大にふるまっているのではなく、身に着いたリズムらしい。

昼休みのクリニックに残っているのは彼だけで、ひっそり静かな中にモーツァルトの弦楽四重奏曲が小さく流れている。「待合室でかまいませんか？　この人数でお話がしやすい」と佐分利が言うので、L字型に折れたソファのコーナーに三対一に分かれて座った。壁には〈個人情報について〉という表題でプライバシーポリシーに関して説明したポスターが貼ってある。

まず遠藤が私たちを紹介してくれたのだが、相手はすでに知っていた。

「昨日の夜、井深さんと電話で話しまして、彼女から聞きました。警察の信頼篤いアドバイザーだとか。守秘義務に抵触しなければ、何でもお答えしますよ」

前世療法を交えた心療クリニックの臨床心理士などと向き合ったのは初めてだ。うねうねと波打つ豊かな髪の下に、女性が好みそうな甘い顔があった。利発にして爽やかという印象を放っているのは結構なのだが、人気俳優がドラマで演じている医師のように見えてしまう。プライベートでは人生を謳歌——実際はどうか知らないが——

している感じで、私が心の悩みを抱えてクリニックの門を叩いた時にこの人に「どうしましたか？」と訊かれたら、よけいに気持ちが沈んでしまいそうである。

「坊津さんの事件は、出戸さんの事件とつながっているかもしれないそうですね。そして、例会のリーディングが関係している疑いもある。僕にも理解できますけれど、では思い当たることがあるかと言えば、これがないんですね。残念ながら」

こちらが質問しないうちにしゃべりだす。

「リーディングの席上で、おかしな雰囲気になる場面などもなかったんですか？」

「なかったんですよ、火村先生。それなりに盛り上がりはしましたが、どうということもなく終わりました。間原さんなんて、自分の未来について訊こうともしませんでしたからね。公開の場だったから無理もないでしょうけれど。あの場では大いに楽しみ、興奮もしたんですが、家に帰った頃には苦笑していました」

「他人の耳があるせいで萎縮（いしゅく）してしまうのは予想できたことです。最初から個別にやればよかったと思うのですが」

「坊津さんが例会の場でやることに固執したんです。今になって思えば、あの方はアガスティアの葉の神秘を一番信じていなかったのかもしれない。パーティの余興みたいにしてしまった」

彼の読みが正しいことを、捜査陣は知っている。坊津は、何事かを出戸と示し合わせていたのだから。

「公開のリーディングに坊津さんがこだわった理由について、見当はつきませんか？」

「想像で語ってもかまいませんか？　仲間たちの前で自己の人生をほどよく暴露してもらい、肥大した自意識に快感を与えようとした、とも考えられます。裸の自分を他人に見てもらうことで、精神の露出癖を満たそうとしたわけです」

「彼女には、そういう心理的傾向があったんですか？」

「いいえ、いや」返事が濁る。「『私って、こういう人間なのよ。実は、悲しい過去があるの』と打ち明けて気を惹こうとする性癖は見受けられませんでしたが、前世に言及することは多かった。――私たちの集まりが、前世に絡んでいることはご存じですね？」

「百六十年ばかり昔のインドで近しい間柄だったそうですね。ええ、加々山さんに伺いました」

「『私はこんな子供だったのよ』や『少女時代にこんなことがあったのよ』どころではありません。『前世はこうだったわ』ですから、これはウルトラ化した精神的露出とも言えます」

判ったような判らないような見立てだが、もしそれが正鵠を射ていたなら犯罪性はゼロで、殺人に結びつきそうもない。

「ですが」火村はやんわりと異議を唱える。「坊津さんは自分の前世だけを赤裸々に明かしたのではなく、皆さんの前世についても『あなたはこうだったわね』と話したんですよね。精神的露出とは違うのではありませんか？」

佐分利は顎に手を当て、「うん」と頷く。

「火村先生のおっしゃるとおりですね。自分だけが裸になったんじゃない。『みんなで脱ぎましょう』という精神的ヌーディスト・クラブの提唱……でもないか」

「佐分利さんは、坊津さんに指摘されるより前からご自分の前世についてご存じでしたか？」

「日本人だった気がしなくて、インドで生きていたのだろうな、とは思っていました。僕は祖父がインド人のクォーターでして、お祖父ちゃん子だったんです。そんなことを知らない坊津さんにインドで生まれた前世を見事に言い当てられて、はっとしました」

「その程度のことだったんですか？　あなたの前世のお名前は確か……」

「ナシームです」

「その名前は、坊津さんに言われるまでは頭になく、聞いた途端に思い出した？」

「うーん」と唸って、白衣の襟をいじる。「ありのままをお話しします。『見事に言い当てられて、はっとしました』なんて言いましたけれど、ナシームという名前にはまるで覚えがなく、あの方が自信たっぷりに言ったので、『そのとおりです』と合わせて差し上げたんです。ついでに『あなたは、もしかして……』と水を向けたら『アジャイ・アラムでした』ときたので、そんなのも初耳だったけれど『おお！』」

佐分利のスタンスが判らなくなった。火村はポーカーフェイスを保っていたが、遠藤は不審の念を面に現わしている。

「『合わせて差し上げた』のは、どういう気持ちからでしょうか？」火村は穏やかに尋ねる。「前世療法をなさっているのですから、前世の存在については疑っていないと思うのですが」

「ええ、もちろん。——坊津さんにいきなり自分の前世の名前を言われても、心に響くものはなくて面食らい、それでも否定せず『おお、そういえば！』と合わせたのは、同調したらどうなるかを研究の一環として観察するためです」

「坊津さんの反応を観たかった、ということですか？」

「あの方は、間原夫妻や井深さんを自分の前世に引き込んでいました。あたかも自作の劇にキャスティングするかのように。そんな皆さん一人一人のリアクションも含めての観察です。ひとまとまりのグループが前世の物語を共有するケースを目の当たりにしたことがなかったので、興味が湧いた。ですから、私もそこに加えてもらって、間近でとくと見せていただくという魂胆で『おお！』と」

人との交わりとしては不純だと思われないように、こう付け足すのも怠らない。

「打算だけではありません。間原夫妻や井深さんが好きだったので、もっと親密になりたかった、というのも動機です。坊津さんご自身も愉快な方だった」

「加々山さんや弦田さんとは、グループに加入してから知り合ったんですね？」

「はい。そうしてできたグループは年齢も性別も職業も趣味嗜好もバラバラで、目的もなく集まっているのに妙にまとまりがよく、坊津さんがおっしゃるとおり前世から絆があるのでは、と感じることがあります。――刑事さん、何か？」

遠藤がもの言いたげにしているのを見て取った佐分利は、そちらに顔を向ける。

「はあ。失礼ですが、正直に申します。刑事なんて現実にどっぷり浸かった仕事をしているせいか、どうも前世云々という浮世離れした話について行けません。いつもと勝手が違うので戸惑っています」

「超常現象、オカルト。前世だの生まれ変わりだのは、非科学的な世迷い言に思えるんですね。そういう方は珍しくない、というよりも懐疑的な態度をとる人の方が多いでしょう。ですが、前世を記憶しているとしか考えられない言動をする人間は、世界各地に確かに存在していて、彼らを対象に科学的な研究が行なわれていることは動かぬ事実です。最も有名なのは、アメリカのヴァージニア大学医学部のＤＯＰＳ――

Division of Perceptual Studies――知覚研究室の研究。ＤＯＰＳは、この分野のパイオニアであり、トップランナーでもあります。精神医学が専門のイアン・スティーヴンソン教授が切り拓いた道に後進が続き、もう半世紀近くにわたって研究が重ねられているんです」

「ちゃんとした大学……なんですね？」

「もちろん。トーマス・ジェファーソン第三代大統領が設立した州立大学で、二百年の歴史を持ちます」

　生まれ変わりの真偽はさて措いて、佐分利は弁舌が巧みで、やや甘えた調子ながら爽やかに話した。現実にどっぷり浸かった遠藤さえ、前世や生まれ変わりに無関心ではいられなくなってきたようだ。

「頭からインチキと決めつけるのが憚られますね。その大学では、具体的にどんな研究をしているんですか？」

「世界中から事例を集め、様々な切り口から内容を精査しています。思い違いや単なる偶然といったものを除き、より分けられた事例を分析して法則や原理を探るわけです。生まれ変わりという現象が単なる思い違いだったら、これだけ長く研究されるはずもありません」

「成果は上がっているんでしょうかね。大発見のニュースを聞いた覚えはないんですが」

「色々なものが見えてきていますが、短くご説明するのは難しいな。刑事さんたちは、そんなレクチャーを聴きにいらしたのではないし、またお時間のある時にでも」

刑事は「そうですね」と照れたように頭を掻いたが、犯罪学者が話題を変えさせない。

「キリスト教国のアメリカの州立大学で、多年にわたってそんな研究が為されているのが奇異に思えます。キリスト教の教義によると、人間は一度きりの生しか神に与えられていないのでは？」

「火村先生はクリスチャンですか？」

いえいえ、と私が代理で右手を左右に振った。無神論者の彼にとって、神の裁きを中核に据えたかの宗教は他にも増して受け容れがたいはずだ。

「おっしゃるとおりで、特にカトリックは生まれ変わりというものを神学的に強く否定します。死後には私審判というものがあり、霊魂の行き先が三つに振り分けられます。『お前は善良な働き者で信仰心も篤かったので天国へ』『お前は悪いこともやらかしたから、天国に行く前に清めの火で浄化されるため煉獄へ』『お前はワルで人殺しもしたから地獄へ』という具合に。神の第一審ですね。この法廷は二審制で、終末が到来してキリストが再び復活した時、すべての死者も甦って神による最後の審判を受け、その裁きに従って神の国に行けるか否かが決することになっているのですから、現世に生まれ変わる暇がない」

様子を窺っていたが、火村は〈人殺し〉の一語にも反応を示さなかった。どうでもいい、と思いながら聞いているのだろう。佐分利は続ける。

「ですが、キリスト教を信仰する人々の間にも、人生が一度きりでなければいいのに、という願望が芽生えるようです。肉体を持ってする地上での生活は霊魂が修行する場と解して、そのために受肉する機会は一度ではない、という考え方が十九世紀に入って生まれました。それがリインカーネーション。ホラー映画や日本のポップスのタイトルにもなってよく知られている単語ですが、これは歴史の浅い新しい言葉です」

「リインカーネーションのおかげで、アメリカ人にも転生を信じる人間が少なからずいるわけですね？」

「ある調査によれば二十パーセント以上の人が、転生はあると信じています。人生は修行の場で、失敗してもやり直しが利くと考える方が救いがありますよね」

「私には、修行をしているという意識がないし、その義務も感じていませんが」

「理由もなく生まれ落ち、理由もなく生きて、死ねば肉体も魂も消えてなくなる、と？　うまくいってもいかなくても、やり直しのチャンスもない？　もしそうだとしたら淋しくて厳しいですね」

「当たり前のことと受け容れています。何度でも生きられる魂より、一回きりの——」急に小さくかぶりを振る。「貴重なお時間を無駄にしては申し訳ない。事件の話に戻ります」

「僕の時間を大切に思っていただいて、ありがとうございます。五分十分も惜しい、というほど密度の濃い生活をしている者ではないんですが。——賢明な火村先生は、議論のようになることを嫌いましたね？　あなたは、一回きりの命の尊さを信じて、それを愛している人なんだ。そういう方ならば、人殺しなんか到底赦せないでしょう。だから犯罪について研究なさっている」

火村に会って十五分も経っていないのに、大した洞察力だ。彼の前世療法なるものにどれだけの実効性があるのかは知らないが、これならクライアントが心に抱えた問題を短時間で読み取って有益なアドバイスができそうである。

そんな佐分利でも、火村の内面がどれだけ複雑に入り組んでいるかは現時点では窺い知れないだろう。一回きりの生を奪う殺人者を彼が憎むのは、単に義憤からではない。かつて人を殺めることを望んだ自分に——どの段階だかで思い留まって実行しなかったというのに——延々と罰を与えるかのように、フィールドワークにかこつけて殺人者を懸命に狩り続けているのだ。この思考のもつれを解こうとしたら、佐分利の手にも余るのではないか。

「私が診察を受けにきたのではないので、その話もよしましょう」犯罪学者は言う。「有栖川は、皆さんの集まりをインド倶楽部と命名しました。失礼でなければ、便宜上そう呼称してもよろしいですか？」

「とてもシンプルで悪くないですね。ええ、かまいませんよ」

「そのインド倶楽部のメンバーに、佐分利先生は絆を感じていらした。親密な集まりだったと伺いましたが、いさかいが生じたり険悪なムードになったりしたことはなかったんでしょうか？」

「ここには私たちしかいないし、警察の捜査に応じているんですから、あれば誰に気兼ねすることもなく告げ口していますよ。弦田さんに『言うたらなんですけど、ちょっとだけ顔がふっくらしてきたんやないですか？』と訊かれた坊津さんが、『セクハラ以前に無礼です』とむくれたとか、それぐらいのことはありますよ。間原さんと加々山さんの支持政党が違うので、国政選挙の時に気まずい感じになった、とか。それも口論未満のことで、インド倶楽部の例会はいつも凪(なぎ)の海のごとく平和でした」

「家族的な親密さですか？」

「少し違います。馴れ馴れしい感じとは無縁で、親しき仲にも礼儀あり、でしたから」佐分利はわずかに表情を曇らせる。「倶楽部の中に犯人がいる、とお考えだから、そんなことをお尋ねになるんですね？　悲しい事態です」

「事件の捜査だからやむを得ない、と割り切っていただけますか。私たちはインド倶楽部の例会を覗いたこともないのですから、質さずにはいられません」

「いや、そのとおりですね。よけいなひと言でした」

白衣の男は気持ちの切り替えが早い。

「人間は、厄介なことに親しくなったらなったで揉め事を呼び込むことがあります。打ち解けて親密になりすぎることで生じるトラブルもある」

「学生のサークルがご法度の部内恋愛で紛糾みたいなものを指しておっしゃっているんですか？　だとしたら、なかったと思いますよ。どなたとどなたが陰で何をしているかまで、千里眼で見通してはいませんけれど」

断定を避けるのは慎重さ故か、何かしらの空気を感じたことがある故か。

「気になる噂を耳にしたこともない？」

「ありません。僕と井深さんあたり、艶っぽい噂が流れてもいいのに、と思うほどです。いや、これは冗談ですよ。そんなものはないし、井深さんと弦田さんに関してもありません」

若手メンバーの間で三角関係が発生していたとしても、出戸や坊津の殺人につながりようがない。

「間原さんのお嬢さんも例会に加わることがあったようですが——」

火村がそこまで言っただけで、佐分利は首を振る。

「子煩悩なマハラジャの目を盗み、花蓮ちゃんを巡ってロリコン男が恋の鞘当てをしてもいませんよ。あの子は音楽が好きなので、たまに弦田さんの演奏を聴きに入ってくるだけです」

「彼女が例会に顔を出すこともあった。つまり、インド倶楽部に秘密めいたところはなく、風通しのいい集まりだったと理解しました」

それで結構、と言うように佐分利は頷く。

「坊津さんが殺された夜の私のアリバイについてもお尋ねになりたいんでしょうね。刑事さんにはお話ししてありますが、職場の近くで過ごしました。元町のライブハウスに行ったんです。前から気に入っている女性シンガーのピアノの弾き語りがお目当てでしたが、彼女の歌は心に沁みるんですよ。他のバンドの演奏も楽しみました。終演は九時過ぎ。それから中華街で食事をした後、夜の街をうろついて電車で帰りました。車は休日にしか乗らないんです。自宅はＪＲの住吉駅からほど近いマンションで、帰ったのは日付が変わった頃でした」

弦田と同じく、彼も夜の街をぶらついていた組で、アリバイを証明する者はいない。火村の質問はまだ途切れない。

「リーディングの席の話に戻りますが」

「どうぞ」

「坊津さんが自分の死ぬ日について尋ねた時のことが詳しく知りたいんです。彼女は、『ここに書いて』と手帳を差し出したんでしたね」

「そうです。そして、ラジーブ先生は指定された場所にさらさらと書いた」

「本当に書いたんでしょうか。書く真似をしただけということはありませんか？」

ああ、と声が出そうになった。私はそれが気になっていて、火村が尋ねないのならば自分が、と少し前からタイミングを計っていたのだ。

「これはまたおかしなことをお尋ねですね。そんなふりをしたら、坊津さんがその場で『ちゃんと書いて』と咎めるでしょう」

「わけあって咎めなかった、と仮定してみてください。いかがですか？」

〈予告された死〉の謎について、昨日の夜に火村と別れた後、ずっと考えているうちに一つの仮説が浮かんだ。ラジーブが殺人の実行犯でも共犯でもないとしたら、そしてアガスティアの葉の予言という神秘を信じないのであれば、坊津が死ぬ日を言い当てられたはずがない。それを知り得たのは犯人だけなのだから。ということは、坊津の手帳にあった日付は犯人自身が記入したことになり、手帳には当該書き込み以外にそれらしい日付の記載がなかったことからすると、ラジーブは書く真似をしただけ、という推論が導かれるのだ。坊津は何かの意図があって公開リーディングを仕組んでおり、本気で自分の運命を教えてもらいたかったわけではないことをラジーブは知っていたため、出鱈目な日付を書く手間さえも省いたかもしれない。

「ラジーブ先生の後ろに立って覗いたわけではありませんが、はっきりお答えできます。あの先生は書くふりをしたのではなく、手帳にペンで何か書き込んでいました。私は斜め前の、比較的近い席にいたので、彼の手許に注目していました。下衆っぽいのですが、ペンの動きで何年何月か判るかもしれない、と目を凝らしていたので断言できます」

「判りましたか？」

「いえ、さっぱり。でも、何か書いていた」

「開いたのは、手帳のどのあたりのページでした？」

「後ろの方、十一月あたりに見えましたよ。そんなところに書いてもらったら、明日の予定を確認しようとして目に入ってしまうんじゃないかな、とよけいな心配をしてしまいました」

「ですよね」

思わず私は言った。うっかり開いてしまわないページを指定すればよかったのに、と不自然さを覚えていたのだ。

「ですよね」と佐分利が返す。

ただし、これは謎ではない。予言なんかどうでもいい、と坊津が思っていたことの傍証である。

佐分利の証言に嘘がなければ、手帳の日付は坊津がその日に殺されることを知るラジーブによる予告、あるいは警告と解釈するしかないのだが、どちらにしても中途半端で無意味だ。火村は「ぼんやりと」見当がついたようなことを言っていたが、私と同じ仮説しか持っていなかったのであれば、佐分利の答えに落胆したはずだ。そんな様子を見せてはいないが。

「大事なご質問だったんですか？　どうやら私の答えはお役に立たなかったらしい」

「そうでもありません。次にお訊きすることの方が私にとって重要です。——リーディングの席上、あなたが最も興味を喚起されたのはどの場面ですか？　いくつか挙げていただいてもかまわないので、よく考えてから答えてください」

「日が経って記憶が薄らいできていますからね。よく考えないとお答えしかねます」

佐分利は腕組みをして、十秒ばかり唸っていた。

「たとえば……加々山さんの失恋の話かな。うわぁ、胸に秘めていた過去が暴かれてしまいましたね、と思いました」

「三十歳で手ひどい失恋をした件ですね。加々山さんご自身から伺いました。驚かれたようです。――他には？」

「坊津さんもつらい過去を言い当てられていました。十八歳の時に精神的に傷ついて自殺を考えた、というようなことを。失恋だったのかどうかは語られなかったので、そちらの理由は判りません。人がプライバシーを暴かれる場面に立ち会うと、こちらまでドキリとしますよ。その二つには相通じるところがあるから、連想して思い出しました。何があったんでしょうねぇ。それが今回の事件につながっているなんてことは考えにくいけれど」

坊津の公開リーディングは自作自演なのだから、十八歳の時に何があったのだろう、と考える必要はない。

「他には？」

「まだ足りないんですか。えーと、マハラジャのリーディングで何かごちゃごちゃ言っていましたよ。前の奥さんが亡くなった時の様子がどうのこうの。そんなことがあったのか、と意外でした」

「あなたにとって？　他の人にも？」

「洋子さんはご存じだったでしょうけれど、それ以外の人はみんな耳を欹(そばだ)てる場面でしたね」

興味を強く喚起したのだ。火村は、ここぞとばかりに食いつく。

「できるだけ正確に、ラジーブ先生の言ったことを再現していただきたいんですが」

「何歳の時のことって言ってたかな。前の奥さんが事故で……」

黙り込んだので長考に入ったのかと思ったら、佐分利は「仕方がない」と白衣のポケットから何かを取り出す。小型のＩＣレコーダーだった。

3

「まず遠藤さんにお詫びすべきかもしれません。リーディングの模様は、私はすべて録音していました。ラジーブ先生や出戸さんと加々山さん、坊津さん、間原さんのやりとりはここに収められています」

佐分利は、手にした銀色のそれを小さく振ってみせる。遠藤は、不満を通り越して不快感を表明した。

「そんなものがあるのなら、早く言ってもらわないと困ります。殺害される直前の出戸さんと坊津さんの様子が判る貴重なものですよ」

抗議された男は「申し訳ありません」と頭を下げるが、反省しているふうでもない。

「ですが、殺害される直前と言っても一週間以上前のことですし、私はインド倶楽部の集まりが事件につながったとは考えていません。仲間意識でかばい立てするのではなく、皆さんもお聴きになれば判りますよ。不穏な内容はいっさい含まれていません」

「検証するのはわれわれです。勝手に判断しないでいただきたい」

警察なめんなよ、と怒鳴りたいのをこらえているようだ。

「以後気をつけます。私は仕事に関して仕入れた知識や思いついたアイディアを録音する習慣があり、これの提出を求められても困るので、データだけをお渡しいたします。出戸さんが挨拶をするところから、リーディングが終了するまで録りました」

「何故、録音したんですか？」

これは火村。怒れる遠藤の隣で、ママは叱らないからおっしゃい、という口調だ。

「私がインド倶楽部に入会した動機をお忘れではないでしょう。同じ前世を生きたと信じる人たちの中に飛び込んで観察すること。その恰好のチャンスと考えたんですよ。イベントが始まる前に、出戸さんは録音を禁止していない、と井深さんが言ったし、問題のない行為だったと思います」

「出戸さんが禁止していなかったとしても、リーディングされる方たちの許可を得るのが礼儀だと思いますよ」

「マナー違反だったかもしれませんね。そこは認めます」

でも、結果として警察の捜査に貢献できそうですよ、と佐分利は肚の中では思っているのだろう。口許に笑みがある。

「データをいただく前に、ここで再生してみてもらえますか？　スキップしながらポイントになる箇所だけでもかまいません。聴きながら質問をしたいので」

火村に続いて、遠藤が「ぜひ」と迫る。

時計の針は十二時半をとうに回っていた。診察時間を理由に拒まれるのでは、と危ぶんだが、佐分利は迷惑がらずに了承する。

「午後の最初の診療は三時からなので大丈夫ですけれど、お腹が空いていまして。軽く食べながらでもかまいませんか？　私だけ」

「どうぞご自由に」

遠藤は渋い顔で言った。

昼休みが終わると事務員らが帰ってくる。待合室で話すのはまずかろう、という判断からか佐分利は私たちを応接室へ通し、エスプレッソマシンで淹れたコーヒーを配ってくれた。彼なりに気を遣ってくれているのだろう。そして、机の抽斗に常備しているというランチパックを持ってきてから、ＩＣレコーダーの再生を開始した。

――これが出戸守と坊津理帆子の声か。

初めて耳にする被害者たちの声。彼も彼女も、この後まもなく殺害されてしまうのだ、と思いながら聴くと痛ましい。映像がないのが惜しまれるが、音声だけでも場の雰囲気はよく伝わってきた。

聞き覚えのない女性の声は、間原洋子のものに違いない。ラジーブは平易な英語を遣い、発音も明瞭なので私にも聴き取りやすかった。葉に書かれた文章を読んでいるという体裁なので、口調に厳かさはなく事務的である。

まず、加々山郁雄の、次に坊津理帆子のリーディング。あらましは関係者たちから断片的に聞いていたとおりだったので、火村も遠藤もほとんど質問を挟まず、佐分利はハンバーグを挟んだランチパックを黙々とぱくつく。

一度だけ、途中で遠藤がレコーダーを停止させて疑義を呈した。

「やり方が不合理ですね。生年月日が的中したら加々山さんは『剣先がいきなり懐に飛び込んできたな』と驚いていますけれど、それは事前に先方に伝えてるやないですか。そもそもアガスティアの葉に名前が書いてあるのなら、葉っぱが依頼者のものなのかどうかは、最初からそれを訊いたら一発で判るのに」

佐分利は「ごもっとも」と認めてから、刑事に説明する。

「はなはだ合理性を欠いていますね。しかし、それはそういうものなのだ、と言うしかありません。ご不審に思うのでしたら、アガスティアの葉について書かれた本をお読みください。リーディングにおける定まった手順なんです」

「儀式のやり方というわけですか。道理で誰も『変だ』と言わんはずや」

この場で丸ごと再生していたら時間がかかりすぎるので、間が空く部分はスキップして、間原郷太のリーディングを聴くことにした。彼に亡くなった姉がいること、父親や自身が歌や踊りに関係する仕事に就いていること、二十歳前後には父親に反抗して奔放にふるまったことなどを言い当ててから、問題の箇所に移る。

〈あなたは、二十五歳で結婚しましたか？〉

わずかに間があって、間原が〈……イエス〉と答える。

〈その妻は、自然の災害で亡くなりましたか？〉

〈……イエス〉

〈その妻が死んだのは山の近くですか？〉

〈……イエス〉

マハラジャの「イエス」が遅れ気味でテンポがよくない。

〈その妻が死んだのは夜ですか？〉

〈……イエス〉

〈その妻が死んだ日、雨が激しく降っていましたか？〉

ここでは勢い込んで〈イエス〉と答えてから、ぼそりと何か洩らす。火村が停止を命じた。

「何と言ったか聴き取れなかった。音量を上げて、リピートしてもらえますか」

昼食を終えていた佐分利が、指先をハンカチで拭ってから機械を操作する。

〈しつこいですね。もう充分じゃないか。これは私のことだ〉

こぼす前に大きな溜め息をついているのも判った。「その妻」の四連発が彼の心に負荷を掛けたらしい。

「またストップ。――間原さんは、うんざりしているようです。場の空気が悪くなったりしなかったんですか？」

「洋子さんは旦那さんのことを心配しているように見受けましたが、ラジーブ先生がかまわずリーディングを続けるので、重い雰囲気になる間もありませんでした。間原さんが苛ついたのは、その時だけでしたし」

「続きを」

ラジーブの声。

〈二番目の結婚をしたのは二十七歳の時ですか？〉

〈えっ？〉マハラジャは「その妻」で始まらない質問にかえって小さく驚いたような声を出してから、〈ああ、イエス〉と返す。

〈二番目の妻、つまり現在の妻と知り合ったのは二十六歳の冬ですか？〉

〈イエス〉

「守秘義務に抵触します」

「ああ、失礼」

すぐさま火村が詫びると、佐分利は「お気になさらずに」と甘ったるい声で言う。自分に敵意がないことを示すためにそんな声を出す者がいるが、彼の場合は寛容さをもって自分の優位性を確認しているようでもある。

「深刻な悩みではなかった、とだけ申しておきます。カウンセリングだのセラピーだのがどういう感じなのか、ご興味があったんでしょうね」

「前世療法は希望なさらなかったんですか？」

「うちのメニューとしてご案内しましたが、『そちらに問題はなさそうですから』と言ってお断わりになりました。『ご自分の前世をご存じなんですか？』と尋ねると、『教えてくれた人がいるので』と。言うまでもなく坊津さんのことです」

「前世の洋子さんの名前は、シャンバビでしたね。領主の娘で、坊津さんの前世である若くて勇敢な戦士、アジャイ・アラムの許嫁」

「そのようですね。可憐で美しい娘だったのだとか。私は催眠を用いたヒプノセラピーを施していないので、坊津さんのお告げを信じるしかありません」

「で、あなたはナシーム。彼はどういう人物だったんですか？」

「シャンバビの遊び友だちでした。乱暴なことが嫌いで、女の子のように可愛い男の子だったそうです」

「弦田さんはアジャイ・アラムの幼馴染みだったと聞きました」

「名前はバジブ。飄々として現世の彼を彷彿とさせる愉快な男だったんですが、生来不器用で武運も拙く、アジャイよりも早くに戦場に散っています。死んだ時は大好きだった笛をしっかり握りしめていたとか」

「前世でも音楽を愛していたわけですか」

「趣味や嗜好は、しばしば引き継がれます」

「他のお仲間の前世についても教えてください」

佐分利は、淀みなくすらすらと答える。

「間原郷太さんは、マハラジャという仇名に反して領主のところに出入りしていた商人。薬種から武器まで手広く扱っていました。ペルシャ系のイスラム教徒で、名前はシン。加々山さんはアジャイの二つ年上の兄、チャンドラ。井深さんはアジャイの三つ年下の従妹、ラダ。この七人の〈輩〉で構成されているのがインド倶楽部です。……いや、今は六人になってしまいましたね」

「坊津さんがおっしゃったのだから当然なんでしょうが、アジャイを中心にした人物配置のように聞こえます。それらの人々は、みんな知り合いだったんですか？」

「ええ、様々な形で結びついています。たとえば、商人のシンは子供好きで、アジャイやバジブやシャンババビやナシームに異国の珍しい話をしたり遊びの相手になってやったりしていた。絆があったから〈輩〉なんです。領主やアジャイの両親らはどこの誰に転生したのか？　それは知りません」

佐分利の目は、きらきら輝いている。

「アジャイ・アラムだけがフルネームなのは何故？」

「さぁ。坊津さんが判らなかったのだから仕方がありません。あの人が前世を知る能力にも限界があったということでしょう」

「坊津さんの話に合わせてあげた佐分利さんも、今では立派な〈輩〉のようですね。前世というより、少年時代の記憶を語っているみたいです。あなたも坊津さんの物語に取り込まれましたか？」

皮肉めかして火村が言ったのは、相手の反応を探るためだろう。ほんのりと挑発をまぶした問いにも、佐分利は涼しい顔をしている。

「影響を受けたことを否定しません。真偽のほどは判らないまま、受け容れてもいい物語だと感じるようになりました。仲間ができて心が喜んでいるのなら、それでいいではありませんか」

誰に迷惑がかかるわけでもなし、彼が言うとおりなのだが、〈輩〉たちの集いを巡って起きた二つの殺人事件との関連がまだ不明だ。坊津が前世を叫んで〈輩〉を集めるという行為で出戸と自らの死を招いたのならば、「それでいいではありませんか」では済まされない。

「坊津さんのことを、間原郷太さんは『人にはない魅力があった』と評しました。臨床心理士として、彼女のキャラクターをどう見ていらっしゃいましたか？」

「ご主人を亡くした後、探偵事務所を引き継いで一人で切り回していたことからも判るとおり、逆境を跳ね返すタフネスを持つ人でしたね。少々のことには動じず、ピンチに遭遇したらチャンスに変えてしまうタイプ。目標を立てたら迷わず前進。対人関係にも強い」

「他人に影響を及ぼし、巻き込む力については？」

「有無を言わせず自分に従わせるというのとは違って、包み込んでしまうという感じでしょうか。嫌なやり方はしませんでしたよ」

「あの人は、どんな夢を持っていたんでしょうか？」

「これは難しい。そういうことは語りませんでしたね。懸命に生きる毎日の中で出会う大小の幸せを大事にしていたのではないでしょうか」

「では、来世への希望については？」

「面白い質問ですが、特に何もおっしゃっていません。ただ、現世での行ないが来世につながりますから、『生まれ変わったらもっと幸せになれるよう、今がんばらなくては』という信条はお持ちのようでした」

　ふと佐分利と目が合ったので、私は反射的に尋ねていた。

「現世での生き方が来世に影響するということは、前世の生き方が現世に影響していることになりますね。そう考えていいんですか？」

「はい。色々な面で前世は現世に関わります。私の見解ではなく、世界各地で様々な実例があるし、ＤＯＰＳの研究でも報告されていることです」

　はあ、と頼りない顔をしたせいか、彼はより詳しい解説を始める。

「記憶だけではなく、肉体的な特徴も前世から現世へと伝わります。自分はかつてどこそこの誰として生きていた、と子供が言うから調べに行ったらぴたりと該当する故人がいて生まれ変わりが確認される。その場合、転生した子供と故人との言動、趣味や嗜好の顕著な一致に留まらず、共通する身体的特徴が認められたりするケースは少なくありません。まったく同じところに同じような母斑（ぼはん）——黒子（ほくろ）や痣（あざ）といった皮膚の変異——があったとか、同じ肉体的なハンデキャップがあったとか。先天的な欠損などだけでなく、後天的に受けた外傷もしばしば一致する。多くのものが次の生へと持ち越される、なんていう話を聞くと、オカルトや超常現象というより何か童話的、民話的な懐かしい感じがしませんか？　転生は親族など一定の範囲内で起きると考えられている国や地域では、一族の誰かが死んだ際に、遺体に煤（すす）や塗料で目印をつけるという風習がある。そうしておけば、新生児の体を検めて、『五年前に死んだ大伯父の生まれ変わりだ。大伯父に目印をつけたのと同じところに母斑がある』と特定できて便利だからです」

各地にそんな風習があるからといって、真実とは言えない。知識のない人間が雷のことを神の怒りと信じるようなもので、人間の思考の癖として興味深いだけだ。

場所を応接室に移して空腹も鎮めたせいなのか、佐分利は時間を気にしなくなっている。すでに会見が長くなっているが、この機会に輪廻転生の話をもう少し拝聴させてもらってもいいだろう。

「前世の行ないが現世に、現世の行ないが来世に影響を与えるわけですね。善行を積んだら後の世でいいことがある。悪行は次の人生を不幸にする、ということならば、生まれ変わりは勧善懲悪の思想に通じますね。そう考えると、教訓を含んだ童話や民話のようでもありますが――」

佐分利は、私に最後まで言わせない。

「まさにそうです。転生を信じられたら、人は生き方を誤りにくくなります。凶悪事件のニュースを聞いた時、私たちは被害者に深く同情します。『気の毒に。どうしてそんな目に遭わなくてはならなかったのだろう』と。あれは因果応報というもので、理不尽な事件で命を落とす人は、前世で理不尽に人を殺しているんですよ」

以前、雑誌でそのような話を読んだことがある。前世占いだか何かの記事で、何気なく目を通しているうちにそんな記述にぶつかり驚くと同時に腹が立った。そこでは理不尽な死の例として、通り魔殺人の被害者が挙がっていたのだ。行きずりの見知らぬ人間に理由もなく殺害された人に、「あなたの前世が悪かったから、責任は自分にあるのよ」と言っているわけで、赦しがたい。慰めや諦めをもたらす方便にもなっていない醜悪で奇怪な言説を、対面した相手からじかに聞くとは思ってもみなかった。

佐分利に鈍感さはない。私の不快感をただちに察知して、宥めにかかる。

「現世で罪もないのに殺された被害者を冒瀆しているように思われましたか？　被害者に寄り添って、お優しい。だけど、殺された悲運は来世で報われるので、救いはあります。輪廻転生があれば、ただの殺され損にはならない」

「納得できませんね。現世でやり残したことはどうなるんですか？　愛する人と無理やり引き離されたことは？」

自分でも驚いたことに、私の声はわずかに顫えていた。

よりよい来世で埋め合わせがつくはずがない。放火されて家が全焼し、写真のアルバムも想い出の品も全部なくなってしまった時、『保険金が出るから、この次はもっといい家に住めるよ』と誰かが親切面をして言ってきたら、場合によっては殴る。ましてや、『昔、君がよその家に放火をした報いだよ』などと、あらぬ暴言を吐かれた日には。

「有栖川さんのお気持ちを汲むことはできますが、それだと救いがなくなってしまいます。その方がいいのでしょうか？」

ぽんと火村に肩を叩かれた。落ち着け、ということだろう。私が深呼吸をしている間、彼が佐分利の相手になる。

「救いはいったん失われてしまいますが、この世に残った人間が取り戻せるものもありますよ。被害者の遺志を継ぐとか、被害者のことを忘れずに偲ぶとか。砂粒ほどのことかもしれませんが、生まれ変われなくても救いは完全に消えません」

「火村先生の輪廻転生不在説は、いたって強固なものらしい。科学的に証明できていないことが、そんなにご不満ですか？　私には狭量に思えてなりません。霊や魂の存在とその自由を否定する唯物論は、そんなに素晴らしいでしょうか？」

「科学が万能で至高のものだなんて信仰は持っていませんよ。人生は一度しかない、と私が思うのは、それが性に合っているからにすぎない」

「要するに、しっくりくるのですね？　そう考える方が恰好いい？」

「恰好がどうのこうのという問題ではありませんが、あなたに的確に伝わる表現を見つけられない。何にせよ思考の立脚点が異なります」

「輪廻転生を拒絶なさるのは、やはり科学の軛ですよ。物理学的にあり得ない、という一点。しかし、DOPSの研究は徹底して科学的なものです。採取した事例を精査し、現世のAなる人物が過去に生きていたBの生まれ変わりだと立証するプロセスがこの上なく科学的であることは、世界的に権威ある科学者たちの折り紙つきです」

佐分利は、このような議論に慣れっこのようで、たいていは水掛け論になって終わることも承知していそうだ。まぁ、このへんで、と切り上げたがっている気配が漂いかけていたのだが、相手のまっすぐなまなざしに思うところがあったのか、さらに言う。

「先生だって、人類の科学がこの世の何もかもを体系的に説明できていないことをよくご存じのはず。輪廻転生という現象が絶対にないと断定するのは、科学的な態度ではありません。ガリレオの地動説もウェゲナーの大陸移動説も、提唱された時は『あり得ない。馬鹿らしい』と非難されたじゃないですか。大陸移動説なんて、発表されたのが一九一〇年代。再評価されだしたのが一九五〇年代ぐらいで、宇宙からの実測で立証されたのは一九八〇年代後半ですよ。――とか言うだけでは、駄々っ子の屁理屈にしか聞こえないか」

相槌も打たない火村に、佐分利は続ける。

「問題の核心となるのは意識です。それがどこからどのように発生するのか、科学は答えを見出せていません。意識、言い換えれば心。あるいは魂、あるいは精神。それは物質である脳とは別の存在であり、互いに作用し合っている。デカルトの物心二元論ですね。科学は久しくそれを認めませんでしたが、素粒子を扱う量子力学の観点からは成立します。非物質的存在である精神は、脳のしかるべき器官による神経伝達物質の放出に確率的に影響を与えられるからです」

量子力学というマジックワードを出したところで、彼の話はさらにジャンプする。

「意識は、非物質でありながら物理的な作用を及ぼします。離れた場所にいる病人に対して祈ることにより、健康状態の改善を行なう遠隔治療というものもあるんです。研究結果も出ています。意識は非物理的存在だから肉体とは別の存在で、後者が滅んだ後も存続が可能です。それが新たな肉体に作用した場合に輪廻転生となる。科学がまだ手探りしていることを、インドの人たちは今から三千年ほども前に直観によって理解してたわけです。現在でも、チベット仏教ゲルク派の教主、ダライ・ラマは魂の転生によって後継者が決まるのはご存じでしょう。——失礼しました。事件に関係のないことをベラベラと」

火村が何か言う前に、佐分利は輪廻転生の話を切り上げた。

「殺人事件の研究をなさっている火村先生としては、殺されるのは前世の報い——業（カルマ）が原因であると考えるのは絶対に不可ですか？　そんなお伽噺は犯人の罪を打ち消すのに益するだけで我慢ならない？」

当人が即答しないので、代理で「はい」と答えてやろうかと思った。彼に我慢できるはずがない。

「生まれ変わりという現象があってもなくても、私がすることは同じです。犯人を突き止め、多面的に事件の意味を考察する」

「あってもなくても同じ、ですか。あるインドの僧侶がスティーヴンソン教授にこのようなことを言ったそうです。『インドでは、生まれ変わりが起きることをみんな知っているが、だからといって何も変わらない。西洋と同じく、ごろつきや悪党はたくさんいる』とね。ええ、そうでしょう。あの国は日本より治安が悪く、鬼畜の所業かと思うほど残虐な事件がショッキングに報道されたりします。それでも輪廻転生が、現世を善良に生きよう、と志す契機となっているのは確かでしょう。――輪廻転生のメカニズムだけでなく、その意味についてもＤＯＰＳは研究を続けています。いずれインパクトのある成果が発表される日がくるのを楽しみにしています」

「テレビの臨時ニュースで流してもらいたいですね」

佐分利は微苦笑して腕時計に目をやる。午後の診療の準備もあるだろうから、切り上げる頃合いか。彼は、最後に言う。

「私が輪廻転生を信じるようになったきっかけは、十代で両親を亡くしたことです。精神科医の裕福な伯父に育てられ、物心両面とも苦労はしなかったんですが、親孝行ができなかったことが心残りでなりません。父も母も、伯父とは大違い。よくよく運のない人で、貧しさに耐えていました。来世で再び父と母の息子になり、私が楽にしてあげたいんですよ」

だから生まれ変わりを信じている、ということか。そんな心情を聞いたら、彼への反発が薄らいでしまう。火村は「そうでしたか」と言っただけだった。

臨床心理士と臨床犯罪学者の熱っぽいやりとりに沈黙していた遠藤がここで口を開く。

「もう二時が近い。お時間を取っていただき、ありがとうございました」

「役に立たないお話ばかりしたようで、すみません」

録音のデータを移してから、佐分利は私たちをエレベーターの前まで送ってくれる。仕事のできそうな受付嬢が昼休みからとうに戻っており、カウンターの中で立って一礼した。

一階で荷物の積み下ろしでもしているのか、ケージがなかなか上がってこない。その間に、佐分利はこんなことを言う。

「火村先生と有栖川先生は、互いに深く理解し合っているようですね。輪廻転生についてお話ししている時の反応を見ていて思いました。そういう間柄をソウルメイトと呼びます。輪廻転生の中で何度も巡り合う前世からの友人です」

「耳にしたことがある言葉です」火村はそっけなく応えた。「やっときました」

「へえ、火村先生はこの言葉が出てくるのを待っていたんですか？」

まさかそんなわけはない。やっときたのはエレベーターだ。

4

大阪阿部野橋駅から近鉄で高田市駅まで行き、カラフルなイラストがプリントされたバスに乗り込んだのは九時三十四分。九時十五分に始点の大和八木駅を出たこのバスは、百六十六の停留所に停まりながら山また山の紀伊山地を縦断し、県境を越えて和歌山県に入り、およそ六時間半をかけて終点の新宮駅を目指す。走破する距離は百六十六・九キロにも及び、高速道路を利用しない路線バスとしては所要時間も走行距離も日本一長いことで知られている。

寝不足だった野上は、発車するなり腕組みをしたまま寝入った。乗り換えをする十津川温泉に着くのは四時間後なので、熟睡してしまっても寝過ごすことはあるまい、と。目が覚めたところで腕時計を見たら、一時間しか経っておらず、ＪＲの五条駅で停車しているところだった。深山に分け入っているかと思ったのに、まだ平地にいるとは。やれやれ先は長いな、と二度寝を試みたが、眠気は戻ってこなかった。

ほどなく国道168号に入って山道となり、小さな集落を縫いながらの旅路は延々と続く。晩秋の車窓風景は街での日常を忘れさせ、地元の人たちの暮らしを通りすがりに瞥見するのも面白かったが、如何せん長いので退屈でならなかった。乗り合わせている客は野上以外に六、七人で、たまに乗ったり降りたりの入れ替わりがあるものの、六人は荷物からしていかにも観光客だ。うち二人は欧米人らしいカップル。温泉が目的地なのだろうが、言葉の通じない遠い異国にきてこんな鄙のバスに乗る度胸に感心する。

斜め前のシートから聞こえてくる年配夫婦の会話によると、この〈日本一の路線バス〉に乗ること自体がお楽しみらしい。十津川温泉の手前の上野地でトイレ休憩のために停車している間に、生活用鉄線としてはこれまた日本一長い谷瀬の吊り橋をちょっと渡り、バスに戻って本宮大社前で下車。世界遺産で来年が創建二千五百年にあたる熊野神社の総本宮・熊野本宮大社を参拝してから次の新宮行きバスを捉まえ、川湯温泉まで行くのが今日の彼らの行程である。五時半には旅館に入って、夕食の前にひと風呂浴びたいのだとか。明日は熊野バスを利用して新宮に出て、電車で那智大社に向かう、という夫のプランに「ええねぇ」と妻が無邪気に喜ぶ声を聞いているうちに、野上は「温泉旅行か……」と呟いていた。

糟糠の妻は何の不平も言わないが、仕事が不規則で忙しいことを理由に、ここ十年は日帰りの旅行さえ一緒にしていない。上の娘が高校の合格祝いでディズニーランド行きをせがんだ時も、母娘と息子の三人で遊びに行かせた。夫婦とも実家・生家が神戸市内にあるから里帰りの旅もない。今の事件が片づいて、ゆっくりできる時間が作れたら、大学生になった子供二人はほったらかして夫婦して泊まりがけで温泉に行くのも悪くない、と常にないことを思った。「珍しいことを言うやないの。明日の天気が心配やわ」などと、妻は決してからかわないだろう。うれしい時は素直に喜んでくれる女だ。「二人分の学費で家計が厳しいから、あの子らが卒業してからにしよう」とは……言うかもしれないが、「俺が言うてる時に行かんと、次は何十年先になるか判らんぞ」と言い返せば済む。

事件のことを考えるつもりだったのにそうはならず、ふだんは心から締め出している諸々（もろもろ）のことが湧いてくる。流れゆく風景をぼんやり眺めながら揺られるうちに、起きながら眠っている心地がした。

リクライニングのない座席に座っていると腰が痛くなってきて、座業ではない刑事にはこたえるな、と耐えているうち上野地に到着し、やっと解放された。下車すると、標高はさほどないはずなのに山の気がひんやりと冷たい。大きく伸びをして、腰を回した。

斜め前にいた夫婦は、速足で吊り橋に向かっていた。限られた休憩時間では橋の中ほどまで行って戻る時間ぐらいしかなくても、どれほどスリリングなものなのかを確かめた上、記念写真ぐらいは撮れる。野上は吊り橋などに興味はなかったが、次にくることがあるかどうかも知れぬところまできているのだから立ち寄ってみることにする。観光スポットならば食事ができる店もあるだろう。車中で聞いた夫婦の話によると、大きくうねって蛇行（だこう）する十津川に架かった橋の全長は三百メートル弱、地上からの高さは五十四メートルだという。

カップルの外国人観光客は、片言の日本語でバスの運転手に発車時刻を確認していた。野上は、乗り換えるバスの時刻を確かめる。小栗温泉行きは、十津川温泉で降りて十分後に発車。何度も見たとおりで間違いない。

川沿いの休憩所に入り、吊り橋を望む席に座った。もしかすると、坊津理帆子もこのテーブルに着いたのかもしれない。その時の彼女は、のんびりと休暇を楽しんでいただけなのか？　はたまた別の目的を胸中に抱いていたのか？　帰路に就くまでにそれを突き止めなくてはならない。こっちは「小栗温泉に何かあるはずや」と捜査会議の席上で見得を切って出てきているのだから。

とはいえ、ここにきてみて不安になっていた。坊津理帆子が休暇を取って十津川村にきたからといって、それが事件に関係している確証はない。雑誌で〈近畿・秘湯（ひとう）の旅〉という特集を読み、気紛（きまぐ）れに足を延ばしただけかもしれない。

――空振りか。嫌な予感がしてきよった。

離れたテーブルでは、若い男性三人が談笑している。一人が吊り橋を何歩か進んだだけで怖気づいたことを冷やかされているようだ。「ほら、あんな人もいてるやんけ」という声に窓を見ると、中年と思しい女性が原付バイクに乗ったまま徐行で橋を渡ってきていた。なんという勇者か、と驚く。

野上は余裕を持って休憩所を出ると、十津川警察庁舎に電話を入れた。昨夜晩くにこの村を管轄する五條署に連絡をしてあるが、それが遺漏なく伝わっているかどうか確かめておきたかったのだ。

「バスでもう上野地にお着きですか。これからお迎えに行きます」

連絡が通っているだけでなく、先方は野上の到着を待っていた。バスで小栗温泉に行き、独りで捜査をするからと言っても「いえいえ」と聞かず、「十五分で行きます」とのこと。必要な場合だけ協力を仰ぐつもりだったのだが、正直なところありがたい配慮だ。

やってきたパトカーに歩み寄ると、運転席の窓が開いて制服の巡査が顔を覗かせた。まだ二十代半ばと見え、表情と声が明るい。

「兵庫県警の野上さんですか？　さっきのお電話に出た本多です。遠路ご苦労さまです」

「や、どうも」と片手で拝んで、助手席に乗り込む。「小栗温泉に向かいます」という自分の言葉が終わらないうちに本多は慌ただしく車を出した。ギアチェンジも細かくせわしない。

「詳しいことは聞いていないんですけど、被疑者のアリバイを洗いに小栗にいらっしゃるんですか？」

「被害者が殺される二ヵ月半ほど前にこちらに旅行をした時の様子を調べにきたんですわ。骨休めに温泉に浸かりにきただけとも思えん状況があるので。泊まったのは〈翠明館〉」

「小栗温泉は寂びれてしまいまして、現在営業中なのはそこだけです」

「十津川温泉でバスに乗り換えてまだ三十分かかるという足の便の悪さでお客が集まらんのかな？」

「そうですね。山奥まで外国人の旅行者がきてくれる時代になりましたけれど、十津川街道からはずれた小栗までは無理ですね。泉質はいいのに辺鄙すぎて。土砂災害にやられたのも痛かった」

本多が相槌を待っているようだったので、野上は「そうですか」とだけ応える。われながら気のない返事だった。

「土砂災害と聞いても、もうお忘れでしょうね」

十津川村で豪雨による大きな土砂崩れがあり、何人かの死者が出たことなら野上の記憶にあった。ところが、それに言及してみると、本多は首を振る。

「野上さんがおっしゃったのは、二〇一一年の台風十二号が引き起こした災害です。全国で百人近い死者を出しましたが、十津川村でも死者・行方不明者が十人以上。台風が去ってからも、あちこちにできた堰に水が溜まる堰止湖に難渋しました。私はこの村の出身でして、当時はまだ高校生でした。県内や京阪神のみならず、全国からボランティアの人が助けにきてくださったのに感激したものです」

「それとは別の災害が？」

「小栗で土砂崩れが起き、旅館が埋まったことがあります。宿泊客が一名死亡。記録的な集中豪雨にやられたわけではありませんが、長雨で緩んでいた裏の斜面が崩落したんです。地元の人たちは、あれがケチの付き始めだ、と言っています」

三軒あった旅館のうちの一番大きなものが土砂に潰され、再興する力はなかった。残る二軒のうちの一つも後継者がおらず廃業。〈翠明館〉だけが持ちこたえ、若い主人がリニューアルを図って奮闘中らしい。

「秘境・十津川温泉のそのまた奥座敷というところで、いい湯が出ます。調査に時間がかかるようでしたら、バスがなくなるので日帰りは難しい。今日はそこにお泊まりになったらいかがですか？」

地元っ子が、地元を潤すために宿泊を勧めているかのようでもある。

「自腹で旅行にきているわけやないから、日帰りが理想なんやけどね」

車は、杉林の中をくねくねと曲がりながら東に進む。一車線しかないし待避できるスペースが少ないので、対向車がやってきたら厄介だ。運転席の巡査と話しながら、野上はシートに深くもたれて車窓を見ていた。

――空振りやないかもな。

何が根拠なのか自分でも判らないのだが、目的地が近づくほどに期待がじわりと込み上げてくる。二十数年の刑事生活で培ってきた皮膚感覚が反応しているのだ。

「あと、どれぐらい？」

尋ねると「もう五、六分もすれば」との返事。

――本部にええ土産を持って帰れるかもしれんぞ。かもしれん、やない。絶対に手ぶらでは神戸に帰らん。

重要な手掛かりにつながる糸を手繰っている感触がどこからくるのか、自分でも不思議だ。自分が今、獲物の臭いを嗅ぎつけた猟犬と化しているのを感じる。

「もう五、六分」が野上には待ち遠しかった。

5

生田署に帰った私たちに、樺田警部から声が掛かる。捜査に大きな動きは出ていないらしい。インド倶楽部の例会で行なわれたリーディングの音声記録が佐分利から提供されたことを遠藤が報告すると、警部は「どうや？」と訊く。

「じっくりと聴き直して検証する必要があります。事件に直接関係するような発言はなかったんですが――」

語尾を曖昧にしたのは、火村の意見を求めるためだろう。遠藤が投げたボールを、准教授はすかさずキャッチする。

「リーディングの席上、ちょっとした緊張を招いた場面がいくつかあったようです。間原郷太が自分の過去に言及された場面で狼狽(ろうばい)したようで、掘り下げると何か出てきそうです」

具体的にどのようなやりとりだったのかを説明した上で、火村は仮説を披露する。

「マハラジャは、死んだ前の妻について質されることを歓迎していない。音声から察せられるだけではなく、その場に立ち会っていた佐分利も動揺したようだと言っています。ラジーブが発した問い掛けには印象的なキーワードがまぶしてあり、何とも思わせぶりです」

「キーワードがまぶしてある」と警部は復唱する。「たとえば？」

「『自然の災害』、『山の近く』、『夜』、『激しい雨』の四つです。――ラジーブが口にしたこれらのキーワードは、間原郷太の前妻は豪雨による山崩れに巻き込まれて夜に死んだ、という推測を誘っているかのようです。寸止めで『土砂崩れ』という言葉が省かれているだけ。前妻の死亡原因について、他に連想のしようがありません」

異論は出ない。私もそう思っていた。

「何か言いたそうだな」と火村はこちらを向く。

「うん、それは判った。間原夫妻以外のインド倶楽部のメンバーは誰も知らんかったことらしい。けど、前の奥さんが山崩れで亡くなったことは、他人に知られたら困る不都合な事実でもないやろう。なんで間原郷太はうろたえたんや？」

「当人に訊いてみないと判らないな。訊けば『過去をずばりと言い当てられたので、どきっとした』という答えが返ってきそうだけれど、裏がありそうだ」

「裏って何や？」

「今の俺には答えられない。坊津理帆子が探っていたのは、それかもしれない。――さっき言ったよな。質問にキーワードをまぶすことによって特定の推測を誘っているようだ、と。誘ったのは誰だ？　質問を繰り出していたのはラジーブとその通訳の出戸のコンビだけれど、二人は操り人形にすぎず、操演しているのは坊津だ。あの私立探偵は何事かを独りで調べていたそうだから、すべてはつながる。アガスティアの葉の公開リーディングというイベントを利用して、彼女は間原に揺さぶりをかけたんだ」

「他人に知られたら困る不都合な事実でもないのに、揺さぶれるか？」

「今日の有栖川刑事は調子が悪いな」ずけずけと言いやがる。「仲間たちの面前でそのことに触れてもらいたくなかったから、間原は取り乱すほどではなかったにせよ平静を失くした。つまり、前妻の死には何か不都合な事実が絡んでいるのさ」

樺田は、同意しながらも疑問を表明する。

「なるほど、そのようにも考えられる。——しかし、何とも迂遠なやり方ですね。不都合な事実とやらが犯罪に属することかどうか判りませんけれど、それをネタに相手を脅迫したいんなら、本人に電話で話すなりメールに書いて送りつけるなりしたらよさそうなもんです。通話履歴が残るのがまずかったら、会った際に耳打ちすればいい。アガスティアの葉の公開リーディングの場を借りて、遠回しにプレッシャーをかけるというのはどうも……」

今日は調子が悪い私だが、ここは火村説の擁護に回る。

「人によるでしょう。もちろん私は生前の坊津さんと会ったこともありませんが、関係者たちの話を聞いていると曲者で、そういう意地悪なアプローチをしかねない人だったのでは、とも思います」

遠藤は警部の側についた。

「ですが、せっかく摑んだ脅迫のネタだったら大事にしたいはずで、複数の第三者がいる席でちらちら見せたりしますか？　脅迫の対象者にあくまでも秘密裡に取引を持ちかけそうなものです」

プロ二人の見方にも合理性があり、火村は自説を押し通そうとはしなかった。もとより現時点での仮説だ。

「この件については、捜査の推移を見ながら考えるのがよさそうですね。気になるのは、前妻の死の状況です。雨による土砂崩れで亡くなったのは、二十二、三年前。場所はどこかというと――」

と言ったところで火村の右手がひらりと舞い、指先が私の胸許を向いた。いきなり質問してくる先生は学生時代から苦手だったが、これには答えられる。

「小栗温泉やな？」

坊津が九月に訪ねた地だ。

「俺はよく知らないんだけれど、山奥にあるんだろう？」

「あそこが山奥やなかったら、日本に山奥はない」

行ったこともないのに大袈裟なことを口走ってしまった。それを聞くなり遠藤が手近にあったパソコンに向かい、インターネットのブラウザを起ち上げた。忙しくキーを叩いて、『小栗温泉』『土砂災害』で検索をかける。

「平成二十三年の台風十二号で十津川村が被災したことはたくさん出てきますけれど、二十二年前だか二十三年前だかに小栗温泉で死者を出す土砂災害があったというのはヒットしませんね」

二十二、三年前というと、一九九四年か九五年。まだインターネットが充分に普及していなかったから無理もない。

「あかんな、二十世紀は」と、ぼやいてしまう。

遠藤は入力する言葉を変えてさらに検索を試みたが、求める情報は見つからなかった。そこから察するに大勢の死者を出す災害ではなかったらしい。

「役場に問い合わせますか？」

パソコンから顔を上げて問う刑事に、警部は「いや」と言う。

「一分一秒を争う場面でもない。役場の職員の手間を増やさんでも、ガミさんが現地に行ってるんやから報告を待とうやないか。『間原郷太の前の妻が、ここで死亡しています』と言うてきた時、『もう知ってます。役場に聞きました』と応えるのは愛想がない」

これは合理精神なのか、人情なのか。そのブレンドか。

とにかく、間原夫妻から話を聞かなくてはならない。この後、妻の洋子と会見するアポを取っているのは幸いだ。私たちは三人で午後五時にインド亭を訪ねることになっている。

「それまで先生方はどうしますか？」

遠藤は愛妻（あいさい）弁当を食べてから、報告書を書かなくてはならないという。

「四時四十五分にここに戻ってきます」火村が言う。「階上（うえ）の食堂、使えますよね？」

「どうぞ。この時間なら空いています」

遠藤の返事を聞いて、私たちは刑事部屋を出た。

「警察の食堂を利用するのは初めてや。どんな感じなんやろうな」

火村の方は何度か経験していた。

「近くで適当な店を探すのが面倒だったから、一番近くにしたんだけれど、作家先生に新しい体験をしてもらえるな。いかつい警察官に囲まれて食べるだけで、メニューはごく普通だ。もう二時半を過ぎているから、がらがらだろう」

上がって行ってみると、私服刑事が一人と制服の女性警官が二人。定食はとっくに売り切れており、先客たちは麺類（めんるい）を啜（すす）っている。うどんか蕎麦でいいか、と思ったら麺類も終了していた。出せるのは一品しかないということで、私たちは盆にカレーライスを載せて運んだ。

「宇宙が誕生した瞬間から、お前と俺は今日これを食べると決まってたみたいやな」

「ここに至るには必然性があった。それに、お前が『インド倶楽部の謎』と命名したフィールドワークなんだから、カレーを食するシーンは必須だろ。もっと本格的なインドカレーの方がふさわしいんだろうけれど」

「せやなぁ。『46番目の密室』でも『菩提樹荘の殺人』でもカレーが出てきたんやから、『インド倶楽部の謎』で食べるのは不可避か。俺らの学生時代からのソウルフードやし」

それを聞いた火村が、佐分利が口にしたソウルメイトという言葉を思い出したのは間違いない。水をひと口飲んで何か言おうとするのを制する。

「そう、俺とお前は腐れ縁や。あるいはカレー友だち」

「もちろん。現世だけのな」

緩い会話をしてから、昨日、火村に出された宿題について私から切り出した。坊津の〈予告された死〉の謎である。

「有栖川先生の叡智をもってすれば簡単に解けたか？」

「いいや、あかん。仮説は立てたんやけど、佐分利の話を聞いたら虚しく潰えた」

「もしかして、ラジーブが手帳に日付を書く真似だけをしていて、犯人があれを書いたというストーリーか?」

　はずれた仮説まで見透かされるか。

「もしかして」私も同じ言葉を返す。「お前もおんなじことを考えてたんやないか?」

「可能性は留保していたけれど、それではしっくりこない、とも思っていた」

「火村先生の模範解答は別にあるわけか。悔しいけど判らん」

「もったいぶって悪かったな。大した発想じゃないんだ。俺が考えていることを言おう」

「断わる」

　不必要に強く言ってしまった。

「きっぱりと断わられたからには黙るけれど、謎々ごっこをしているうちに真相が明らかになりそうだ」

「そうなったら、『俺はとっくに判っていた』と自慢できなくて残念か? それやったら、こうしよう」

「残念でもない。……何だよ、手帳を突き出して」

　私は最後のページを開いて、右下隅をとんとんと指先で示す。

「ラジーブが書いた坊津の命日と彼女が殺された日が一致していたことの説明をここに書け。今の時点で君が正解にたどり着いていたことの証明になる」

「君は面白いことを考えるね」

火村はスプーンを皿に置き、内ポケットからペンを取り出した。そして、「驚くべき証明を見つけたが、それを書くにはこの余白は狭すぎる」とフェルマー流に宣うこともなく、私が目を逸らしている間に、たちまち答えを書き終える。模範解答はいたって短いものらしい。

突き返された手帳を、私は内ポケットにしまった。任意の時に覗き見られるようになったわけだが、しばらくは辛抱だ。

「ほんまに書いたな？」

「ああ、書いた書いた。仏陀にもシヴァ神にも誓う」

白いジャケットにカレーを飛ばすという粗相もなく食べ終えた准教授は、コップの水を呷ってから意外なことを言う。

「昨日は部屋に戻るのが遅くなって、時間のロスがあった。神戸と北白川を行ったり来たりするのは面倒だよ。なので、今日はこっちに泊まることにした。そうすれば捜査会議が遅くなっても出られるし」

「豪勢やな。宿は取ったんか？」

「三ノ宮駅近くのビジネスホテルを予約した。荷物は刑事部屋の隅に置かせてもらっているんだ。それを取って、チェックインしてくる。――お前はどうする？」

彼に付き合って神戸に泊まるつもりはないし、チェックインに同行しても仕方がないので、四時四十五分まで別行動をとることにした。そうとなれば、半端な空き時間を利用して行ってみたいところが二つある。

食堂を出たところで彼と別れた私は、三ノ宮駅まで歩いてＪＲの電車に乗り、神戸駅で降りた。スーツケースに詰められた出戸守の遺体が揚がった現場をわざわざ見分しにきたのではなく、スマートフォンの地図を頼りに行き着いたのは、横溝正史の生誕地碑である。いつか行こうと思っていた場所にようやく足が運べた。

――横溝先生、やっときました。

二つのメビウスの輪が絡まった黒いオブジェに語りかけるが、墓所ではないからここに先生の御霊（みたま）がいらっしゃるわけではないし、いらしても「別に待ってなかったで」と終生忘れなかったという神戸弁でおっしゃるだろう。〈横溝正史生誕の地〉の揮毫（きごう）は陳舜臣（ちんしゅんしん）。正確な生誕の地はここではなく川崎重工業の敷地内なので、造船所の方角にも体を向けた。さすがに遥拝（ようはい）まではしないが。

川崎重工業について、私は永らく勘違いをしていた。子供の頃は、神奈川県の川崎市にあるものだと思っていたのだ。高校生ぐらいで神戸の会社だと知り、さらに横溝正史が東川崎町の現・川重敷地内で生まれたという知識を得た時は、「発祥地の東川崎町から会社名がついたのか」と納得していたのだが――同社が産声（うぶごえ）を上げた地は東京の築地だった。創業者の名前・川崎正蔵が社名の本当の由来である。

横溝正史の生家は薬屋で、自伝によればこのあたりは川崎造船所（当時）に通勤する工員が人の波をなし、朝夕たいそう賑やかだったらしい。また「夜ともなれば新開地へ遊びにいくひとたちで、やはり溢れんばかり」だったというが、今は静かなものだ。

目的を一つ達した私は神戸駅に引き返し、ひと駅戻って元町駅で下車する。殺人現場である坊津探偵事務所や井深リンのヨガスタジオや行ったばかりの佐分利栄吾の心療クリニックが近いが、今はどれにも用がない。向かったのは中華街・南京町――でもなく、そのデコラティヴな西安門を少し過ぎたところにある古書店だ。これまた、いつか行こうと思いながら機会を逸していたところで、青いテントに〈うみねこ堂書林〉とあるのを確かめてから店内に入った。

中立ちの書棚の両面と左右の壁面を埋め尽くすのは、ミステリを中心とした本たち。ミステリが大好きなご主人が開いた店だけあって、心憎い品揃えになっている。そのご主人は、先ほどの生誕地碑の設立にあたって尽力なさった方で、『探偵小説の街・神戸』などの著作もある。

この後のことがあるのでショルダーバッグが重くなるほどは買い込めないから文庫本を何冊かでも、と棚を見て回る。店主は接客中で、若い男性客が持参した探求書のリストを見ながら「これとこれは在庫がありますね」と丁寧に応対していた。熱心な客があれこれ尋ねているところに割って入るのは憚られる。ちょっと待っていようかな、と思いながら腕時計を見たら、もう四時半になろうとしていた。手にしていたシャルル・エクスブライヤの文庫本を棚に戻して、買い物はまたの機会にして店を出ると、街には夕闇が迫っている。

生田署まで歩いていては間に合わないからタクシーを拾うべく元町駅前に出たところで、火村から電話がかかってきた。

「今どこだ？」

「元町の駅のそばや。これからタクシーで向かう」

口笛が鳴った。

「ちょうどいい」

「何が？」

「遠藤さんに緊急のミッションが下って、同行してもらえなくなった。タクシーを生田署に着けて、俺をピックアップしてくれ。五時にインド亭ならまだ余裕があるから急がなくていいぞ」

緊急のミッションというのが気になったが、説明が長くなるかもしれないので電話を切り、やってきたタクシーに手を挙げる。

「生田警察署まで。そこで一人乗ってきた後、北野のインド亭にお願いできますか？」

それだけで通じるか試してみると、運転手は「間原さんのお屋敷ですね？」と返してきたから、さすがはマハラジャである。

カレー友だちは、生田署の前に立って待っていた。乗り込んでくるなり、「早いな」とこぼす。

「急がなくていいと言っただろ。これだと早く着きすぎる」

「いきなり文句かい。手前で降りて時間調整したらええだけや。散歩がてら俺が異人館街を案内してやる。――運転手さん、インド亭の前まで行かずに異人館通りあたりで降ろしてください」

「案内されなくても、あのあたりは行ったことがあるから知っている」

「『ロシア紅茶の謎』でな。デートコースやのに、俺やお前が行く時は殺人事件ばっかりや」

運転手に奇異に思われかねないのに、殺人事件と口にしてしまった。

「遠藤さんはどうしたんや？」

「ラジーブが見つかった」

ビッグニュースではないか。

「どこで？」

「四時前に出戸のマンションに現われた。二十分ほど経ってから、管理人がおっとりと通報してきたんだ。『出戸さんを訪ねてインド人らしい人がきましたよ』と」

東京方面にいるのかと思ったのに、神戸に姿を見せるとは。

「今になって出戸のマンションにのこのこ現われるとはな」

「管理人は言葉が通じなくて往生したんだけれど、折よく英語のできる大学生の娘がいたので通訳してくれたそうだ。ラジーブは、出戸が死んだことを知らなかった。事件のことを伝えるとびっくりした様子で、そそくさと立ち去っている」

「出戸がああなったことを知らんかった？」

「東京だかどこだかに遠出していたのなら、知らなくても不自然ではない。日本語のニュースや新聞は目にしないだろうし、仕事が入るとコンビを組むだけの間柄だったら日常的に連絡も取っていなかっただろう」

「管理人が引き留めてくれたらよかったのに。そこまでは望めんとしても、せめて迅速に通報してくれたら……」

「警察がラジーブというインド人を捜していることを管理人は知らなかったんだから、それも無理はない。娘さんに『事件に関係ないのかもしれないけれど、念のため警察に連絡しておいたら』と言われて、やっと電話をかけたんだよ。ラジーブが顔面蒼白になって慌てて駈けだしたのなら、これは変だと異常を察知しただろうけれど、そこまでの反応でもなかったようだ」

捜査員がマンションに直行して管理人とその娘から話を聞いているだろうが、そそくさと立ち去ったラジーブが自分の連絡先など言い残しているはずもない。泡を食って新神戸駅に向かったとすれば、今頃、彼を乗せた新幹線は滋賀県だか岡山県を走っているかもしれない。

「せやけど、ラジーブを捕まえるために緊急配備を敷くわけにもいかんやろ。警察はどうするんや？」

「マンション近辺で聞き込みをかけて、どの方角に去ったかを調べる。奴が泊まりそうな市内のホテルに片っ端から当たる。そんなところだな。外見で見分けやすい外国人だから、捜しやすくはある」

話しているうちに北野町の異人館通りこと山本通りまでやってきた。「このへんで結構です」とタクシーを降りると、スマホでインド亭の場所を調べながら歩きだす。

日没直前の異人館街。ここはいつきても観光スポットらしい華やぎにあふれていて、何かのついでに通りかかっただけでも心が浮き立つ。六甲の山並みがすぐそこまで迫り、南北方向に歩くと急な坂や石段になるという変化に富んだ地形も楽しく、西洋館を見ただけで華麗なる殺人劇を思い描いて喜ぶミステリ好きにとっては、町全体が空想の発生装置である。

カップル、女性のグループなど、すれ違う人たちがみんな幸せそうなのもよい。それにしても今日はきれいな女性が多いな、と視線を泳がせていたら、「アリス」と火村の声が斜め後方から飛んできた。

「おい、待てよ。この角で曲がるんじゃないか？」

「ん？　せやな」

通りの賑わいと別れ、椿の生垣で囲われたカフェテラスと小さなファンシーショップの間の急な上り坂をたどって、観光客が立ち入らない閑寂な領域に入っていく。自家用車がなければとても住む気にならないところだ。私の自宅マンション近くも大阪市内にしては坂道が多いが、こうも延々と続きはしない。

「塀と木立に屋敷が隠れてるけど、これやな」

私たちは、五時ちょうどにインド亭の門前に立った。

6

十日ほど前。

二人の男がこの門の前でタクシーを降りた。そして、キャリー付きのスーツケースを引いた出戸守とナーディー・リーダーと称するラジーブは、庭を眺めながらこの両開きの玄関ドアをくぐり、この廊下を歩き、この応接室へと通された。火村と私はそれをなぞって、彼らが座ったソファに腰を下ろす。

あの二人のゲストは、間原洋子と井深リンに出迎えられたそうだが、私たちを応接室に案内してくれたのは落ち着いた雰囲気の家政婦である。洋子はまだ現われない。

日本間にすると二十畳ばかりもある広い応接室で、壁紙はくすんだ金色で、柱と梁は漆で塗ったように黒い。金と黒のコントラストは日本の襖や屏風でも馴染みがあるが、カーテンが異国情緒たっぷりだ。象やら虎やら椰子の木やらの動植物を幾何学模様で囲んだインド更紗のもので、地色は深みのある真紅。絨毯は唐草模様でカーテンより彩度の高い同系色。手織りの逸品をインドから取り寄せたのだろう。どっしりとした大理石のマントルピースには、象の頭をしたガネーシャ神の置物がある。

「家が広いだけあって、しんと静まり返ってるな。家やない、屋敷か。いや、館？」

「何をごちゃごちゃ言ってるんだ。これだけ敷地が広くて家人が少ないんだから、静かで当たり前だろう。……家政婦とは足の運びが違うスリッパの音がしてきたぜ」

座り直したところでドアが開いた。ニットのカーディガンを羽織った女性が入ってくるなり言う。

「お待たせして失礼いたしました。お支払いの件で庭師さんからお問い合わせがあり、途中で電話を切れなかったもので」

待たされたといっても二分ほどで、失礼でもない。もっと応接室を鑑賞していたかったほどだ。

彫りの深いマハラジャとは対照的に、妻の洋子は控えめな顔立ちをしているようだ。本人を面前にしながら「ようだ」と評するのは、目を大きく見せようとするアイラインが過剰だからで、夫に合わせるためインド風のメイクをしているらしい。爪の先のように細い下弦の月を思わせる眉や、卵形のカーブを描く顎のラインが美しかった。親子とは面白い。昨日会った娘の花蓮は、父と母の双方の特徴を受け継いでいる。幸運なことに、その混じり具合はとてもうまくいっていた。

火村が名乗っている時に家政婦が紅茶を運んできて、私の自己紹介が終わる前にすっと退く。当家では、お客には上等のダージリンを出すことに決めているのだろう。

「先生方がお二人でいらっしゃることは、遠藤さんからお電話で伺っています。昨日は〈ニルヴァーナ〉で夫と会われたとか。『あまりお役に立てなかった』と恐縮しておりました」

刑事抜きでやってきたことに不審や不安は持っていないようなのは助かる。マハラジャによくない印象を与えなかったせいなのか、遠藤が電話でうまく話してくれたせいなのか。

「火村先生は、ロンドン警視庁で犯罪捜査のプロファイリングを学んでこられたのだとか。兵庫県警は頼もしいアドバイザーをお持ちなんですね」

洋子は真顔だから、挨拶代わりの冗談ではあるまい。遠藤がそんな虚言を弄すると は思わなかった。火村のフィールドワークをやりやすくするのが目的であっても、これはやりすぎだ。

経歴詐称をしたくない火村は、何も聞かなかったような顔で「さっそくですが」と本題に入る。

「事件について色々とお尋ねさせてください。まずは、坊津理帆子さんについて」

これまでインド倶楽部の他のメンバーにしてきたのと同じ問いを犯罪学者は繰り出すが、洋子から目新しい情報を引き出すことはできない。坊津の人となりについて語られるのはこれまでと変わりがなく、言い回しが違っているだけ。亡き私立探偵に対して、洋子は信頼と親愛の念しか持っていなかったことを強調した。

「坊津さんが語った前世についても、すべて信じていらっしゃるんですか？」

「はい。火村先生からすれば荒唐無稽に思われるのでしょうけれど、これればかりはご理解いただくのが難しいかもしれません」

議論なんて真っ平ですよ、という牽制だ。

「前世はシャンバビだった、という確信は揺るがないわけですね？」

「今日の朝食はパンとハムエッグでした。それと同じように確信することはできませんけれど、遠い記憶としてシャンバビだった日々の断片を心に呼び出せます。前世の記憶とは、そういうものです。夫も、他の〈輩〉の皆さんもそうおっしゃいます」

「ご主人に対しても、前世からの縁を感じるんですね？」

「前世からの縁なんて言うと古い歌謡曲みたいですが――はい。前の世の彼は随分と年上のおじさんで、私はよしよしと可愛がられただけです。遠い町のことや笑い話を聞かせてもらったりして楽しかった。生まれ変わったおかげで、年齢の釣り合いが取れるようになりました」

「シャンバビは美しい娘だったそうですね」

前世のことながら、彼女は照れて両頰に手をやる。

「坊津さんは『あなたは覚えていないの？　鏡の前で自分でもうっとりしていたくせに』と言っていましたけれど、そこまでは思い出せません。今がこんなだから、この顔が邪魔をしているんでしょうね」

私と目が合ったので、「いえいえ、そんなことはありませんよ」と打ち消す役を引き受けた。

「前世の坊津さんはアジャイ・アラムとして生き、若くして戦死した。弦田さんはバジブとして生き、アジャイより先に討たれた。他の方々は、どんな人生を送ったんでしょうか？」

「人それぞれです。夫のシンは七十歳まで商人として生き、故国の家で大勢の家族に囲まれて大往生していますし、加々山さんはアジャイの兄・チャンドラで、この人は病弱で戦士として生きなかったことが幸いし、長生きできたそうです。佐分利さんの前世であるナシームは両親を亡くした後、領主の養子になることができました」

「シャンバビはどうしました？」

「私は……」洋子は遠い目になっている。「アジャイの訃報を聞くなりショックで寝込んでしまい、しばらく病に臥して……。体が癒えてからも心は大きな傷を負ったままで、月のきれいな夜に川に身を投げて死にました。愛するアジャイのことを想いながら」

どこまでもお伽噺だな、と思いながらも、私は脳裏にその最期を描いてしまう。作家の業というより、これは物語というものが持つ力だ。

「悲劇的ですね。前世について考えるのは、悲しみや苦しみを伴わないんですか？」

「ちっとも。すべては時の彼方に去ったことですし、その過去で味わった悲しみや苦しみは、よい夫と娘に恵まれるという現世の幸福に転化していますから。――お茶のお代わりはいかがですか、先生方？」

火村は丁重に断わってから、アガスティアの葉のリーディングに関して訊いていく。坊津に「めったにない機会だから」と勧められても洋子はその気になれずに固辞したが、夫は「それでは」と話に乗る。熱心に誘われたので、断わるのも面倒になったらしい。

「『現世のこれからも来世のことも、どうなるか知ってしまったらつまらない』と言いながら承諾したのは、あのお手軽な出張リーディングをあまり信じていなかったからです。アガスティアの葉という存在のことは信じても、『依頼者の葉を捜し出して日本に持ってくるなんてインチキ臭いな』と笑っていました。鑑定料の五万円は、熱心に勧める坊津さんの顔を立てるための交際費のようなものだったわけです」

「ところが、出戸さんとラジーブ先生がやってくると、加々山さんや坊津さんの過去を完璧な正確さで言い当てる。驚かれたでしょうね」

「それはもう。私はびっくりしているだけでしたが、夫はリーディングを受ける番が回ってきた時に不安になっていたようです。現世における未来がどうなるかを告げられたくない、という気持ちが込み上げたんだとか」

「キャンセルすることもできたのでは？」

「怖気づいて中止にするのも体裁が悪い。だからキャンセルはしなかったんですが……。始まってみると過去を文字どおり読まれていると感じ、これからについて聞くのは怖くなって切り上げてもらったんです」

火村は語調を変えることなく、核心的な問いへと入っていく。

「私たちは、例会に出た皆さんから当日の模様を詳細に聞いて、どんな様子だったかを把握しています。ご主人は、前の奥様に話が及ぶと過敏に反応したそうですね」

「……さぁ、そうだったかしら」

顎に手をやって間を空けるのは、どう答えればいいのか思案しているようでもあったが、特に動揺している様子もない。

「どなたがそんなことをお話しになったんでしょう？　私にはそうは見えませんでしたけれど。亡くなった義父に反抗していたことが的中したので、ちょっと挙動がおかしくなったのかしら。インチキ臭いと侮っていた反動もあって」

「前の奥様に関して答えなくてはならない時だけ、反応が違ったということなんですが」

「前の奥さんと死別したというだけならまだしも、その不幸な亡くなり方について畳み込むように訊かれたら平然としていられないと思いますよ。私も妙な気分になりました」

「ご主人がおっしゃっていたとおり出張リーディングがインチキだとしても、よく調べ上げたものだ、と？」

「よく調べ上げたものだとか、そんなふうには思いませんでしたけれど……。ご質問の目的がよく判りませんね。例会の場であったそんな些細なことが、事件の捜査と関係があるんでしょうか？」

「何がどう関係しているか判りませんが、情報を掻き集めているんです。かつて手掛けた事件で、殺害される三日前に被害者が鮎の塩焼きを食べたがっていたことが手掛かりとなって犯人の逮捕に結びついたこともあります」

そんな事例は聞いたことがない。ロンドン警視庁仕込みのプロファイラーにされたおかげで、嘘がさらりと口から出るようになったか。

「前の奥様について伺ってもいいですか？」

「寛子さんのことを？　詳しいことは夫にお聞きになった方がよろしいかと思いますが」

寛子が前妻の名前だった。

「必要が生じたらそうしますが、どんな方だったのかをざっと知っておきたいんです」

「寛子さんについて、私が聞いていることは多くありません」

断わった上で語ってくれたところによると――二十五歳の郷太と結婚した時、彼女は二十四歳。大阪の場末のクラブで働いていたところ、客としてやってきた郷太に見初められる。二、三度逢瀬を重ねたところで同棲することにし、「それなら結婚してしまおう」と式も挙げずに区役所に届けを出した。

「こうすると決めたら早いのは、あの人らしいところです。よいように言えば情熱的と申しますか……私と再婚する時も、似たようなものでした」

洋子の際と同じく、寛子もひと目惚れに近かったのかもしれない。この結婚は、いかにも衝動的だった。当時健在だった郷太の父は、芦屋のさる名家と姻族になることを希望しており、郷太に見合い話を進めていたのだが、息子は縁談を無視した。それは郷太の自由意志によるものだから、父が怒ろうが嘆こうが仕方のないことではある。もとより折り合いのよくなかった父子のこと。郷太とすれば、父に対して「ざまみろ。思うとおりになってたまるか」という気持ちすら抱いたらしい。

「ご主人は、反りの合わないお父さんがいる家を出ていたんですね？」

「はい。大学進学を機に大阪で独り暮らしをしたそうです。大学は二十歳になるかならずで中退してしまうんですけれど。結婚した頃は、学生時代のお友だちがいる芸能プロダクションで働いていました。一応は落ち着いていたんですね。内緒で大学を辞めてからの何年かは、親に仕送りをせびっては遊び呆けていたみたいですから」

実家が太い、とはこういうことか。不真面目でいこうと決めたら遊び呆けられる身分だったわけだ。しかし、彼の場合は遊蕩も〈ニルヴァーナ〉を築くにあたって肥やしとなったであろうし、どの程度の規模の会社でどんなことをしていたのかは知らないが、芸能プロダクションに勤めたこともプラスになっていると思われる。成功者というのは、こういうものなのかもしれない。

「寛子さんは、『自然の災害』によって『山の近く』で亡くなったんですね？『激しい雨』が降る『夜』に」

「はい」

郷太と寛子の甘い新生活は、たったの三ヵ月しか続かなかった。四月に結婚して、七月の初めに「近場でいいから新婚旅行をしよう」と言い出したのは寛子で、「山奥の温泉なんかどうだ？たとえば、小栗温泉」と提案したのは郷太。「聞いたこともないけれど、そこでいい」と新妻は答え、行き先が決まった。選りによってどうして小栗温泉なんかが頭に浮かんだのか、と郷太は後々まで後悔したという。テレビのローカル番組で紹介されていたのを観て、ぼんやり覚えていただけなのに。

「夫の休みが取りやすかったので七月の初めの旅行になりました。梅雨の最中です。出発前の何日かが雨だったんですが、当日はいったん上がり、ずっと曇り空だったそうです」

郷太が運転する軽自動車での旅行となった。十津川温泉よりさらに奥まった小栗温泉に投宿して、一泊二日の温泉旅を満喫するつもりだった。一度ぐらいは湯に浸かって、「ああ、いい気持ちだ」と笑うことはできただろう。しかし、夕方から雨が強く降りだし、夜半に悲劇が起きる。数日来の雨で保水力が限界に達していた裏山の斜面が崩れ、黒い津波となって宿に押し寄せたのだ。旅館はほぼ全壊。郷太と寛子がいた部屋は潰れ、ほとんど土砂に埋まってしまう。郷太は落ちてきた梁の直撃をからくも逃れたが、寛子はそれを頭部に受けて即死した。

「夫は消防団の人に救出されたんです。彼と寛子さんの生死を分けたのは、ほんの一メートルほどの布団の位置の違いでした」

「ひどい目に遭われたんですね」

「先生もそう思われますか？　でしたら、夫がリーディングの場でそのことに触れられたくなかったのもご理解いただけるでしょう。新妻を亡くし、自分も死にかけたトラウマについて、いきなりあれこれ尋ねられたんです。その夜のことを話に聞いているだけの私でも、胸が痛みました」

わずかに同意と同情を示してから、火村はなおも尋ねる。

「その事故では、何人かの人が亡くなったんですか？」

「いいえ、犠牲になったのは寛子さんだけです。夫は軽傷でしたし、宿の従業員の方たちは夫たちがいた奥座敷から遠い部屋で寝起きしていたために無事でした」

「それが二十三年前の七月。そして、翌年に郷太さんはあなたと出会い、再婚なさった」

「まだ寛子さんを亡くした心の傷が疼いている時です。それだけではなく、一月には彼の父親が他界しています。亡くなる数日前に、二人でお酒を飲みながら話し、和解ができたそうですけれど、仲直りした途端にお別れです。『あれが人生で最悪の時期だった』と言っています」

「不幸が重なったんですね」

と言ったところで、火村がいったん唇を結ぶ。

「二十二年まえの一月です。お気づきになりましたか、先生？」と洋子。

「阪神・淡路大震災ですか？」

「はい。家が倒壊して死亡した、というのではありません。調子のよくなかった心臓が発作を起こしたのに、交通手段がなくて病院に行くことができずに命を落としたんです。ニュースで報じられることもない、とある震災関連死でした」

切れ目なく質問を飛ばしていた火村がここで黙り込んだので、間を持たせるために私が口を開く。

「お父様を亡くした年の冬に、奥様と巡り合った。間原郷太さんの潮目は、そこにあったんですね。以降の運勢が大きく変わっています」

父から引き継いだナイトクラブを現在の〈ニルヴァーナ〉に育て上げ、可愛い娘にも恵まれて、人も羨む成功者となった。運が拓けるとは、こういうことだろう。

「有栖川さんがおっしゃるとおりですね。事業が波に乗るまで順風満帆だったわけではなく、色々ありましたが。私が幸運の女神だったはずもないので、たまたまそうなっただけです」洋子は真剣な目をして言う。「それどころか、私こそ夫に幸せな人生を授けてもらい、感謝するばかりです。何の不満も不自由もない生活をしています」

幸福を自覚し、それに感謝している人間は、それだけ守らなくてはならないものが大きい。よからぬ者に弱みを握られ、脅迫を受けた場合は、死に物狂いで抵抗する動機を持つ。

しかし、洋子の話をここまで聞いた限り、郷太の前妻の死に不審なところは見当たらない。どこからどう見ても自然災害による事故死である。異状死にあたるから警察の調査も行なわれたはずで、不自然な点があればその時点で判明しただろう。

旅の宿で新婚の夫が妻を殺害してしまったところへ、土砂崩れが発生して梁が落ち、死体を呑み込むという奇跡的な偶然があったとしても、法医学と科学捜査の目を欺(あざむ)けるとは考えにくい。また、仮に奥座敷で郷太が寛子を殺したのだとしても、その現場を目撃していた者がいようはずもない。

洋子は、警察が調べればすぐにバレるその場しのぎの嘘を語るほど愚(おろ)かではないだろう。郷太からの伝聞として、彼女の話は信じてよさそうだ。

であるなら、坊津がマハラジャを脅迫していたという仮説は、成り立たないのではないか？　私の考えはそちらに傾きつつあった。リーディングを利用して彼を揺さぶったというのも早とちりにすぎないとしたら、出戸を抱き込んでリーディングを仕掛けた理由も判らなくなる。何もかも表面に現われたままで、彼女はアガスティアの葉を持ち込んで例会を盛り上げたかっただけなのかもしれない。

「ご主人について、プライベートなことを伺った非礼をお赦しください」

　火村の詫びに、洋子は首を振る。

「先生は捜査の一環としてお尋ねになったのですから、お気になさらずに」

「奥様も〈ニルヴァーナ〉のお仕事を手伝われることがあるんですか？」

「素人なりに好き勝手を言って、それを夫が採用することはあります。仕事を手伝っているというようなものではありません」

「ご謙遜では？　奥様もかつてはステージに立つお仕事をしていらしたようにお見受けしますが」

　これは火村の本心なのか、質問の流れを作るための方便なのか、ちょっと判りにくい。単なるお世辞でないことだけは確かだ。

「ステージに立つだなんて、とんでもない。このとおりの器量ですし、他人様にご披露できる芸は何も持ち合わせていない不調法者です。プロファイリングの専門家でいらっしゃるのに、先生はおかしなことをおっしゃいます」

「未熟なもので。――ご結婚なさる前は、何をなさっていたんですか？」

「実家で家事手伝いをしておりました」

「ご実家は神戸？」

「いいえ。神奈川県の川崎市です」

川崎重工業問題で私を惑わせた、あの川崎市か。

「いつから、どうしてこちらに？」

「父一人娘一人の家庭だったんですが……。夫と同様と申しますか、親子関係が良好ではなく、二十七歳で家を出ました。関西なら知った人がいないのが新しいスタートのためによかったのと……神戸にきた理由は、突飛なものなので言いにくいんですけれど」

明石海峡(あかしかいきょう)の活断層が動き、地震に無縁と思われていた街が大震災に見舞われた。大量のエネルギーを放出したわけだから、今後の何百年かは大きな地震が起きないだろう、と考えたとのこと。

「余震も収まり、復興が始まったとも聞いたので、街を再建するために求人も多いだろう、などと考えた気もします。夫と知り合った頃は、灘区(なだく)にある土木建築会社に臨時で雇われて、事務員をしていました。――自分の昔のことをお話しするとは、思っていませんでした。脱線してしまいましたね」

「私が尋ねたことにお答えくださっただけです。――その後、お父様とは？」

「夫と違って、私は和解できないままでした。父とは縁を切ってこちらにきたっきりです」

みんながみんな、うまくいくものではない。

「最後に、二十日の夜にどこにいらしたかをお話しいただけますか？」

「警察からお聞きではないでしょうか？　夫も私も、ずっと家におりました」

「ご主人がお帰りになったのは？」

「あの日は八時半です。よく覚えています」

「平素はもっと遅いんですか？」

「仕事柄、日付が変わってから帰宅することもよくあります。今日もそのように聞いています」

「夜、外出なさらなかったことは証明できますか？」

「うちの仕事をお手伝いくださる人を三人雇っていますが、皆さん通いなので、夜は家族しかおらず、証明と言われましても術がありません」

「警備システムや防犯カメラの記録から証明することはできませんか？」

「折悪(おりあ)しく、契約していた会社を切り替えようとしていた最中だったもので、システムが作動していませんでした」

火村は私を一瞥したが、知りたいことはすべて彼が訊いていた。

7

リーディングが行なわれた談話室を覗かせてもらってから、私たちはインド亭を辞した。街灯に照らされた坂を下りながら、私は言う。

「ほんまは言うてみたかったんや。『坊津さんから脅迫めいたものを受けていませんでしたか?』と。遠藤さんが一緒やなかったから、こっそり打ち明けてくれたんやないかな」

火村の考えはまったく違う。

「刑事が同行していなかったからといって、俺やお前に心を許して口が軽くなったはずがない。刑事よりはるかに得体が知れないんだから。無用の警戒を招いただけさ」

「せやな。黙って野上さんからの報告を待った方がええか。——それにしても」

洋子から聞いた範囲では、郷太の前妻である寛子の死に犯罪性はなさそうだ。坊津に脅迫されていたという見方はやはり正しくなさそうに思える。

「ミステリ作家に訊いておくけれど、土砂崩れを起こして自分だけ助かるトリックというのはないのか?」

「ないわ。判り切ったことを真顔で訊くな」

後ろから誰か小走りで駈けてくる音がする。坂道の両側は塀や生垣ばかりだから、インド亭から出てきたとしか思えず、忘れ物でもしたかな、と振り返ると花蓮だった。まだ学校から帰ったばかりなのか、昨日と同じくブレザーの制服姿だ。

「すみません。ちょっと待ってください」

足を止めた私たちに追いついた彼女は、胸に手をやって呼吸を整えた。

「五、六分だけ、いいですか？　私としては、十五分ぐらいは大丈夫なんですけれど」

「大丈夫って？」と私。

「お母さんに、『コンビニで文房具を買ってくる』と言って出てきたんです。夕食前に外出する口実はそれぐらいしかないので」

コンビニに行って帰るのに十五分もかかるのか。あんな奥まったところにあるお屋敷に住んでいたら、インコンビニエントなのだ。

「君の都合がいいだけ話せるよ。何が言いたいのか、訊きたいのか、知らないけれど」

火村は、彼女を安心させた。人の往来がある通りから二十メートルほど入ったあたりでの立ち話になる。

「火村先生と有栖川さんがうちにきたのは、お父さんとお母さんを疑っているからですか？　本当のことを言ってください」

少女のまなざしは、まっすぐ火村に向けられていた。

「包み隠さずに話すと、特に疑ってはいない。有益な情報が欲しくて、話を聞いて回っているだけ。昨日の弦田さんも同じだ」

「昨日も言いましたけれど、お父さんもお母さんも二十日の夜は家から出ていませんからね。それだけは忘れないでください」

「すでに了解済みだよ。大事なことだから忘れない。――その確認のためだけに走ってきたんじゃないんだろう？」

「あの……いいえ、それだけです」

「本当に？　じゃあ、用件は済んだわけだけれど、コンビニに行くと言って出てきた君には、まだ十数分の持ち時間があるようだ。それを借りて、こちらから質問させて欲しい。――月に一度の例会に、君も顔を出すことがあったそうだし、弦田さんとは親しげに話していた。あの会のメンバーについて、何か気がついたことがあったら教えてくれないか？」

「……どう答えたらいいのか判りません」

ブレザーのポケットに両手を入れて、ちょっと拗ねた口調で言う。

「訊き方がまずかった。何でもいいんだけれどな。誰と誰が特に仲がよかったとか、逆にあまり合わないようだったとか。君から聞いたことは内密にする」

「捜査の参考にされるのは困ります」

「参考にしないのなら訊かないよ。だけど、何でもかんでも警察に話したりはしない。私の判断で、これは事件に関係がないな、と思ったことは洩らさないと約束するよ。真相を突き止めるために、今はできるだけたくさんの情報を聞きたいんだ」

年少の相手を煙に巻いて籠絡するのではなく、ストレートな表現で協力を請う火村を見ていて、さすがは教員の端くれだな、と感心した。彼が学生とどのように接しているのかが察せられる。

「そこまで言うのなら先生を信用しますけれど、私は大したことを話せません。サブさん、いえ、佐分利先生と弦田さんは、齢が近いから話しやすいみたいです。会話はあまり嚙み合っていないいんですけれど。坊津さんは、自然と話題の中心になるような感じで、一番存在感がありました」

「そんな調子でオーケー。あれだけ様々な人種の大人が集まっている場に加わったら、観察するのが面白かっただろう。他の人についても話して」

花蓮は指示に従う。素直にそうするのは、両親が無実であることを早く証明してもらおうとしているのだろう。

「加々山さんは、他の人が珍しい話をするとメモしていました。仕事に役に立つかもしれないって。熱心だなぁ、と感心したけれど、仕事に関係ない人たちと会っている時ぐらいは仕事を忘れたらいいのに、とも思いました。井深さんは……」ためらってから言う。「お父さんの横顔をこっそり見ている時があって、気になることがありました」

「お父さんが素敵だからじゃないのかな」

「でしょうね。お父さんは私から見ても、結構いいかな、と思うので。だけど、お母さんや娘がいるところであんな目をするのは隙がありすぎだなぁ、と。坊津さんはそれに気がついていて、井深さんに話しかけて注意を逸らしたことがあります。……変なことを言ってしまいました。こんなの捜査の役に立ちませんね」

父親が好きな娘が、よその女性の視線に過剰に反応しているだけかもしれないが、マハラジャの顔は彫りが深くて渋みがあり、成功した経営者としての風格も充分だ。彼に惹かれる二十代の女性がいてもおかしくはない。

「多分。でも、もしかしたら他の情報とくっついて、思いがけない意味を持つかもしれない。——君はよく見ているね。将来は何になりたいのかな？」

これは答えやすい問いだったらしい。

「犯罪学者や探偵じゃありません。私の希望は、お父さんの事業を継いで、もっと大きくすること。老舗（しにせ）の〈北野クラブ〉みたいにウェディングもやりたい。エンターテインメント全般が好きです。ステージが好き。芸人さん、役者さん、アーティストが好き。でも、自分がスターになる才能はないし、あってもなりたいとは思わなくて、みんなを感動させられる仕掛け人になりたい。学校では演劇部で演出と脚本を担当しています」

「仕掛け人志望の演出家なのか。人間観察に長けているはずだ。——あと七分ある」

花蓮と視線が合ったので、大きく頷いておいた。私の下手な言葉で火村の誘い水を台無しにしてはいけない。

「加々山さんは、佐分利先生の前世療法のことをあまり信用していないみたいです。先生が欠席した時に、『彼は口がうまいから、暗示にかけてしまうんだろうな』とか言っていましたから。でも、私はそれでも効果が上がるのなら立派な治療だと思います。前世について、みんな真面目に話すんです。私はついて行けないんだけれど、マナーとして適当に合わせています」

「前世の自分たちがどうだった、こうだったという話をする？」

「たまに。坊津さんが一番いきいきする時間です」

「そんな時に、意見が割れたりはしないのかな？　『自分の記憶では、そうじゃない』とか」

「ぴったりと話が合うわけでもないのに、みんなで寄ってたかって合わせている感じはありました。お互いに暗示のかけっこしているようで、疲れた大人が癒されるゲームなのかな、と思いながら見ています」

「観察だけじゃなくて分析もするんだね。君は、前世や輪廻転生を信じていないわけだ」

「『生まれ変わったら何になりたい？』なんて友だちと話すことはありますけれど、そんなのは雑談のネタです。まだ何にもなっていないのに、来世を空想してもあまり面白くないし、前世はなおさら興味がありません」

まだ十七歳だから前世になんか興味がない、ということだが、その年頃だからこそ心を現実から遠くに飛ばして夢を見たがる子もいるだろう。彼女には現実的な目標があるから、夢の在り処が違うのだ。

「まだ五分ぐらいありますよね」花蓮は腕時計をしていない。「弦田さんの秘密を二つ知っていますよ」

「ぜひ聞きたい」

秘密という言葉は、人を手招く。いったい何だろうかと思ったら――

「弦田さんはいつもサングラスをしているんですけれど」昨夕もそうだった。「路上で演奏している時、『目が痒いわぁ』と言ってはずした顔を見たことがあります。わりと二枚目です」

だからといって、ぽーっとなるほどの男ぶりではなかったようだ。「わりと」にそれが表われている。

「それだけ？」と私。

「もう一つ。あの人は〈野生の修行僧〉とか言っていますけれど、今の生活をいつまで続けられるか心配なのか、就職を考えたりもしているようです。これも路上で聞いてしまいました」

「彼が君に打ち明けたのかい？」

「そうじゃなくて——二週間ぐらい前だったかな。演奏の途中でトイレに行った帰り、公衆電話をかけているのを聞きました。弦田さんは、私がいるのに気がついていなかったみたい」

彼は携帯電話を持たない主義のようだったから、公衆電話を利用するのだ。誰にかけているのかと物陰から聴き耳を立てていたら、相手は彼の伯父だか叔父らしく、

「オジさんの顔を潰すようなことはせえへんよ。面接にはちゃんとした恰好で行くから。オバさんによろしく」などと言っていたそうだ。

「音楽で食べていくとか、自由気ままに生きるって本当に大変なんですね」

「弦田さんがそんな電話をしているのを聞きたくなかった？」

「そんなことはありません。だけど、私に聞かれたと知ったら弦田さんはバツが悪いだろうから、知らないふりをしたままです」

「いい心遣いだよ。――秘密というのは、それだけ？」

「はい。弦田さんが定職に就いても路上に立って欲しいな、と思いました」

「彼は今夜、どこに立っているんだろう？」

「判りません。私を含めてごく少数だけどファンがいるんだから、ローテーションを組んで回ればいいのに。……あの、そろそろ帰ってもかまいませんか？」

「そうだね。話してくれて、どうもありがとう。コンビニに行くと言って出てきたのに、手ぶらで帰っても大丈夫かな？」

「お母さんと会わないうちに、すーっと二階に上がりますから」

すーっと、と言いながら、両手を前に垂らす。

「まるで幽霊やな」

私が笑うと、つられて微笑んだ。

「この前の例会の日は帰りが遅くなったので、すーっと部屋に上がろうとしたら、お母さんに見つかってしまいましたけれど」

「戻るように勧めておきながら悪いんだけど」火村が言う。「もう一つだけ訊きたい。十二日の例会があった夜、ご両親に変わったところはなかった？　当日の例会の雰囲気を知りたいだけだよ」

「変わったところ……って、別にありませんでした。ぼそぼそと二人でしゃべっていましたけれど」

「どんなことを？」

両親にとって不利なことなら口を噤んでしまうだろう、と思っていたのだが、そういうものではなかったらしく、花蓮は髪をいじりながら答えてくれる。

「お母さんが『冷や冷やした』とか言ったみたいで、『でも、変なことを言われなくてよかった』って。何についてのことかは判りません。『かえってよかったかも』と言うのに、お父さんが『よくはない』とか応えていました」

リーディングで出た前妻の死のことを指しているのだろう。その時の両親の会話をそっくりそのまま花蓮が再現してくれたのではないとしても、容易に推察できる。

「例会の感想を話していたのかな。楽しそうだった？」

そんなわけはあるまい、と思いながら火村は尋ねたのだろう。

「全然。疲れているみたいでした。お客さんが大勢きたら、あんな感じになりますよね。月に一度じゃなくて、せめて隔月で集まるようにしたら負担が軽いのに。『隔月にしたら例会を忘れそうになる』って、まぁ、それも理屈かもしれないけれど。――もういいですか？」

「ありがとう。話せてよかった」

「私もです」

花蓮は振り向き、坂を上がって行く。わざわざ私たちを追ってくるほどのことだったのだろうか、と思わないでもない。

「今の話、どう解釈する？『冷や冷やした』けれど、『かえってよかったかも』」

ゆっくりと歩きだしながら、私は訊く。

「土砂崩れで前妻が死んだことが話に出たので『冷や冷やした』けれど、『変なこと』は言われなかった。『変なこと』って何なんだよ、畜生、だな。事件に関係ないならないで、はっきりさせたい」

「畜生とまで火村先生が言うんやったら、もっとあの奥さんを揺さぶったらよかったんやないのか？」

「自分だけの秘め事なら、事件とは無関係のこういうことです、と打ち明けてくれたかもしれないけれど、旦那にまつわる秘密らしいから難しい。小栗温泉からのレポートはまだかかな」

新事実が判明したら樺田警部が報せてくれることになっていたが、電話はない。

「早朝から飛んで出た野上のおやっさん、何をしてるんやろう。のんびり温泉に入ってたら怒るで」

電話がないということは、ラジーブの行方もまだ突き止められていないのであろう。間原洋子との面談を終えた私たちは、次の目的地をなくしてしまった。異人館通りに出たところで、どこを目指しているのか火村は西に向かって踏み出す。

「アリス。今日、帰ったら急ぎの仕事が待っているのか？」

短い原稿の依頼を受けていたが、昨夜のうちに片づけている。

「だったら夜遊びに付き合え。神戸の夜を満喫しよう」

ネオンが灯る街に繰り出して、どこにいるのか見当もついていないくせに路上ライブをしている弦田真象を捜すつもりか？　付き合ってやるけれど。

8

冷えていたらしい。

湯に浸かっていると体が芯からじんわりと温まり、筋肉の凝りが解れていく。源泉の温度は八十度以上あるというだけあって熱めだが、これぐらいが好みに合う。長く入っていたらのぼせるので、何度も出たり入ったりするとしよう。

——それにしても。

他の捜査員たちが手掛かりを求めて駈けずり回っているというのに、夕食前にのんびりと温泉に浸かっているという状況が、野上にはどうにも申し訳ない。こんなことは望んでいなかったのだが。待つのも仕事のうちだ、テレビしかない部屋でごろごろしていても無為だから時間を有効活用しているだけなのだ、と自分に言い聞かせた。

露天の岩風呂。

日が落ちる頃には烏が尖った声で啼いていたが、今はとっぷりと暮れて、人家の明かりがぽつぽつと点在するのを除けば、あたりは暗幕で覆われたかのように真っ暗だ。この世の果てで風呂に入っているみたいだな、と思う。宿の裏手を流れる川のせせらぎも何やら幽玄である。

時刻は六時。六時半には部屋に膳が運ばれてくる。ふだんにはない早い夕食だが、「六時半でよろしいですね？」と決定事項のごとく言われたものだから「はい」と承知した。長旅の道中で食べたのがあっさりしたラーメン一杯だったから、早めに夕食を出してもらうことにしてよかったのかもしれない。

腕まくりをして〈翠明館〉に乗り込んだ時は、さっさと収穫を得て、できるものなら今日のうちに神戸にトンボ返りをしたかったのに、そうは問屋が卸さなかった。坊津理帆子が九月七日から二連泊していたのは、電話で確認していたこと。温泉に浸かって休日を楽しむ以外の目的があったのでは、と尋ねたところ、「調べものにいらしたようでした」という答えが得られたところまではよかったのだが、問題はその先である。

宿をリニューアルして小栗温泉の再興にがんばっている三十一歳の主——顎鬚をたくわえていて野武士を思わせる——によると、調べていたのは二十三年前にこの地を見舞った土砂災害だという。宿に着く直前に、古い旅館が土砂に潰されて一名の死者が出た、と本多巡査から聞いたところだ。こんなやりとりが交わされた。

「亡くなったのは、大阪方面からいらしていたお客様です。ご夫婦のうちの奥さんだけが犠牲になりました。そのことについて、坊津様はお知りになりたがっていました」

一緒に話を聞いていた本多巡査が、ここで「えっ！」と驚きの声を上げた。彼がその災害について野上に話したのは、ほんの十五分前である。

「土砂崩れで亡くなった人のことをどうして知りたいのか、坊津さんは言いましたか？」

「調査会社に勤めていて、仕事で調べている、と。それ以上は伺っていません」

「土砂崩れで潰れた旅館はそのまま廃業してしまったそうですね。ここへくる車の中で聞きました」

「はい。その災害のことは私も覚えていますが、まだ八歳の子供でしたから詳しくお話しできませんので、当時のことをよく知っている人をご紹介しました。〈小栗旅館〉の仲居をしていた人です。旅館をやっていらしたご夫婦はお亡くなりになって、他の従業員の人たちはよそに出て行って、その仲居さんだけがこの近くにいます」

「何という人です？」

「宮地(みやじ)さんです。宮地……紀子(のりこ)さんだ」

被災した旅館と元仲居の名前を手帳に控えた。

「宮地さんの話を聞くだけやったら、二泊もすることはなかったでしょう。坊津さんは、他にどんなことをしたんですか？」

「旅館が建っていた場所を見て回ったりしていましたけれど。——すぐに宮地さんと会えたわけではないんです。五條に嫁(とつ)いだ娘さんの家に行っていて留守だったもので。坊津さんは、きた翌日の夕方まで宮地さんの帰りを待たなくてはなりませんでした」

「相手の家を訪ねたんですね？」

「はい。事前に私から事情を説明するお電話を入れておきました」

「宮地さんと話して帰ってきた時、何か言っていましたか？」

「『おかげさまで大変参考になりました』とお礼を。それだけです。どんな話をしてきたのかは知りません。用事は済んだわけですが、時間が遅くなっていましたし、『のんびりしたいから』ともう一泊なさいました。調査のお仕事できているわりには優雅だな、と思ったのを覚えています」

本当に調査会社から派遣されていたわけではないから、二泊目の夜は純粋に休暇として温泉をのびのびと楽しんだのだろう。気持ちよく湯に浸かったのだとしたら——何を掴んだのか？

当然ながら、すぐに宮地紀子の許に向かいたかったが、もどかしいことにそうはならない。

「宮地さんとは今朝、お目にかかったんですけれど、お出掛けになるとおっしゃっていましたよ。用事があってご夫婦で五條に行くとか。今日中に帰るそうですけれど」

車で出たというから、バスの時刻表を見て帰りの時間の見当をつけることもできない。主は宮地夫妻の携帯電話の番号も知らないので連絡を取る手段もなく、帰りを待つしかない。ここに至って、それまで付き合ってくれていた本多巡査に礼を言い、署に帰ってもらった。

ただ待つだけでは気が済まなかった野上は、小栗旅館の最後を知る住民たちから話を聞こうとしたが、これがうまくいかない。「新婚の奥さんが亡くなって、お気の毒だった」というぐらいの声しか集まらないのだ。五時前に樺田警部に電話で経緯を報告するとともに、当地で一泊する許可をもらった。

かくして野上は温泉宿の客となる。

──長年、刑事をやってたらこんなこともある。仲間に気兼ねするのはやめて、ちっとは楽しめ。

何度も自分に言い聞かせるのだが、うまくいかない。温泉旅行に連れて行ってやろう、と思った妻に先んじて自分だけが露天風呂に浸かっていることも、いささか後ろめたかった。

仲間だけでなく、フィールドワークと称して顔を突っ込んでくる火村英生と有栖川有栖も右往左往していることだろう。刑事ではない者までが動き回っているのに……と詮もないのに、またまた居心地の悪さを感じ、気分の切り替えがつくづく下手なことに苦笑するよりない。

火村が今、どんな推理を巡らせているのかが気になった。犯罪が専門の学者だからといって、しょせんは捜査の素人だ。それでいて、いつも捜査員より早く真相にたどり着くのが小憎らしい。

しかし、その手腕には繰り返し感服させられたし、犯罪者、特に殺人犯を絶対に赦さない、という気迫に圧倒されることも多い。あの情熱がどこから湧いてくるのかは、野上にとって謎である。有栖川はというと、ミステリ作家として取材をしているようではないし、おのれの好奇心を満たすためにフィールドワークに同行しているふうでもない。野上が火村に対して感じる不可解さをあの作家も共有しており、友人の謎めいた情熱がバランスを崩さぬよう見張っているのか？　強力な助っ人ではあるが、樺田警部も変なコンビを取り込んだものだ。

――なんでや？

霧に包まれたような火村の内面については、考えても判らないからどうでもよい。

――犯罪学者やなんて、まどろっこしい。あの男は、なんで最初から刑事にならんかったんや？

第五章　ショータイム

1

ハンター坂を下った火村と私は、中山手通りに出たところで右に曲がり、暮れた街をそぞろ歩く。無言で足を動かしているだけではなく、事件について話しながらの神戸散策だ。

「電話、かかってけえへんな。火村先生と俺のこと、忘れられてるんやないか？」

「だったら心置きなくナイトライフを楽しめるな。まだ七時前だから先は長い」

神戸に泊まる彼は気楽なものだ。この後どうなるやら判らないが、私はとりあえず終電まで付き合うつもりでいる。

「電話がかかってこないということは、捜査員がてんてこ舞いの大騒ぎをするほど忙しいのかもしれないだろう。新事実が次から次へと出てきて」

火村は、えらく楽観的だ。今、電話がかかってきたら予定を変更しなくてはならなくなるから歓迎していないのか。

「井深リンがマハラジャの横顔をこっそり眺めていたとか、弦田真象が就職活動をしていたとか、花蓮ちゃんが授けてくれた情報はどうや？　お前が『そうだったのか！』と叫んだら感動したんやけど」

「期待に添えなくて悪かったな。あの子が両親のことを案じていたから、家庭は円満らしいな、と思ったよ。それが壊れるのが怖いんだろう」

「それって、見方を変えたら両親が事件に関わってないかと心配しているとも取れるぞ。二十日の夜、誰も外出しなかったと強調するのは、ほんまはこっそり家を出た人間がいてる、ということでは？　邪推かな。いや、そうとも限らん。しかし――」

「自分の尻尾を追いかけて、くるくる回る仔犬みたいになってるぞ」

ここでピアノを弾く指真似をするところから察するに、火村の脳内ではショパンの『仔犬のワルツ』が再生されているのだろう。

「どうでもいいけど、歩くと遠いじゃないか」不平も飛んでくる。「お前の『すぐや』は当てにならないな。タクシーに乗ればよかった」

実は、私自身もそう思っていたところだが、ここまできて車を拾うのはかえって変だ。

「時間調整になってるから、ええやろ。ほら、この通りがトアロードや。もう近い」

左に折れて、なだらかな坂道を下る。私たちは〈ニルヴァーナ〉へと歩いているのだ。マハラジャには先ほど電話を入れて、七時から面談する約束を取りつけた。彼のご自慢のナイトクラブは、この通りの北寄りにある。

先ほどの北野の異人館通り、旧外国人居留地からJR高架下に長々と延びる元町高架通商店街（モトコー）まで、神戸らしい街や通りはたくさんあるが、ここトアロードもその一つだ。神戸港が開港した当時に拓かれた約一キロの生活道路で、山手の北野と浜手の外国人居留地や港とを結んでいる。神戸最古の西洋館を改築した中国王宮料理店〈東天閣〉や東亜ホテルの跡地にできた外国人の社交の場〈神戸外国倶楽部〉、外国人子弟のためにできた聖ミカエル国際学校など、ハイカラな往時を偲ばせるものは今も多い。

TOR ROADやトーアロードとも表記される名の由来については、東亜ホテルから取られたとか、ドイツ語で門を意味するTORからきたとか、丘・岩山を意味する英語のTORからきたとか諸説があり、どれが正しいのかは判らない。

外国人倶楽部を北端とする山手側は落ち着きがあり、浜手に下るほどに洒落た店が両側に並んで賑やかになって楽しい。ここも異人館街と同じく、火村と歩きたくなるところではなく、できるなら通りの向こうを歩いているあのブーツがよく似合う女性のような――と思っているうちに、〈ニルヴァーナ〉の塔屋が見えてきた。

冬ともなれば寒風が吹き下ろす山麓に建っているせいもあってか、インド亭は熱帯にあるインドの建築様式をうわべだけなぞったものだったのに対し、こちらは商業建築だからあからさまにインド風をアピールしている。専門知識のない私には建築用語を華麗にまぶして説明しかねるが、本願寺神戸別院本堂と東京築地本願寺本堂を折衷したようなデザインで、二つの尖塔の真ん中に半筒形のドーム屋根があり、その正面部分には大輪の蓮の彫刻が施されている。もちろんコンクリート製ながら、遠目には石造りと見紛う出来だ。それだけでは異国風の宗教施設だが、柱や階段の手摺が象や獅子や虎の彫像で飾られ、ファサードにNIRVANAの赤いネオンサインが灯っているので、どんな粗忽者でも参拝に入ってしまうことはない。

「正面に回ったら、こうなってたんか。面白いなぁ」

エントランスの脇にはロートレックの版画をインド風にしたようなデザインのポスターが掲示されていて、歌姫ヴィマラの写真をあしらった今夜のショーのプログラムが添えてあった。エントランスの中を覗くと、スタンドカラーで丈が長い制服――もちろんインドの民族衣装だが、ターバンは巻いていない――を着た男性従業員が立っており、目が合うと「ナマステ。いらっしゃいませ」と白い歯を見せた。

いつかお客としてきたいものだ、と思いながら店の右手に回り込み、駐車場を横切って従業員入口に向かう。警備員に来意を告げるまでもなく、間原郷太が廊下を歩いてくるところだった。

「そろそろいらっしゃる頃かと思って、お待ちしていました。お二人ともお時間はありますか？」

十五分でよいからお会いいただけないか、と火村が頼んで取りつけた面会だ。先方から「お時間はありますか？」と訊かれ、断わる筋合いはない。

「おありなのですね？　では、ぜひ当店のディナーショーをお楽しみください。ボックス席をご用意してあります。捜査としていらしたのは承知していますよ。そこへ私も同席させていただければ、内々のお話もできます。ご遠慮は無用です。どうせ夕食の時間ではありませんか。それとも、当店の料理よりも南京町で中華がいいですか？」

確かに、ボックス席とやらで内々の話ができるのは好都合だし、どのみち食事をとらなくてはならないから時間を有効に使える。とはいえ、事件関係者に饗応（きょうおう）してもらうわけにもいかないので、支払いについては自分たちが持つことだけは譲れなかった。

「では、エントランスにお回りいただくのもご面倒でしょうから、失礼ながらこの奥から客席へ」

彼は廊下の奥にある扉を開け、細い通路を進み、そのまた奥の扉を開ける。そこはエントランスの脇で、先ほど目が合った制服の男性が「ナマステ。いらっしゃいませ」とともに、ドレスアップした外国人カップルをきびきびと招き入れていた。

案内されたボックス席は、三方を壁で囲われた四人席だ。半月形のテーブルと背もたれの高い椅子が三脚あり、私たちは火村を真ん中にして座った。段差のついたフロアを見渡すと、ジャズバンドが演奏するステージを取り囲むように大小のテーブルが並び、週末だからか連日こうなのか、満席である。客層は多彩で、カップルはもちろん同性のグループも目立つ。年齢の幅は広く、男女比はちょうど半々。談笑のざわめきだけでも楽しい気分になる。外観ほどはったりは利いていないものの、店内も随所にインドらしい装飾が煌びやかに施されていて、どこか遠い国へ旅行にきた気分になった。

「無理をしてこのテーブルをご用意くださったんではありませんか？」

気を遣って尋ねると、高校生の娘に高く評価されているダンディなパパは、にこやかに否定した。

「キャンセルが出て、ここが空いたのですよ。そこへ火村先生からのお電話があったので、すぐに押さえました」

押さえなければフリの客を入れられただろうから、やはり気を遣う。

「ショーは八時からです。お急ぎでなければ、いえ、少々お急ぎでもご覧になってください。お疲れが癒えて、その後のお仕事が捗りますよ。もちろん、最後まで観るのが難しいようでしたら、どこでお立ちになってもご自由です」

いつどんな連絡が警察から入るか判らないが、とりあえず彼の勧めに従うことにした。食前酒の希望を訊かれて、さすがにフィールドワークの真っ最中にアルコールは憚られるし、火村も私も呑ん兵衛ではないから杏ジュースを頼む。

濃厚な豆のスープからコースディナーが始まった。マハラジャは紅茶を飲むだけなので、これまた申し訳なく思えてしまう。

「夕方、拙宅で妻とお会いになったそうですが、あまりお役に立てなかったでしょうね」

火村が「そうでもありません」と応えると、相手は意外そうな顔をした。

「それなら結構ですが……。収穫があったのですか？」

「前菜がきますね。ギャルソンが行ってから話しましょう」

マハラジャは、料理の説明について「私がする」と言って給仕を去らせた。実際にメニューについて把握しているようだったが、時間を惜しんだ火村が省略してもらう。長い皿の右側にあるのは蛸と鯛のカルパッチョで、おそらく明石産だろうと見当がつく。左にある黄色いインド風高野豆腐のようなものは何なのか判らなかったが、口に入れると正体はチーズだった。

食べながらの雑談を挟んで、事件の話に戻る。

「リーディングの席上、前妻の寛子さんが亡くなった際のことをラジーブ先生は尋ねてきました。ご不快だったのではありませんか？」

壁越しに隣の席まで話し声が届くことはなさそうだったが、火村は幾分か声を落とす。

「いきなり質問が向けられたのでたじろぎましたが、気分を害したりはしません。プライベートに触れられるのは、ある程度まで想定していましたから。——洋子にお聞きになったんですか？」

「いいえ、佐分利さんからです」彼が録音していたことまでは言わない。「奥様にその件をお話ししたところ、心に波風が立ったようでした」

一曲終わる都度、フロア席から拍手が送られる。次の料理はスパイスの利いた白身魚の炭焼きで、メニューのコンセプトはインドと神戸のコラボレーションのようだ。

「そうですか。洋子は繊細ですから、私の心中を察したんでしょう」

郷太は受け流して、別の話題に移りたがっていた。

「寛子さんの亡くなり方は、リーディングにあったとおりなんですね？」

「ええ」

「アガスティアの葉、恐るべしです。しかし、その事実は奇跡の葉っぱを読まずとも、誰かが調べ上げることが可能でした。『どうやって調べたんだ？』という疑念は持ちませんでしたか？」

「アガスティアの葉の神秘に感嘆しただけで、その発想はありませんでした」

こういう場をセッティングしてくれた相手に、火村は無慈悲な返礼をする。

「間原さん。誰の耳もないこの場で率直なお話を聞かせてください。寛子さんの死について、隠していることがあるのでは？」

「おっしゃっていることの意味が判りかねます。隠していること、とは何を指しているんですか？」

「公になっているのとは異なる真実です」

「結婚をして間もなく、彼女は天災で命を落としました。奈良県の小栗温泉に新婚旅行に出掛けた夜、裏山が崩れて……。危うく私も死ぬところだった。わざわざ過去の不幸な出来事を吹聴する趣味はありませんが、前の妻を災害で亡くしたこと自体は加々山さんや坊津さんにふと話した覚えがあります。ことさら隠してはいません」

「不都合な事実は、まったくないんですか？　もしあるのなら、早く打ち明けた方がご自身のためですよ。わけあって秘密にしていたことで、事件に関係がないと判断できれば他言はしません」

「『ご自身のためですよ』とは、刺激的なフレーズですね。言葉はよくありませんが、恫喝(どうかつ)されているみたいです」

郷太の態度は余裕たっぷりで、ぐらついた素振りはない。ラジーブの問い掛けには不意を衝かれたが、今のこの事態には心の準備ができていたのか。

「いい言葉を出してくださいました。私は、間原さんが坊津さんから恫喝あるいは脅迫めいたものを受けていたのではないか、と疑っています」

「何故(なぜ)、私が脅されるんですか？」

「不都合な過去を口外されないために」

「不都合、不都合と連呼なさいますけれど、思い当たる節はまったくありません。こういう事実について、と具体的に言っていただかないと戸惑うだけです」

小栗温泉からの野上レポートが届かないうちに、こうも真正面から郷太に問い募るのは早計に思えたが、火村には火村の考えがあるのだろう。私は傍観するしかない。

「詳細を知っていたら、お尋ねしませんよ」

「困りましたね。先生はどこで何を聞き込んだのか、思い違いをなさっているらしい。――坊津さんの家を捜索したら、誤解を招くようなものが出てきたんでしょうか？」

「いいえ」

「私は、坊津さんの銀行口座に定期的にお金を振り込んでもいません。ご存じですね？」

「はい」

「でしたら、何を根拠に？」

「諸々の状況がそれを示唆しているんです」

「状況だけでしたら様々に解釈できます。先生の読みは、残念ながらはずれているようです」

マハラジャは「脅されてなどいませんでした」の一点張りで、膠着状態になったところへ次の皿。ここでまずいことに気づく。生田署の食堂のものとはまるで別物だし、ライスではなくナンで食べるとはいえ、またしてもカレーと対面してしまった。まったくもって火村英生は、カレーを呼ぶ男である。大学時代の初対面の時、彼が学生食堂で奢ってくれたのもこれだった。

「寛子さんについて、奥様から少しお聞きしました。大阪にいらした時に知り合われたそうですね。どんな女性だったんですか？」

「彼女のことなんか、事件に関係ないでしょう。……どんな女性だったかと言われても、記憶が褪せてしまいました。薄情なようですが、去る者は日々に疎し、です」

「お父様の反対を押し切って結ばれたのに？」

「どこかのご令嬢とつまらぬ縁組みをしようとしていた父に無断で結婚したというだけで、反対を押し切ったわけでもありません」

「情熱的です」

「若い時は、多かれ少なかれ皆そうでしょう。まだ二十五でした」

「寛子さんは、大阪の女性だったんですか？」

「いいえ。鳥取県の山奥から出てきていました」

「もしかして、お墓は鳥取に？」

郷太の目に、悲しげな光が宿る。

「『お墓は好きではないから、死んだら遺灰を海に撒かれたい』と言っていたので、義父母の了解を得て散骨しました。義父母に『任せる』と言われたので、葬儀屋さんに相談し、独りでやったんですが……淋しい儀式でしたね」

「ご両親は立ち会わず、ですか」

「何か家庭の事情があったんでしょう。生前の寛子も実家の話はしたがりませんでした」

「実家のご両親に挨拶に行ったりは――」

「していません。彼女が『行かなくていい』と言ったので。生い立ちは、どうも幸せそうではありませんでしたね」

火村は、マハラジャが感傷的になる間を与えない。

「寛子さんと結婚なさった頃が、間原さんの人生で最も経済的に苦しかった時期ですか？」

「ありのままを言えば、そうでもないんです。父に歯向かいながら、ちゃっかり母からの内緒の仕送りを受け取っていました。根っからのおぼっちゃまですよ」

「寛子さんとの結婚について、お母様は了承していたんですか？」

「いいえ。母は父の言いなりで執り成しを期待することもできなかったので、結婚したことを報せてもいません。子供が生まれたら『孫ができたよ』と言って、母には抱っこしてもらうつもりでした」

「寛子さんと二人で、つつましく生きるつもりだったんですか？」

「どうでしたかね」

「お勤めになっていた芸能プロダクションで活躍するつもりだった？」

「いいえ。学生時代の友人に声を掛けられて入ったものの、細かい仕事を数だけこなしてやっと回っている会社だったので、長くいるつもりはありませんでした。友人は体を壊して、私と入れ違いのように郷里の九州に帰ってしまい、馬の合う人間も社内にいなかったし。でも、あそこで学んだことが後の仕事を始めるにあたって役に立ったことには感謝しなくてはなりません」

「成果がこれですね」

火村はフロアを右手で示す。ジャズバンドの演奏が終了し、拍手で送られるところだった。八時からのショーを前にして、ステージにはいったん派手な幕が下り、六〇年代のアメリカンポップスが店内に流れる。インド音楽はこの後のお楽しみ、というところか。

カレーは極上だった。これまで食べたことがないチキンカレーで、味の深みがまるで違う。さながらスパイスの交響詩である。

「お父様がご覧になったら、さぞ喜ばれたことでしょう」

「きっと認めてくれただろう、と自負しています」

「震災の折にお亡くなりになったことを奥様から伺いました。その直前に、父と息子の和解があったことも」

「病気で、我を通すのに疲れたせいもあったのでしょう。『何もかも好きにやれ』と言ってくれました。以前は考えられなかったことです。一人息子でも本当に勘当しかねない恐るべき家長でしたから」

「怖い父親だったんですね」

「暴君ですよ。そんな父に反抗した私のことを、反骨心のある若造だったと誤解しないでください。あれはエスケープです。私は、父のそばで身を縮めているのに耐えられず、大学進学をきっかけに怖い親父の目が届かないところへ逃走したにすぎません。逃げた先が、神戸から目と鼻の先の大阪というのが笑わせるではありませんか」

自嘲を打ち消して欲しそうだったので、私が引き受ける。

「怖いものの象徴だった地震・雷・火事・親父から、戦後になって親父が脱落しましたけれど、父親を恐れる息子はたくさんいます。世の中には強烈な親父がいますからね」

「ひょっとして、有栖川さんも？」

「いえいえ、うちはいたって温厚な父親でした。それだけに、稀にきつく叱られた時の記憶には鮮烈なものがあります。叱られるのは、教育や躾の一環だからまだいいんです。ああ今、この人は父親から一人の男になって、目的あって叱るのではなく、自分に向けて怒りの感情を爆発させている、と感じた瞬間は『まずい！』と思いました」

「フロイトの精神分析学の本を齧ったことがありますが、神のことを自然の人格化であり、幼少期に刷り込まれた父親像の投影だというようなことが書いてあって、頷いてしまいました。怒った時は最高に恐ろしくて、慈愛にあふれた時はこの上なく頼もしい。私の父の場合も、たまに優しい顔を見せることがあって、その笑顔が見たくて全面的に服従しそうになることもありました」

こんな話に火村は参加したりしない。彼は自らの亡き両親については語らず沈黙する。探偵はもっぱら他者の秘密を暴く存在で、自分の秘密は頑なに守るのだ。

「肉親の間での悲惨な事件が、しばしば報道されます。十代の息子が四十代の父親を刺して死なせただの、四十代の息子が七十代の父親の頸を絞めて殺しただの。時として父と息子の関係は難しいものだ、と思いながら、よく父親に襲いかかれたものだ、と呆れます。七十代の父親の場合は、心身とも衰えてしまっているにせよ、父親には変わりがありません。狂気を孕むことなく、息子は父親を襲えないと思います。――犯罪がご専門の火村先生は、どう思われますか？」

選りによって、こんなところでメインディッシュが運ばれてきた。血の滴るような神戸ビーフのステーキだ。父なるものへの供物、あるいは神殺しに遭った父の肉に見えてしまう。

「人が人を殺そうとする時、父と息子の関係でなくても狂気は介在するでしょう。――間原さんは、人一倍、お父様を恐れていらしたようです」

「いい齢をして、お恥ずかしい。今だからこんなことも口に出して言えるんですね。父が死んでから二十年以上が経ち、五十歳に手が届きかける頃になって、ようやく。かつての私は、父という漢字すら恐れの対象でした。まるで、自分を打ち砕くためのハンマーを掛け合わせたような形をしている、と」

彼は架空の鉄槌を両手に持ち、顔の前で斜めにしてクロスさせた。

「お父様がそんなに怖かったんなら、和解できた時のうれしさは、一入やったでしょうね」

「有栖川さんのおっしゃるとおりです。それだけに、震災の渦中で急に逝ってしまったことが悔やまれます。〈ニルヴァーナ〉がこの形で完成するまでとは言わない。せめて、プランができるまで元気でいて、『いいじゃないか』と褒めてもらいたかった」

話の中で影が薄い母親についても訊いてみると——

「母は、五年前に父とは別の持病がもとで身罷りました。晩年、『お父さんが長生きしていたら、今日のお前はなかっただろうね』と言うので、複雑な気持ちになりましたね。そのとおりだな、と思って。父がいたら、『何もかも好きにやれ』という言質を取っていても私は萎縮してしまい、能力を十全に発揮できたかどうか……。もうこの地上に父親はおらず、私自身が難しい年頃の娘の父親です。あの子にとって最上の理解者たる父でありたいと希っています。当人が聞いたら、げぇーっという顔をしそうですけれど」

口には出さなかったが——大丈夫。あなたは娘さんに慕われ、おそらく尊敬もされていますよ、と言ってあげたかった。

彼と父との物語を拝聴する羽目になり、興味深くはあったが、これでは事件の捜査にならない。坊津に強請られていた件について、もう突っ込まないのか、と火村の様子を窺っていたら、マハラジャは申し訳なさそうに言う。

「失礼ですが、仕事があるので席をはずさなくてはなりません。先生方は、どうぞゆっくりお食事を召し上がってください。デザートを食べ終わってしばらくしたら、ショーの幕が上がるでしょう。仕事が片づいたら、またこちらに参りますので」

無理やり引き留めるわけにも行かず、ボックス席は私たち二人になった。火村は手をつけていなかったステーキを口に運び、「これが神戸ビーフか」と感嘆する。まるで新種の花の群生地を発見した〈孤高の園芸家〉だ。

「追及が甘かったんやないか？」

私が難癖をつけると、肉を頬張りながら曖昧な表情になる。自己採点に苦しんでいるらしい。

「出し抜けに席を立たれてしまったから、どうしようもない。次の打席が回ってきたらホームランを狙うよ」

どうも今回は捜査の進行が遅く感じられて、もどかしい。推理のための材料が揃わないので仕方がないのだが。

「マハラジャの父親との確執をたっぷり聞いたけど、フィールドワークとしては時間の無駄やなかったんか？」

「どんな情報が何と結びついてどんな意味を生じるか判らない。あのお嬢ちゃんに言ったのを、お前も聞いてただろ。俺の格言を忘れんなよ」

「格言⁉　丸太に縛りつけてガンジス川に流したろか」

まあ落ち着いて、と私を宥めるごとくデザートがきた。ギャルソンは、やっと役目が果たせるとばかりに「マンゴーをベースとしたシュリカンドでございます。こちらは苺（いちご）のムースに――」などと説明してくれる。シュリカンドとやらをひと匙（さじ）すくって食すと、ヨーグルトの爽やかな味が口いっぱいに広がった。

「電話がこないな」

スマートフォンを確認する火村に、こちらからかけてみるよう促しかけた時、斜め後ろのカーテン越しに「失礼いたします」と声がした。

「少しお邪魔してもよろしいですか？」

声の主は、加々山郁雄だった。

2

川魚の天婦羅がおいしい食事が終わってから、ようやく宮地紀子と連絡がついた。野上から訪ねて行くつもりだったが、先方は「ちらかっているから困ります」と〈翠明館〉までやってきたので、小ぢんまりとしたロビーの一角で、浴衣姿のまま話を聞くことになる。着替えようとしたら相手がやってきたので、慌ててそのまま出たのだ。

小栗旅館の元仲居は六十代半ばの小柄な女性で、おしゃべり好きであることは会ってすぐに判った。

「はるばる神戸からご苦労さまです。遠いんで驚かれたんじゃないですか？　十津川村は、日本一広い村です。なんせ面積が琵琶湖とだいたい同じですから。しかも山また山なんで、どこへ出るにも難儀をします。五条から新宮まで、国鉄の計画どおり鉄道が通ってたら便利だったんですけれど」

「でしょうね」

ふだんの野上なら苛立ちそうな話しぶりだが、帰り時間を気にする必要もないし、腹もふくれたし、急かさずに付き合う。

「不便な代わりに、水も空気もおいしいし、景色や温泉も自慢できる土地です。水害にやられるのはかないませんけど。六年前の台風やら、二十三年前の小栗の土砂崩れだけではありません」

百三十年近く前、明治二十二年の十津川大水害について彼女は語りだす。台風がもたらした豪雨によって紀伊半島に甚大な被害が発生した。当時の十津川郷では百六十八人が死亡。村民の約半数が当地で生活を立て直すことを諦め、二千五百人ほどが北海道に入植し、新十津川村を拓いたという。

「べらべらとこんな歴史についてしゃべれるのは、仲居時代によくお客様にお話ししていたからです。お膳をよそいながらするお話でもありませんけれど、土地のことを知っていただきたくて。……まさか、自分が勤めている旅館が土砂崩れで潰れてしまうとは夢にも思っていませんでした」

「よくご無事で」

「私は住み込みでなく通いでしたから、危ない目には遭っていません。それでも、裏山が崩れる音は家まで聞こえてきて、怖かったのを覚えています」

彼女の舌の回転がすこぶる滑(なめ)らかなのはよく判ったので、野上は知りたいことを順に尋ねていく。

「その事故について、坊津理帆子さんにもお話ししたんですね？　九月八日に」

「はい。神戸からいらした調査会社の方と伺いましたが、随分と昔のことを調べるんじゃな、と思いました」

「調査の目的について、何か言うてましたか？」

「『依頼があって調べています』とだけ。詳しく訊こうとは思いませんでした。お元気でしゃきっとした人だったのに、殺されてしまうなんてねぇ」

神戸で起きた殺人事件の捜査であることは、会ってすぐに伝えてある。

「坊津さんが何を質問して、宮地さんがどう答えたのかをできるだけ正確に教えてください」

「はい。私が小栗旅館で仲居をしてたことを、ここの旦那さんに聞いて訪ねていらして、『土砂崩れで亡くなった方のことを伺いたい』と。お名前は忘れていましたけれど、聞いたら『そんな名前じゃったな』と思い出しました。新婚旅行でいらした間原寛子さん。一緒だった旦那さんが間原郷太さん。お部屋にお茶をお持ちしたら、奥さんが『いいところですね』とうれしそうにおっしゃった顔が印象に残ってます」

「仲睦まじい感じじゃったんでしょうね」

「新婚さんですからね。旦那さんの方は照れ隠しなのか、私の前では奥さんほどにこにこしてませんでしたけれど」

間原寛子の写真は入手していないし、郷太の写真も持参してこなかったから、顔を確認してもらうことはできない。

「坊津さんは、その夫婦の写真をあなたに見せましたか？」

「旦那さんの現在の写真だけ。髭がお似合いで、とても立派になっておられましたね。面影が残っていたので、『この人だったような気がします』とお答えしました」

「それで、坊津さんはどんなことを知りたがりました？」

「あれこれ色々と。背や体つきはどうだったか、どんな話し方をしたか。そんなことを細々と訊かれても、答えられるわけがありません。初めてお越しになったお客様で、お顔を合わせていた時間も限られてる。しかも二十三年前のことですよ」

「知っている範囲で、どう答えました？」

「中肉中背で体つきにもあんまり特徴はなかった、と言うしかありません。聞いて、がっかりなさったでしょうね。露骨に顔には出されませんでしたけれど」

「他には？」

「旦那さんが奥さんをどう呼んでいたか、と訊かれました。これも無茶な質問です」

「無茶ですな」

「『私の記憶は頼りないので、お役に立てなくてすみません』とお詫びしたら、『無理なことばかり尋ねて、こちらこそ申し訳ありません』と頭を下げて、こうおっしゃいました。『でも、ただのお客さんではなく、小栗旅館で泊まった最後のお客さんで、数時間後に土砂崩れでお亡くなりになった方ですから、とても特別な存在だと思います。だから、ご記憶にあるのではないか、と考えてお訊きしてしまいました』と。なるほど、確かに特別な方です。ちょっと納得しながら、揚げ足を取るつもりでもなかったんですけれど、『最後の最後のお客様は、別にいらっしゃいます』と答えたら、顔つきが変わりました。表情がきっと引き締まって――」

坊津は、最後の最後の客について知りたがったという。

「間原夫妻よりも後にきたお客がおったんですね？」

「はい。その日はお客様が少なく、ご夫妻ともうお一人の三名様だけでした」

「どんな人でした？」

「若い女の人です。坊津さんに答えたとおりに申しましょうか？」

「お願いします」

「と言われても、実はその女性についてもご説明しにくいんです。年齢は二十代とし か言えませんし、とりわけ背が高かったとか低かったとか、太っていたとか痩せてい たとかいうこともなく」

メモの取りようもないな、と野上が思っていたら、こう続く。

「お忍びの雰囲気があったのであまり見ないようにしていましたし、お帽子とサング ラスに目が行ってしまったせいもあります」

「帽子とサングラス、ですか」これは気になる。「日光を避けるためかもしれません が、顔を晒したくないようにも思えますね」

「男性とお忍びのご旅行だったんじゃないでしょうか。ご予約は二名様になっていま した」

「そっちはよく覚えているんですね。いや、皮肉ではなくて」

「『あとから一人くることになっています』とおっしゃっていたので、どんな人がやってくるのかと気に懸けていたら、結局、お連れ様はいらっしゃらなかったんですよ。『あらあら、お気の毒』なんて番頭さんと話したもので、心に残っています」

振られてしまったのか、男に急用ができたのか。

「確かに気の毒だ。しょんぼりしていたでしょう」

「それが、お着きになった時からお元気がありませんでした。お部屋にご案内するなり、『バスで疲れたから、ちょっと横になります。お茶は自分で淹れます』とおっしゃって。お布団を敷いて差し上げようとしても、『かまいません』。さっさと仲居を追い払いたがっているみたいでした」

本人が言うとおり長旅で疲れていたせいなのかもしれないが、男が約束どおりこないことを予想して、早々と傷心に苦しんでいたようでもある。

「そんなことを坊津さんにもお話ししたら、熱心に耳を傾けていらっしゃいました」

「その女性は、どこからきたお客ですか？」

「大阪方面だったような……。珍しいところからはいらしていなかったと思います」

何者なのか知りたかったが、姓名を仲居が覚えているはずもなく、旅館はとうに廃業して宿帳は残っていないし、あったとしても偽名が記されていそうだ。

「三人の泊まり客について、他に何か覚えていることは？」

「特に変わったことはありませんでした。皆さん、静かにお過ごしになっていました」

雨が激しく降りだしたのは、夕食の膳が運ばれる頃からだった。食事の際、間原夫妻とは「すごく降ってきましたね」「お着きになる前はやんでいたのが幸いです」といった会話をしたが、サングラスの女は無言だった。

「お連れ様がこないことはお食事の前に判っていて、『もう一人はこられなくなりました』とフロントにお電話が入っていました」

侘(わび)しい夕餉(ゆうげ)だったろう。

「その女性は、部屋でもサングラスをしたままやったんですか？」

「いえ、さすがにはずしておられたと思いますが、よく見ていません。お食事をお持ちした時には洗面台にいらして、お顔を拝見しなかった気がします。お膳を下げる時もそんな感じで」

意図的に仲居と顔を合わさないようにしていたふうだ。

「最後の最後のお客様だったことに加えて、ちょっと変わっていらしたんです。この方がより記憶に残りやすかったのはお判りいただけましたか？　お話しできることはそれぐらいですけれど」

坊津が次に訊いてきたのは災害が起きた時のことだが、通いの仲居はこれについては詳しく語れない。ものすごい音が自宅まで聞こえたので、傘を差して外に出てみると、「小栗旅館の裏山が崩れた！」と叫ぶ声が聞こえた。

「土砂崩れがあった時には、雨の降り方自体はましになっていたんですけれど、油断しては駄目なんですね。時間ですか？　夜中の十二時過ぎでした」

消防団が出動し、警察が飛んできて大騒ぎとなる。旅館の建物全体が土砂に埋まったわけではなく、住み込みの従業員たちの無事はすぐに確認できたものの、客室は悲惨なことになっていた。三名とも圧死したのではないかと思われたが、柱や梁でできた空間で生存しているかもしれない、と懸命の救出活動が始まる。さらなる土砂崩れによる二次災害の可能性もある中での作業だった。

「軽い怪我をした人の手当てなどをして、私はずっと現場近くにおりました。新婚の旦那さんが助け出されたのは、作業が始まって一時間ほどした時です。何ヵ所も打撲していらっしゃるようでしたが、掠り傷しかなかったのはよかったんですが――」

郷太は、「寛子が、寛子が」と消防団員たちに訴えた。両足は見えているが、岩石まじりの土砂と梁の下敷きになっていて引っ張り出せない。早く何とかして欲しい、と涙ながらに。彼自身は、倒れた壁と天井でできた三角形の空間にすっぽりと入ったため、無傷だったらしい。打撲や擦過傷は、救出される際に負ったものだった。「もう一人、女の人が埋まっています。声が聞こえました」とも言うので、救助に当たった者たちは色めき立つ。

「奥さんの上に崩れ落ちたものを取り除くのは簡単ではありませんでした。旦那さんに聞こえないところで消防団の人たちが『呼んでも応えんし、まったく動かん』『生きとらんな。もう一人を捜すのが先じゃ。二つ手前の部屋かな』と言い合うのが聞こえていました」

無情なようだが、火急の際の合理的な判断だ。その甲斐あってか、ほどなく女性の一人客が瓦礫（がれき）の下から引き出される。郷太と同じような空間に体がすっぽりと入り、ことなきを得ていた。精神的に大きなショックを受けているようで、泥だらけの顔を歪（ゆが）めて取り乱したが、軽傷だったので宮地紀子から市販の傷薬をもらうだけで済んだ。病院に行く必要はないと本人が言うので、別の旅館で休んでもらったという。

「間原寛子さんのご遺体は、明け方近くになって外に出されたんです。旦那さんは茫然としていて、お慰めする言葉が見つかりませんでした」

悪夢の一夜が明ける頃、雨はすっかり上がって朝日が射した。昨日まで働いていた旅館の残骸（ざんがい）の上に。亡くなった女性客を悼み、その夫に深く同情しながら、彼女は愛する勤め先を失った悲しみに涙した。

「旦那さんがどうなったか、一人でいらしていた女性がどうなったか、その後のことについてはよく知りません。私は、消防署の方から一度だけ話を聞かれて、避難口のご説明をちゃんとしたことを伝えましたけれど、そういう問題ではありませんでしたね。逃げる間もなかったんですから。――坊津さんにお話ししたのは、このようなことです」

「他にありませんか？　些細なことも洩らさずに話してください」

「一つだけあります」

元仲居は、間原寛子からポチ袋に入った心づけをもらっていた。入っていたのは、きれいに畳まれた千円札が一枚。気が利かない夫に代わって、新妻が新婚旅行のために用意していたのだろう。

「大したおかまいもできないので、こんなものをいただかなくても結構ですよ、と思いながらも、奥さんのお気持ちとしてありがたく頂戴しました。そのすぐ後に、あんなことになったものですから……その心づけの千円を日用品や野菜を買う足しにする気になれず、どう使ったらいいやら困って、簞笥の抽斗にしまっておいたんです。坊津さんと話しているうちにそれを思い出しました」

これだから刑事はやめられない。

「もしかして――」野上は、喉の奥から声を出す。「彼女は、そのポチ袋を見たがったんですか？」

「さすがは刑事さん、よく判りましたね。『そのポチ袋を拝見できますか？』とお願いされました。おかしなことを頼む人だと思いながら取り出してくると、さらに変なことをおっしゃった。『これを預らせてください』と言うんですよ」

「あなたは、どうしました？」

「大事だから持っていたわけでもなく、どちらかというと見たら気分が重くなるものでしたから、手放すのによい機会だと思いました。『亡くなった方のお身内の依頼で調査をなさっているのでしたら、差し上げます』と言うと、『お身内の手に渡るようにします』とおっしゃって、ご自身の財布から出した千円札をくださいました。『要りません』と固辞しても、『現金ですから、ただいただくわけにはいきません』と押しつけられてしまったんです」

「坊津さんは、ポチ袋をどのように扱いましたか？」

「私の話を聞きながらメモを取っていたノートを開いて、『ここに』とおっしゃるので置くと、挟み込まれました」

やはりな、と合点する。私立探偵は、寛子の心づけの千円札を形見として求めたのではなく、ポチ袋に残留している指紋が欲しかったのだ、と野上は読む。

「そのポチ袋は、ずっと抽斗に入ったままやったんですね？」

「はい。……坊津さんにも同じことを訊かれました」

二十三年も前のブツだ。日光に晒されるなどしていたら紙に着いた指紋でもとうに消えてしまっているだろうが、暗所で保管されていたのなら残留したままの可能性が高い。坊津は、その点を気にして尋ねたのに違いあるまい。

「他には？」

「それでおしまいです。『ありがとうございました』とお礼を言われ、お帰りになりました。――あの方、本当に調査会社の人だったんですか？」

「ええ。小さいながらちゃんとした事務所を持つ調査員でしたよ」

私立探偵という言葉を避けただけで、それは嘘ではない。ただ、亡き寛子の身内から依頼を受けて動いていたというのは偽りだ。坊津理帆子の依頼人は、強いて言えば坊津自身だったのだから。

3

恰幅のいい男性がボックス席にぬっと入ってきた。

「加々山です。楽屋裏の通路で間原さんと会ったら、お二人がいらしていると聞いたものでご挨拶に参りました」

ただ挨拶に顔を出したのではなく、私たちから聞きたいこと、あるいは話したいことがあるのかもしれない。

「お掛けになりませんか？」

火村に勧められて、加々山はマハラジャが座っていた椅子に腰を下ろす。顔の色艶がよく、昨日よりも溌剌としていた。今夜も歌姫を見にきたのだ。

「それだけで神戸に通っているのでもありません。最近、こちらでの仕事が色々あるもので、よく足が向くんです」

「事件のことも気になるでしょうしね」

「ええ、まあ。それなんですが火村先生、いかがですか？」

「車輪が泥濘に嵌ってしまったようで、捜査の進展が重いですね。しかし、もうすぐ抜け出して、すーっと前に進みそうな予感もします」

すーっと、と言う時に花蓮は幽霊のような手つきをしたが、犯罪学者は右手を前方に伸ばしてみせる。

「そう願いたいものです」

火村はデザートを平らげ、おもむろにコーヒーに口をつける。加々山に言いたいことがあるのなら放っておいても話しだすから、わざと間を作っているのだろう。案の定――

「坊津さんの手帳に書かれていた日付について、やはり教えてもらえませんか？」

火村が「私からは、まだ」と答えると、残念がるかと思えばそうでもない。椅子の背に深くもたれて、私たちに余裕があるのを示す。

「ラジーブ先生が書いた日付と一致していて警察内で不思議がっているのかどうか知りたかったんですけれど、先生方の口は、あっぱれなほど堅い。そうでないと警察に信頼してもらえないのでしょうね」

「ご賢察のとおりです。こちらはしがない一研究者ですから」

「おや、そうですか？」加々山は唇を尖らせる。「とてもそうは思えません。先生は凄腕(すごうで)のアドバイザーで、刑事さんが敬意を払っているように見受けましたが」

「誰にも丁寧な人ですからね、遠藤さんは」

加々山は薄くなっている頭髪をそっと撫で上げてから、内ポケットに手を入れる。そこから出てきたのは黒い表紙の手帳だ。

「トランプ大統領風に言いますが、私と取引(ディール)しませんか？　坊津さんの手帳に書いてあった日付を教えてくださったら、私の手帳にある日付をお見せします」

「あなたもまだご覧になっていなかったものですね。その後、覗いてみたんですか？」

「いいえ。怖くてそのページを開いていません。しかし、こちらの希望を先生が容(い)れてくださったらお返しに披露します」

「そんなにまでして、坊津さんに突きつけられた運命の日付をお知りになりたいとは」

「どうです、この提案を聞いていていただけますか？」

警察は、坊津殺害が〈予告された死〉の様相を呈していることをマスコミに公開していない。真犯人が逮捕された時、自供の正しさを証明するための手札として秘密にしているのだ。ラジーブが坊津の命日を〈予告〉していたのはリーディングの場にいたメンバーには周知の事実であるが、書かれた日付までは知る機会がなかった。秘密にするに足る情報で、火村の独断で関係者とのディールの材料には使えない。

「承知しかねます」

当然の返答に私は安堵した。彼が今後もフィールドワークを続けていくためには、そうするのがいい。提案を拒めば、加々山の手帳を見せてもらえないのが残念ではあるけれど。

「頑なですね。ここだけの内緒話ですよ。先生がぽろりと捜査情報の一端をリークしても、ご友人の有栖川さんは警察にチクったりしないはずだ。それに、さほど重大な情報でもないでしょう」

加々山は目を見開いて、大きく両腕を広げる。

「重要度についてもお話しできませんね。私との取引をお望みなら、特上の情報をテーブルに出していただかなくては」

「タフな交渉相手だな、先生は。いやぁ、手強(てごわ)い。しかし、そんなことを言われても出すものがありません」

「ご自分がそう思い込んでいるだけで、何かお持ちかもしれませんよ。——心当たりがない？　じゃあ、私から雑多な質問をさせていただきましょう。お宝が発掘できるかもしれません。どちらにしても、先ほどのご質問には答えられませんが」

「情報を一方的に吸い出されるだけですか。ま、やむを得ませんね。そういうお立場なんだから。何なりとどうぞ」

フロアがざわついている。ショーの幕開けが近いらしく、ピットにバンドが現われたのだ。火村はそちらには目をやらず、加々山に尋ねる。

「間原さんの亡くなった前の奥様について、何かお聞きですか？」

「リーディングの際に出ましたね。二十五歳で最初の結婚をしたが不慮の事故で亡くした、とは聞いていました。それ以上のことは知りません」

「寛子さんというお名前は？」

「いいえ。寛子さんというんですか？　それすら知りませんでした」

「どんな方だったかについては？」

「まったく聞いていません。彼は語らないし、私は尋ねないから。他人の古傷に触れる趣味はありません」

この方面に鉱脈はなさそうだ。マハラジャとは十五年来の長い付き合いがあるとはいえ、加々山が知り合った時に郷太はとうに再婚していたのだから無理もない。

「加々山さんの古傷にも、ラジーブ先生は触れましたね。三十歳での大失恋。どなたかに話した記憶は甦りましたか？」

「言ったとしたら、相手は坊津さんかな。酔った時にこぼしたかもしれませんが、確信は持てません」

「加々山さんを袖にした贅沢な女性は、どんな人だったんでしょう？」

「タレントの卵に懸想してしまったんです。十七の時に高知から出てきていた子で、二十歳になったところで見切りをつけ、『辞めます』。だったら付き合ってくれないか、と言ったら、『向こうに彼氏がいるんです』という悲しい結末でした。プロダクションにうまく隠れて、三年間、遠距離恋愛していたんです。それなら郷里で幸せになれるだろう、よかったな、と思いながらも、自分の家に戻ると夜中に泣きましたよ。それに懲りて、事務所の女の子には二度と惚れるまい、と決心したんですけれど、同じ轍を踏みかけまして……」

二十四歳で芸能界に疲れ、引退するという歌手に告白したら、今度は求愛が受け容れられた。それが現在の恋女房なのだそうだ。めでたしめでたし、である。

天井の照明が徐々に落ちていき、ブラスの軽快な演奏が始まったかと思うと、切れのいいストリングスが重なり、ステージ上には黄色いドレスをまとった歌姫ヴィマラが笑顔とともに姿を見せる。大きな拍手と歓声が起き、指笛が飛んだ。

「いきなりの登場ですね」

私が言うと、加々山は顔をほころばせる。

「まず頭で一曲歌って盛り上げ、袖に下がります。その次に出てくるのは後半です。きっと有栖川さんもハートを奪われますよ」

オープニングとクロージングはいつも同じ曲。この店のテーマソングで、その名も〈ニルヴァーナ！〉。

楽しさと幸せが満ちあふれる
ニルヴァーナ、ニルヴァーナ！
悲しみも苦しみもここにはない
ニルヴァーナ、ニルヴァーナ！
今宵(こよい)、私は私に還(かえ)る
あなたはあなたに還る
素晴らしいニルヴァーナで！

短い歌詞の繰り返しだが、リフレインするたびにアレンジが変わり、三回目からはステージ上にロックバンドが加わる。ヴィマラの唱法は変幻自在で、透明感のあるハイトーン・ボイスが美しいだけでなく、抜群のテクニックで聴衆をたちまち魅了する。これは聞きしに勝る才能だな、と感心した。

「クロージングでは大合唱になり、みんなこの歌を口ずさみながら店を出て、帰って行きます。そして、気がついたらあくる日になっても歌っているんです。『ニルヴァーナ、ニルヴァーナ！』と」

加々山は、わがことのように得意げで、上半身を揺すって一節を歌った。帰り道で私も歌ってしまうのだろうか。

盛大な拍手に送られてヴィマラが退くと、民族衣装を着たダンスチームが登場し、インド歌謡のメドレーに合わせて踊る。まだショーは始まったばかりなのに、客席はほかほかに温まっていた。加々山によると、今月のプログラムの前半はボードビリアンたちによるパントマイム、アクロバット、マジックの連続で、ストーリー性のない構成なのだそうだ。後半は、ヴィマラ・オン・ステージ。店名に反して享楽の極みである。

「先生、先ほどは失礼しました」

ついさっきまで戎顔（えびすがお）で笑っていた加々山が、神妙な表情に変わっている。

「失礼とは、どういうことですか？」と火村。

「厚かましく取引を持ちかけたことですよ。どうかしていました」

いくらか誇張（こちょう）された感情表現なのだろうが、青菜に塩というしょげ方だ。

「私の手帳を見てもらえますか？　その引き換えに坊津さんの手帳に書いてあった日付を教えて欲しい、とは言いません」

どういう心境の変化だろう、と思ったけれど、火村はこっそり微笑んでいた。加々山が求めるものを差し出さなくても、彼の方から折れてくるのを予想していたらしい。相手が求めるものを与えずとも向こうは与えたがっているのだから、ことのついでに出された要求は撥（は）ねつけてよい、と見抜いて先ほどにべもない返事をしたのだ。駆け引きの達人というしかないが、彼がこういう才覚を発揮するのはフィールドワークの現場に限られている。

「加々山さんもまだ見ていないんですね？」

手帳を受け取りながら火村が訊くと、やや緊張の面持ちで頷く。

「どうしようもなく気になるのに、自分で開く勇気が出ませんでした。先生が立ち会ってくださると心強い」

今や、加々山が考えていることは私にだって手に取るように判る。もしも、手帳に書かれた日付が間近に迫っていたら殺人の予告をされたに等しいので、警察の庇護（ひご）を要請したいのだろう。

火村は、栞紐が挟まれていたページを無造作に開く。見掛けによらず小心な加々山は目を逸らし、その横顔をミラーボールの光が横切る。照明が暗くて、首を突き出しても見えなかったので、私は火村の発表を待った。はたして、そこに記されていた日付は——

「二〇五四年十二月八日」

加々山は素早く暗算をしてから、満面の笑みとともに陽気な声を上げる。

「三十七年先ですか。八十七歳まで生きられるわけか。ほお！　やれやれ。こんなことなら早く見ればよかった」

人間は欲張りだから、九十歳まで生きられないという通告と解して失望することもあるだろうが、今の彼にとっては紛れもない福音だったようである。

価値のある情報は増えただろうか？　ラジーブが出戸を殺し、坊津を予告どおりに殺害したのだとしても、加々山に手を出すつもりはない——というのは明白になったが、そんなことはもともと考慮の外だった。

いや、待て。あらゆる可能性を考えるとそれすら成立しないかもしれない。殺人鬼ラジーブは、坊津を予告どおりに葬る一方、加々山には遠い未来の死を予告して油断させてから襲うのが狙いとも考えれば。

私ほど深読みをしない加々山は、ひとしきり喜んでから「ところで」と改まる。

「坊津さんの手帳に何と書いてあったか、やっぱり伺えませんか？」

最早それを気にする必要がなくなったのに尋ねるのは、単なる好奇心でしかない。

再び火村に一蹴され、頭を掻いていた。

「しつこかったですね。失礼しました。――さぁて、事件のことを頭から追い出して、ショーをお楽しみいただきましょうか。あのダンスチームの六人のうち四人は、うちが提携している事務所の所属なんですよ」

感情を切り替えるスイッチが脇腹あたりにあり、素早く押しているかのようだ。羨ましく思うが、ひょっとするとこれは人前だけのことで、独りになると物静かな男に変わり、案外それが本来の彼なのかもしれない。

「ヴィマラさんの出番は後半やそうですから、九時を過ぎてからなんでしょうね。そこまで観ていられるかどうか。歌姫の美声に酔いしれたいんですけれど」

どうせ後半が始まる直前ぐらいに電話がかかってくるのだろう、と私は先走って愚痴る。

「ミステリ作家の有栖川先生が好きそうなトリックも出てくるんですけれどね。ステージに置いてあったロープが天井へするすると伸びていき、ヴィマラがそれを登って消えてしまうんです。インド魔術をなぞったギミックです」

「まさか、消えたヴィマラが……」

屋外で行なわれるインド魔術では、先端が見えないほど高く伸びたロープを子供が登っていき、バラバラになって降ってくるというが、そんなどぎついものは健全な〈ニルヴァーナ〉のショーにふさわしくない。

「ご心配なく。彼女が五体バラバラで落ちてくるなんてことはありません。ロープを登っていくヴィマラの優雅さにご注目です。マジックとしても見事ですよ。これは言ってもかまわないでしょうけれど、屋内だからワイヤーで吊るのは可能です。でも、全然そう見えないんですよ。ちなみに、屋外でやるオリジナルの魔術はどうなっていたんでしょうねぇ」

世界の一流マジシャンが、それぞれのやり方で挑んできたテーマでもある。

ダンスが終わると、拍手が湧いたところでタキシードの司会者が出てきた。「どちらからおいでですか？」とステージ上からお客に問い掛け、当意即妙のやりとりを始める。外国人客たちが、韓国だ、カナダだ、ポーランドだと答えると、それぞれの言語で「こんばんは」を返すのは、予約客について事前に調べてあるからできるのだろう。

この次に登場するのは、パントマイムによる月旅行だと言う。どんなものだろう、と思ったところで、火村がスマホを耳にやった。とうとう、きたか。

真剣な顔で「はい……はい」と応じる犯罪学者。フロア席では、どっと笑い声が起きる。

「今、有栖川と〈ニルヴァーナ〉です。すぐに行きます」

電話を切るなり、「警察に行くことになりました」と加々山に告げて腰を上げる。

「何か大きな進展があったんですか？」

「ええ。捜査本部もショータイムのようです」

「それは……何よりです」

ぽかんとする加々山を残してボックス席を出たところで、火村が私に訊く。

「支払いはどこでするんだ？　席で済ませるのか？」

「さぁな、誰かに訊こう。五番ボックスの勘定を頼む、と。あれだけのショーがついたディナーやから覚悟はできてる。高いやろうなぁ。――野上さんから特ダネのレポートが入ったんやな？」

火村に遅れないようについて行くには、速足にならねばならない。

「ああ。そっちは食事がついていないけれど――喜べ、プライスレスだ」

4

空いた取調室で、樺田警部がじきじきに野上レポートのあらましを語ってくれた。

聴き終えた火村は、おもむろに腕を組む。入ってきたばかりの情報の咀嚼と整理をしているのだろう。

「坊津が受け取ったポチ袋入りの心づけは、茶封筒に入れて事務所の机の抽斗の二段目にしまってありました。以前に家宅捜索した者が覚えておったんです。事件に関係があると思わなかったので、領置はしていませんでした。幸いなことに、両手の拇指紋がうまく採取できたんですけれど――」

死んだ寛子の指紋と照合しようにも、そのサンプルがない。あったとしても照合する意味が見出せない。どうしたものか、と火村に問うているのだ。

「坊津は、なんでそれを欲しがったんでしょうね。先生にお考えはありますか？」

火村は、この場ではもったいぶらない。

「手帳に挟んで受け取った、ということですから、残留指紋が目当てだったのは間違いないでしょう。そして、宮地紀子の指紋を欲しがったはずもない。もし、そちらが望みだったならば、ポチ袋を持ってこさせずとも自然なやり方で相手の指紋を採取できたでしょうから」

元仲居の指紋を採ろうとした可能性まで考えるのが彼らしい。

「ふむ。すると、やはり死んだ寛子の指紋を入手したがったことになりますが、そんなものを今さら欲しがる理由は何なんですか？」

「まさか鑑賞するためでもなし、別の指紋と照合するためでしょうね。坊津はそのための指紋を持っていたのかも」

「それらしいものを家宅捜索で発見してはいませんが」

「どんな形で持っていたのか判りませんからね。あるいは、これから入手する当てがあった、とも考えられます」

「坊津が何について洗おうとしていたのか見当がつきませんねぇ。生前の寛子が関わった何らかの犯罪行為について調べていた、ということもないでしょう。とっくの昔に死んだ人間の罪を暴いたって、誰にも何の得もない」

当人が死亡していようとも突き止めなくてはならない真実もあるが、坊津がそんな調査に没頭していたとは考えにくいし、何者かの依頼を受けた形跡など、それを示唆するものもない。

「警部、ここは素直に考えましょう。坊津は、寛子の指紋を別の指紋Xと照合しようとしていた。そんなことをする理由は二つしかありません。一、指紋Xが寛子のものだと証明するため。二、土砂崩れで死亡したのが本当に寛子だったのかを確かめるため」

私は、反射的に口を挟んでいた。

「一は、ええとしよう。寛子の遺品か何かの真偽を鑑定する場合やな。二は、どういおったうことや？　死んだのが間原寛子ではなかった、ということがあり得るか？　一緒におった間原郷太が寛子本人であることを確かめてるはずやないか」

落ちてきた梁が寛子の頭部に大きな損傷を与えていたそうだが、顔貌についてどうだったかはよく判らない。もし顔にダメージを受けていたとしても、体つきなどで妻だと確認できただろうし、夫婦が寝ていた部屋によその女が紛れ込んでいたはずがない。また、錯乱状態に陥った郷太が死体を別人と取り違えたとしたら——ありそうもないが——、寛子はどこに消えたと言うのか？

「間原郷太が、『自分の妻だ』と確認したから、それがすんなり通ってしまったとも考えられる。旅館の人間も警察も、まさか彼が人違いをしたり嘘をついたりするとは思わないからな」

交通事故で死亡したと思われた人間が実は生きており、葬儀の最中に「俺は生きているぞ」と帰ってきたケースも世の中にはある。取り乱した家族が死体を誤認し、「父です」などと言ってしまうことがあり、そういう場合、警察は遺族の言を信じてしまうことが起こり得るのだ。二十三年も前なら、なおのこと。

「そうやとしたら、死体で掘り出されたのは何者や？　寛子は、自力で這い出して雲隠れしたのか？」

「ゾンビみたいに這い出して、泥まみれのまま現場を去るのは不可能だろう」

「まさか、お前――」

彼が言わんとすることの見当がついた。

「死体が寛子でなかったとしたら、郷太の次に救い出された女が寛子だったと考えるしかない。元仲居の証言によると、あの日、小栗旅館に泊まっていた女二人は年恰好が似ていた」

「顔を見たら別人と判るやないか」

「あとから一人でチェックインした女は、サングラスをしていて仲居に素顔を晒していない。帽子のせいで髪型もよく判らず、特徴が摑みにくかった」

「寛子の方は顔を隠してないぞ。助け出された女の顔を旅館の者が見たら、『この人は新婚の奥さんだ』と判りそうなもんや」

「顔は泥まみれで表情は恐怖で歪み、おそらく髪もくしゃくしゃで救出されただろうから、面立ちが極端に違っていなかったら見誤っても不思議はない。着ていたのは旅館の浴衣だから、服装でも区別はつかなかった」

命拾いをした女は、宮地紀子の疑問を招くより前に別の宿へと導かれて行った、ということか。

「事故による異状死だったんやから、遺体は解剖されたやろう。そこでも別人と判らずじまいか？」

「死因を確定させるための解剖だ。同じ部屋で寝ていた夫が『妻です』と言っているのに、本人かどうかを調べたりはしない。胃の内容物に不審な点があったら問題になったかもしれないが、そういうことも起きない。同じ旅館の宿泊客はみんな同じ夕食を摂っていた」

「……屁理屈で言いくるめられてるみたいや。お前、えらい無茶な話をしてる自覚はあるか？」

「充分ある」

ならば、ひとまずよかった。

「言われなくても自覚しているさ。二人の女が入れ替わり、周囲がそれに気づかなかった可能性はあるとしても、無茶苦茶だよ。それが事実だとしたら、郷太と寛子の二人が揃って非常識極まりない大嘘をついたことになる。何故、そんなことをしたのか？」

「なんでや？」

「まだ判らない」

「判らんのか」と不満を顔に出した。

「寛子が多額の生命保険に加入していて、その保険金を詐取することを夫婦がとっさに思いついた、というのもないよな。保険に入っていたかどうかすら知らないけれど、郷太は金に困っていなかったらしいから」

まぁ、そうなのだが、とりあえず火村に逆らってみよう。

「いや、本人がそう言うてただけで、ほんまは赤貧洗うがごとく困窮してたんかもしれへんぞ」

「自由自在に俺の言うことに絡みやがる。もしそうなら、保険会社の調査がさぞや厳しかっただろうな。——間原郷太と寛子が、どうして大それた芝居を打ったのかの理由は棚上げしておこう。本人に訊けば判る」

樺田が黙っていられなくなる。

「火村先生。『本人』というのは、間原郷太のことですね？　すぐに問い質しましょう。知らぬ存ぜぬで通そうとするかもしれませんが」

「言い逃れはできませんよ。数時間前ならいざ知らず、今われわれの手許には寛子の指紋があります」

「ええ。しかし、寛子が死ななかったのだとしたら、別人に成りすまして翌日に現場を去った後、どうしたんですか？　まさか、ひょっとして……」

「えっ、そうなん？」と私。

手持ちの材料をプラモデルのように組み立てると、ある奇妙な物語が浮かび上がる。死んだと誤認された寛子は、本当に死亡した女と入れ替わって姿を消した後、その女に成りすまして生きていったのではないか？　仮に保険金詐取が目的だったかどうかはさて措いたとしても、別人となった寛子を郷太が放ったままにしていたとも思えない。だとしたら――彼は、別人となった元妻・寛子と再会して――もしかしたら結婚して――再び夫婦に収まっているとも考えられる。

火村は、警部と私を等分に見る。

「突飛な仮説のようですが、検証が可能であることを喜びましょう。ポチ袋の残留指紋と間原洋子の指紋を照合すれば、正否が判定できるんです」

車輪が泥濘から脱しようとしている。私と警部の目が合い、二人してにこりと笑った。火村は、さらに言う。

「坊津がアガスティアの葉の公開リーディングをお膳立てした理由が見えてきました。彼女は、何らかのきっかけから間原夫妻の秘密を知り、揺さぶりをかけようとしたんですよ。前妻が亡くなった夜のことをラジーブに語らせ、夫妻が動揺するのを観察することで、確信を強めたものと思われます。その後に坊津がどんな行動に出たのかについても、間原夫妻に訊けばはっきりするでしょう。そして――夫妻がどんな行動を取ったのかも判明するかもしれません」

過去の秘密について口を噤んでおいてやる代わりに、と無理難題を吹きかけられた夫妻が、赦されざる非常手段に打って出た、ということか？　出戸を殺害したのは、彼が坊津と共謀して夫妻を脅していたからと見れば説明がつくわけで、事件が一気に解決に向かおうとしている。幕が上がったかと思ったらいきなりのクライマックスで、このままフィナーレに突き進みそうだ。

警部が、ぶつぶつと独り言つ。

「すぐに照合しましょう。間原洋子の指紋が要るな。供述調書の書面には……遺ってないわな」

確かに、署名する際に左手で紙を押さえたとしても拇指紋は着きそうにない。

「まだ九時半か。インド亭に誰かやりましょう。明日の朝まで待ちきれませんし、時間が晩いからといってナイトクラブのオーナー夫人に気兼ねは無用」その理屈はどうかと思うが。「適当な口実を設けて、任意で指紋を採取させてもらうようにします」

樺田は決断するなりスマートフォンを取り出し、かけた相手は信頼の篤い遠藤だ。最小限の説明をして、「とにかく指紋を採ってこい」と命じていた。

「私たちもインド亭へ」

火村が眦を上げて言うと、警部は「ぜひ」と頷いた。

「場合によっては、火村先生が小栗温泉の疑惑をぶつけてくださっても結構です。判断はお任せします。ひた隠しにしてきた事実をいきなり突きつけられたら、動揺しないはずがない。派手に反応して、そのまま洗いざらいしゃべるかもしれません」

郷太はまだ〈ニルヴァーナ〉で、インド亭には帰っていないだろう。洋子だけでいるところを急襲すれば抵抗する気力を挫き、夫婦で守ってきた秘密を吐かせやすいようにも思う。

長い夜になりそうで、終電までにケリが着かない雰囲気になってきた。ビジネスホテルを予約していた火村と違って、こちらは今夜の宿を気にしなくてはならないが、辺境の地ではなく神戸なのだから、どうとでもなるだろう。

警部は車の手配をしかけたが、人手が足りていない中でそんな配慮をしてもらうわけにはいかず、タクシーを拾うことにした。

「間原夫妻が犯人やったら……」

階段を下りながら花蓮のことを案じていたら、火村は見透かして苦い顔になる。

「今はまだ考えるな。犯人だと決まったわけじゃない」

「お前のさっきの口ぶりでは、半ば決まったみたいやったぞ」

「勢いで口が滑ったんだ。あの夫婦の秘密が垣間見えただけで、出戸と坊津を殺した犯人だと示す証拠はない。その秘密自体、まだ推測の段階だ」

署を出て、中山手通りに向かいかけたところで火村のスマホに電話が入った。このクソ忙しい時に何かと思えば——

「引き返すぞ、アリス。今の電話は樺田さんからだ」

「俺かお前が忘れ物でもしたか？」

「ラジーブが見つかった」

色んなことが重なって、目が回りそうだ。

「それらしいインド人が新開地のホテルに戻ってきたところ、職務質問をかけたらあっさり本人だと認めて、重要参考人として生田署に移送されている最中らしい。インド亭も気になるけれど、俺はここにいるように頼まれた」

「お前だけ？　俺もこっちに留まってラジーブ先生と対面する方を選びたいんやけれど」

「なら、そうしろよ」

ラジーブから事情聴取をするにあたり、警部が火村の立ち会いを希望したことにはわけがある。英語の通訳としても、彼が必要だったのだ。

5

ラジーブは一人ではなく、連れがいた。大きな楽器ケースを肩に担いだ弦田真象である。どうして彼が、という疑問に答えて当人曰く——

「新開地でシタールを弾いてたら、あの人に声を掛けられた。例会の席におった奴と判って、足を止めたんやて。今晩は、あの時とまったく同じ恰好してるから判りやすかったんやろうなぁ。『どうしたん？』と俺が訊いたら、『話がしたい』って言うんで、店じまいをして付いて行くことにした。ホテルの喫茶室が開いてたらそこで話すつもりやってんけど、刑事が張り込んでて『署までご同行願えますか』となって、わけが判らんから『ほな、俺も行きます』と言うたら、『あなたは誰？』となって、これこれやと答えたらパトカーに乗せてくれた。――何なん、これ？」

大変よく判る説明である。

彼と話す好機が転がり込んできたが、ラジーブの事情聴取に同席させるわけにはいかないから、とりあえず待機してもらうことになった。「カツ丼、出るの？」とおどけながらどこかへ案内されていく弦田を見送って、火村と私は取調室に入る。

なかなか見られない光景があった。奥の席に掛けて、神妙な顔をしているのがラジーブと名乗っていた男。大きな目と鉤鼻、立派な口髭が特徴的だ。思っていたより体格がよくて、胸を張ったら威風堂々とした哲人にも見えそうである。相対しているのは樺田警部。傍らに起立した二人の刑事を従えているが、警部が自ら聴き取りにあたるようだ。

「火村先生、有栖川さん、こちらへ」

警部が椅子を勧めてくれたので、黙って座った。ラジーブは、私たちをじろりと見てから視線を壁に逸らした。さほど緊張しているふうでもないのは、何らかの覚悟を決めているのだろう。樺田は舌なめずりせんばかりだ。

「先生に通訳を頼んで恐縮なのですが、身元の確認からお願いします。異例のことながら以降の質問はお任せし、必要を感じたら私が口を出します」

「さっそく、始めます」

火村は、自分の身分を明かし、この場に立ち会っているのがどういう者かを説明してから、ラジーブの本人確認にかかる。

『私の名前は、ラジーブ・ネーラン。四十六歳。バンガロール生まれ、チェンナイ在住。職業はナーディー・リーダー。リーディングのために今月初めに来日して、大阪、神戸、東京、横浜で仕事をした』

これぐらいは通訳されずとも聴き取れた。ラジーブ——ありふれた名前らしい——は偽名ではなかったのだ。

『身元を証明するものを携帯していたら見せてもらいたい』

ラジーブは火村の求めに応じ、インドの国章をあしらった黒っぽい表紙のパスポートを取り出して示した。顔写真もアルファベット表記の姓名も間違いない。

パスポートを返した火村は、質疑応答を簡潔に訳しながら聴取を進めていく。ナーディー・リーダーとはどういう仕事なのかを確認してから、どのようにして依頼を受けるかについて。

『まず日本人のコーディネイターたちが依頼人を見つけ、インドにいる私に連絡をしてくる。依頼人の運命が書かれたアガスティアの葉を捜し出し、それを携えて私は日本にくる。宿泊や移動の手配は、日本語ができない私のためにすべてコーディネイターたちがしてくれる。出戸とは二年前からビジネスをしており、彼の仕事を引き受けたのは今回が三度目だ。信頼できるインド人の知人を通じて知り合った。出戸はインドによくきていたらしい。彼が用意していたのは神戸でのリーディングの仕事だけで、大阪、東京、横浜では別のコーディネイターと一緒に行動していた』

警察で取り調べを受けている感じはなく、昔話を淡々と語るような調子だ。

『出戸と最後に別れたのは、いつ？』

『十一月十二日の夜だ。リーディングを終えて間原の家を出た後、タクシーで新神戸駅まで送ってもらい、そこで別れたきり会っていない』

『連絡を取り合ってもいないのか？』

『私から何度か電話をかけたが、全然通じなかった。彼からかかってきたことはない。いつかけたのかって？　二十一日から三回かけた』

『あなたが電話をした用件は？』

『報酬について確認したかった。日本にいる間に銀行に振り込んでもらうことになっていたのに、インターネットで調べたらまだ振り込まれていなかったから』

『金額は？』

『日本円で十五万円もらうことになっていた』

リーディングのために出戸が請求していたのが一人五万円だったから、それがそのままラジーブに渡ることになっていたのか。出戸の仲介手数料は、坊津が自腹を切ったのかもしれない。

『あなたは今日の午後、出戸のマンションを訪ねている。自宅を知っていたのだから、それなりの間柄だったと思われるが、どういう付き合いだったのか？』

『ビジネスパートナーにすぎず、友人ではない。自宅を知っていたのは、郵便物のやりとりをすることがあったからだ。これまでの来日の際にも彼の家を訪問したことはなく、スマートフォンで地図を見ながら苦労して訪ねた。いつ報酬を振り込んでくれるのか、直談判(じかだんぱん)するのが目的だった。そこで出戸が殺されたことを初めて知り、非常に驚いた。電話が通じなかったはずだ』

『驚いて逃げたのか？』

『いいや、私には逃げる理由がない。管理人が怪しげな目で私を見たので、ここにいても碌(ろく)なことはないと思い、さっさと立ち去っただけだ』

『その後、どこで何をしていた？　誰かと会ったか？』

『神戸港で船を見たり、繁華街をぶらついたりしていた。観光だ。ずっと独りで誰とも会っていない。三宮で食事をして、疲れたのでホテルに戻ろうとしたところで弦田を見つけ、声を掛けた。日本人を見分けるのは得意ではないが、彼は外見に特徴があって判りやすい。——私が警察から逃げ回っていたのではないことは、ちゃんとホテルに帰ってきたことからも明らかだろう』

『弦田と何の話をするつもりだったのか？』

『出戸に何があったのかを尋ねたかった。私は日本語のニュースが判らないので、情報が欲しかった』

話をしようとしたのだから当然だが、弦田はインドを放浪していたというだけあって、ラジーブと英語で会話をすることができたのだ。

『出戸から頼まれたのは、どういったことか？　詳しく聴きたい』

『三人の日本人がリーディングを希望している、ということで、必要な情報と指紋を送ってもらった。いつもどおりだ』

『他の依頼とは異なる点はあったか？　重要なことなので、正確に答えてもらわなくては困る』

火村は、ラジーブの目をまっすぐに見つめながら訊く。嘘をついたらタメにならないぞ、と言外に匂わせていた。

『風変わりな注文だった。依頼人たちにどういう質問をするか、あらかじめ指定された』

『それではリーディングにならない。あなたがインドから持ってきたアガスティアの葉は偽物か？』

『出戸の依頼は特別だった。彼が依頼した三人の分については、正しいアガスティアの葉ではない。大阪、東京、横浜の依頼人の分については、本人の葉をちゃんと捜し出してきた』

どうせそっちも偽物だろう、と突っ込みたかったが、火村は脇道には足を踏み入れない。

『あなたはリーディングのふりをして、出戸が指定したとおりの質問をしただけだと言う。ナーディー・リーダーとしての名誉に関わるが、それを認めるか？』

『躊躇なく認めよう。私は罪を犯したわけではなく、ビジネスとして顧客の注文に応えたにすぎない』

例会での公開リーディングは猿芝居だった、という証言がリーダー本人から得られた。出戸を通じて渡された台本を書いたのは坊津以外にいない。

『三人の依頼人に関する情報とは、どのようなものだったか？』

『個々の依頼人の名前までは覚えていないが、五十代の男性については、妹がいるとか、母親が難産だったとか、犬が好きだとか、息子が一人いるとか――』

佐分利に提供された録音データにあったとおりだ。ラジーブの記憶力が優れていることはよく判った。三十代の女性と四十代の男性についても滔々と答える。

『出戸にそれを提供したのは何者か？』

『関知していない』

『では、出戸にリーディングをした中の三十代の女性だ。変な話だが』

『リーディングをした中の三十代の女性だ。変な話だが』

『何が変なのか？』

『だって、おかしいだろう。アガスティアの葉に自分の運命がどう記されていたかを知りたがるのではなく、「こういうふうに語ってもらいたい」と頼んでくるなんて不合理ではないか』

『もっともだ。どういう意図があったと思うか？』

『さぁな。自分の過去、現在、未来を仲間の前で台本どおりに語ってもらうことで、満足が得られたのかな。あるいは、仲間内の余興にしたかったのだろう』

『その女性の名前を思い出したか？』

『ボツとかボーツと言った』

『坊津だ。職業は私立探偵だった。彼女も数日前に殺されたのを知っているか？』

大きな目をさらにかっと開いて、ラジーブは『本当か？』と訊き返す。演技には見えなかった。

『警察官を前にして通訳の私が嘘をつくはずがないだろう。われわれが調べているのは、二つの殺人事件だ』

『自分が警察に連れてこられた理由がよく判った。私は、つい最近その二人とビジネスで会ったのだから、警察が話を聞きたがるのも当然だ。できる限り協力したい』

『あなたは、出戸と打ち合わせどおりにリーディングの真似をしたらしいが——』

『そのとおりだ。どんな様子だったかは弦田に訊いてもらってもいい』

『五十代の男性、加々山と坊津の未来について、あなたは語っている。それも打ち合わせにあったのか？』

『あった』

『彼と彼女が死ぬ日についても？』

『それは——はっ！』

初めてラジーブが笑った。子供のように邪気のない表情で。

『何がおかしい？』

『つい笑ってしまった。彼らが死ぬ日については、出戸から「適当に答えておけばいい」と言われていたので、そうした。こちらにすれば冗談のようなものなのに、依頼人たちはひどく緊張していたのを思い出すと、おかしかったんだ。「怖いから手帳に書いてくれ」とはね。加々山は本気で怯（おび）えていたのがおかしい。坊津は、あの日のリーディングが芝居だと知っているのに怯えてみせたのがおかしい』

『どう書いたか覚えているか？』

『男性については忘れた。そこそこ長生きできるように書いたはずだが』

『二〇五四年十二月八日だ。彼に手帳を見せてもらった』

『ああ、そんな感じだったかな』

『坊津には、どう書いた？』

『それは覚えている。二〇一七年十一月二十日だ』

承知していた日付なのに、耳にした途端に心臓がどくんと跳ねた。火村は自分の手帳を開いて、ペンとともにラジーブに差し出す。

『その日付を書いてみてくれ。あなたの筆跡が見たい』

『私の筆跡が見たいのだな。いつもの手癖（てくせ）であの日と同じように書くと、こうだ』

坊津の手帳にあったものとよく似ていた。彼の証言が、さらに信憑性を帯びる。

『加々山には長生きの希望を与えてやったのに、どうして坊津にはこんな日付を？』

『彼女は、あの日のリーディングを仲間内の余興にしているようだった。こちらは報酬がもらえたらいいので、そのことに不満はないつもりだったが、心のどこかで面白くないと感じていたのかもしれない。私は、悪いジョークを返したくなったのだ』

『それならば、明日死ぬことにしてもよかったではないか。ジョークだったとしても、十一月二十日という日付を選んだのは何故だ？　その意味をぜひ知りたい』

『おや、先生は気がついていないのか？』

ラジーブが悪戯をした子供のような目になった。もうヒントを出してあるだろう、とでも言いたげなのを火村も訝しんでいるようだったが、すぐに何事かに気づいた。

『もう一度、パスポートを』

ラジーブは、自分の顔写真があるページを開いてから見せる。答えはそこにあった。

『十一月二十日は、あなたの誕生日か』

『そうだ。「今年は日本に滞在中に誕生日を迎えることになるな」と意識していたので、十一月二十日という日付がふと頭に浮かんだ。一年後や二年後ではなく、リーディングの日のわずか八日後というのはジョークらしくていいだろう。あの女性に「あら、まあ」と苦笑いをさせてやりたかったのだ』

『それ以外の意味は絶対にないのか？』

『ない。断言する』

黙って聞いていた樺田は、ここで火村の見解を質さずにいられなかったようだ。

「先生、彼が言っているのは真実でしょうか？　鵜呑みにしてよいものかどうか……」

坊津の手帳に記されていた数字はラジーブの筆跡に酷似しており——加々山の手帳にあった数字とも似ている——、彼が手帳に何かを書き込んだという佐分利の証言もある。そして、彼本人が自分の誕生日だと断言したわけだが、真実と信じるのは私にもためらわれた。かといって嘘だとも言えず、客観的に証明するのも否定するのも困難である。

「私は信じます。彼の証言を決定的に覆す事実が出てくれば話は変わりますが、そういう事態は起きそうにない」

「信じる根拠をお聞かせ願えますか」

火村はラジーブに向かって、早口で何か伝えた。あなたの証言の信憑性について少し検討するので控えていてくれ、といったことらしい。ラジーブは紳士的な態度で、静かに頷く。

「アガスティアの葉が坊津の運命を告げたのでないことは、ラジーブ自身が明言しました。あれはジョークだった、と。それが嘘だとしたら目的は何でしょう？　坊津殺害の予告をしたのだが、警察に連れてこられて本当のことを語るわけにもいかず、ジョークだったことにしてしまおうとしているのか？　ナンセンスです。だったら最初から、第三者の目があるところで死の予告など書かなければよかった」

私も発言させてもらおう。

「そうやとしたら、どうなるんやろうな。ラジーブが出鱈目の日付として、自分の誕生日を書いた。何者かがそれを覗き見るか、坊津から聞いた。そして、なんでそんなことをするのか判らんけれど日付に合わせて凶行に及んだ、ということか？」

「違うな。——俺の解答はもう答案用紙に書いて提出したぜ」

私は慌てて手帳をポケットから出し、ページを繰った。そろそろ火村が何を書いたか見ておこうと思いつつ、タイミングを逃していたのだ。〈ラジーブは自分の誕生日を書いたにすぎない〉などという答案が書かれていたら卒倒してしまいそうだが、はたして——

〈偶然にすぎない〉

火村は短く記していた。

6

ラジーブ・ネーランからの事情聴取は一時間半に及び、「無断で神戸を離れないように」と申し渡して彼を解放した時は、もう十一時が近かった。その間に、間原洋子から両手の拇指紋の提供を受けた遠藤が署に帰還していた。夜が更けるほどに捜査本部は活気づき、今日は不夜城と化すのでは、という勢いだ。状況が動き続けるので、終電の時間が気になりだした私をよそに、捜査会議の始まりはどんどん晩くなる。

そんな中、遠藤が火村と私に近寄ってきて、間原洋子との会見について話してくれた。「捜査上の必要が生じたから」と言葉を濁しながら指紋の提供を求めたところ、彼女は詳細な説明を請うこともなく了承したという。ただ、心穏やかならざるものを感じたのか、指紋の話を切り出したら所作や話しぶりがぎこちなくなった、とも。

「私の気のせいかもしれませんけれど、そう感じました。警察が指紋を採取したがる理由を訊きたいけど、怖くて訊けなかったのかもしれません。小栗温泉での疑惑について、警部からざっくりとした説明を聞いてはいましたけれど、手札を晒さずに済みました。——さて、どんな結果が出るんでしょうね」

彼が慌ただしく行ってしまうと、火村と私は廊下の隅にある自動販売機でコーヒーを買い、壁にもたれて飲む。

「ドラマの刑事になったみたいやな」

砂糖もミルクもしっかり入れたのに、苦み走った顔を作って言ってみる。火村は無言でコーヒーを啜った。猫舌なので少しだけ。

「ラジーブが戯れで書いた日付が、坊津が殺された日と一致してたのは〈偶然にすぎない〉か。昨日のうちから、お前はそう考えてたんやな」帰りの電車の中で言っていた。「なんでや？　火村刑事の思考がどういう過程をたどって〈予告された死〉に見えたものが〈偶然にすぎない〉と推察したのか教えてもらおう」

「大したことじゃないから、言いたくねぇなぁ」

と嘯きながらも、ちょっと言いたそうである。もうひと押ししたら口を割った。

「ずっと自分が不正確な表現をしていることの自覚はあるか？」とまず訊かれる。

「どこが不正確なんや？　本格ミステリ作家として、言葉の正確さには気をつけてるつもりや」

「今後はさらに気をつけろ。——お前はこれまで何度も言ってきた。一分前にも言ったよな。ラジーブが書いた日付と坊津が殺された日が一致している、と。不正確もいいところだ。坊津の死亡推定時刻はいつだ？」

メモを見ずとも記憶している。

「十一月二十日の午後十一時から二十一日の午前一時や」

火村はパチンと指を鳴らし、私の鼻先に人差し指を突き出した。

「それだ。犯行があったのは二十一日かもしれない」

「微妙な時間ではあるけれど、ほぼ的中してるやないか。偶然にしてはできすぎやろう」

「できすぎだから、坊津の死亡時刻は人為的に選ばれたものだと考えたんだな。それは、わざわざ不思議がろうとするに等しい」

「偶然やったら、それも不思議や」

「不思議な感覚が残るのは認めるけれど、偶然というのは低い確率で自然界に発現するんだ。事件の原因は、例会で行なわれた公開リーディングにあったらしい。その席でラジーブが坊津に対して〈あなたは近いうちに死ぬ〉とふざけたことを告げた。一方、正体不明の犯人は殺人の計画を練っていて、近日中に実行しようとしていた。その日が重なってしまうのは奇跡でもなんでもない」

私が「せやけど——」となおも抗弁しようとしたら、彼は遮る。

「まだ予告殺人説を唱えたいのか？　それとも、犯人がアガスティアの葉の予言を的中させようとした？　偶然を否定するのなら、その二つしか残らない。どっちを採る？」

問われて迷う。予告殺人は現実味が乏しく、犯人がアガスティアの葉の予言を的中させるためには殺人も辞さない狂信者だという状況証拠もない。偶然説、予告殺人説、狂信説のどれも似たり寄ったりに思えるのだが、火村は後の二つを否定する論理を用意しているらしい。

「決めかねるな。解説してくれ」

「死亡推定時刻の真ん中が、犯行が為された時刻として最も可能性が高い。ちょうど日付が変わる頃だ」

「あっ！」

自分でも驚くほど大きな声が出た。拍子抜けするほど単純なことではないか。これまで頭を悩ませていたのがアホらしくなる。ある事象が偶然であると証明する論理はあったのだ。

「そういうことか……。坊津殺しは犯人が予告殺人を完遂したのではないし、狂信者が強引に予言を的中させようとしたのでもない。もしそうやったら、日付の変わる頃を犯行時刻に選んだりせえへん。必ず二十日のうちに犯行が行なわれたことが明白になるようにするはずや。零時頃しか犯行のチャンスがなかったんやとしても、二十日のうちに殺されたことを示す何らかの痕跡を遺すこともできたやろう。よって、あれは偶然と結論づけられる！」

さっきのお返しに火村に人差し指を突きつけたら、邪険に払われた。

「ようやく追いついてくれたか。だけどエベレストの登頂に成功したわけでもないし、祝福するほどでもないな」

「もちろんや。頂上は事件の解決やからな。それも近いか？」

彼は醒めた表情になって、紙コップをゴミ箱に捨てた。

「坊津に過去をネタに強請られていた間原夫妻による犯行で、彼らが自供したらすいすいと解決だ。しかし、まだどう転ぶか判らないな。遠藤さんが採取してきた指紋の照合の結果も出ていない。ポチ袋の指紋は二十年以上も前のものだから、鑑定には時間が掛かりそうだ」

〈予告された死〉の問題が霧消し、胸のつかえが取れたところで私は決断を迫られる。何時にスタートするとも知れない捜査会議に出席するかどうか。どんなことが話し合われるのかを自分の耳で聞き、会議の空気も味わいたい。

「時間を気にした方がよくないか？」

火村が言ったところで私がスマホを取り出したのは、終電の時間を調べるためではなかった。自分も今夜は神戸に泊まろうと肚を括り、宿を探すためである。少し調べただけで、徒歩十分のところが取れた。

「よし、と。――最新のカプセルホテルを体験することにしたわ。取材ということにして経費で落とす」

「有栖川刑事はやる気満々だな。野上さんに弟子入りしそうな勢いだ」

「それはない。――ところで、何か忘れてる気がせえへんか？」

「お前もか」

弦田真象のことだった。彼がラジーブとともにきてから二時間が経つから、とっくに帰ってしまったであろう、と思いながらも捜しに一階へ下りてみたら、サングラスの男は交通課の部屋の前にある長椅子に寝そべっていた。私が「弦田さん」と声を掛けると、むくりと起き上がる。

「まだいらしたんですね。ずっとここに？」

「うん。ラジーブ先生が出てくるのを待ってたんやけど、あの先生、出てきたと思うたら『疲れた。あなたから聞きたかったことは、警察が教えてくれたから、もう話さなくてもいい。ホテルに帰って寝る』や。えーっ、一時間半も待ってたのに、と思うたけど、しゃあない。どんな話をしたんか訊いても『早くホテルに帰りたい』てぬかす。もうええわ、と帰してやった。何がどうなっとぉのか他の人に訊こうとしてもみんな忙しそうで、なかなか相手をしてくれへん。しんどなって横になったら、うとうとと寝てしもうてたんや」

追い出される寸前だったのかもしれない。火村と私が、弦田と楽器を両側から挟んで長椅子に掛けると、「ほお」と言う。

「やっと俺の話し相手ができたみたいや。ちょっと訊いてもええかな？」

「どうぞ」と火村が応えたので、弦田はそちらに顔を向ける。

「ラジーブ先生が大手を振って帰って行ったということは、あの人は犯人やなかったわけ？」

「出戸さんのことを中心に、事情聴取を受けただけです。容疑者として連行されてきたわけではありません」

「けど、出戸さんとコンビを組んでたんやから、怪しまれても仕方がないやないの。あの人が商売絡みでラジーブ先生に殺されて、どこでどうなったんか知らんけど坊津さんが巻き添えになったんやないか、と俺は見てたんやけどなぁ。まだ証拠が摑めてないから、泳がしとぉ？」

「警察は、彼に対する興味を失いつつあります。アリバイが成立しそうなんですよ。出戸さんが殺害された頃は東京にいて、仕事や遊びで夜は誰かと一緒にいた。坊津さんの死亡推定時刻には、横浜で複数の知人とパーティをしていた。証人の連絡先を聞いてあるので、裏付けが取れるでしょう。そもそも、彼が犯人だったら、今日になって出戸さんのねぐらにひょっこり顔を出し、彼が殺されたことを管理人に聞いたら驚いて逃げるようなことをするはずもない」

　火村の懇切な説明に、弦田は「ふぅん」と返した。

「事件に関係ないんやったら、ラジーブ先生はなんで雲隠れしてたんやろう？」

「逃げ隠れしていたのではなく、東京や横浜で仕事をしていただけのようです。彼から話が聞けたおかげで、はっきりしたことも色々あります」

「たとえば？——言うてくれへんのやろうなぁ。保秘（ほひ）っちゅうやつや。ほんで、そっちは質問し放題。立場が違うから、その非対称性はしゃあないか」

ラジーブの話が聞けていなかったら弦田に尋ねたいことは少なからずあったが、状況は変わった。間原夫妻の秘密に坊津が肉迫し、揺さぶりをかけていたことが判明しつつある。今はその捜査の推移を見守る時で、関係者の一人である弦田との接し方が難しい。間原夫妻について下手なことを尋ねると、警察が夫妻をマークしていることを悟られてしまう。捉えどころのないキャラクターのようでいて、彼は頭の回転が速そうなので厄介だ。

「あれ、お二人とも黙ったままで質問攻めされへんな。よっぽどバリューがないんや、俺」

おかしな拗ね方をするので、花蓮から仕入れた情報に基づいて私が一つ。

「弦田さんって、就職を考えたことはないんですか？」

「思わぬ形でプライバシー直撃か。そらぁ、安定した収入があったらありがたいと思うこともあるけど、宮仕えは昔から性に合わんからなぁ」

「勤めようとしたこともないんですか？」

「ないこともない。けど、あかんかった。詳しいことは訊かんといて」

会話が途切れないように、もう一つ。

「今日も電車ですか？」

「うん。まだ終電まで一時間以上ある。――それって、質問やのうて雑談やね」

「弦田さんは自動車を持っていないか、確かめようとしたんですよ」

「犯人が車を使うて死体を運んだからやね。実は、ライブハウスに楽器をいくつも運ぶ時のために中古の軽を持ってる。運転が好きやないからあんまり乗れへんだけなんや。これで怪しんでもらえるかな？」

「はい」と気のない返事をしたら、彼はすかさず反応する。

「ああ、なんか様子が変や。もしかしたら、俺の話なんか聞くまでもなく、ラジーブ先生の証言から有力な容疑者が炙り出されたんかな？」

ほら、妙に鋭い。ラジーブの証言で事態が動きだしたわけではないが、捜査の目が一点に向けられだした気配をもう嗅ぎ取っている。

「誰が怪しまれてるのか、ちらっとヒントだけでも欲しいな。例会の出席者なんやろう？　誰であっても仲間や。それが殺人事件の容疑者にされてるとなれば、無関心ではいてられん」

「警察はまだ容疑者を絞っていません。情報収集に努めている段階です」

火村が惚(とぼ)けると、弦田は唇を歪める。サングラスで目が隠れているのを補うため、口許で誇張した感情表現をするようだ。

「誰に嫌疑が掛かっとぉかは訊かんけど、どれぐらい疑われてるのかだけ教えてもらえんかな。クライマックスが近いんやったら心の準備をしときたい」

「先は長いかもしれませんよ。心の準備をするのは早いでしょう」

「木で鼻を括ったような返事ばっかりで、刺激がない。先生の授業は、あんまり面白なさそうやな」

憎まれ口を叩かれた火村は言い返す。

「心の準備なんてものが必要ですか？　インド倶楽部のお仲間なんて、しょせんは赤の他人でしょう。あなたが親密にしていた人はいないと思っていました」

「そら他人やけど」弦田は口ごもってから「ただの他人でもない。前世からの縁がある〈輩〉や」

「坊津さんが言ったことを本気で信じているのかな。はっきりさせてください。ラジーブ先生のリーディングについて、あなたはインチキだと疑っていたそうですが、何をどこまで信じているんですか？」

弦田は、ずれたサングラスを掛け直す。

「〈先生〉は省いてええな。ラジーブが本物のナーディー・リーダーかどうかは疑わしかった。ちょっとばかり下調べしたら言えそうなことを並べただけやからな」

「あなたは正しい。彼はインチキ野郎です」

「お、言い切った。過激やな。俺は『疑わしい』としか言うてないのに」

「事情聴取の中で当人が白状したんですよ。彼は、今回の来日で四都市をツアーで回り、十八人の依頼に応えることになっていました。ところが、インドから持ってきたアガスティアの葉は三人分。神秘の欠片(かけら)もない偽リーディングのための小道具です。その三人分を使い回して、十八人のリーディングを行なったんです。『十八人分ものアガスティアの葉を持ってくるのは大変だったでしょう。ホテルにあるものを見せてくれ』と要求したら、『実は』と認めましたよ」

二度三度、弦田は酸欠の金魚のように口をぱくぱくさせる。

「三人分ということはないやろう。ようけスーツケースに詰めて運んできてるようやったで」

「あのスーツケースは出戸さんの私物です。照合のために多くの葉を持参したように装うために、大袈裟な鞄に入れてインド亭に登場したんですよ」

「……出戸さんの私物やったんか。俺はてっきりラジーブのものやと思うてたから、あの男が犯人やろうと見当をつけてたわ」

「前世については？」

火村は畳み込む。

「は？」

「坊津さんが語った過去の物語を、あなたは信じているんですか？　それとも、内心は馬鹿らしいと思いながら別の目的があって倶楽部に潜り込んでいたんですか？」

「『別の目的』って何よ？」

「判らないからお尋ねしているんです。たとえば、井深リンさんを憎からず想っていたからだとか」

「それはない」

「今のは即席の例です。例会の居心地がよくて、おいしい料理や酒が味わえたから、というのは理由として弱いように思えるんですけれどね」

「私大の准教授という待遇の人には、月一回おいしい料理と酒にありつける機会のありがたさが判りにくいということかな」

「羨ましがられるほどの厚遇ではありませんよ。――〈輩〉の中に犯人がいると考えるのは苦痛ですか？」

「もちろん。せやから、警察には慎重な捜査を望む。例会のメンバーの中に犯人がいとぉやなんて、発想が根本的におかしいんや。出戸さんや坊津さんが殺されたからというて、利益を上げる者がいてへん。そこ、判ってるよね？」

「ええ」

「ほんまに？　ラジーブがアガスティアの葉をリーディングして、誰かの弱みを握ったことが連続殺人につながった、というお話もあかんで」

「当然です。彼をインチキ野郎と呼んだのは私だ」

「動機がない人間の中から、どうやって犯人探しをするのか不思議や」

「そんなもの、後で考えればいい」

「無茶やな。殺人事件の捜査の基本は、犯行の動機がある人間を探すことやないの？」

「警察は効率性の見地からそうしますが、私は別の方法を取ります。人の心は割り切れないことが多く、効率を優先した捜査は万能ではないからです。常に動機を吟味して犯人が決まるなら、犯罪捜査の場に私がしゃしゃり出てくる必要はない」

「さっきは失礼なことを言うてしもうたけど、先生は刺激的で面白い講義をしてはるのかもな。警察にアドバイスを請われるだけのものを感じたわ」

「口先だけの男かもしれませんよ」

「いいや、そんなんと違うな。見たら判る。先生は……なんか怖いわ。なんか、な」

高まった緊張を、私は解こうと試みる。

「彼はただのカレー愛好家で、怖がるような男やないですよ」

弦田は、じろりと私を見た。

「油断を誘うてくるあんたも曲者っぽい。火村先生が持て余した隙間を埋めるのが担当と違う？」

「買いかぶりです」

「謎を解くのは先生で、あんたが物語を完成させるんかな。それがコンビを組んでる理由や」

好きに思わせておこう。

「弦田さんが輪廻転生を信じるようになったのは、インドを放浪したからですか？」

「子供の頃から漠然と信じてたから、インドへ足が向いたんや。すっかり染まって帰ってきたっちゅうことやな」

「生まれ変わりを実感しているんですね？」

「する。ただし、転生は永遠に続くわけやないで。どんなものにも終わりがある。その時がくるまで、しばらく形を変えながら生き永らえる、ということや。いたって当たり前の考え方やないの。最後に行き着くのが涅槃——ニルヴァーナ！」

私は真剣に相手をされていないのかもしれない。あるいは、話せば幾夜もかかってしまうということか。彼は、何千巻にも及ぶ書物の最初の一行だけを読み上げたかのように思われた。

7

火村とともに捜査会議に出て、カプセルホテルにチェックインした時には一時が近かった。新しいだけあって居住性は想像していた以上に優れ、寝具は清潔で気持ちいい。シャワーを浴びて横になると、「ああ……」と溜め息が洩れた。この分なら、疲労が睡眠導入剤となって、すぐに熟睡の淵に落ちていけるだろう。

火村のフィールドワークに同行していると一日が長い。ことに今日は長かった。心療クリニックで熱く語った白衣の佐分利栄吾、彼が取り出したICレコーダー、生田署の食堂で食べたカレー、横溝正史生誕地の碑、〈うみねこ堂書林〉、インド亭と間原洋子、制服姿で追ってきた花蓮、〈ニルヴァーナ〉のボックス席で対峙した郷太と加々山郁雄、華々しいショーの幕開けと歌姫ヴィマラ、野上によって山峡の温泉宿からもたらされた報告、ラジーブ・ネーランの登場……等々。ぼそぼそとしゃべる弦田真象の声はまだ耳朶に残っている。

佐分利のクリニックを訪ねたことはおろか、〈ニルヴァーナ〉でディナーを食べたことさえ昨日のことに思えてならない。夕方以降の展開があまりにも目まぐるしかった。今日一日——いや、すでに昨日か——が、なんとも盛りだくさんなショータイムだった。

英都大学の学園祭はたけなわで、火村に残された時間は土曜と日曜しかない。彼としては、その両日のうちに解決を見たいだろう。さて、どうなるか。

間原夫妻が脅迫者・坊津理帆子を殺害した犯人だとしたら、出戸は側杖を食ったのだろう。坊津が出戸を抱き込んで、二人して夫妻を強請ろうとした可能性がある。洋子は、どんな想いで拇指紋の提出に応じたのだろう？　まさか小栗温泉での一件が露見しかけているとは夢にも思わず、平然と――遠藤の目にはぎこちなく映ったそうだが――親指にインクを着けたのかもしれないし、捜査の刃が自分に向けられていることに慄然としながら平静を装っていたとも考えられる。後者であれば、帰宅した郷太と善後策について相談したのに違いない。ことがことだけに、この時間になっても悩ましい対策会議は続いているのではないか？　もしそうであるなら、愛娘の存在が二人に重く伸し掛かっているはずだ。私たちが捕まったら、あの子はどうなるの、と。

だが、火村が思い描いたとおりのことが小栗温泉であったのだとしても、夫妻が連続殺人の犯人とは決めかねる。「強請られてもいないし、殺してもいない」と否認されたら何の証拠もないのだ。

目を閉じて考えてみると、夫妻には二件も殺人を犯す理由がない。仮に、自然災害のどさくさに紛れて寛子が某洋子と入れ替わり、現在に至るまで洋子として生きてきたのだとしたら、いくつかの刑法に触れて道義的にも強い非難を受けるとしても、重罪を犯したわけではない。その過去を材料に脅迫者から無理難題を吹き掛けられたからといって、殺したりはしないだろう。法的な処罰と社会的な制裁と不名誉を甘受し、わが子すら欺いてきた不実を花蓮に衷心より詫びれば、新たな過ちを犯さずに済んだ。

火村が言ったとおり、人の心は割り切れないことも多く、たったそれだけの理由でそんな大それたことをしたのか、と驚かされることもままある。そうではあるが、大切な娘と事業を持つ郷太と洋子には、理性的な判断がしやすかったはず。

いや、と別の考えも這い出してくる。

理性が吹き飛ぶほどの要求を坊津がしてきたなら、正当防衛として非常手段に訴えることもあり得ただろう。そして、自分たちの犯行だと絶対にバレない自信が持てたら、しばしば人はやる。そうすることが愛娘を守ることにつながるのだ、という理屈すらこしらえて。

答えが出そうにないので、思考のスイッチを切ることにする。せっかく迎えにきてくれている眠りを遠ざけてはまずい。関係者たちの顔を頭から追い出そうとしたら逆効果となり、加々山の笑顔と弾んだ声が現われた。

――みんなこの歌を口ずさみながら店を出て、帰って行きます。そして、気がついたらあくる日になっても歌っているんです。

思い出すタイミングが悪くて、騒がしい子守歌になってしまった。

楽しさと幸せが満ちあふれる
ニルヴァーナ、ニルヴァーナ！
悲しみも苦しみもここにはない
ニルヴァーナ、ニルヴァーナ！
…………。

第六章　転生の果て

1

　目覚めた瞬間、自分がどこにいるのか判らなかった。ああ、神戸のカプセルホテルに泊まったんだ、とすぐに思い出して、スマホで時間を見ると八時二十分。今日の行動について火村から連絡が入ることになっていたが、まだない。服を着て洗面所に行き、朝食をどうしようかと考えているところへ〈起きたら電話をくれ〉とメッセージが届いた。

　かけてみると、彼はビジネスホテルで朝食を済ませており、「九時を目途にこっちにきてくれるか」と言う。「俺はそっちで朝飯を食べるわ」と応えて、彼が泊まったホテル一階のレストランに向かう。三ノ宮駅の方角に歩いて五分ほどの距離だ。下着の着替えなどをコンビニで買って荷物が増えていたので、よけいなものを駅のロッカーに預けた。

お互いに昨日と同じ服装だから見つけやすい。彼は、食後のコーヒーのお代わりをして私を待っていた。ふだんは朝食抜きなので、軽めのメニューにして食べ始めたところで、思いがけないことを言いだす。

「お前と話したすぐ後に、間原郷太から電話があった」

「朝っぱらから何や？」

「話したいことがあるそうだ。警察に言わなくてはならないことだけれど、その前に俺たちに聞いてもらいたい、と」

「ひょっとしたら、小栗温泉のことかな」

「俺も同じことを考えたから、『二十三年前のことですか？』と訊いてみたら、『委細は会ってお話ししたい』だ。深刻そうな声だったぞ。——焦らなくていいから、ゆっくり食え。十時までに行くことになっている」

私たちは、適当な時間に生田署に顔を出すつもりでいたが、こうなったら予定変更だ。焦らなくていいと言われても自然に早食いになり、九時半にはホテルの前でタクシーを拾ってインド亭を目指す。火村は車中で遠藤に電話をして、捜査本部に出向くのが昼前になるかもしれない、と伝えていた。

インド亭の門前で車を降り、インターホンで到着を告げると、「お待ちしていました」と郷太の声が応え、門を開けに出てきた。ノーネクタイながらスーツ姿だ。玄関では洋子が出迎えてくれて、昨日と同じ応接室に通された。家政婦は不在のようで、お茶は洋子が運んでくる。二人の表情は最初から硬く、胸奥に重いものを抱えているのが窺えた。

「花蓮さんはいらっしゃるんですか？」

邸内が静かなので訊いてみた。洋子が答える。

「大阪に映画を観に行っています。午前中に一度しか上映しないとかで、九時前に出掛けていきました」

娘が留守だから、私たちを招くのに好都合だったのであろう。

「朝早くからお呼び立てして、申し訳ありません。いきなり警察に話す勇気が出ず、まず先生方にお聞きいただきたいと思ったもので」

郷太の隣で、洋子は両手を膝に置いたまま肩をすぼめる。寝不足なのか目の下に薄い隈（くま）があった。

「信用していただけるのはありがたいのですが、警察に先んじてお話しくださる理由は何でしょう？　捜査にとって重要なことならば、私たちは義務として警察に報告しなくてはなりませんが」

火村は、折り目正しい口調で言った。

「これからお話しすることが、私たちにとって不利な内容なのです。それを承知しながら、語らざるを得ない。私たちがどう処すればよいのか、先生方の助言が欲しいのです。刑事さんとはお立場が違いますから、お聞きできることもあろうかと考えました。先生方のお人柄をよく知るだけの時間はなかったとはいえ、信頼できることは確信できています」

「なるほど。しかし、ご夫妻にとって不利だと思われる事実について、警察はすでに把握しているかもしれませんよ」

夫婦は、素早く顔を見合わせる。

「やはりそうなんですね。昨日の夜分にわざわざ刑事さんがいらして、妻の指紋を採ったことで見当がついています。何をどこまで摑まれているかは存じませんが」

「二十三年前に小栗温泉で起きたかもしれないことを警察は確認しようとしています。奥様の指紋をあるものと照合することによって。結果が出るまで少し時間がかかりますが、ここでお話を伺えたら鑑定結果を待つ時間が節約できそうです」

「時間は大事です。節約しなければ。どうせ判ってしまうことです」郷太は妻を一瞥して「妻も私も、秘密という重荷を背負うのにほとほと疲れました。これを潮に、楽になりたい」

火村はもう何も言わない。始めてください、と無言で促しているのだ。

「警察が妻の指紋を採取したのは、殺人現場に遺っていた犯人のものらしい指紋と照合するためではない。それならば私を含む関係者全員の指紋を集めなくてはなりませんから。妻が指紋を採られたのは、彼女が本当に間原洋子かどうかを確認するためでしょう。さすがに警察というのは、すごい。ひた隠しにしてきたのに、捜査が始まったらたちまちバレてしまった。彼女は間違いなく私の妻で、娘の花蓮の母親ですが、本当の名は洋子ではありません。――寛子です。旧姓は右藤といいます」

間を措いたのは、どういう順で話すか迷っているためらしい。私たちがくるまでに頭の中を整理していたはずなのに、いざとなると緊張から混乱を来したのかもしれない。火村が手助けをする。

「奥様の本当のお名前が寛子さんだと聞いても驚きません。そうではないか、と思っていました。『間違いなく私の妻で、娘の花蓮の母親』とおっしゃいましたが、もう一つの貌がおありですね。こちらは、あなたの最初の奥様でもある」

「すべてお見通しですか。はい、そうです。私は人生で二回の結婚をしましたが、相手は同じ。二回とも彼女です」

「前妻の寛子さんは亡くなっていなかったわけだ。ただ、名前が洋子に変わった」

「土砂崩れで死んだと世間を欺いて、洋子という女性とすり替わったのです。フルネームは榊洋子といいます。――そのへんの事情について、どこまでご存じなんですか？」

「小栗温泉の小栗旅館のある客室が土砂に埋まった際、二つ隣の部屋に泊まっていて亡くなった洋子さんと寛子さんがすり替わったのではないか、と推察していました。どうしてそんなことをなさったのかは、正直なところ判りません。本物の洋子さんの身元を追跡すれば謎が解けてきそうですが、まだそこまでは捜査が及んでいない。しかし、そういう調べものは警察が得意とすることですから、彼らはいずれ真実を掘り出すでしょう」

「榊という姓も洩らしてしまいましたしね」

「それはまだ私と有栖川の耳にしか入っていませんが。――私たちがお聞きしていたところによると、洋子さんは川崎市のご出身で、お父様との折り合いが悪くて震災の後で神戸に出ていらした。寛子さんは鳥取県のご出身で、やはりご家族との関係が芳しくなかったせいもあるのか大阪に出てきて、クラブに勤めていた。こういった経歴ごとスイッチしていると理解してよろしいですか？」

「かまいません。二人は戸籍が入れ替わったわけですから、過去は一部を除いてほぼ入れ替わっています」

郷太は〈戸籍が入れ替わっている〉とつい言ってしまったが、不正確である。〈死んだ榊洋子の戸籍を無断で盗んだ〉が正しい。盗まれた洋子は、寛子の一切合切を押しつけられ、行く当てを失くした遺骨は海に撒かれている。

「榊洋子さんは、どういう方だったんですか？」

「よく行くクラブで知り合い、一時期、交際していた女性です。あまり品のよろしくない言い方をすると、遊びと割り切った付き合いをしていました。二人の仲が倦怠期に入った頃に、私はふらりと入った飲食店で寛子と知り合い、真剣な交際を始めます。やがて同棲するようになり、結婚を――」

親しかった友人が芸能プロダクションを辞め、郷里に帰った後のことだ。結婚式を挙げて勤め先の上司や同僚を招待することもなかったため、郷太の妻と会った人間はいない。

「誤算がありました。いえ、馬鹿な思い違いと言うべきでしょうか。自然と疎遠になって関係が切れたと思っていた榊洋子が私の結婚を知り、『あなたは不誠実だ』となじってきたのです。私の方は、結婚を前提に付き合っていたわけでもないのに、と困惑してしまいました」

妻は、傍らで押し黙ったままだ。とっくにケリのついた昔の話とはいえ、愉快な気分からはほど遠いだろう。郷太の話がどこまで本当かも疑問で、ふた股を掛けた不真面目な交際をしていたのかもしれず、いくらか割り引いて聞く必要がある。

「それでも何とか宥め、諦めてくれたと思っていたのですが、これまた大間違いでした。様子が落ち着いたところで新婚旅行に小栗温泉に行った時、洋子は驚くべき行動に出ます。私たちについてきて、同じ旅館に泊まったのです」

喉を湿らすためか、郷太は紅茶をひと口飲んだ。私は、話の続きを急かしてしまう。

「何のためにそんなことを？」

「談判がしたかったということですが、その場所を新婚旅行の宿に定めた最大の目的は私をパニックに陥らせることでしょう。策士ですね。不意打ちを食らって無様にうろたえる私を寛子に見せて幻滅させようとしたのでは、と思います。何しろ山奥の温泉宿ですから、夜になってから部屋に押し込まれたらどこにも逃げようがありません」

想像するだに恐ろしい攻め方だ。

「お二人の新婚旅行先が、よく判りましたね」

火村は、引っ掛かることがあれば洩れなく質す。

「私は、彼女に自宅を教えていませんでしたが、勤め先は知られていたんです。電話に出ないようにしたら、迷惑なことに事務所にかけてくるようになり、『面倒な人なので、取り次がないで欲しい』とみんなに頼んでいたんですが、周知徹底していませんでした。ある同僚が、うっかり彼女の電話を受けて、相手をしてしまう。そして、

『間原は明日から休暇を取っています。新婚旅行だそうで』と話し、訊かれるまま行き先までしゃべってしまったんです。近場とはいえ曲がりなりにも新婚旅行なのだから小ましな宿に泊まるはず。そう目星をつけて調べれば、投宿しそうなのは小栗旅館しかありません」

「だから事前に宿泊の予約ができた、というわけですか」

私はすっきりしなかったので、郷太ではなく、納得顔の火村に訊く。

「それやったらお一人様で予約を入れたらよかったのに、なんで二人客のふりをしたんや？」

「二つ推測できる。一人客は旅館が嫌う場合がある。ふた昔前だと露骨に敬遠することもあっただろうから、すんなり予約が通るように二人連れを装ったのさ」

「もう一つの理由は？」

「男女のお忍びの温泉旅行のふりをしたら、旅館の人間に顔を隠しやすかった。逃亡犯でもないのに素顔を見せたがらなかったのは、先に入った間原夫妻に気取られないためだ。最高のタイミングがくるまで正体を明かしたくなかったんだろう。――ま、当たらずとも遠からずじゃないかな」

郷太が頷いている。

「そのようなことを言っていましたよ。ロビーや廊下で私とばったり顔を合わしても、その場では自分と判らないようにした、と。夜襲をかける気満々でした」

「彼女は、自分が立てた計画に酔っていたのかもしれませんね。——お話の続きを」

郷太と寛子は、軽自動車で目的地を目指したが、車の運転ができない榊洋子はバスを利用するしかなかった。遅れてチェックインし、頃合いを見て連れがこられなくなったことを宿に告げ、夕食を済ませて夜が更けるのを待つ。激しく降りだした雨の音は、その心を不穏に乱したかもしれない。——彼女は頃合いを見計らい、すっと立って間原夫妻の部屋へ。

「ノックの音がして『失礼いたします』と言う。こんな時間に何事かと思いましたよ」

ここで妻が口を開く。

「私は、てっきり大雨警報か何かが出て、旅館の方が報せにきたのかと……」

寛子はそう考え、「はい」と立ったが、郷太は不吉な予感に襲われたという。ドア越しの「失礼いたします」の声に違和感を覚えたからだ。それでも、まさか榊洋子のものだとは思わなかった。

「寛子を押しのけるようにして部屋に入ってきた洋子を見た時は、口から心臓が飛び出しそうでした。まさかまさかで、現実のこととは思えなかった。彼女の計略は見事だった、と言ってよいでしょう。——そこまでは、ですが」

衝撃で愕然とする郷太、勝ち誇って昂然とする洋子、わけが判らず茫然とする寛子。闖入者は、夫婦に事態を呑み込ませてから、落ち着いた態度で郷太に釈明を求めてきた。自分という者がありながら、これはどうしたことか、と。どうしたことか判っているから乗り込んできたくせに。

「その後、ビジネスで大きな賭けをするような場面が何度もありましたが、あの時ほどひりひりした感覚を味わったことはありません。彼女は見たところでは冷静でしたし、刃物やダイナマイトを手にしていたわけでもない。それでも、ものすごく危険な臭いを発散させていました。大声で騒ぐとか、私や寛子に殴りかかるとかいうのではなく、予想もつかない大胆な行動に出るのではないか、という恐怖で、私はしばらく金縛りにあったように動けなかったほどです」

洋子は「話し合いましょう」と言ったが、郷太にすれば、二人の関係がいかなるものであったかを洋子が思い返して身を引いてくれるように、妻の面前で頼むよりなかった。

「防戦一方だったわけですね。同じ状況で『こんなところまでのこのこ付いてきやがって。ふざけるな』と、反撃のために逆上してみせる男もいるでしょうけれど」

「火村先生はできるんですか？——いや、つまらないことを言って失礼しました。とにかく私は、針の筵に座ったまま弁明の一点張り。寛子は黙っていましたが、呆れていたことでしょう。新妻の前での奇襲攻撃が成功したものの、ことが自分の思うように進まないのに苛立ったのか、彼女は『郷太と二人きりで話したいことがあるので、この人には席をはずしてもらいたい』と言いだします。席をはずせって、寛子を廊下に追い出すつもりか、とさすがに腹が立ちました。断わると、『ほんの十分でいいから二人だけで話がしたい。その間、奥さんには私の部屋で待っていてもらえないか』と手を合わすから困りました。受け容れがたいことではあるけれど、この懇願が最後の頼みかもしれない。私に恨み言を並べて、それでおしまいにしてくれるのではないか、という甘い期待を抱いて、迷ったんです。すると、それを察したように寛子が『十分だけ、はずします』と自分から言ってくれました」

言われたとおり二つ隣の部屋に移動して、郷太と洋子だけの話し合いの場が設けられた。ここでも洋子は怒りを爆発させたりせず、わが身の悲運を語りながら、「こんな私を憐れんでくれる？」などと言うので、郷太は繰り返し詫びるよりない。洋子は寛子に対して恨みがましい言葉は口にせず、「感じのいい人ね」と評して、現実を潔く認める気配も見せ始めた。

「『十分でいい』と言っていた話し合いが十五分を過ぎ、腕時計を見た洋子が『もう時間が過ぎた』と呟いた時のことです。轟音とともに裏山が崩れ、窓ガラスが割れて大量の土砂と岩と倒木が押し寄せてきたかと思うと、壁と天井が……」

四角かった部屋が、不等辺三角形に変形した。どすんと落ちてきた梁が洋子の頭をまともに直撃するところを、一瞬、見たような気がする。郷太自身は土塊の波に腰まで埋まり、死を覚悟したが、第二波が襲来することはなく、じきにあたりは静かになった。残されたのは、やけに遠く聞こえる雨音と冥府のごとき深い闇だけ。

「土砂から抜け出してからも、茫然自失していました。大きな怪我をしていないのに安堵するなり、真っ先に案じたのは寛子のことです。冷たいようですが、洋子については即死したものと見て諦めるしかなかった。しばらく調子がおかしかった聴覚が正常に戻ったところで、寛子がいる方角に向けて名前を叫ぶと――」

返事があった。彼女も軽傷で、ショックからも立ち直りつつあるようだ。無事を確かめられたことを喜び、『もがいても無駄だから、じっとしたまま救助を待とう』と励ました。間の部屋の壁が壊れたせいで、行き来はできないまでも、声がよく通るようになっていたのだ。充分な空間があったので、酸素が確保できたのも幸運と言うしかない。

お客が埋まっているのだから、耐えて待っていれば必ず助けはくる。互いの姿は見えずとも声を掛け合えたおかげで、郷太も寛子も強い不安に怯えることはなかった。

「洋子はどうなったのか、と寛子が尋ねてきたので、ありのままを話したところ、しばらく沈黙がありました。『今は彼女のことを考えなくてもいい。早く救助がくることだけを祈ろう』と言ったら……『相談がある』と」

洋子は、郷太の部屋で浴衣のまま死んだ。事情を知らない者が見たら、誰しも寛子が死んだと思うだろう。だったら入れ替わってしまいたい。自分は洋子の部屋から助け出されるのだから、何の疑いも招かない。だったら入れ替わってしまいたい、と言い出したのだ。

「洋子も寛子も肉親とは縁が薄く、親密にしている友人を身近に持っていませんでした。また、洋子はサングラスをかけてこの宿にきたので、従業員は素顔をよく見ていないかもしれない。条件は揃っていました。朝がきたら惚けた顔で入れ替わっていた、というのではなく、生き埋めになる災難から九死に一生を得て生還したとなれば、顔つきや物腰がいくらか違っていても、変に思われないでしょうし……」

「入れ替わるとしたら、千載一遇のチャンスでしたね。それは理解できますが、判らないのは寛子さんがそんなことを望んだ理由です。常識では考えられない。寛子さんは重罪を犯していて、警察の逮捕を恐れていたんでしょうか？」

「そうではありません。彼女が恐れていたのは警察ではなく、家族です」

火村は、人差し指を唇に当てる。

「家族から虐待を受けていた、ということですか？」

郷太の表情は苦々しく、妻は目を伏せている。

「はい。どのような種類のものかは申しません。血のつながった同じ家族の一員でありながら、理不尽な扱いを受ける者もいるのですよ。犯罪学がご専門の先生ですから、様々な事例をご存じかと思います」

「寛子さんはその虐待から逃れるために大阪に出てきて、あなたと一緒になった後も不安を抱いていた、ということですか？」

「『逃げたら追いかけていくぞ。どこへ逃げようが無駄だ』という声に呪縛されていたのです。私は『大丈夫。そこまでのことはできないだろうし、何かあったら俺が守る』と言っていたんですが、心からの安心は与えてやれなかった。妻は、昔のことを眠っていても思い出すようで、よく悪夢に悩まされていました」

火村は、マハラジャの話に聴き入っていた。人を殺したいと思った記憶に苛まれ、彼も悪夢に魘される人間だ。

「土砂に埋まった中で、『私を守ると言ったのは嘘だったの？』と彼女に言われ、二人の人間が入れ替わるなんてことができるかどうか、三十分ほど考えました。色々なことが頭をよぎり、入れ替わりが成功する可能性は高く、寛子本人が熱望しているのなら、そうすることで得られるものはあれども失うものはない、という判断を下したのです。神戸の両親は私たちの結婚を認めず、寛子に会おうともしなかったのも都合がよかった」

私は承服しかねた。

「待ってください。あなたと寛子さんはそれでいいとして、亡くなった洋子さんはどうなるんですか？　自分の名前も経歴も奪われて、入れるはずのお墓に入ることができなくなってしまいます。死んだら無になるとしても、川崎にいる彼女のお父さんが知ったら、どう思うでしょう？」

「有栖川さんがおっしゃることは、ごもっともです。ただ、洋子にも寛子と似た事情がありました。生前に何度か聞かされたんです。父親の虐待から逃げて大阪にきたのだ、と。『縁は完全に切った。かつて親子だったとも思いたくない』とまで父親を呪(のろ)っていましたし、『お墓には入りたくないから、死んだら海に散骨されたい』と言っていたのも事実です。これは信じていただくよりなく、それがかなわなかったら私の不徳以外の何物でもありません」

生々しい告白に接しても、火村の感情が波立った様子はない。

「あなたが何を語ろうと、私には本当のことかどうか判らない。ひとまず頭に収めますよ。——お二人は決断を下し、実行に移した。すべて計画どおりに運んだようですね」

「気味が悪いぐらいに。生き埋めからの生還ですし、私は新婚の妻を突然亡くしたと思われていますから、ひたすら同情されました。顔を伏せがちにしていた寛子にも、誰もが優しかった。最も心配したのは、接触した時間が比較的長かった仲居さんに怪しまれることですが、それにしても大した時間ではなかったし、異常事態の直後ということで多少の違和感は無視されたのでしょう」

「あなたは、事故の後もあなたとして生き続けた。洋子さんは寛子さんとして葬られた。寛子さんは、どのようにして洋子さんになったんですか？」

「洋子の荷物とともに彼女のワンルームマンションに帰り、家主と顔を合わさないまま契約を解除して、すぐに引っ越しました。当時の洋子は勤めていたクラブを辞めて次の職を探しているところだったので、面倒なことは少なくて済んだのです。離れて暮らしながら、私たちが連絡を取り合っていたのは申すまでもありません」

「再会する機会を探りながら、ですね？」

「そうです。私も妻も神戸に移り、もうそろそろいいか、というタイミングを待ちました。病の父の気持ちが軟化し、これなら私が見つけた相手との結婚も許してくれそうだ、と思っているうちに父が他界。任されていた事業に邁進しかけた時点で、洋子となった寛子と会って再婚。娘が産まれ、夫婦は秘密を抱えて生きてきました。鳥取も小栗温泉も遠く、寛子の入れ替わりが発覚することはなさそうでしたが、安閑とはしていられません。ごく低い確率ながら、かつての寛子か洋子のことを知る人物とばったり出会ったら大変です。妻は社交的にふるまうのを避け、常日頃から目許に独特のメイクを施して昔のイメージを払拭するように努めていました。異常なことですが、何年も続けているうちに慣れてしまうものです。暗い過去から解き放たれた妻は平安を得て、小栗温泉のこともなかったことにするのが賢明だ、と私たちは考えるようになったのです」

寛子と洋子に同じような不幸な過去があったのは、奇しき巡り合わせである。が、郷太がそのような女性に心惹かれ、自分が力になりたいと希うカメリアコンプレックス的な志向性の持ち主だったとすれば、偶然ではなく半ば必然だったのかもしれない。

「ところが、守られてきた秘密が危機に瀕することになったのですね？」

火村が硬い声で問い、郷太が「はい」と頷く。

「坊津さんは、何がきっかけでお二人の秘密を嗅ぎつけたんですか？」

2

寛子が語りだす。

「あの方と知り合って、まだ間もない頃のことです。松方ホールにピアノのコンサートを聴きに行った時、開演前のホワイエでばったり坊津さんと会いました。あちらが先に気づいて、後ろから声を掛けてきたんですが……」

坊津は、間原郷太の妻の名前を正しく覚えておらず、〈洋子〉という字の方で記憶していた。

「不意に『ヒロコさん』と呼ばれたもので、持っていたプログラムを取り落としてしまいました。挟んであったチラシが床に散乱しても、体が固まって動けなくて……。『びっくりさせて、ごめんなさい』と謝りながら、坊津さんはとても不思議そうな顔をしていました。われながら不審なリアクションでしたから、花蓮が一緒でなくて本当によかった」

その場は、ぼぉーっと考え事をしていたので驚いた、とごまかしたのだが、坊津は天性の嗅覚で間原夫人が大きな秘密を抱いていることを察知したらしい。プライバシーを探るようなことを訊いてくるでもなかったので、松方ホールでの一件を寛子は忘れていたら、別の機会に「私は東京で暮らしたことがあって、川崎に友だちがいたの」とか話を振ってきたりする。川崎の土地勘がないことを悟られないよう、どぎまぎした。

それが悪意に基づくことが明瞭だったら交際を断とうとしただろうが、何とも微妙な感じで気のせいにも思える。夫に打ち明けて相談し、「あの人から遠ざかろうとしてかえって怪しまれてもいけない。素知らぬ顔でしばらく様子を見よう」ということになった。今になって榊洋子の縁者が私立探偵に調査を依頼してきたとも考えられなかったから。――そこへアガスティアの葉の公開リーディングの話が持ち上がる。

「『私もやるから、洋子さんも診てもらいましょうよ』と熱心に坊津さんから誘われましたけれど、きっぱりとお断わりしました。すると、今度は夫に矛先が向いて……」

寛子は止めたが、郷太はあえて引き受けてしまう。

「警戒しながら受けることにしました。そうすることで相手がどんな手札を持っているか読めますから、鎌を掛けてくるのを待ち構えたんです。見当はずれなことを妄想していると判ったら安心できたんですが、二十三年前のことにぴたりと照準が合っていた。ラジーブ先生と出戸さんの口を借りて、坊津さんがしゃべらせていることは明らかでした。まったく恐ろしい人です。私は動揺してしまったし、妻も落ち着きを失くしてしまったので、坊津さんは確信を強めたことでしょう。例会の後、あれぐらいで済んでかえってよかったかも、というような感想を妻は口にしました。坊津さんは決定的なことは摑んでいない、と自分に言い聞かせるように。その場では同調してみせたんですが、坊津さんは帰る間際、私にこっそりと紙切れを渡していました。〈火曜日の夕方五時に、事務所の近くの『一期一会』という喫茶店で会いたい〉というメッセージです」

「不吉な呼び出しですね」

「ええ。だからこそ、妻には言えず、自分だけで対処しようとしました。〈会いたい〉を無視できないので出向いたら、一番奥の席に座って待っていて……とうとう本題を切り出してきましたよ」

　ここぞとばかりに、火村が言葉で背中を押す。

「秘密を公にしない代わりに、何かを要求されたんですね？　簡単に受け容れられないことを求めてきた」

「金品であれば交渉の余地があったかもしれません。ところが、あの人はとんでもないことを言ってきた」郷太は不快感を隠さない。「あろうことか、自分を愛人にしろ、と言うのです。ふざけた言い回しではありませんか。要するに、私と不倫の関係になりたがったわけです。しかも、妻にそれを黙認させよ、と。そんなことを、ひっそりした店の片隅ではありましたが、夕方の喫茶店で持ち出す神経に呆れました」

　マハラジャの男ぶりのよさに井深リンが惹かれていた節があるが、坊津も想いを寄せていたとは思わなかった。若い頃にも女難に遭遇しているし、もてる男も苦労する――といった呑気（のんき）な話ではない。無茶な要求に郷太は煩悶（はんもん）することになる。

「どう答えたんですか？」

「馬鹿もいい加減にしろ、と怒鳴りたいところでしたが、弱みを握られているのでそうもいかず、『考えさせて欲しい』としか言えませんでした。『出戸さんも事情を知っていますよ』なんて、にやにやしていましたね。それは嘘っぽかったけれど」

「弱みを握られたと思うのは、早計では？」

「『小栗旅館の元仲居から証拠の品を入手しました。それは一見したところ何でもないようでいて、あなたにだけ意味が判る』と言われたんですよ。何かは語りませんでしたけれど、洋子の指紋が着いた物品かな、と見当がつきました。警察は、それに目をつけたのでしょう？　だから、昨日になって妻の指紋を採りにきた」

「ご明察です」

最も不愉快なことを口にしたところで、郷太は軽く吐息をつく。

「帰ってから妻に打ち明け、破廉恥な要求に応じるつもりがないことを明言しました。坊津さんに即答しなかったのは、別の形で相手を満足させる手はないかを考えるための時間稼ぎです。妙案は浮かばず、坊津さんからも返答の催促がこないまま数日経ったところで、出戸さんが死体で見つかり、例会のメンバーの井深リンさんのところに刑事さんがやってきた。その何時間か前に、坊津さんが殺されてしまう。刑事さんの事情聴取があり、火村先生と有栖川さんからも話を聞かれ、頭は混乱するばかりです。そして昨夜、刑事さんが妻の指紋を採りにくるに至って、坊津さんの事務所や家を調べているうちに私たちを脅迫していた材料が見つかったのだな、と思いました」

郷太は話すことに疲れてきたようで、声の張りがなくなっていた。火村は膝の上で指を絡ませながら、マハラジャの代わりに言う。

「観念したのなら警察に出頭すればよかった。そうせず私たちに電話をかけていらしたのは、こう言いたいからですね？　――自分たちは二十三年前に小栗温泉で不正を為し、その秘密をもとに坊津理帆子に脅迫されていたことを認める。しかし、彼女を殺してはいない」

夫婦の顔色に喜色が射した。言わずとも察してくれた犯罪学者に対して、洋子、いや寛子が胸の前で手を組む。

「ああ、火村先生、そのとおりです。夫も私も、殺人事件には誓って関与していません。そのことを警察は信じてくれるでしょうか？　私が身分を偽っていたことと殺人とは何の関係もありません」

「何の関係もない、は言いすぎでしょう。どこでどうつながっていないとも限りません」

軽く突き放された寛子は悄然（しょうぜん）となりかけたが、火村は救いの手を引っ込めはしない。

「お二人は、坊津理帆子の死によって理不尽な要求から解放されたわけですが、それは強硬手段に打って出た結果だとは私は思いません。殺人の動機としてさほど強くないし、ひとまずの動機があったとしても犯人だと断じる証拠もありませんからね。これまで口を噤んでいらしたのは捜査にとってマイナスですが、語らなかった心情は理解します」

「ありがとうございます」と低頭するマハラジャ。

「さて、これからどうすれば——」

火村が言いかけたところで、スマートフォンの振動音が微かに聞こえた。私のものではないが、と思っていたら火村が内ポケットに手を入れる。首を伸ばして覗くと、樺田警部からの架電だった。

「ちょっと失礼」

彼が立ち上がって廊下に出て行くと、部屋はしんとなる。廊下の端まで歩いて行ったらしく、火村の声はまるで聞こえなかった。

「小栗温泉で何があったかを調べ上げたんですから、坊津さんは腕利きの探偵やったんですね」

場をつなごうとしたのでもないが、私は実感を述べる。郷太が「そうですね」と応じた。

「彼女の調査能力には感服します」

ヒロコという名が禍した。どうでもいいことだが、坊津理帆子の Rihoko をローマ字にして並び替えるとHirokoになるのは因縁じみている。

「奥様がヒロコという呼びかけに普通ではない反応をしたり、川崎市の土地勘がなかったことを怪しんだりしたとしても、どこからどうやって小栗温泉に調査の狙いを絞ったんでしょう？」

「私もそれが解せなくて訊きましたよ。すると、『蛇の道は蛇よ』なんて言いながら、得々と説明してくれました。妻の本当の名前は洋子ではないのではないか、と疑った彼女は、妻が結婚前のことを話したがらないことも怪しみ、過去の追跡を試みたそうです。ところが、川崎にいた父親は三年前に亡くなっており、係累も見つからないので糸が手繰れない。それならば、と私の過去に目を転じた勘のよさが――褒めるのは悔しいのですが――素晴らしい。前妻を亡くした翌年の冬に蕎麦屋で相席になったのが馴れ初め、というのが作り話っぽい。実際はそれ以前から面識や交際があったのではないか。ヒロコというのは、その時の妻の源氏名か何かかもしれないと考えて、私の過去を洗いだした。古い知人などに当たる身辺調査の過程で、小栗温泉で奇禍に遭ったことが判り、当時の地方紙の記事を図書館で漁ってみたら、死んだ前妻の名前が寛子だった。それだけのことで、この寛子は死んでおらず、現在の洋子かもしれないと閃いたそうです。――推理作家としてのご感想は？」

「鮮やかな手並みですね」

「でしょう？　標的にされた方は、たまったものではない」

「馴れ初めが作り話っぽい、とにらむ直感の鋭さに驚きます」

「いえ」寛子が右手を上げて言う。「それは、あながち嘘ではないんです。当時、スナックに勤めていた私が、たまたま入ったお蕎麦屋さんで彼と相席になって、『こういう店にいるので、一度きてくださいね』と名刺を渡したのが始まりで……」

坊津の勘違いが好結果につながったのだから、運も私立探偵の実力のうちか。

戻ってきた火村は、スマホを手にしたまま夫妻に言う。

「ゆっくりと今後のことを相談する時間がなくなりました。お二人から話を聞くために、警察がこちらに向かっています」

「えっ」という声が同時に三つ発せられた。

「なんでや？」

私が訊くと、友人は寛子を見据える。

「奥さんの指紋は、特徴のあるもののようですね。指紋は渦状紋、蹄状紋（ていじょうもん）、弓状紋の三つに大きく分類されますが、そのどれとも違うタイプの変体紋というものがあります。この指紋を持つのは、日本人の一パーセントにも満たない。奥さんの指紋はそのタイプのもので、警察が領置しているブツに遺っているのもそれ。細かな照合は省いても、まず同一のものと見て間違いないだろう、と判断されたんです。間原洋子を名乗っているあなたが、死んだはずの寛子であることは突き止められた。そのブツが見つかったのは、坊津探偵事務所。脅迫されていた事実は、ほぼ露呈しました」

　妻は、すがるように夫の肩に左手を置く。

「樺田警部からの電話です。『火村先生、今どこにいるんですか？』と訊かれて返事が遅れたら、『もしかしてインド亭ですか？』と見抜かれてしまいました。警察が到着するまでお二人を逃がすな、という指令までいただく始末です。私たちを信頼してくださったのにご期待を裏切ることになってしまい、申し訳ありません」

「先生に謝っていただくことはありません。私たちの方こそ勝手なお願いを――」

　寸刻を惜しむ火村は、寛子に最後まで言わせない。

「五分もすれば警察がきます。その前にいくつか質問させてください」郷太に向かって「坊津さんの行為を〈脅迫〉と呼びましょう。あなたが脅迫を受けたのは、一度きりですか？」

「喫茶店での一度だけです」

「後にも先にもない？」

「はい」

「どうしてその後は接触してこなかったんでしょう？」

「『考える時間を差し上げます。私から催促はしないつもりなので、そちらから必ずお返事をください』と言ったからでしょう。『でも、次の例会まではとても待てませんよ』とも。二週間が限度かな、と受け取りました。ああいう言い方もあの人らしい。『今ここで返答しろ』と迫られるよりも私が苦しむのを見越していて、それも楽しんでいたのですよ」

「わざわざ公開リーディングの場を設け、お仲間の前で当てこすりをしたのも同じメンタリティによるのでしょうか？」

「だと思います。嗜虐（しぎゃく）の快感を味わっていたのに違いありません」

「脅迫されていたことは、奥様以外に話していませんね？」

「当然です。家の中で妻と話す際にも、娘の耳に入らないよう気をつけていました」

「奥様が洋子さんでないのなら」顔を寛子に向けながら「坊津さんが語った前世は、どう捉えればいいと思いますか？　シャンバビというのは、あなた自身の前世なのか、それとも亡くなった洋子さんのものなのか」

「私と会ってそう言ったんですから……この私、寛子の前世かと……」

答えながら、彼女は戸惑っている。

「なるほど、そうなりますか。――坊津さんの前世を幻視する能力については、今でも信じていますか？」

即答できずにいる。同じ質問をされて、郷太も「それは……」と口ごもるので、火村は加々山を真似たように両腕を広げた。

「驚きましたね。ひた隠しにしていた過去の秘密を暴かれ、下劣な脅迫までされたというのに、まだ坊津理帆子の言ったことを信じるとは。それとこれとは別、ですか」

私は、火村をたしなめたくなった。

「どうでもええやないか。お前が言うたとおり、『それとこれとは別』や。誰かに裏切られたからというて、必ずしも相手の言うてたことの全部が出鱈目やったということにはなれへん」

「そりゃそうだ」

「やろ？」

火村は何がもどかしいのか、くしゃくしゃと前髪を掻き乱す。

「判ってるけれど、訊いて確かめたかったんだ。坊津の洗脳がどれだけ強いものなのかを」

「洗脳というのも決めつけやな」

「インド倶楽部のお仲間は、みんな輪廻転生を信じる素地を持っていたんだろう。しかし、それを増幅して束ね、一つの物語を織り上げたのは彼女だ。物語の強さを確かめたかったのさ」

「よう判らん」

寛子が「火村先生」と呼び掛ける。

「先生は、イギリス式のプロファイリングを学んでいらしたそうですね。私たちは過去に過ちを犯しましたが、どうか先生のお力で、殺人事件とは関係がないことを証明してください。このままだと犯人にされてしまいそうで、とても怖いんです」

火村は再び謝罪しなくてはならない。

「遠藤さんが方便としてそう紹介なさったようですが、私はプロファイラーではありません。むしろその対極の手法を取る者です。統計的分析から犯人の属性を絞り込むのではなく、ピンポイントで突き刺します」

「頼もしいお言葉ですが」彼女は本音をこぼす。「誰が真犯人かよりも先に、私たちが無実であることを証明していただければ、と希わずにいられません」

門の前で、複数の車が停まる音がしたので、間原夫妻がはっとする。警察がきたのだ。

寛子が応対に出て、遠藤ら三人の捜査員が入ってきた。

「火村先生の推察なさったとおりです。まだ鑑定の最終結果は出ていませんが、小栗旅館で死亡したはずの女性の指紋は、間原夫人のものとほぼ一致しました」

肩をいからせた刑事は、ソファに掛けた郷太にきっと視線をやる。

「いったいどういうことなのか伺わなくてはなりません。不法行為の疑いが濃厚であるだけでなく、出戸守と坊津理帆子殺害事件に関わっている惧れがある。——火村先生と有栖川さんには説明済みですか？」

「はい、ひととおり」とマハラジャ。

「さらに詳しい話を警察に聞かせてもらいましょう。ご夫婦とも生田署までご同行ください」

「任意ですね？」と確かめた上で、郷太は同行を承諾した。

「どれぐらい時間がかかりそうですか？」

寛子の問いに、「判りません」と答える遠藤は、もう半身になって体をドアに向けていた。私が間原夫妻だったら、そんな態度にさえ威圧感を覚えたであろう。遠藤は私たちとあまり目を合わせず、間原夫妻が警察への供述を後回しにしたことがいたく不満のようだ。

部屋を出る前に、捜査員たちに断わってから寛子は電話をかけた。買い物に出していた家政婦に「警察に行く用事ができたから、留守を頼みます。帰るのが遅くなったら、花蓮をよろしくね」と。電話を切ると、ほっとしていた。

「先生方も署に行きますか？　車は二台あるので乗れますが」

遠藤の問い掛けに、火村は「いいえ」と答える。

「二十三年前のことは聞きましたから。今回の連続殺人について、有栖川と二人で検討してみます。どこか落ち着いた喫茶店でコーヒーでも飲みながら」

「そうですか。何かありましたらお電話ください。――今朝、ガミさんから連絡がありました。あちらに送った現在の間原夫人の顔写真を元仲居に見せたところ、前妻と同一人物であるかどうかを確認するに至りませんでした。長い時間が経過していますから無理もありません。以上です」

三人の捜査員に伴われて車に向かう間原夫妻は、同行というより連行されているように見える。痛々しくもあった。

二台の警察車両に彼らが乗り込もうとしたところへ、一台のタクシーがやってきて停まったかと思うと、茄子紺色のパーカを着た花蓮が降りてくる。寛子が「あっ」と驚きの声を上げた。

「どうしたの？」と訊いてくる娘に、「どうしたの？」と母親は訊き返す。

「映画の時間をスマホで確かめたら、私が観たかったのは来週からだったの。えーっと思って、仕方がないからモトコーをぶらついてたら掘り出し物の中古ＤＶＤがあったので、すぐに観たくなって帰ってきちゃった。マクドでお昼を食べてから帰ろうかとも思ったけれど、久しぶりにチキンラーメンが食べたいなぁ、買い置きがまだ何袋かあったはず、と思って。で、――お父さんもお母さんもどうしたの？」

警察に話さなくてはならないことができた、込み入っているので時間がかかるだろう、と父親が言うと、娘の表情がたちまち曇った。この場のただならぬ雰囲気に、彼女が気づかないわけがない。

郷太は、娘の両肩に手を置いて、噛んで含めるように言う。

「もうすぐ橋田さんが戻るから、ＤＶＤを観ながら家にいなさい」

「でも――」

「帰ったら、お前に話すことがある。あまり遅くならないようにするよ」

両親が車に乗ると、花蓮は火村に向き直った。

「先生、何があったんですか？　お父さんとお母さんの様子がおかしい。大丈夫なんですか？」

「捜査協力の一環で話をするだけだから心配することはない。時間がかかりそうだから警察署に行く」

「家でも話せるのに。その方がゆっくり時間を取れるのに」

「警察の都合だよ。お父さんとお母さんはそれを承知して出向くんだ」

花蓮を運んできたタクシーに続き、二台の警察車両が坂を下って行く。心細さに彼女は身顫いしていた。

「学校の授業で、冤罪について習ったことがあります。怖い実例をいくつか聞いたので、日本の警察や裁判があんまり信用できないんです」

落ち着かせようとしたら、花蓮は訴える。

「お父さんとお母さんは、坊津さんの事件があった夜、外出していません。先生と有栖川さんに言いましたよね。信じてもらえなかったんですか？」

興奮のあまり、両親は逮捕されたわけではない、ということが理解できないのだ。

「橋田さんというのは、家政婦さんらしいね」火村は穏やかに言った。「その人が帰ってくるまで、私たちは待たせてもらっていいかな？　君を独りで放っておけない」

「かまいませんけれど……。私がいない間に何があったのか、教えてもらえますか？」

「ああ。だけど、お父さんとお母さんから聞いた方がいい話もある。それについては、勝手にしゃべれないな」

門を閉め、邸内に戻りかけたところで花蓮は足を止めて、私たちにきっぱりと言う。

「聞いてください。事件があったのは二十日の真夜中でしたよね。私、二十日の月曜日が学校の創立記念日で休みだったので、十八日の土曜日から二泊三日で裏六甲にある仲のいい友だちの別荘に遊びに行っていたんです。あの、もちろん友だちのお父さんの別荘ですけれど」

何を言おうとしているのだろう？

「二十日の夕方に帰ってきて、その夜は家族三人で食事をしました。娘が帰ってきたので一家団欒です。そんな夜に、人を殺しに行きますか？　私が十八日からお泊まりに行くのは前から判っていたから、どうせやるなら十八日か十九日がいいじゃないですか。二十日に決行するなんて、人間の心理としてあり得ない！」

少女の言葉に、火村は胸を衝かれたように見えた。彼は、相手の目を見据えて応える。

「心理学は私の専門ではないけれど、君の見方には一理ある。参考にさせてもらうよ」

「本当ですか？　先生、有栖川さん、父と母のことをよろしくお願いします」

一礼され、私も頭を下げていた。

「あの……よかったら、ラーメンでも食べて行きますか？」

せっかくの心遣いだったが、火村が辞退する。

「ありがとう。でも、チキンラーメンは三袋もないかもしれないし、昼食にはまだ早いから遠慮しておくよ。——それより頼みがあるんだ。お父さんの写真を貸してくれないかな。顔がはっきり写っているものを」

何に使うのかも訊かずに、花蓮は承知した。

3

喫茶〈一期一会〉は、すぐに見つかった。裏通りに面して間口が狭かったが、入ってみるとそれなりに奥行きがある。コーヒーのメニューが豊富で、軽食はサンドイッチも供していない店である。右手にカウンターが長く伸び、左手にはやや窮屈な四人掛けのテーブルが六つ。椅子はカウンターと垂直に並んでいる。カウンターが途切れた一番奥が少し折れ曲がっていて、そこだけ向きが違うテーブルが一つあった。

坊津理帆子に呼び出された間原郷太が座ったのは、あの奥の席だろう。マハラジャが「一番奥」と言っていたし、それ以外のテーブルはカウンターの中に立つマスターから近く、会話が耳に届きそうなので密談には不向きだ。午後一時前という時間にしては空いていて、最も居心地がよさそうな奥の席に客の姿はなかった。火村と私は迷わずそこに座り、気合が入った本格派コーヒーショップらしいので、気合を入れてキリマンジャロを注文する。

店員はマスター一人。頭髪を茹(ゆ)で卵のようにつるんと撫でつけ、口髭をきれいに整えている様はエルキュール・ポワロを連想させずにおかない。店名から偏見を抱いてしまうのだが、ひと癖ありそうな親爺さんだった。井伊直弼(いいなおすけ)が広めたという一期一会は茶道の精神を表わす言葉だが、コーヒー道にも通じるものがあるのか。

「小栗温泉の秘密は白日の下に晒されたけど、事件解決に前進したかというと疑問やな。間原夫妻が犯人やと決めつける材料はないから、振り出しに戻ったようでもある」

まずはコーヒーの香りを楽しみ、ひと口飲んで私が言うと、火村は同意した。猫舌のヘヴィースモーカーは湯気が立つカップにまだ手を出そうとせず、まずは煙草だ。

「そら動機を見つけたぞ、と警察は気色ばんでいるみたいだけれど、マハラジャ夫妻の秘密は人を二人も殺すほどのものでもないよな。そうと知りつつ、彼らは食らいつく。犯人の資格の筆頭は、動機のある人間だから」

「このまま緊急逮捕はあり得んとしても、あの夫婦にとってやばい状況やないか？」

「警察だって馬鹿じゃない。坊津に脅迫されていた事実だけをもって、間原夫妻を犯人扱いはしないさ。――このテーブルは幅が狭いのに、やけに奥行きがあるな」

「店のレイアウトに合わせてるんやから、しゃあないやろ。カウンターの前のテーブル六つは、席を増やすために幅が広くて奥行きがない」

「奥行きが広いこのテーブルは、孤立しているとはいえ密談に向いていないと思わないか？　ぼそぼそしゃべったら相手に声が届きにくい」

「かというて、他のテーブルやとマスターに話を聞かれそうやぞ。音楽のボリュームが小さいから」

ＢＧＭはピアノ曲だった。知らない曲が終わり、よく知っているバッハの曲が始まる。火村が愛聴しているグレン・グールド演奏の『ゴールドベルク変奏曲』。

店内には、二人連れの男性客がふた組いるのだが、どちらも席を立ちそうな気配があった。私たちは、彼らが出て行くのを待ちながら話す。

「しかし、土砂崩れで死にかけたのを利用して他人と入れ替わるやなんて、あの二人がしたことにはびっくりやな。行動が突飛すぎて、周囲が騙(だま)されたのも無理はない。入れ替わった女性二人が家族と疎遠で、まわりに友人がいてなかったとか色んな条件が揃うてたからというてもなぁ」

「条件が揃っていたから思いつき、実行したんだ。おかげで洋子として生きることになった寛子には、前世ができちまった」

「前世……」

その言葉を、舌に載せて転がしてみた。

言い得て妙だ。右藤寛子は、自分を虐待する家族から逃れて大阪で幸せを手にしたが、郷太と一緒になっても古傷は癒えず、過去に苦しめられることがあったらしい。奇妙な運命の巡り合わせから、そんな彼女が榊洋子なる女に転生する。彼女には現世の中に前世ができてしまったのだ。

「佐分利先生のところに行って、謝らなあかんな。『昨日は大変失礼をいたしました。前世、ありました』って。クリニックはここから近いぞ」

「行くならお前独りで行け」

四人いた客がいなくなる時がきた。私たちは立ち上がり、レジスターの前にいるマスターに歩み寄る。

「お訊きしたいことがあるんですが」

十一月十四日の火曜日、この男性と女性がこなかったか、と火村は言って、花蓮に借りた間原郷太の写真と捜査資料として持っていた坊津理帆子の写真を見せる。マスターは、それらに目を落とさず私たちをまじまじと見た。

「どういうことです？」

ここで私たちが名刺を差し出すと、なお怪訝そうにしていた。犯罪社会学者とミステリ作家にものを尋ねられたら、調査なのか取材なのか判らないだろう。火村は〈調べもの〉で通そうとする。

「日にちは曖昧ですけれど、いらっしゃいましたよ。十日ほど前でしたかね」

マスターから存外にはっきりとした返答が返ってきた。風貌（ふうぼう）が名探偵ポワロに似ているのは伊達（だて）ではない、ということか。

「尋ねておいて言うのも変ですが、よく覚えていらっしゃいますね」

「客商売が永いので――というのは嘘です。男性は、〈ニルヴァーナ〉の社長さんでしょう？　名前は記憶にありません。そして、この女性はうちの近くで探偵事務所を開いていて、先日殺されてしまった坊津さん」

完璧すぎて怖い。だが、それには理由があった。

「社長さんの方は、地元の新聞で紹介されることがあるのでお顔に見覚えがありました。ただの社長さんなら頭に残りませんけれど、この人は髭をトレードマークにしている。私は、他人様の髭に目が行くんですよ。これですから」ご自慢らしい髭をひと撫でする。「坊津さんの方は、常連さんというほどでもありませんけれど、たまに顧客らしき方とコーヒーを飲みにいらっしゃいます。その時に領収証を書くので、お名前を覚えました。私は鹿児島出身で、あっちには坊津（ぼうのつ）という町があるので印象に残っているんです。そこへもってきてあの事件ですから、写真を見るなり判りましたよ」

「ふだんから坊津さんはいらしていたわけですか。事務所から近いことだし、刑事さんが情報を求めて聞き込みにきたのではありませんか？」

「いらしたかもしれませんね」

死体が発見された二十一日から二十三日まで、ここ〈一期一会〉は休業していたという。マスターの高校時代の恩師が亡くなったので、通夜と葬儀に出るため郷里に帰っていたのだ。昨日ならば店は開いていたのだが、訪問する刑事はいなかった。きていれば特ダネにありつけたかもしれないのに。

「この二人がきたのは一度だけですか？　ならば十四日とみて間違いなさそうです。──どんな様子で、どんな話をしていたか判れば、教えていただきたいのですが」

「それは警察に話すことでしょう」

「追って警察もきます」で火村は図太く押し切る。

「お客さんをじろじろ見たり、話を盗み聞きしたりするようなことはしません。隅っこの席にいらしたら声が聞こえませんしね」

「二人は、あの奥のテーブルに？」

「はい」

「その時、店内は空いていましたか？」

「何人かお客さんがいらしたと思いますよ。〈ニルヴァーナ〉の社長さんがいらしたけれど、みんな気がつかないもんだなぁ、と思いましたから。売れっ子の芸能人ではないから当たり前ですね。髭が趣味の私がたまたま知っていただけで」

「一緒に店に入ってきたんですか？」

「女性が先にきて待っていたように思います」

「あのテーブルのどちら側に坊津さんは座りました？」

「奥」

「じろじろ眺めなくても、伝わってくる雰囲気があるでしょう。親しげに談笑しているとか、真剣な顔で何かを打ち合わせしているようだとか。どんな様子だったか、思い出せますか？」

「物静かに話していらした……かな」

誘導尋問に陥らないように、火村が考慮していることが窺える。

「どちらの口数が多かったかは？」

「十日以上も前ですよ。覚えていたら不思議だと思いませんかね、先生？」

丁寧だった口調が、やや崩れてきた。

「失礼しました。間原社長の髭を気にして、時々、目をやっていらしたかと思ったもので」

十四日の午後五時にここで郷太と坊津が面談したことの確認に留まるのか、と思われた時に、マスター・ポワロはもう一つだけ情報を足してくれる。

「盗み聞きはしていませんけど、ちょっとだけ耳に入った言葉があります。隣のテーブルのお客さんにコーヒーをお持ちした時だか、水を注ぎに行った時だかでしたかね。どんなお客さんだったかは覚えていないのは先に言っておきますよ」

「了解しました。――聞こえたのは、どんな言葉ですか？」

「会話の断片にすぎませんから、何の話をなさっていたのか判りません。冗談だったのやら何かの喩え話だったのやら知りませんけれど、坊津さんが社長に『私を抱く』のがどうたらこうたら。ナイトクラブの社長さんが陽の高いうちから女性と艶っぽい話をしているな、と思いました」

よくぞ思い出してくれたが、これまた郷太証言の裏付けにすぎない。この店で拾える情報は尽きたらしい。

マスターに礼を言い、まだコーヒーが残っているので席に戻りかけたら、火村は一つ手前のテーブルの横で足を止める。奥側のソファのスプリングが駄目になったのか、ガムテープがソファに×の形に貼られていた。何を思ったのか、彼はテープのない手前側のソファに腰を下ろして私に命じる。

「アリス。一番奥の席に着いて、ぼそぼそと何かしゃべってみてくれ。政権批判でも来季の阪神タイガースに望む戦い方でも何でもかまわない」

事件について話すことにした。

「俺が心配してるのは、無実を訴える間原夫妻が真犯人だった時のことや。そうやとしたらマハラジャが実行犯で、奥さんは補助的な役割を果たしたか、何もせずに手荒い仕事を旦那に任せたんやろうけど。もしそうやったら、あの子が不憫(ふびん)や。恵まれたお嬢様が奈落(ならく)の底へ転落する。いや、お嬢様育ちでなくてもかわいそうやろう。『よろしくお願いします』と頼まれて、『うん。でも、ご両親が犯人かもしれないけれどね』とは言えんかったしなぁ」
　ぼそぼそしゃべって顔を上げると、火村が口をへの字に曲げていた。

「微妙だな」
　私へのアンサーかと思ったら、そうではなかった。彼はこちらのテーブルに戻ってきて、冷ましすぎたコーヒーに口をつける。

「お前が呟くのは、だいたい聞こえたよ。しかし、店内に他の客がいたらその声に掻き消されてしまいそうだった。あのテーブルは、まずまず密談の場にふさわしい」

「たったそれだけのことか。ささやかな実験やったな。——この後はどうするんや？」

「犯行現場を見に行こう。今さら目の覚めるような発見があるとは思わないけれど」

「どこでもええぞ。ここからやったら佐分利クリニックも坊津探偵事務所も井深リンのヨガスタジオも近い」

「関係者と会っても、同じような話しか聞けないだろうな」
　彼は遠藤に電話をかけ、現場を再見分する許可をもらう。了承を得られたようなのに、電話を切るなり苦笑いをした。

「音楽が聞こえたらしくて、『喫茶店でお寛ぎですか。〈一期一会〉といういい店を知っていますよ』と言われたよ。マハラジャの話が坊津に脅迫されたところまで進んでいたんだろうな」

「先回りしたことで不興を買うたか？　野上さんに続いて遠藤さんにも煙たがられたら、兵庫県警の管轄内でフィールドワークがやりにくくなるぞ」

「解決させりゃいいんだ。この事件は、警察が不得手とするタイプのものかもしれない」

「どういう点が？」

「捜査の常道として、警察は坊津の死によって利益を得る人間を血眼で探してきた。やっと見つけたのが間原夫妻だ。しかし、俺はあの二人が犯人だとは思わない」

「根拠は？」

「現場で確かめてから話す」

花蓮の健気なアピールが効いたのかと思ったら、そうではないらしい。

4

坊津探偵事務所までは、歩いて七、八分。途中にも喫茶店が二軒あったが、ガラス張りの開放的なカフェであったり窓から覗くとテーブルが密着しすぎたりしていて、密談には都合がよろしくない。坊津が事務所の近くまで郷太を呼びつけて会うとしたら、〈一期一会〉ほどふさわしい店はないようだ。

死体発見から五日が経過した今も、二階には黄色いテープが張られていて、制服巡査が現場保存のために詰めている。昨日になっても、坊津が小栗温泉から持ち帰ったポチ袋という新証拠が発見されたから、立ち入りの規制が解除されるのはまだ先になりそうだ。

巡査に事務所内に通してもらうと、火村は黒い手袋を嵌(は)めて机の抽斗を開けた。幅の広いセンター抽斗に入っているのは、名刺、契約書類や未処理の文書、便箋(びんせん)、封筒、切手、受け取った郵便物など。袖抽斗の一段目には文房具類。二段目は雑然としていて、爪切り、ソーイングセット、口臭剤、チョコレート、小さな招き猫といった細々としたものでいっぱいだ。ここに何でもかんでも突っ込んでいたのだろう。三段目には整然とファイルが並んでいた。抽斗をそっと閉めてから、火村は軽く頷いた。

「ポチ袋が見つかったのは二段目だ。無造作に扱っていたんだな。せめて鍵が掛かる抽斗に入れていたのかと思ったら、この机には錠がついた抽斗がない。鍵が掛かる壁際のキャビネットに入れておかなかったところからすると、坊津はこれが盗み出される心配をしていなかったんだ」

「意表を衝いて無造作にしておく方が安全と考えたわけでもなく、坊津の性格やろうな。抽斗を開けるたびに目に入る方が安心できたのかもしれん」

火村は室内をしばらく見て回っていたが、手袋を嵌めた手が何かで止まる瞬間はなく、収穫はなかったかに思えた。

「手掛かりはなし、か？」

「鑑識が見落としたものを俺が肉眼で発見できるわけもない。犯人の臭いでも遺っていないかと嗅ぎまわってはみたけれど、見事に消していやがる」

彼の推理の足場になれば、と私は何か言ってみる。

「犯行時間は二十日と二十一日の境目あたり。坊津と犯人は、深夜にここで会うたわけやな。面会するにしては、やけに時間が晩い」

「どちらかの都合に合わせたんだろう。そんな時間になるまで犯人が自由に動けなかったのかもしれないし、坊津に事情があったのかも」

「さすがに零時を大きく過ぎるほど晩くはならんかったから、ラジーブの予言が的中したかのような状況が生まれたわけか。あれには幻惑されたな」

「お前の心に神秘的なるものを信じたい、という気持ちがあったからだろう」

「ないわ、そんなもん。ミステリ作家の性癖で、トリックがあると思い違いしただけや」

「その二つの態度はまるで正反対のようでいて、根っこはつながっているんじゃないのか？」

際限もなく語れる抽象的な話をしている暇はない。

「そんなことより、花蓮ちゃんの不安は払ってやれそうか？　彼女が頼りにしてるのは、俺やのうてお前やぞ」

火村は窓にもたれ、机に目をやりながら言う。

「間原夫妻は犯人じゃない」

「さっきも喫茶店でそう言うたな。根拠は聞かれへんかった」

「犯行は坊津の事務所で行なわれ、この机の二段目の抽斗に問題のポチ袋があった。封筒に入っていても、捜せば簡単に見つかっただろう。夫婦の秘密を暴くブツが寛子の指紋が着いたポチ袋だということを坊津は明かしていなかったけれど、二人には『さては、心づけを入れたポチ袋を入手したんだな』と見当がついていたかもしれない。そうでなくても現物を見たら、『脅迫のネタはこれだったのか』と判ったはずで、判れば後顧の憂いを断つためにきっと持ち去った。ポケットに捻じ込むだけの手間だ。あえて現場に遺しておく理由がない」

理解した。

「しかし、ポチ袋は現場に放置されていた。よって間原夫妻の犯行ではない、ということか」

「いたって単純な話だろ」

「ああ。犯人は、パソコンを水に浸けて壊すといった悪さもしてるから、大慌てで現場から逃げたようでもない。机の抽斗を検めるぐらいの時間はあったはずやしな。――そうか、マハラジャ夫妻はシロか。よかった」

喜んでばかりもいられない。

「けど、ポチ袋が遺されたままやったということは、坊津が殺された理由は脅迫とは関係がないということになる。今までの捜査はすべて無駄やったわけか」

徒労感に襲われかけた。

「嘆くな。それが刑事ってもんだ」

「いやいや、俺もお前も刑事やないし。――無駄でなかったと思いたいわ」

「何か見えかけているんだ」

五合目まで登ったつもりでいたら麓（ふもと）まで滑落したかのごとき状態から推理を組み立てようとしているのか。ともあれ彼の邪魔をしてはいけないので、私はしばし沈黙することにした。

火村は、亡き私立探偵の椅子に腰掛け、人差し指で唇をなぞっている。視線はどこにも向いていない。脳内に浮かぶ論理そのものを見つめているのだろう。一度だけ洩れた声は、「本質……」と聞こえた。黙考に入って二分が経ち、三分が過ぎる。右足が床を蹴（け）って椅子がくるりと一回転し、再び現われた彼の顔には薄い笑みがあった。

「アリス」

「何や？」

「今回の事件の本質は何だ？」

フィールドワークの最中に、彼からそんな問いを投げられるのは初めてだ。どう答えたらいいものやら、見当がつきかねる。

「質問が判りづらいか？　犯人は何がしたかったのか、ってことだよ」

「出戸と坊津を殺したかった……では答えになれへんな。俺の頭脳には余る質問や」

「難しくなんかないさ。答えるのには常識しか要らない」

「しばらく考えるから、また解答を俺の手帳に書くか？」

火村の顔から笑みは消えていた。あれは一瞬だけ浮かんだもので、今は戸惑いに近い色を見せている。自分の脳裏に飛来した推理に、なかなか確信が持てないのかもしれない。

「推理を組み立てたけど、まったく証拠がない。せやろ？」と訊いてみた。

「それだけなら珍しいことでもない。しょっちゅうある。この事件は——」

上体を乗り出して待っていたら、そのまま答えがないので、つんのめりそうになる。

「この事件は何やねん？」

「どう表現したらいいのか判らない。俺はお前ほどたくさんの言葉を知らないから」

「何を言うてるんや、表現力豊かな〈犯罪学界の詩人〉が」

火村につける異名はいくらでも思いつく。

「もう少しだけ待ってくれ。インド倶楽部のメンバーに会って話がしたい」

「さっきは『同じような話しか聞けないだろうな』とか言うてたのに、風向きが変わったな」

「風は色んな方角から吹く」

戯言（ざれごと）を一つ吐いてから、彼はスマホで佐分利心療クリニックに電話をし、多忙な臨床心理士とアポを取りつけたかと思うと、すかさずヨガスタジオにかけて井深リンからレッスンの空き時間を聞き出す。坊津の机に向かっているので、この探偵事務所の主と化したかのようである。さらにもう一本の電話をかけたが、こちらは相手が出なかった。

「二十分後に佐分利を訪ねて、一時間後に井深と会う。携帯電話を持っていない弦田は留守にしていて、連絡が取れなかった。あとは、えーと、加々山か」

そう言うなり、芸能プロモーターにもらった名刺を見ながら、また電話だ。私は突っ立ったまま、彼がすることを見守るしかない。

「英都大学の火村です。今日は神戸にはいらっしゃらない？　大阪でのお仕事がみっしりと詰まっているんですね。では今、少しお時間をいただけたらありがたいのですが。五、六分でも結構です」

どうにか時間がもらえたらしい。インド倶楽部の面々に尋ねなくてはならないような疑問とは何かと思ったら――

「加々山さんは、前世でアジャイ・アラムの兄だったんでしたね。その頃のお話を伺いたいんです。……いえ、捜査のためにお尋ねしています」

この忙しい時に先生はふざけているんですか、とでも言われたようだ。火村が大真面目であることは、横で見ていたら明らかなのだが。

「……なるほど。病弱ながら弟のアジャイに対抗心を燃やすお兄さんだったわけですか。じゃあ、負けん気は人一倍強かったんだ。……ええ。……ええ、何となく判ります。……アジャイはそんな気持ちを汲んでくれていたんですね。そう聞くと、非の打ちどころがない男のようです。……しかし、どんな人間にも短所はあるものです。アジャイについては……はい」

お伽噺そのものの前世について語らせながら、何か意味のある質問を滑り込ませるのだろう、と予想しながら聞いていたが、「早死にした弟に対しては、憐れみと懐かしさを感じるだけ」とか「結局、自分は幸せだったのだ」と加々山が話すのに延々と相槌を打っているようだ。火村のフィールドワークに幾度となく立ち会ってきたが、この電話の意図はさっぱり読めない。

「ありがとうございました。ご多用の中、失礼しました」

通話が終わる。十分少々、加々山は火村の相手をしてくれた。説明を求めようとしたら、「遅れないようにクリニックへ移動だ」と腰を上げるので、その間もない。彼は、歩きながら加々山が語った内容を要約して話してくれたのだが——

「前世のことを聞いて何になるんや？」

「坊津に訊けないから、他のメンバーに尋ねるしかないだろう」

「ふわふわした妄想の中に現実の事件を解く鍵があるとでも言うんか？」

「妄想じゃなくて共同幻想だ。ちゃちなインスタントのものかと思ったら、それなりの強度がありそうだぜ。——おっと」

スマホに捜査本部から電話が入ったのかと思ったら、花蓮のようだ。火村は立ち止まって、落ち着いた声で応じている。

「まだ時間がかかるかもしれない。これぐらいは、そう特別なことじゃないよ。時間をかけて話す必要があることだからね。……橋田さんはずっといるんだね？　なら、よかった。もし、あと二時間経ってもご両親から連絡がなかったら、また私に電話をしてくれるかな。警察に様子を聞いて返事をする。……じゃあ」

切るなり速足で歩きだす。もうクリニックの入ったビルはワン・ブロック先に見えていた。

応接室に現われた佐分利は、ソファに尻が着くなりひと言。

「次のクライアントがいらっしゃるので、ご用件を」

「十五分以内というお約束は守ります。——佐分利栄吾さんではなく、シャンバビの遊び友だちだったナシームに伺います」

「は？」

「アジャイ・アラムと、彼を囲む皆さんのことを知りたいんです」

「時間がないのに、そんな質問からですか。火村先生も酔狂だな。——どうぞ」

「『女の子のように可愛い男の子』のナシームは、シャンバビのことをどう思っていたんですか？」

「仲よしの女の子。五、六歳ぐらいでも異性は異性です。そう意識しながら遊んでいましたよ。異性の友だちと無邪気に遊ぶ喜びは格別です。思春期になると失われてしまうのが惜しい」

「あなたとシャンバビの間でも、そうだった？」

「ええ。色気づくと駄目ですよ。もう馴れ馴れしくできなくなってしまう。ましてやあんな美しい娘に育ったら、眩しくてね。ナシームはシャイだったから、冗談も言えなくなりました」

「うれしそうにお話しになりますね」

「思い出すと懐かしいんです。もちろん、現世の少年時代の記憶を何十倍も薄めたような朧ろな記憶ですが、それがまた味わい深い」

甘い回想に浸るがごとく目を細めたのは、自然とそうなったようでもあるし、彼がサービス精神を発揮しているようでもある。

「坊津さんの影響を強烈に受けていますね。彼女に言われるまで、ご自身の前世について存じなかったのに」

「坊津さんって誰ですか？　ナシームはそんな人は知りません」

「ごもっとも。――シャンバビとアジャイは小さな恋人同士になりますが、どちらから心惹かれていったんでしょうか？」

「そこまでは知りません。当人に訊いてみてください。……ああ、アジャイには訊けないか。では、シャンバビに」

とりとめもない話が続くばかりなので、聞いているうちに集中力を維持できなくなってきた。前世のアジャイは非の打ちどころがない男で、聡明にして勇敢で、美しい娘の許嫁だったというが、現世ではどうだ。シャンバビの幸福を破壊しようとしていたのだから、打って変わって愚劣にして醜陋だ。前世からの縁というものを、坊津自身が否定したに等しい。

きっかり十五分が経過したところで、火村が会見を切り上げる。別れ際に佐分利は言った。

「何のテストだったんでしょうね、火村先生？　隠された狙いが見抜けませんでした」

「考えすぎです。テストではありません」

答えて、犯罪学者は身を翻した。次の目的地はヨガスタジオ。時間に余裕があるかと思ったら、時計を見るとそうでもなく、ここでも私たちは急ぎ足になった。

井深リンは、パステルカラーのウェアのまま事務室の片隅で私たちに相対した。彼女の空き時間も限られている。「さっそくですが」と火村が切り出したのは、やはりここでも前世に関する質問だった。

「あなたはアジャイの従妹だったそうですが、シャンバビとはどのように結びついていたんですか？」

「アジャイに紹介されました。『僕の花嫁になる子だよ』と。彼が十一歳だった頃でしょうか」

まるで十年ぐらい前のことのように答える。

「彼女の印象は？」

「はにかみ屋で内省的なところがありました。きれいで、優しくて、人当たりがよくて」

「周囲に愛され、大切にされるタイプだったようですね」

「誰の敵意も買わないでしょう。俗な表現をすると、癒し系かな」

「彼女は、アジャイのどこに惹かれたんでしょうね？」

「ごく自然なことだと思いますよ。アジャイは賢くて頼もしかった。少しばかりやんちゃな面はあったけれど、そこも魅力的に映ったんだと思います」

馬鹿らしくて聞いていられない。火村は何かの時間調整のために無為に時間を潰しているようにすら思えてくる。佐分利や井深の勤務中に時間を割いてもらっているのだから、そんなわけもないのだが。

「みんなに愛されたシャンバビが、不幸な最期を遂げます。あなたの心も傷つきましたか？」

「もちろんです。悲劇としか言いようがありません。運命は残酷ですね。あの子を置いて行かないように、私はアジャイを止めたんですけれど、勇んで戦いに臨もうとする若者の気持ちは変えられませんでした。かわいそうなシャンバビ」

「シンについては、どんな感情をお持ちでしたか？」

「商才に長けてスマート。子供好き。大らかで包容力がある。素敵な人でした。いい意味での父性に満ちた人」

これもなかなかの褒めっぷりで、井深は現世の間原郷太にその面影を見ていたのかもしれない。捜査に役立つ情報とも思えないのだが——つながっているのか？

私は、坊津の事務所で火村が放った問いを反芻する。

——今回の事件の本質は何だ？

——犯人は何がしたかったのか、ってことだよ。

まだ答えられないが、ぼんやりと見えてきたものがある。火村の思考がたどれそうだ。

川崎重工業は、川崎市の会社だと思っていたら、神戸市の東川崎町にあった。それで川崎なのかと判ったつもりでいたら、社名の本当の由来は創業者の姓の川崎だった。——つい今しがたまで、私は似たような錯覚をしていたらしい。

「今しがたサブさんに会ってきたそうですね。何か言っていませんでしたか？」

質問に答え終えた井深が、火村に逆に訊く。

「何かとは？」

「輪廻転生の意味について。昨日の夜、電話で話したんですよ。そうしたら、火村先生と有栖川さんは生まれ変わりの意味について否定的に捉えていらした、と」

「通り魔の被害者になるのは前世の報い、といった考え方を有栖川と私が受け容れかねたことを指しているようですね」

「はい、それです。彼、判ってもらえなかったことについて、その場では何とも感じなかったんですが、先生方がお帰りになった後、考え込んでしまったそうです。幼い子供や、まだ赤ちゃんのうちに虐待されて死んでしまう子のことを。そういう子たちにとって、現世は何だったのか？　魂の修行のために生まれたはずなのに、その機会も与えられなかったことになります。前世の行ないに問題があったからといって、生まれ変わったら赤ちゃんのまま殺されなくてはならないのか？　不条理だ、と言っていました」

「その程度のことも考えずに、前世療法の看板を掲げていたんですね」

井深の眦（まなじり）が、わずかに上がる。マハラジャに注いでいたのは父性的なものへの憧（あこが）れで、異性として惹かれているのは佐分利だったのかもしれない。

「サブさんのカウンセリングそのものを否定しないでください。彼は、こうも言っていました。無垢（むく）な赤ちゃんや子供が殺されるのは、絶対にあってはならないことだけれど、その子たちに来世があると考えたら救われる。自分はそう信じて、明日からも悩みを抱えたクライアントに接するって」

「今日も変わりなくカウンセリングをなさっていたし、その件で私たちに何かを話すこともありませんでした」

「よかった。迷いをひと晩で振り払ったんですね。……あの、そろそろ」

「レッスンの合間にお邪魔しました。ありがとうございます」

最後に、火村は言う。

「絶対にあってはならないのは、乳児や幼子が殺されることだけではありません。誰であれ人を殺す者は赦されないし、罪は現世で償うべきです。来世に持ち越すべきではない」

5

ヨガスタジオを出た私たちは、南京町でまたしても適当に店を選び、飲茶のセットを注文する。晩秋の陽は西に傾きだしたから昼食とは呼びがたく、字義からすると夕食に近い。体が炭水化物を欲していたので、私は粽を追加してもりもりと食べた。

中途半端な時間だけあって空いた店の片隅で、火村の推理を聞く。『インド倶楽部の謎』なのに場違いだな、とも思ったが、南京町の中華料理店というのも神戸のフィールドワークらしいか。

「どう思う？」

意見を求められた。

「にわかには信じられん」

火村は、ひと口ジャスミン茶を飲む。

「じゃあ、ゆっくり考えたら信じられるか？」

「多分、できる。お前とのフィールドワークでは、これまで随分とおかしな事件を見てきたからな。——前世インタビューはまだ続けるのか？」

「あと三人だ。ひと巡りしよう」

店を出ると、南京町の中心にある広場の隅で、火村は遠藤に電話をかける。朱塗りの柱の中華風四阿（あずまや）のまわりでは、観光客たちが盛（さか）んに写真を撮っていた。その様子を眺めながら、私は離れたところで電話が終わるのを待つ。

「間原夫妻は、まだ警察に足止めされている」

スマホをポケットにしまいながら、彼は言った。事情聴取は、相当な長時間に及んでいる。ただし、途中で花蓮と連絡を取ることが郷太に許されたそうなので、いくらか彼女の気が楽になったかもしれない。マハラジャは、娘を安心させるようなことを言ったはずだ。

「夫妻が犯人やとしたら、現場にポチ袋が遺っていたのはおかしい、と言うたか？」

「伝えた。『それもそうですね』という返事だったよ。心なしか残念そうに」

間原夫妻からの聴き取りは、何度かの休憩を挟んで現在も続いており、火村が電話で話すことはかなわなかった。

「電話でちょっと話すのもあかんか。お前、遠藤さんに嫌われたんやないか？」

「もしそうだとしたら、凹むよな」

言葉とは裏腹に、彼は恬淡としている。遠藤との間に築いた信頼関係はそうやすやすと崩れない、と思っているのだろう。

「気を取り直して――さて、弦田氏はいるかな」

かけたが、やはり出ない。楽器を抱えて、どこかへ繰り出してしまったのかもしれない。となると、携帯電話を持たず神出鬼没の彼を捕まえるのは難しい。

「花蓮ちゃんにも電話をしてあげたらどうや」

私の勧めに従い、火村はまたスマホを取り出してかけた。花蓮に対して「それはよかったね」と言ったところをみると、娘は父親からの電話に安堵したようだ。弦田の居場所や今夜どこに現われるかについて火村は尋ねていたが、こちらは「やっぱり知らないか」である。彼は「じゃあ、また」と言って電話を切った。

「何本も電話をかけて、ご苦労さん。弦田先生に会うのは骨が折れるな」

「夕方から路上に立つそうだから、もうどこかでパフォーマンスの最中かもしれない。調べてみてくれるか」

煙草が吸える場所を探す小さな旅に出たいらしい。

「ええけど、何をどうやって調べるんや？」

「花蓮ちゃんによると、弦田が路上に現われたらＳＮＳにファンが書き込みをすることがあるそうだ。弦田真象の名前で検索してみてくれ。片仮名のツルタでも」

軽作業を仰せつかった私は、広場に佇んだままスマホをいじる。スターやアイドルでもあるまいし、そんな書き込みは見つからないだろうと思ったら、一つだけヒットする。写真まで添えてあった。

いずこかで喫煙タイムを終えて帰ってきた火村に、「あったぞ」と画面を翳して見せる。

「ここは……？」

「〈ツルタさん、今日はメリケンパークに登場！　シタールの演奏！〉と投稿者が書いてる」

ほんの十三分前に書き込まれたものなので、今すぐ向かえばきっと会える。南京町からだと大した距離ではなかったが、私たちは急ぐために東の長安門からメリケンロードに出てタクシーを拾った。神戸港の中突堤に聳える鼓形のポートタワーがたちまち近づいてくる。隣にはシャープな波の形にデザインされた神戸海洋博物館、超高層のホテルオークラ神戸。それらに明かりが灯り、景色は夜景へと切り替わりつつある。

「あの写真はどのへんだった？」

火村に訊かれるが、神戸っ子ではないからおよその場所しか判らない。さっきの画面を呼び出して信号待ちの間に運転手に見せると、「震災メモリアルパークのあたりやね」とのことだった。大震災で旧メリケン波止場は甚大な被害を受けた。それを記録として後世に伝えるため、被災の跡をあえて復旧せずに公園にしたところだ。

近くで車を降りて、黄昏の中に飛び出す。このあたりと見当がついていれば、さほど広大なスペースでもない。パフォーマーの周囲には人垣ができるし、シタールの音が手掛かりとなる。弦田は、簡単に見つかった。

暮れなずむ中に、異国の音色が海からの風に乗って流れてくる。古の神殿の奥で奏でられているようでもあり、陰森凄幽とした密林の闇から湧いてくるようでもあり――目を閉じて聴き入ると、自分がどこに立っているのかを忘れてしまいそうだ。沈静と瞑想へと誘う調べ。

十数人の人だかりに近づいて行った私たちは、少し離れたところで足を止めて、パフォーマンスに区切りがつくのを待つ。いくつもの背中の隙間から、クッションの上で胡坐を組み、顔を伏せて二十本も弦のある楽器を弾く弦田の姿が覗いていた。右手はシタール専用らしい爪――名称は知らない――でアップピッキング、左手の指は時にゆるやかに時に恐ろしく速く動いて、多彩なチョーキングで音に神韻たる揺らぎを与え、自在に変化させる。自分の脳内からじわじわと快楽物質が分泌するのが感じられた。

心地がいいな、と耳を傾けているうちに、予期せぬことが起きる。

これまで経験したことのない静かな衝撃が、私の内奥から突き上げてきたのだ。言葉から最も遠い抽象の極み——音楽に身を浸していたのに、意味のある言葉の連なりが鮮烈に浮かぶ。

——前世とは昨日のこと。

これはどういうことか、と考えるより前に、私は感動していた。その啓示めいたものはあまりにも言葉足らずだったが、意味を汲むことはできる。

前世とは昨日、現世は今日なのだ。そして、来世は明日。

そう解釈すれば、何が変わるだろう？　幼くして不幸な死を余儀なくされた子の救済になるわけではない。苦の種である病や借金から解放されるわけでもない。それでも、過去に囚われた心を自由にしてやれそうだ。忘れようとして忘れられないこと、忘れたことにして忘れていないものを、滅却させられる気がする。

多分これは、ひと時の錯覚だ。ここで感動に顫えた記憶だけは残るとしても、時間が経てば何かに覚醒した感覚は泡のごとく消えていくのだろう。それでも、完全に消えてなくなるとは限らない。どこかに欠片が残り、力となってくれるかもしれない。

人を殺したいと思ったが、踏み止まった。だから、踏み出してしまう人間が赦せない。そう言って殺人者を狩り、裁きの場へ引き立てることを目的に生きている男が、私の横に立っている。激烈な感情に揉まれた日を、前世だとして切り離せたなら——犯罪研究の道は捨てずとも、彼は今よりずっと楽になれるのではないか。

そんなことを思いながら傍らを見ると、火村はコートのポケットに両手を入れ、表情もなく瞑目(めいもく)していた。耳慣れない音楽を興味深く鑑賞しているのか、退屈しながらそれが終わるのを待っているのか、まったく判らない。

どこかで聞いたのか読んだのか——音楽というのは始まってしまうと本来は終われないものだという。それでは困るので、何とか工夫をして終わった感じにして終わらせるのだとか。音楽の素養を欠く私には理解できないが、そういうものなのかな、と思った。弦田真象のシタール演奏にも、終わりの時がくる。最後の倍音が空中に溶けてなくなると、拍手が沸き起こった。地面に置かれた帽子に、千円札を入れる者もいる。

「浮遊感が半端なかったです」

「子供時代を思い出しながら聴いてました」

そんなコメントに、サングラスの男は「おおきに、ありがとう」と返し、楽器をケースにしまった。これで彼と話ができるようになったわけではない。シタールの奏法について解説を求める者や、一緒に写真を撮って欲しがる者やらがいて、近寄りにくい。「ここでまた弾くんですか？　何時からやります？」と訊く者もおり、パフォーマーが「気が向いたらやるかも」と生温く答えたところで、ようやく聴衆は三々五々に散って行った。

「どうもお待たせ。……って、あんたらが勝手に待ってただけやけど」

しゃべれば今夜も弦田節である。

「もしかして、犯人、捕まった？」

「いいえ。速報をお伝えしにきたのではありません」

胡坐をかいた男を見下ろしながら、火村は答えた。

「やろうな」

「間原夫妻が捜査本部に呼ばれ、取り調べを受けています」

「なんで？」

サングラスで表情は読めないが、眉根が寄る。火村は膝に手を置き、中腰になった。

「隠していた過去についての事情聴取です。事件との関係を警察は調べています」

「容疑者になったたっていうこと？」

「重要参考人の段階ですね」

「やばいの？」

「私が考えるところでは、やばくない」

「それやったらええけど……。マハラジャ夫妻が犯人やと疑われる物的証拠が見つかったわけではないんやろ？」

「はい。そんなものは皆無です。ご安心ください」

「うん、安心したけど。……なんで来たん？」

「インド倶楽部の皆さんに、前世について伺っているんです」

「入会しようかどうしよか迷てる？　そんなわけないわな」

「バジブのことが聞きたいんです」

「ええ奴やで。俺の口から言うのもなんやけど」

「飄々として愉快な男。生来不器用で武運も拙く、大好きだった笛を握って戦死した。佐分利さんは、そのように評していました」

「合うてる。愛すべき男や」

「ご自身は、情けない男とおっしゃっていました」

「まぁ、どん臭かったな」

「アジャイの幼馴染みでもありましたね。どれぐらい仲がよかったんですか？」

「かなり。竹馬の友。刎頸の友であり、肝胆相照らす仲や」

「語彙が豊富ですね」

「俺のこと、もっとレベルが低いと思うてた？　英語でソウルメイト、フランス語でラポールや。いや、アーム・スールか」

笑っている。

「飄々としていたバジブは、道化的でもあったんですか？」

「その言葉、あんまり好きやないな」

「的はずれだから？」

「ちょっと当たってるから」

「道化的で不器用なバジブ。幼馴染みのアジャイは、聡明だの勇敢だの頼もしいだのと褒めそやされています」

「対照的やね。はは」

作り笑いだ。

「ムカつきませんでしたか？」

「おっ。先生、自分をバジブに投影してるんかな？　ムカついてもしゃあないやないの。人間には生まれながらの分際というもんがある」

「分際ですか。私はその言葉が好きではありません」

「人それぞれやな。——ほんまは何が訊きたいん？　バジブはもう死んでいてないんやから、どうでもええやん」

苛立ってきている。

「アジャイの横にいたバジブにとって、シャンバビはどんな存在でしたか？」

「可愛い子やった」

「あなたも好きでしたか？」

「せやな」

「でも、アジャイが十一歳で彼女と結婚の約束をしてしまいました。どんな想いでしたか？」

「別に。子供同士の微笑ましい約束や」

「二人は死ぬまで婚約者でした。子供の戯れではなかった。もしあなたがシャンバビを愛していたら――」

「ムカつかんよ。しゃあないから。悔しがる間もなくアジャイより先に死んだし、シャンバビを愛してたというのは先生の空想や。否定されたら言い返せんやろ？」

横からひょいと手を伸ばして、サングラスをはずしてみたかった。どんな表情になっているのかが見たい。

「よっこらしょ」と弦田は立ち上がり、腰をさする。

「前世のことを調べても殺人事件は解決できんやろう。現世の問題なんやから」

「オジさんの口利きで就職活動をなさっていたそうですが、面接にいらしたのはいつですか？」

「それも事件に関係ない。捜査上の必要性を逸脱して、むやみに個人情報を訊くのは感心せんな」

「ここ二週間のうちにいらしたはずです。インド亭での例会のすぐ後あたり」

「どうやろ」

「答えていただけないなら、あなたのオジさんに問い合わせる手があります」

「やめや。恥ずかしい」

「間原夫妻の『隠していた過去』について、あなたは尋ねようとしませんでしたね。知っているからですか？」

「……いや」

「夫妻は、その秘密をもって坊津さんに脅迫されていたんです。出戸守も一端を知っていた可能性がある。だから殺されたのではないか、というのが警察の見方です」

「けど、先生は間原さん夫婦のことは『ご安心ください』と言うたやないの。大した秘密やなかったんやろ？」

「しかし、警察がようやく見つけた犯行の動機です。夫妻の胸中は穏やかではないはず。二人が真に解放されるのは、真犯人が逮捕された時だ」

「真犯人が、ね」

「そう。この事件の犯人の目的は、出戸と坊津を殺しただけではまだ達せられていません。自分が逮捕されて、初めて実現するんです」

「そうなるんかなぁ」

弦田は、シタールを収めたケースに視線を落とす。火村は口を噤んで、相手の次の言葉を待った。

「さっき、弾きながらおかしな感じがしていたんやわ。なんでか判らんけど、これを弾くのも今日が最後みたいに思えた。あんたらの顔を見んうちに、や。虫の報せと言うしかないな」

彼は、お客にもらった金を財布にしまい、ひょいと帽子をかぶる。

「捜査本部って、昨日のとこ？」

「あなたが二人を殺したんですね？　出頭するのなら、呼びます」

予期せぬ急転直下に戸惑っているのか、火村は気が抜けたような声を出す。

「ああ、せやな。タクシーを拾わんでも、迎えにこさしたらええんや。——電話して、先生」

火村の電話に遠藤が出るまでの短い間に、弦田は私に声を掛けてきた。

「煙草が吸いたいのに切らしてしもうた。持ってる？」

「あいにく、ふだんは吸わないので」

「ああ、そう」と言う弦田に、暮れた海の方を向いたまま火村がキャメルのボックスとライターを差し出した。

6

土曜日の夜、私は自宅に戻ったが、火村は神戸に泊まった。と言うよりも深夜を過ぎても生田署に残って、遠藤や晩い時間に帰ってきた野上とともに弦田の取り調べに立ち会ったのだ。

私が翌日の午後早くに署に赴くと、廊下でいきなり野上と鉢合わせした。「遠くまでの出張、お疲れさまでした」と言うと、仏頂面で返ってきたのは「仕事ですから」のひと言。愛想というものはこの人には一掬もない。

火村は、捜査本部で樺田警部と額を寄せて話し込んでいた。難しい問題が生じているのではなく、どうやって証拠を固めていくかについて確認しているところだった。

「昨日はお疲れさまでした」警部に労われる。「弦田は、雨垂れみたいな調子でぽつぽつと吐いています。ふてぶてしい態度をとることもなく、観念した模様です。向こうのペースに付き合いながら何もかもしゃべらせて、証拠をきれいに揃えていきます」

間原夫妻の供述と食い違う話もしていないという。

両肩を回しながら、遠藤が部屋に入ってきた。昨日は、私たちが捜査本部と連絡を取らないまま走り回ることを面白く思っていなかったようだが、犯人が逮捕されたせいか晴れ晴れとした顔だ。

「どうも。今いらしたんですか？　火村先生と有栖川さんのおかげで、早期に帳場を解散できそうです」

「今回の殊勲は、野上さんやないですか」

私は、古参刑事を持ち上げる。お世辞でなく、彼の直感が冴えていたから小栗温泉の秘密にたどり着けたのだ。あれがなければ、坊津が何を材料に誰を強請っていたのか判らないままで、真相解明は難しかった。

「ガミさんと会いませんでしたか？　コーヒーを買いに行くと言うてたから、廊下ですれ違ったんやないかと思うんですが」

「ご挨拶しましたよ」

短く答えたところへ、噂のデカ長がやってきた。両手に持っていた湯気の立つ紙コップの一つを「ん」と私に突き出す。何が起きたか判らなかった。

「あ、どうも。ありがとうございます」

「ここのコーヒー、味は全然やけどな」

彼なりに、火村と私の捜査を評価してくれているのだろう。自分が小栗温泉で入手したネタをすぐさま活用したことに満足しているのだ。

火村のフィールドワークは、刑事の捜査そのものという手法を取ることもあれば、それとはまったく違うアプローチを取ることもある。今回は、助手の私ともども樺田班の刑事の一員となったようで、とどめの最後に野上からコーヒーを奢ってもらって妙な気分だ。

「野上さんの殊勲やな、という話をしてたんです」

こう言っても、素直に喜んでみせるわけがない。

「どの捜査員でも現地へ出向いたら摑めたネタですよ。造作もない。――恐喝が動機らしいな、それやったら間原夫妻を絞めたら吐くな、としか思わんかった」

「夫妻が恐喝されてたとしても、あれぐらいのことで二人も殺さんのやないですか？」

「単に女房が別人と入れ替わっただけでは、人殺しをして守るほどの秘密でもない。せやから、郷太は榊洋子を殺してたんやないか、と思うたんですよ。殺したところへ土砂崩れがきたんで、頭に梁が落ちてきて死んだように偽装したんやないか。それを坊津が見破ったから、これはまずいと殺したんやないか。吐かせてやるわ、と思うたんやけど――考えすぎやったな」

デカ長は、火村の方を向く。

「先生は、そういうケースは考えんかったんですかね？」

「頭をよぎりましたが、打ち消しました。郷太が洋子を殺してしまったとしても、寛子が洋子になり替わる理由がありません。それに、とっさにそんな細工をしても警察の目はごまかせなかっただろう、と考えました」

「ほお」野上は感心している。「先生の方が、ひねくれたデカよりずっと警察を信頼してたわけですか」

私は、口を差し挟みたくなる。

「野上さんの発想こそ柔軟ですね。火村よりもミステリを書く才能がありそうです」

皮肉ではなかったのだが、心底嫌そうな顔をされた。

「弦田に会いますか？」

警部に言われて、対面を希望した。取調室に私だけが入ると、サングラスをはずした弦田が顔を上げる。澄んだ涼しげな目で、花蓮が言ったとおり素顔は予想を超えた二枚目だった。

「休憩中やで」

いつもの調子の声。

「お邪魔ですか？」

「邪魔とは言うてない。けど、取り調べ紛いの質問はやめてや」

「しません」

だが、世間話をする場面でもない。話し掛けるとしたら質問の形を取らざるを得ず、私はいきなり言葉の接ぎ穂を失ってしまう。

「何をしゃべったらええんか、困っとぉやないか。面白いな、有栖川さん」

こちらは面白くもおかしくもない。

「連続殺人犯にインタビューする絶好のチャンスやないの。小説家やったら無駄にしたらあかんわ」

「そういうつもりで捜査に参加していません」

「なんで参加してんの？　ソウルメイトとして火村先生を見守るためかな。あの人、どことのう危なっかしいから。ほんで、犯人の目から見たら、無気味で怖い」

やはりそうなのか、と思いながら、私は黙ったままでいた。

「ほな、俺から一つだけ言わしてもらうわ。それで終わりや」

彼は両肘を机に置く。

「あんただけは、判ってくれるんやろ？」

「私だけが判る？」

「そう」

「何をですか？」

「さぁ、何やろ」

それ以上の会話を拒絶し、顔をぷいと壁に向けて黙ったので、私は部屋を出て行くしかない。

謎を掛けられてしまった。何のことなのか、畜生、さっぱり判らない。

7

午後三時から、インド亭の談話室で臨時の例会が開かれた。集まったのは、坊津理帆子と弦田真象を除くインド倶楽部のメンバー。そして、ゲストの火村英生と私。七つの顔がアンティークなテーブルを囲んだ。

二週間前のこの時間に、べとついた雨が降りしきる中、彼らはこの部屋でお茶（チャイ）を飲み、出戸守とラジーブの到着を待ったのである。今日は、からっとよく晴れている。

臨時例会を提案したのは佐分利栄吾だった。弦田が連続殺人の犯人だったことは昨夜のうちに全員が知るところとなっていたものの、警察から各自に懇切な説明が為されることはなかった。そのため、関係者が一堂に会し、事情を熟知している火村准教授と有栖川有栖から話を聞く場が欲しい、という佐分利の要望にマハラジャが応えたのである。招かれた火村と私にとっても、それは望むところだった。

間原郷太は、ノーネクタイのスーツ姿。寛子は白黒格子柄のワンピース姿で、目許の独特のメイクをやめたために印象がすっきりと一新されている。加々山はいつもカジュアルスーツに派手なネクタイを締めてくるそうだが、今日のタイの色は渋い銀鼠だ。佐分利はコーデュロイ・ジャケットに無地のワイシャツで、彼もまたいつもよりおとなしい服装を選んだらしい。井深リンは黒っぽいセーターとパンツの上下にスリムな身を包んでいる。

今日も邸内は静かだ。二階に花蓮がいるらしいが、物音一つしない。

冒頭、急に招集をかけて足を運んでもらったことに対して郷太が恐縮の意を伝えてから、私たちゲストに謝意を表した。そして、妻の寛子ともども頭を下げ、今回の事件に仲間を巻き込んでしまったことを詫びる。

「すべては私と寛子が犯した過ちに端を発しています。まことに申し訳ございません。悲惨な事態を招いてしまったことを心より悔いています」

いつもとはまるで違うであろう雰囲気の中で、二十三年前に小栗温泉で起きたことを、郷太はありのまま語っていく。彼にとっても、隣で俯いている寛子にとっても、しんどい時間だろう。しかし、その秘密を明らかにしなくては今回の事件について説明できないし、二人が仲間たちとこれからも交わっていくためにも真実の告白は必要だった。

マハラジャの話が終わったところで、加々山が「間原さん、ちょっといいかな」と発言を求める。

「何ですか？」

「これからは、奥さんを呼ぶ時は寛子さんでいいんだね？」

郷太に任せず、寛子が顔を上げて答える。

「はい、もちろん」

「了解です。当たり前のことを訊いて、失礼しました」

他の面々からは質問などが出なかったので、郷太はここから先を火村に委ねる。彼が座っているのは、二週間前のラジーブの席。私は、出戸が座った椅子に掛けている。

「間原郷太さんのお話で、事件の背景がご理解いただけたでしょう。ご夫妻が行なったのは不法行為で、いくつかの法律に触れています。その点については、在宅のまま取り調べが継続しているのが現状です。榊洋子さんの死をなかったことにし、その戸籍を奪ったことは犯罪であり、処罰は免れない。信用を損ねたことで、公私にわたる不利益も覚悟しなくてはならないかもしれません。――お嬢さんには、もうお話しになりましたね？」

「はい」寛子が答えた。「ショックを受けていましたが、『色々と事情があったんだね』と言って、受け止めてくれました」

濃密な親子の時間をくぐったのだろうが、答える母親の顔に憂色は窺えず、信頼関係は保たれたようだ。

「それはよかった」火村はさらりと言って「お二人にとって過去の秘密は重いものですが、殺人や強盗のような重罪を犯したのでもなく、ことが露見したからといって、順調だった事業がたちまち潰え、家庭が壊れるようなものでもない。それでも、誰かの知るところとなるのは避けたい不都合な過去でした。寛子さんは、かつての自分と榊洋子さんを知る者と会うのを警戒し、本来の自分らしさを消すメイクをしていました。外では細かな言動にも注意を払っていたはずです。それなのに、彼女の素性に嘘があるのではないか、と見抜いた坊津さんは探偵として有能だったと言うしかありません。天稟が具わっていたのでしょうね」

コンサート会場のホワイエでの「ヒロコさん」を疑惑の起点とし、小栗温泉まで調査に出向いて、思いがけない証拠品を入手した手腕を、火村はあらためて評価する。

「熱心に寛子さんの過去を嗅ぎ回った裏には、他人の秘密を掘り起こしたい、そうすることで相手を支配下に置きたい、という健康的ならざる情熱があった模様です。坊津さんは探偵として有能でありながら、致命的に不向きな人でした。不運にも寛子さんはその標的となり、郷太さんとともに作った秘密を握られてしまった。弱みを握った坊津さんがしたのは脅迫です。ただし、要求したのは金品ではなく、ある種の奉仕。それは、求められた郷太さんにとっても寛子さんにとっても、到底受け容れられるものではありませんでした。直接的に脅迫が、交渉の形で行なわれたのは今月十四日。それに先立って、彼女は間原夫妻を動揺させるために心理的な攻撃を仕掛けていました。二週間前の公開リーディングがそれです」

ラジーブのリーディングが次々に的中したのは、すべて坊津が事前に調べた情報を出戸経由で提供していたからにすぎない。郷太の前妻についていくつもの質問が飛び出したことが、隠すべきものを持つ彼への揺さぶりだったことを一同は理解する。

リーディングの際に、自分の死ぬ日を尋ねた坊津と加々山に対して、ラジーブが適当極まりない日付を手帳に書いて戻したことも語られる。坊津については、偶然にもそれに近似した日に犯行が行なわれて、捜査陣を惑わしたことも。日本人男性の平均寿命を越えて生きられると喜んでいた加々山は、白け切った顔になっていた。

「あの公開リーディングは、間原さんご夫妻への脅迫の予告みたいなものだったわけですね」井深リンが言う。「私たちは、それに付き合わされただけですか。馬鹿みたいです」

彼女としては、坊津の操り人形にされ、リーディング実施のために連絡係を務めたことが虚しいのだろう。

「それにしても、とんでもない脅迫だ」

加々山の感情は、失望から憤慨に切り替わっていた。火村の声は、あくまでも静かで落ち着いている。

「坊津さんは、かねてより郷太さんに魅力を感じており、深い仲になることを希っていたのでしょう。実現した時には、郷太さんだけでなく寛子さんも支配した気分が味わえる。それも甘美だったのかもしれません」

佐分利が何か訊きたそうにしていたので、火村が「何か？」と水を向ける。

「坊津さんが間原さんご夫妻の弱みを握って脅迫していたことについては、およそ判りました。出戸さんは、どういう役割を演じていたんですか？」

「脅迫された郷太さんによると、坊津さんは『出戸さんも事情を知っている』と言ったそうですが、本当かどうかは疑わしい。公開リーディングが終わったら彼に片棒を担がせる必要はなかったし、脅迫の果実は二人で分け合えるものではありませんでしたからね。坊津さんは、おそらくブラフを掛けただけですよ」

「でも、彼は坊津さんより先に殺されていますよ」

「秘密を共有している、と誤解した犯人に始末されたんです。スーツケースに詰めて海に沈めたのですから、通常であれば当分は見つからなかった。思いがけない形で早々と引き揚げられてしまいましたが、坊津さんはそれをもって警戒心を抱いたようでもありません。出戸を共犯に抱き込んでもいなかったなら、それも自然なことです。警察が公開した似顔絵を見る間もなく殺された可能性もありますが」

今度は井深リンが尋ねる。

「犯人は、出戸さんの家をどうして知ったんですか？　それまで接触したことがないのに」

犯人は弦田真象だと知りつつも、彼の名前は口にしにくいのだ。

「昨日の段階で自供が得られています。坊津さんの事務所に出向いて、『ラジーブ先生に訊いてみたいことがあるので、出戸さんの連絡先が知りたい』と頼んで、住所が書かれた名刺をもらったそうです。急に訪問しても、一応の面識ができているので出戸さんはあまり不審に思わず、『仕事の依頼でしたら、どうぞ』と室内へ招き入れたわけです」

「それなら筋は通りますね。でも……でも、どうしてそんなことをしたんでしょうか？　我慢できないことを強要されていたのは間原さんご夫妻で、あの人には何の関係もなかったのに」

「なくはなかった。彼にとって、我慢できないことだったんです」

「そこを説明してください」

火村は、机の上で両手を組み、昨日、私に発したのと同じことを言う。

「この事件の本質は何だと思いますか？」

答えられる者はおらず、井深と佐分利は顔を見合わせている。

「虚心に事件の全体を眺めてみると、明らかでしょう。郷太さんを脅迫した六日後に坊津さんが殺害された。郷太さんが逆襲に出たかのようですが、そうではない。彼が犯人だったら、脅迫に用いられたポチ袋——寛子さんの指紋が着いた証拠品——を回収しないはずがないのに、それは現場に遺されたままでした。捜せば簡単に見つかったのに、処分しないのは不合理です。この事実をもって、郷太さんも寛子さんも犯人ではない、と私は推断すると同時に、では何のための犯行なのかを考えました。坊津さんの脅迫を何者かが知り、彼女を排除して上前を撥ねようとしたのでもありません。その場合も、ポチ袋を持ち去ったはずですからね」

呻くような声を出しているのは加々山だ。

「そこで見えてきたのが事件の本質です。——一連の事件は、坊津さんが間原夫妻を脅迫していることを何者かが知り、それを阻止しようとした。これしかない」

「言われてみれば、単純明快ですね」と佐分利。「しかし、誰が何故、阻止しようとしたのか、という謎は残ります」

「何故について考えてみましょう。その行為は間原夫妻に対する善意からのものか、悪意によるものか？　疑いもなく善意です。坊津さんが殺された後、間原夫妻の許に新たな脅迫は届いていません。それは時機を窺っているだけかもしれませんが、前述のとおり、犯人は脅迫の恰好の材料を奪取していない。やろうとすればできた脅迫を引き継ごうとはしていないんです」

佐分利は軽く頷いてから、異を唱える。

「うん、悪意はなかったんでしょうね。だけど、善意からの行動とも決めかねるんじゃないですか？　悪意と善意の中間と言うか……。間原さんがダメージを受けると、連鎖的に自分にも損害が及ぶという場合もある。例に挙げて失礼ですが、ビジネスパートナーの加々山さんにとって、マハラジャは守るべき人でした」

加々山は気分を害するでもなく、苦笑とともに応じる。

「確かに間原さんは僕にとって大切なパートナーであり、友人だ。だからといって、彼のために人殺しまではしないけれどね」

臨床心理士は、頭を掻く。

「ですよね。せいぜい、犯行時間のアリバイの証人を買って出るぐらいですか」

「そんな怖いこともしないよ。気が小さくて、演技力ゼロだから」

「芸能界で生きていらっしゃるのに？」

「僕はステージに立つ側じゃない」

二人が黙るのを待って、火村は続ける。

「佐分利さんがおっしゃったようなケースも、私は善意に含めていました。自分の利益を慮ったのだとしても、間原夫妻を助けたい、という想いが伴うからです。ここにいらっしゃる皆さんは、どなたもご夫妻に好意を抱いている方ばかりとお見受けします。かといって、夫妻を窮地から救うために殺人まで犯すとは常識的には考えられない。夫妻への善意を超えたファクターがあるのでは、と考えました。そこで浮かんだのが、警察には思いもつかない突飛な要素です。つまり——前世」

突飛な発想を得ようと、日々知恵を絞っているミステリ作家にも思いつかなかった。ここで輪廻転生という思想が絡んでくるとは。

それに思い至らなかったのは、火村ほど発想に柔軟性がなかったせいだが、自滅のきらいもある。今回の事件に『インド倶楽部の謎』というタイトルをつけていた私は、小栗温泉で間原夫妻が土砂崩れに遭遇し、どさくさに紛れて寛子が洋子に生まれ変わったことを知って、ここで前世が絡んでいたのか、『インド倶楽部の謎』にふさわしいエピソードが入った、と納得していた。川崎重工業が東川崎町にあると知って誤解したのに似ている。真実は、二重底になっていた。

「言明しておくと、私は輪廻転生という現象を現時点では信じていません。この先、ヴァージニア大学の孜々とした研究だか冗談めいた偶然だかによってその実在が理論的に証明されるかもしれませんが、今は認められない。ただし、信じて疑わない人たちの間では、実在が確定しているとも言える。確乎たる共同幻想として」

この発言に、表立って反発する者はいない。

「前世というのは、犯罪捜査にとって厄介なものです。この要素を導入すると、犯行の動機が飛躍的に難しくなる。……皆さん、厳粛な面持ちになっていますね。さすがだ。この学者はなんて馬鹿なんだろう、と嘲りの目を見せる人はいらっしゃらないし、爆笑も起きない」

輪廻転生は火村の世界観に真っ向から反しているが、それでも彼は必要とあればそれに飛び込み、同調することが可能だった。

「皆さんに前世のお話を伺いながら、私は探した。間原郷太さんの前世たるシンに格別の好意を抱いたのは誰か？　寛子さんの前世たるシャンバビに格別の好意——恋心かもしれない——を抱いたのは誰か？　坊津理帆子さんの前世たるアジャイ・アラムに憎悪や敵意を抱いたのは誰か？　私が聞けたのは前世の物語の断片にすぎませんが、それでも該当者は見つかりました。飄々として不器用で、道化的でもあったバジブ。すべての面において秀でたアジャイの幼馴染みとして、永くそばにいた彼は、彼我を比べて劣等感を刺激されることがあったのではないか。もしも、アジャイが十一歳にして早々と許嫁にした可愛らしいシャンバビにバジブも恋慕の情を抱いていたとしたら、劣等感はアジャイへの憎しみに転化してもおかしくない。もちろん、彼らが現世のインドで生きている若者だとしても、バジブの内に秘めた感情を正確に見抜くことはできないわけで、私が話していることはすべて憶測です。しかし、バジブが転生した弦田真象は——あとでご説明しますが——、犯人である条件を備えた唯一の人物でした。理解できなかった動機も、前世まで遡(さかのぼ)れば見つかった。弦田が犯人。私は、物的証拠がないまま確信するに至りました」

火村は一気にまくし立てると、卓上で組んでいた手を解き、背もたれに上体を投げて小さく息を吐いた。場が、遠慮がちにざわつき始める。

「おどけながら、バジブは悲しげな目をすることがあったよ」加々山が、ぽつりと言う。「みんなの機嫌を取らなくてもいいのに。こいつは無理をしているんじゃないか、と思ったこともある。口には出さなかったけれどね」

井深が呼応する。

「私は、あの子が吹く笛の音に悲しい気持ちになることがありました。淋しい曲でもないのに、何故だか」

佐分利も言う。

「抑えつけていた感情が、音楽の中ににじみ出ていたのかな。アジャイが彼をからかったりする奴だったら、まだしも釣り合いが取れたんです。でも、アジャイはただただ優秀で、成長するほどにバジブは引き立て役に磨き（みが）を掛けていった」

郷太は、妻に問う。

「バジブの気持ちを感じたことは？」

寛子は首を振るだけだった。

前世のことを本当にあったかのように言い合う光景にはどうしても違和感が拭えないのだが、彼らの間では物語ができてしまっているのだ。幻想の司祭だった坊津を失ってもそれは褪せることなく、いよいよ鮮やからしい。話が細部に及び、より具体的になっても、〈輩〉の誰かの唱えたことが瞬時に事実と化し、物語は広がっていくのだろう。

言い直そう。彼女は幻想の司祭というより稀代のストーリーテラーだったのだ。引き立て役として生きたバジブは、みんなを見返す手柄を立てることもできないまま、アジャイより早く命を散らした。無念は察するに余りある。戦場で斃（たお）れたバジブは、今際（いまわ）の際（きわ）に両親の息災や祖国の独立を祈ったのかもしれないが、シャンバビの幸福を希わなかったはずはない。

火村の声が、また談話室に響く。

「バジブにとって、幼馴染みのアジャイは劣等感の源だったのみならず、彼にとって赦しがたい所業も行ないました。シャンバビの心をわがものとしながら、彼女を不幸にしたことです。許嫁を郷里に残して、武勲を立てるために――祖国愛に燃えてもいたのでしょうけれど――イギリス軍との戦いに向かって死んでしまったため、シャンバビは悲嘆の底に突き落とされ、結果として自らの命を絶ってしまう。バジブが転生した弦田真象は、これを小説や映画でお馴染みの特権的な人にだけ起きるロマンティックな悲劇として見ることができず、アジャイの罪悪と考えた。本来なら、アジャイが転生した坊津さんは報いを受けるべきだ、とも思っていたかもしれません。

そこへもってきて、彼女が郷太さんを脅迫していたことを知り、怒りが閾値を超えた。寛子さんの過去を元にして彼女が愛する夫に不実を迫ることは、再びシャンバビを不幸にすること。断じて赦せないことで、脅迫を阻止しただけでは気が済まず、自らの手で厳罰を下すことにしたわけです」

納得できない、と言いだす者はいなかったが、誰もが当惑しているようだった。同じ前世を共有する人たちの間でさえこうなのだから、警察や検察に理解させるのは至難である。昨夜の取り調べで、当の弦田は火村が想像した動機を肯定したのだが、遠藤は鼻白んでいたそうだ。本当の動機を明かしたくないので、荒唐無稽な話で煙に巻こうとしているようにしか思えないらしい。

「驚くべき動機です」加々山が言う。「犯罪を研究なさっている火村先生にすれば、狂信による犯罪の一つに分類できるんでしょうけれど」

「宗教や迷信によって行なわれた殺人の事例はさほど珍しくありませんが、前世に起因するというのは稀有な例ですね。しかし、狂信なんていう表現はお遣いになりたくないのではありませんか？」

「ええ、まぁ。……しかし、周囲からそう見られるだろう、という自覚はあります」

動機については前世がすべてでもない、と火村は考えている。

「それだけのことで二人もの人間を殺すというのは、狂信にしても極端です。自供はまだ得られていませんが、彼はもともと坊津さんのことを面白く思っておらず、寛子さんに親愛の念を寄せていたのかもしれません。その気持ちもまた前世から引き継いだものだ、と皆さんはご理解するのでしょうね」

井深が問う。

「常識からはるかに離れていますけれど、何となく判るような気もします。でも、そんな異常な動機が先生にはよく見抜けましたね。前世を信じていらっしゃらないから、かえって妄想がよく見えたんですか？」

「直感が教えてくれたとしか言いようがありません。犯人と同調する感覚がありました。実のところ、そういうのは私よりも有栖川の方が得意なんですけれど——今回は違ったよな」

私の方に顔を向けてきたので、コメントしなくてはならない。

「ああ、何も見えてなかった。それどころか、前世の話に思考を乱されたら負け、と思うてたわ」

　不覚であった。

8

　火村はテーブルの上に右手を載せ、ウォルナット材の手触りを楽しむようにひと撫でする。

「動機から犯人に迫るのが、たいていの場合は王道。最も平坦で距離が短い道です。しかし、今回の事件が好例ですが、どんな事件もそれで解決できるわけではありませんせん」

「いや、でも」佐分利が言う。「先生は弦田さんの秘められた憎悪を発見して、犯人だと指摘したわけではありませんよね。先ほどおっしゃったじゃないですか。彼が『犯人である条件を具えた唯一の人物』だった、と。動機は後付けだったわけだ」

「ええ」

「弦田さんだけが具えていた『犯人である条件』というのは何ですか？」

　犯罪学者は、人差し指を立てる。

「それをご説明する前に一つだけ。――殺された坊津さんについて考えてみます。生前の彼女に会ったことはありませんが、色々な方から話を聞くうちに、他人を精神的に支配することに快感を覚える人のように思えてきました。その性癖に他人の秘密を調べ上げる才能がブレンドされていたことが、自らの破滅を招いてしまった。身から出た錆（さび）ではありますが、彼女は被害者としてどれだけの有責性を持っているのでしょうか？　前世での行ないについては、ここでは切り捨てたとして」

　加々山が、後退した額を撫で上げながら言う。

「有責性ですか。確かに、あの人が探り出した秘密を元にして、間原さんにけしから
ん要求をしたのが事件の発端ですから、被害者でありながら責められる面はありますね。ただ、殺されるほどの悪行でもなかった。こんなことになったのが悔やまれてなりません」

「同感ですね。彼女は郷太さんに想いを寄せていて、強引に望みをかなえようとしましたが、もし拒絶されたら夫妻の秘密を暴露したかどうかすらも判然としません。そんなに私が嫌なのか、この堅物め、と郷太さんを罵（ののし）ってしまいだったかもしれない。私が思うに、脅迫という罪を犯している意識は彼女には薄く、ある種のゲームを楽しんでいるつもりだったのではないでしょうか。命を懸けるわけでもないスリリングな火遊び。脅迫のネタである証拠品を、鍵の掛からない抽斗に無造作に放り込んで

あったのを見て、そんなふうに思いました」

火村の推察どおりだとしたら、とばっちりを食った出戸はますます憐れだ。真相について語れば語るほど、今回の事件がいかに空疎なものだったかが明らかになっていく。

「では、私が考えた『犯人である条件』についてお話しします。二週間前にこの部屋で行なわれた公開リーディングの後、そこに出ていた出戸さんと坊津さんが相次いで殺害されました。二人を殺害する強い動機を持った者は周辺にいない。となると、リーディングに参加したインド倶楽部の間で何か悶着が起きたのではないか、というのは捜査の初期から為されていた見方だったわけですが、ここから先になかなか進まない。動機の問題を棚上げにしたとしても、関係者はみんなアリバイが不完全で、一人として消し込めなかったのです。坊津さんが公開リーディングを陰でセッティングしていたこと、事務所の助手に手伝わせず単独で何かを調べていたことなどが浮かび、間原さん夫妻が脅迫されていたことを打ち明ける段階になっても、容疑者は絞り込めませんでした。――脅迫の材料のポチ袋が現場に放置されていたことから、この事件は脅迫とは無関係なのではないか、と思いかけたほどです。しかし、出戸さんと坊津さんの事件には、殺害方法や犯行後にパソコンを破壊した方法などに顕著な類似があり、同一犯でないと考える方が困難。公開リーディングから約一週間のうちに二人が相次いで殺されたことと併せると、インド倶楽部のメンバーが事件に深く関与しているとしか思えなかったのですが、そうだとしても腑に落ちないことがありました」

「ああ……ああ」

佐分利が奇声を発したので、隣の井深がびくりとなった。

「どうしたんです、サブさん？」

「いや、火村先生が言おうとしていることが判った気がする。どうしてかな、と思っていたことがあるんだ」

自分が言ってもいいか、と目で訊くので、火村は頷く。

「坊津さんが間原さんを脅すのを犯人が阻止しようとした、というのがこの事件の本質。先生はそう言いました。でも、誰が犯人だとしても変ですよね。脅迫は、当事者間でこっそりと行なわれたはずなのに、いつどうやって犯人がその事実を知ったのか？　該当者はいない。だからこそ、間原さん夫妻にいったん容疑がかかったわけでしょう。しかし、ポチ袋が回収されなかったことから、ご夫妻が犯人ではないと先生は考えた。すると、こっそり行なわれた脅迫を誰がどうやって知ったのか、という謎が残ります」

「おっしゃるとおりです」

この言葉を受けて、佐分利は柔らかく「ねっ」と井深に言う。見た目の釣り合いだけでなく、お似合いのカップルに見えてきた。そう言えばこの二人は、私たちがフィールドワークに加わった日の夜にも、電話で連絡を取り合っていた。

「内容が内容だけに、坊津さんが脅迫にあたって誰かの手を借りていたとは思えません。他の人間と秘密を共有する必要はまったくない。そして、実際に脅迫するにあたっては、例会から帰る際に郷太さんにこっそりとメモを手渡し、指定した喫茶店に呼び出しているのですから、秘密が漏洩(ろうえい)する機会はなかったはず。しかし、洩れたんです。いつどこで、と考えると、可能性は一つしかない。——これもお判りですか？」

振られた佐分利は答えが思いつかないらしく、今度は「あ、いえ」と尻込みした。代わりに井深が答える。

「坊津さん自身が誰かに洩らしたんですね？」

火村は首を振った。

「いいえ、それはない。彼女が郷太さんに要求したのは金品ではなく、外聞(がいぶん)を憚る行為です。秘密のゲームのようなもので、さっきも私が言ったとおり共犯者は必要がないし、誰とも秘密を共有したくなかったに違いない」

一同はこれに納得し、犯罪学者の話は佳境を迎える。

「犯人は、郷太さんが面と向かって坊津さんに脅迫された場にいて、盗み聞きをしていたんですよ。他に機会はない。私たちは警察より先に郷太さんから話を伺い、現場となった〈一期一会〉という喫茶店に行ってみました。郷太さんがどのテーブルで面会したのかも聞いていたので、状況は呑み込みやすかった。二人がきたことをマスターは覚えていましたよ。ただし、一番奥の席での密談でしたから、どんな会話を交わしていたかは耳にしていません」

佐分利と井深が、小声で何か言っている。

「〈一期一会〉って店、知ってるよ。元町のはずれだ」

「私も知ってる。入ったことはないけれど」

クリニックやヨガスタジオからも近いので、看板ぐらいは何度も目にしたのだ。印象的な店名でもある。

「銀行強盗の相談をしていたわけではありませんが、秘密を要する面談です。脅迫する側も、それを受ける側も、声を低くしていたに違いありません。マスターは、隣のテーブルにコーヒーだか水だかを運んだ際に、ほんの断片を聞いただけです。ならば、何者かが盗み聞きをしたとすると、それができた席は一つしかない。隣のテーブルです。マスターの証言から、そこにお客がいたことは確認できますが、どんな人間だったかはまったく記憶に残ってないということでした」

「『まったく』ということは、性別や年恰好も覚えていなかったんですね」加々山が言う。「でも、火村先生にはそれが弦田さんだと判った。どうしてだろう?」

「年恰好や性別については、マスターに尋ねていません。——加々山さんは、隣の席にいたのが弦田さんだと私が推理したことを訝しんでおられますが、それ以前に合点のいかないことがありました」

井深と佐分利が「何？」「さあ」とやっている。

火村は背後の虚空に左手を掲げたかと思うと、その斜め上の空間に右手を寝かせて置いた。

「右手が密談の交わされた奥のテーブル。左手がその隣のテーブル。位置関係はこうなっています。坊津が座ったのは、奥のテーブルの奥。私の右手首のあたりです。隣のテーブルにいた客が座っていたのは、私の左手首のあたり」

「その客が座った場所は、マスターが覚えていたんですね？」と佐分利。

「いいえ。これは訊くまでもなく判るんです。何故ならば、私の左手の指先にあたる場所のソファに不具合があり、座れなかったからです。——何が言いたいのかご理解いただけますか？　奥のソファに座った坊津さんからは、隣のテーブルの客の顔が見えた、ということです。密談するにあたり、彼女は声の大きさと高さに注意を払うとともに、周囲の様子に目を配ったはずです。こんな場合、誰だってそうするでしょう。自分たちのひそひそ話が洩れ聞こえていないか、隣の席の人間が好奇心から聴き耳を立てたりしていないか、と確かめるために。坊津さんもそうしたはずです。そして、もしも隣によく知った人間がいたら、これはまずいと面談を中止しなければおかしい。ところが、そうはしなかった」

火村は両手を下ろして、テーブルの上にやる。

「盗み聞きをした誰かは、出戸さんを知るインド倶楽部のメンバーだった。盗み聞きができた時にできた場所にいたのは坊津さんの見知らぬ人物だった。矛盾が生じます。不可解ですが、その人物が弦田真象だとすると、矛盾でなくなるのです。——花蓮さんから聞いた情報があります」

一昨日の夕刻、インド亭を去りかけた時に聞いた。

——あの人は〈野生の修行僧〉とか言っていますけれど、今の生活をいつまで続けられるか心配なのか、就職を考えたりもしているようです。

彼女は、弦田が公衆電話でオジとこんなふうに話しているのを聞いていた。十一月十日ぐらいのことだ。

——オジさんの顔を潰すようなことはせえへんよ。面接にはちゃんとした恰好で行くから。オバさんによろしく。

その前にはこんなことも言った。

——弦田さんはいつもサングラスをしているんですけれど、路上で演奏している時、「目が痒いわぁ」と言ってはずした顔を見たことがあります。わりと二枚目です。

「皆さんは、弦田の素顔をご覧になったことがありますか？」

見た者はいない。

「いらっしゃらない。驚くようなことではありませんね。サングラスは彼のアイデンティティのようになっていて、本人が自発的にはずさない限り、他人が『はずして素顔を見せて』と頼める雰囲気はなかったのでしょう。皆さんの側に、素顔を見なくてはならない理由もなかった」

井深が呟いている。

「弦田さんの素顔って、想像したこともなかった。花蓮ちゃんが『わりと二枚目』と言ってたと聞くと、よけい判らない」

耳たぶをいじりながら、加々山が訊きにくそうに言う。

「街中で、サングラスをはずした弦田さんが向こうからふらふらと歩いてきたら、すぐには気がつかないでしょう。それは認めますが、あの人は覆面をかぶっているわけではありませんから、まったく判らないものでもないと思いますよ。服装や佇まいにもその人らしさは出るし、弦田さんのトレードマークはサングラスだけではない。ぼさぼさの髪やら無精髭やら……」

語尾がぼやけたところからすると、反論の答えを自分で発見したらしい。

「そうか」

「お気づきになったようですね。彼が常になくサングラスをはずしていたのは気紛れではなく、就職の面接の帰りだったとしたら、頭髪をおとなしくまとめ、髭を剃って、それなりの服装に身を包んでいたはずで、そうであれば印象は一変します。坊津さんが弦田をアイデンティファイできなかったのも無理はありません。だから密談をやめず、弦田は赦しがたい話を聞いてしまったんです」

佐分利は黙っていられなかったようだ。

「それって偶然なんですか？　二人が密談のために会った隣のテーブルに弦田さんが座っていたなんてできすぎの感があります」

「弦田の自供によると、面接を終えた後、街をぶらついていて郷太さんを見掛け、挨拶をしようとしたら喫茶店に入った。自分もコーヒーを飲みたい気分だったし、面接が思わしくなかったので、いざとなったら音楽の仕事の世話をしてもらいたいという下心もあったと言います。郷太さんが独りなら少し一緒に話すつもりでついて入ったところ、奥で坊津さんが待っていた。目が合っても自分にまるで気づかないし、二人だけで話すために待ち合わせていたようだったので、彼は隣のテーブルに着いたんだそうです」

「そんなわけで――」

坊津の方は、秘密が弦田の知るところになったとは思ってもいない。弦田が自分の許にやってきて出戸の連絡先を尋ねたら教えてやり、その出戸が死体で見つかったからといって弦田を警戒することもなかった。それどころか、二十日の夜更けに彼と事務所で会ったりもしている。

「弦田がどういう理由をつけて坊津さんの事務所を訪ねて行ったのかはまだ判っていませんが、うまくすり寄ったのでしょう。風に揺れる柳のようにふらふらした彼の物腰に、彼女はすっかり気を許していたらしい。『出戸さんに連絡を取ろうとしたら、おかしなことがあったんですよ』などと言って、探偵としての彼女に相談を持ち掛けたのかもしれません。犯行時間が晩かったのは、路上パフォーマンスを終えてからが弦田にとって都合がよかったからなのか、坊津さんの都合によるものかは判りません。犯行が何時間か早かったら、予言がぴったり的中した形になっていたかもしれない」

佐分利から質問が飛ぶ。

「犯行に及ぶ前に、彼は坊津さんに『あんたが握っている証拠の品を出せ』とか言わなかったんでしょうか？　間原さん夫妻を守りたかったのなら、脅してでも吐かせそうなものですが」

「その証拠の品は、『一見したところ何でもないよう』で、郷太さんのみ意味が判るものだ、と彼は聞いていた。だから持ち去る必要を認めなかったんですよ」

火村はネクタイの結び目に手をやって、話を締め括る。

「弦田真象が犯人だとにらんだ理由は以上です」

ここまでずっと黙っていた郷太が、遠い席から問い掛ける。

「丁寧にご説明いただいたので、経緯はよく判りました。そこまで考えたところで、先生は弦田さんに推理をぶつけにいらしたんですね。確たる証拠を摑んでいない状況でそうするのは、失礼ながら大胆というか……早計だったのではありませんか?」

「ご指摘のとおり、早計にもほどがあります」

「でしたら何故?」

「あの場で推理をぶつける気なんて、まるでなかったんです。彼から前世の話を聞き、釣りで言うところのアタリを見るつもりでした。それなのに気が逸って踏み込みすぎた——というのが実態ですよ」

弦田があまりにも脆く崩れた時、警察に通報の電話を入れながら、火村は軽く放心していた。これまでに彼は、必死で抵抗する犯人を二時間も三時間もかけて追い詰めたことがある。その一方、拠り所を衝かれた途端にあっさりと犯行を認めた者も少なからずいたが、弦田ほど往生際のいい犯人は初めてだったのかもしれない。

私は、そんな弦田のふるまいの理由を想像してみた。間原夫妻が濡れ衣を着せられるのを案じたから自白したのではないだろう。いくら警察が強引な捜査をしても、物証が皆無では逮捕すら覚束ない。悪あがきせず現世で罰を受けた方が来世が楽になる、という打算があったのかもしれないが、それならば火村に目をつけられる前にさっさと自首すればよかった。

おそらく彼は、前世の報いを含めた制裁を坊津に与えながら、その裁きが余人に理解されるとは思ってもみなかったのだ。であるから、前世で彼が抱いたかもしれない憎しみを火村が探っていると知った時、抵抗するのをやめたのではないか。思いがけず自分の行為を理解する者が現われたことを喜んだからこそ、火村すら思いもしなかった形で折れたのだ。

——あんただけは、判ってくれるんやろ？

取調室で弦田に掛けられた謎が脳裏に甦った。もしかしたら、これのことか？

自分があっさりと自供したことに探偵自身が戸惑っているが、助手の私の方が理解してくれそうだな、と言いたかったのだとしたら、今度は私の何が彼にそう思わせたのかが新たな謎になる。

——謎を解くのは先生で、あんたが物語を完成させるんかな。

などと言っていたが、どういうことやら。

「ご質問は？」

准教授は一座を見回したが、誰も発言しようとしない。

　この二週間のうちに二人のメンバーを欠いたインド倶楽部。その臨時例会が終わった。

9

　今日はディナーの予定などない。閉会するなり、加々山、佐分利、井深の三人は間原夫妻に見送られて帰って行く。来月の例会をどうするか、という話は出ておらず、インド倶楽部が存続するかどうかも未定だ。それでも〈輩〉たちの絆が切れてしまったようでもなく、また五人であのテーブルを囲むのだろうな、と私は思った。新しい〈輩〉をスカウトしてきた坊津が抜けたので、そこに新規のメンバーが加わることはないかもしれない。

　火村と私が、後からこっそり去ろうとしたら、寛子に止められた。庭では、郷太が加々山と何やら立ち話をしている。事件に関することなのか、仕事の打ち合わせなのかは判らない。

「花蓮が先生方とお話をしたがっています。短い時間でかまいませんので、よろしいでしょうか？」

　火村が承諾する。私も、彼女のことが気になっていた。

寛子は私たちを応接室に通すと、「呼んできます」と言って消える。花蓮はすぐにやってきた。淡い水色のブラウスに、ギャザーの入った鳶色(とびいろ)のスカートというのが、お嬢様の今日のいでたちだった。

「今日はありがとうございました」

私たちの前で畏まって頭を下げ、火村に勧められてからソファに掛ける。

「事件についての詳しいことは、両親に聞きます。――弦田さんは、警察でどうしていますか？」

やや上目遣いになって、火村を見ながら訊く。

「取り調べを受けているよ。証言の裏付けを取り、証拠が揃って彼の犯行だと警察が判断したら検察の手に委ねられて、裁判にかけられる」

「素直に自供しているんですか？」

「あの人のことだから、のらりくらりと自分のペースではあるけれど、訊かれたことにはきちんと答えているようだ」

「自分はやっていない、と言いそうではないんですね？」

「今のところ、自白を翻して否認する気配はない」

「じゃあ、間違いなさそうですね。弦田さんは、誰かをかばっているのかな、と思ったりもしたんですけれど」

「彼が誰をかばうんだい？」

「さあ」

彼が二人も人を殺したことが、まだ信じられないでいるのだ。

「よく知っていて、ミュージシャンとして応援していた人がこんなことになって、ショックやろうね。大丈夫？」

私が訊くと、頷いてから「ありがとうございます」と言う。元気は出ないのだろうが、鬱々としているようでもない。

「インド倶楽部を解散する、と言っていましたか？」

そんな話は出なかったことを伝えると、失望したのか肩を落とす。

「やめればいいのに。こんなことになったのも、いい大人が集まって、前世だぁ来世だぁ、と本気になって言っていたのが原因なんだから」

両親がたった一人の娘に重大な隠し事をしていたことも含め、怒りや悲しみのやり場が他にないので、インド倶楽部の集まりにマイナスの感情をぶつけているのだ。彼女は、平常ではない自分のそんな様を、火村と私に見てもらいたかったのかもしれない。

「私たちに訊きたいことがあったのかな？」

火村に訊かれて、花蓮は微かに表情を歪める。

「あった気がするんですけれど、忘れてしまいました。……すみません」

「謝ることはない。——君は、根拠を挙げて両親が犯人ではない、と言った。あれは冷静な態度だったよ」

「だけど、あれぐらいの理屈で警察は納得してくれなかったんでしょうね。犯人が早く見つかったのは、火村先生と有栖川さんのおかげです」

火村が犯人を絞り込んだのは花蓮がくれた情報によるところが大きいことに、彼女はまだ気がついていない。自分の証言が弦田を追い詰めたと知って、過敏に反応しなければよいのだが。

「ひどい事件でしたけれど、そんな中で、よかったことを無理やり探したら二つあります。よかったというより悪くなかったことで、とても小さなことですけれど」

「何だい？」

「一つは、母が三歳若くなって変なメイクをやめたことです。あれは、昔の顔を隠すためだったんですね。そんなことをする必要がなくなって、よかった。母自身ほっとしたでしょうけれど、そばにいる私も『やめたら』と言うのを我慢しなくてよくなりました」

「我慢していたのか。娘も気を遣うね」

「今のは冗談です。父と母が、嘘をつかずに済むようになったことを喜んでいます。

母は、子供時代に家庭でつらい目に遭ったんですよね。それなのに、娘の私にはいっぱい愛情を注いでくれたことに感謝します。父の仕事がピンチの時も、変わらず優しかった」

「君は大人だね。——悪くなかったことのもう一つは何？」

「リーディングの時、父が未来について知ろうとしなかったことです。未来は自分が切り拓いていくものなのに、カンニングするなんて駄目でしょう。それをしなかったのは、さすがです。怖くて聞けなかったんじゃないと思います」

　さすがです、か。マハラジャの方こそ、このように娘に敬愛されていることを知ったら感激するだろう。

「そうやね。どんな未来が待ってるかを教えられたりしたら、生きるのが面白くなくなると思う」

　私の同意に、彼女の口許が少しだけほころぶ。

「私は前世なんかに振り回されないし、生まれ変わったら何になりたいとも考えません。やりたいことがあるから。それに向かっていくところだから。人を楽しませる仕事をするんです。私にとって——来世は明日です」

　夢がかなった暁に、どうしてこの仕事を選んだのかと訊かれたら、彼女は笑顔とともに「人を楽しませたかったから」と答えるのか。ぜひ実現させてもらいたい。

ティーンエイジャーと話すのは久しぶりだったので、若々しい言葉が新鮮に胸に響いた。花蓮と同じ十七歳だった時、私はつらい想いを経験し、そこから逃れるためにミステリを書き始めた。自分だけの箱庭をできるだけ美しく飾り、せっかく創ったそれを大勢の人に差し出したいと希って書き続け、今の職業にたどり着いた。あの日から見れば、現在は来世のようなものだ。

彼女と話せてよかった、と思いながら傍らを見ると、火村の驚くほど真剣な目がそこにあった。視線は花蓮の肩越しに、壁の一点に突き刺さっている。彼の裡に何かが起きたのだ。

メリケンパークで弦田のシタールを聴いていた私に飛来した啓示のごときもの。ふだんからよく耳にするような言葉の真実に打ち顫える瞬間。それが火村にも訪れたのではないか。

——来世は明日です。

私が感得したのは、〈前世とは昨日〉だった。ちょうど二十四時間ほどを経た今、対になる言葉が花蓮の口から飛び出し、火村の心を動かしている。今回のフィールドワークでは数奇なことがいくつかあったが、この暗合が最も劇的に感じられた。

「お引き留めして、すみませんでした。門のところまでお見送りします」

花蓮とともに応接室を出て、廊下を進む。その中ほどまできたところで、火村が彼女に言った。

「最後にまた、君と話せてよかったよ」

少女は軽く頷いただけで、彼が何を「よかった」と感じているのかは理解できなかっただろう。

来世が明日なら、昨日は前世。火村はそれを実感しようと努めているところなのだ。骨身にまで沁みればいい、と私は思う。

間原夫妻がリビングらしき部屋から出てきて、火村と私は三人に送られて門を出た。日は落ちて、坂道に街灯が灯っている。

この後、捜査本部には寄らずに帰ることになっていたが、食事にはまだ早い。ホテルに預けてある荷物を取りに行かなくてはならない火村に、私は言った。

「疲れたやろう」

「いいや。そうでもない」

フィールドワークはいつもあんな感じではないか、と言いたげである。インド倶楽部の臨時例会で話しただけでも講義をしたぐらいの疲労感があると思うのだが。

「そうか。俺は疲れたわ。お前も、独りでほっとしたいんやないか？　別々に帰ろう」

私は、唐突に提案した。

「かまわないけど——どこかに寄りたいのか？」

「考え事をしながら、ちょっと歩きたいだけや」

坂の下まできた。一昨日と違って、今日は誰も私たちを追ってこない。

「じゃあ、ここで東と西に別れるか。西部劇みたいに」

荒野の真ん中ならいざ知らず、異人館街の只中（ただなか）では西部劇からほど遠いな、と思いながら、私は東を選んだ。火村は西へ。

「またな」と言い合って歩きだすと、街の灯が満開の花のように華やかで、今宵（こよい）も神戸の空気は甘く感じられる。

どこへ行くという当てもなく、楽しいことなんか何も私を待っていないのに。

前世と来世、昨日と明日について思索を巡らしながら歩こうとしたのに。

火村にもそれを促したつもりなのに。

うっかりすると「ニルヴァーナ、ニルヴァーナ！」と口ずさんでしまいそうだった。

主な参考文献

『アガスティアの葉　完全版』青山圭秀（三五館）
『輪廻転生〈私〉をつなぐ生まれ変わりの物語』竹倉史人（講談社現代新書）
『前世を記憶する子どもたち』イアン・スティーヴンソン／笠原敏雄・訳（日本教文社）
『転生した子どもたち　ヴァージニア大学・40年の「前世」研究』ジム・B・タッカー／笠原敏雄・訳（日本教文社）
『クイーン談話室』エラリー・クイーン／谷口年史・訳（国書刊行会）
『横溝正史自伝的随筆集』横溝正史／新保博久・編（角川書店）

あとがき

ミステリ作家・有栖川有栖を語り手、犯罪学者・火村英生を探偵役とする一連の作品のうち、エラリー・クイーンに倣って題名に国名を冠したものを有栖川有栖版の国名シリーズと称してきた。『ロシア紅茶の謎』（一九九四年）を皮切りに、本家クイーンが使わなかった国名を選んで、『モロッコ水晶の謎』（二〇〇五年）まで、八作品を出したところでそれが中断していたことに格別の理由はない。

現在の家に引っ越してから十四年が過ぎた。それでも今なお蔵書の整理ができていないのと事情は同じで、「あれ、時間が経つのが早いな。えっ、なんで？」と思っているうちに歳月が流れていたのだ。嘆息。

これではいかん、と電子雑誌「メフィスト」に三回にわたって連載したものが本作『インド倶楽部の謎』である。作中に書いたとおり、これはクイーンが書こうとしてやめた作品の題名で、かねてより気に入っていたので頂戴してしまった。『インド倶楽部の謎』という題名で書きたい、という希望は二十年以上も前から持っていたので、われながら気の長い話と言うしかない。

久しぶりだし、紙幅に余裕があるそうなので、長めのあとがきを書く。

本シリーズの中には、アイディアが先に浮かんで国名絡みの題名にこじつけたものもあれば、題名が先行したものもある。本作は典型的な後者の例で、インドっぽさ↓異国情緒↓神戸（無理がある？）と発想して舞台を決め、インド倶楽部のメンバーは何でつながっているのか？↓深遠なインド哲学という方向で考えかけたこともあるが、底なし沼に嵌まってしまいそうなので軌道修正し、結局このような形になった。

火村・アリスのシリーズには短編作品が多いので、数年前から長編作品を増やそうとしており、それにあたって意識しているのは、作品ごとに本格ミステリとしてのスタイルを変えることだ。ここ数年ではなく、もっと前から念頭にあったので、その自覚が強まったと言うべきか。

謎解きを興味の中心とし、物語が人工的になるのを忌避しない（時にはことさら強調する）本格ミステリは、幅が狭くて窮屈な小説と言えそうだが、それでも多様な書き方・読み方ができる。ざっと十種類ぐらいのタイプに分かれるのではないか。いまだに数えたことはないのだけれど。

細かく分類し、まだ現れていない空席の分もカウントすれば、二十種類を超えるかもしれない。仮にそれをタイプAからZとしよう。私は、「前回はタイプBだったから、今回はタイプSで」という感じでしばらく書いてみることにした。それでいて、

「読み心地にバラつきがあって、気持ちのよくないシリーズだ」と読者に思わせず、「本格ミステリにも色々あるな」と面白がってもらえたら成功なのだが。

そんなことを考えるようになったのは、ネット上で読者の書評コメントを見掛ける機会が多くなったせいだ。書籍の通販サイトの★付きコメントなど、どうしても目に入ってきて、時には「ああ、この人は本格ミステリのタイプJとMだけを熱愛して、タイプAとCとRには戸惑い、それ以外は嫌っているな」などと思う。本格から少し踏み出していると、「これはミステリではない」と言い切る人もいる。

好みの問題だからそれは自由だし、私自身も若い頃は「俺の興味は狭くて、うるさいよ」と自認していた。「ミステリも本格も、もっと多様な楽しみ方がある」と思うようになったのは、読んだり書いたりしながら齢をとったせいもあるのだろう。

気の向くままタイプを散らして本格ミステリを書きながらも、シリーズ全体としては「火村とアリスがいつものように活躍する物語」を描いていきたい。

『インド倶楽部の謎』について雑談を少し。

火村とアリスが、刑事のようにコンビで神戸の街をうろうろするが、作中の神戸は現実のものと違っている点もある。第二章の冒頭でスーツケースが引き揚げられる場所は、実際は川崎重工業の敷地内なので部外者は立ち入れない。死体を投棄する際の参考に本書を読む方はいないだろうから、わざとそのようにした。〈うみねこ堂書林〉は実在の古書店で、ミステリのファンサークルであるSRの会の会員同士として店主の野村恒彦さんは四十年来の知己である。今年（二〇一八年）の二月には、同店の四周年記念のイベントとして、野村さんと私が海外ミステリについて語り合うイベントが催されたりもした。そんなご縁もあって、ご了解をいただいた上で本書にご登場いただいた。神戸観光の際は、野村さんが設立に尽力なさった〈横溝正史生誕の地碑〉とともに、ミステリファンはお立ち寄りになることをお薦めしたい。

前述のイベントの打ち上げの席で、SRの会の古参会員である今朝丸真一さんと、『屍人荘の殺人』の作者である今村昌弘さん（お二人とも神戸在住）とご一緒したのを幸いに、「今書いている作品にこういうナイトクラブを出したのですが、場所はどこがいいでしょう？」とご意見を求めたら、答えは揃って「それはトアロード」だった。ありがたい助言に感謝を。

小栗温泉は架空の温泉だ。私のいつもの書き方で、十津川温泉の手前まではリアルに描きながら、その先はまったくの虚構の領域である。

これは雑談ではないが――本作の連載最終回分を書き上げ、全体の手直しをしている時に西日本が大きな豪雨災害に見舞われ、記録的な酷暑の中で復旧作業が続いた。その災禍の記憶は『インド倶楽部の謎』と結びついて、これからも離れないだろう。

本作の連載中に〈火村英生〉シリーズが第三回吉川英治文庫賞を受賞したことは、「自分の創作の中核は名探偵シリーズを書くこと」と考えている私にとって大きな励みとなった。これからも火村とアリスの物語が多くの方に末永く親しまれることを望むとともに、そのシリーズの作者であることを楽しみたい。

これより謝辞です。

カバーデザインは坂野公一さん、カバーイラストは藤田新策さんという強力タッグに手掛けていただいたおかげで、読者を作品世界に強く引き込むような表紙になりました。深く感謝いたします。

また、栗城浩美さん（現・講談社文庫出版部）と担当編集者の小泉直子さん（同文芸第三出版部）には、「メフィスト」での連載中からノベルス版の上梓まで、篤く熱くサポートしていただきました。ありがとうございます。

最後になりましたが、本書を読んでくださった皆様に向けてタミル語でお礼を。

நன்றி！

二〇一八年八月七日

有栖川　有栖

文庫版あとがき

ここが伏線で、コレがアレにつながって——というタイプの小説を書いているから、全体の構成がまとまらないと一行も書けない。そのくせ、いざ執筆にかかると随所にアドリブをまぶす癖があるため、自分でも思いがけないシーンが登場したり、「えーと、あなた、何をしにきたの?」という人物が現れたりする。

省いてもいい奴がハプニングで出てきたな、と思っていたら、その人物が思わぬ言葉を発し、あるいは予想外のふるまいをして作品に影響を与えることがあり、「えっ?」となることも……。

本作『インド倶楽部の謎』にも、いた。本編をお読みになった方には、誰を指すか見当がつくのではないだろうか。どこからか迷い込むそのような登場人物（老若男女さまざま）を、私は小説の〈妖精〉だと思っている。

どこからか迷い込むと言えば、作中でも言及されていたとおりこのシリーズですぐに顔を出すのがカレー。実は、これには深い意味が……あるわけもなく、火村とアリスの気安い間柄の反映にすぎない。

ちなみに私は外食の際、インド料理店に行けば当然おいしくいただくが、喫茶軽食の店でカレーを注文することはない。根っからのピラフ・焼き飯派なので。

本書の解説を〈うみねこ堂書林〉店主の野村恒彦（のむらつねひこ）さんにお引き受けいただけたのは大きな喜びです。作中人物が解説を書く、という例はかなり珍しいのではないでしょうか（いや、普通はない）。

本作から文庫版国名シリーズのカバーデザインが一新されました。藤田新策さんのイラストに坂野公一さんの装幀。「しっかり続けて書きなさいよ」と鼓舞されるような素敵な表紙になり、感謝するばかりです。

最後になりましたが、このシリーズとは長いお付き合いで、今回も諸々お世話になった講談社文庫出版部の栗城浩美さんにも篤く御礼申し上げます。

では皆様、また次の〈国〉でお目にかかりましょう。今度はカナダです。

二〇二〇年八月二日

有栖川　有栖

解説

野村恒彦（うみねこ堂書林店主）

有栖川有栖氏の国名シリーズの著作も九冊目となった。エラリー・クイーンを尊敬してやまぬ氏の作品として、国名を題名に据えたシリーズを執筆するというのは当然のことであろう。

その九冊目の題名は『インド倶楽部の謎』である。そして小説の舞台は神戸である。その神戸はまさにミステリの舞台としてはぴったりだと思う。

実際に神戸を舞台にしたミステリは数多くある。横溝正史（よこみぞせいし）は神戸出身であり、氏の初期短編には神戸を舞台としたものがあるが、戦後の作品の中でも『悪魔が来（きた）りて笛を吹く』では金田一耕助（きんだいちこうすけ）が捜査のために神戸にやってくるという設定になっていることはご存知の方も多いと思う。また陳舜臣（ちんしゅんしん）も神戸出身の作家なのだが、当然のことながら氏のミステリ作品でも神戸が数多く舞台となっている。処女作の『枯草の根』を始めとして、氏の生家付近を舞台とした『三色の家』、そして『虹の舞台』の舞台も神戸である。陳舜臣の最高傑作ともいえる『炎に絵を』も神戸が舞台となっている。さらに高木彬光（たかぎあきみつ）の傑作の一つである『黒白の囮（おとり）』も神戸を舞台としていることもよく知られていることだと思う。このように数多くの舞台を提供している神戸という街だが、本書『インド倶楽部の謎』でまたミステリの世界に名を残すこととなったわけである。

本書では神戸の街並みが色々と紹介されている。実際に神戸に来ていただければわかることだが、北側には六甲の山脈があるため南北に狭く東西に長いという地形となっていて、北方向に歩くとすぐに坂道を上ることとなる。冒頭の北野異人館街の描写でも神戸の中心である三宮や元町から坂道をまっすぐ北へ上っていったところに広がるエリアであるとされている。このように南北に狭い地形のため（実は北区は六甲の山脈より北側にあるのだが）、坂道を上りきったところからの眺めがまた神戸の風景を特徴付けているのである。このことは神戸の観光案内の写真等は必ずといって良いほどこのアングルで撮影されていることからも裏付けられるだろう。

神戸の地名として全国的に知られているのはトアロードだろう。その意味からナイトクラブ「ニルヴァーナ」があるという設定も容易に頷（うなず）けることだろう。谷崎潤一郎（たにざきじゅんいちろう）が名付け親となった「レストラン　ハイウエイ」もこのトアロードにあったし、過去からそうであったように、現在も賑やかな通りでもある。トアロードも南北に通じる通りなので、神戸の地形からいって当然坂道である。

もう一つ本書でよく出てくる場所として生田警察署がある。生田署は三宮の繁華街である東門街のそばにある。東門街は三宮の中心の一角を占める場所にあり、阪神・淡路大震災以降寂しくなったが、それでも三宮のナイトスポットの一つである。

神戸生まれで神戸で育った筆者の身びいきかもしれないが、前述したように神戸はミステリの似合う街であると思う。その思いを書いたのが本書でも紹介していただいた『探偵小説の街・神戸』である。そこでは神戸ゆかりの探偵作家や戦後活躍した関西探偵作家クラブなどを題材にしている。

なぜ神戸がミステリの舞台として設定しやすいのだろうか。その理由の一つとして早くから外国に向けて開港していたということが考えられる。戦前から港町として栄えたことは、現在でも名残（なご）りを見ることができる。明治時代から栄えたことを思い浮かべて考えてみると、当時の神戸はまさに魔都であったに相違ない。事実過去には数多くの外国航路もあり、渡航するために神戸の地を踏んだという記述もある。例えば高村光太郎（たかむらこうたろう）が明治四十二年に欧州から帰国した時には神戸に足跡を残している。

さすがに最近は外国航路がほとんど無くなって寂しい限りだが、筆者が学生時代には外国の船員をよく見かけて、戦前の繁栄を偲ばせるものがあった。特に国鉄（現在はJRだが）高架下の商店街を歩くと、外国の船員を本当によく見かけた。というより日本人を見るより多かったということもあったのである。

本書のテーマは予言された殺人である。初版である講談社ノベルスに付けられたカバーには次のように書かれている。

前世から自分が死ぬ日まで——すべての運命が予言され記されているというインドに伝わる「アガスティアの葉」。この神秘に触れようと、神戸の異人館街の外れにある屋敷に〈インド倶楽部〉のメンバー七人が集まった。その数日後、イベントに立ち会った者が相次いで殺される。まさかその死は予言されていたのか!?

予言された死というのはミステリの魅力的なテーマである。このテーマでいろいろとミステリが書かれている。最近では今村昌弘の『魔眼の匣の殺人』があるが、国内作家が執筆した作品では小栗虫太郎による『黒死館殺人事件』が最も有名なものだろう。もちろん本書は『黒死館』とは趣きが異なっているが、読者はその提示された謎に翻弄されるに相違ない。

しかし本作品では本人の死の日付までが予言されているという不可能興味満点の設定である。その怪しげさが神戸という街の持っている雰囲気と打ち解けたものとなっているのはいうまでもないことだろう。

そして最後の火村による解決の鮮やかさにも言及しておかなければならない。さすがはクイーンを尊敬する作家であり、このような謎の設定から解決に至る論理の展開に唸らされたことを付け加えておきたい。

第四章に有栖が横溝正史生誕地碑を訪れる描写があるが、碑は平成十六年に建立されたものである。筆者が学生時代から愛読している横溝正史氏の生誕地碑建立に関わり合うことができ、そのことは生涯最良の思い出である。残念ながら氏にお会いすることはできなかったが、氏からいただいた年賀状は家宝である。

最後に私ごとについて書かせていただきたい。あとがきで紹介していただいたように、作者の有栖川有栖氏との付き合いは長く、四十年以上お付き合いさせていただいている。氏と初めてお会いしたのは「ＳＲの会」の例会だったと思う。その頃、氏はまだ大学生だったはずだ。その後『月光ゲーム』を出版された際に、大阪梅田の喫茶店「マヅラ」（その喫茶店は大阪駅前第一ビルの地下にまだ健在である）でサインをしてもらったのは（日付では一九八九年二月四日となっている）、まるで昨日のことのようだ。その後も『孤島パズル』、『双頭の悪魔』、『女王国の城』等々による有栖川有栖氏の活躍は読者もよくご存知のとおりである。そして筆者はサラリーマン生活を終えた後古書店を開業したのだが、そのことも紹介していただいたのは望外の幸せである。

これからも謎と鮮やかな論理の組立てで、若いファンだけでなく、我々ロートルファンも唸らせる作品を心待ちにしています。

有栖川有栖 著作リスト（2020年9月現在）

★…火村英生シリーズ　☆…江神二郎シリーズ

〈長編〉

月光ゲーム――Yの悲劇'88――☆　東京創元社（'89）／創元推理文庫（'94）

孤島パズル☆　東京創元社（'89）／創元推理文庫（'96）

マジックミラー　講談社ノベルス（'90）／講談社文庫（'93）／講談社文庫（'08 新装版）

双頭の悪魔☆　東京創元社（'92）／創元推理文庫（'99）

46番目の密室★　講談社ノベルス（'92）／講談社文庫（'95）／講談社文庫（'09 新装版）／角川ビーンズ文庫（'12）

ダリの繭★　角川文庫（'93）／角川書店（'99）／角川ビーンズ文庫（'13）

海のある奈良に死す★　双葉社（'95）／角川文庫（'98）／双葉文庫（'00）

スウェーデン館の謎★　講談社ノベルス（'95）／講談社文庫（'98）／角川ビーンズ文庫（'14）

幻想運河　実業之日本社（'96）／講談社ノベルス（'99）／講談社文庫（'01）／実業之日本社文庫（'17）

朱色の研究★　角川書店（'97）／角川文庫（'00）

幽霊刑事　講談社（'00）／講談社ノベルス（'02）／講談社文庫（'03）／幻冬舎文庫（'18　新版）

マレー鉄道の謎★ 講談社ノベルス（'02）／講談社文庫（'05）

虹果て村の秘密　講談社ミステリーランド（'03）／講談社ノベルス（'12）／講談社文庫（'13）

乱鴉の島★　新潮社（'06）／講談社ノベルス（'08）／新潮文庫（'10）

女王国の城☆　創元クライム・クラブ（'07）／創元推理文庫（'11）

妃は船を沈める★　光文社（'08年）／光文社カッパ・ノベルス（'10）／光文社文庫（'12）

闇の喇叭　理論社（'10）／講談社（'11）／講談社ノベルス（'13）／講談社文庫（'14）

真夜中の探偵　講談社（'11）／講談社ノベルス（'13）／講談社文庫（'14）
論理爆弾　講談社（'12）／講談社ノベルス（'14）／講談社文庫（'15）
鍵の掛かった男★　幻冬舎（'15）／幻冬舎文庫（'17）
狩人の悪夢★　ＫＡＤＯＫＡＷＡ（'17）／角川文庫（'19）

〈中編〉

まほろ市の殺人 冬　蜃気楼に手を振る　祥伝社文庫（'02）

〈短編集〉

ロシア紅茶の謎★　講談社ノベルス（'94）／講談社文庫（'97）／角川ビーンズ文庫（'12）
山伏地蔵坊の放浪　創元クライム・クラブ（'96）／創元推理文庫（'02）
ブラジル蝶の謎★ 講談社ノベルス（'96）／講談社文庫（'99）
英国庭園の謎★　講談社ノベルス（'97）／講談社文庫（'00）
ジュリエットの悲鳴　実業之日本社（'98）／実業之日本社ジョイ・ノベルス（'00）／角川文庫（'01）／実業之日本社文庫（'17）
ペルシャ猫の謎★ 講談社ノベルス（'99）／講談社文庫（'02）
暗い宿★　角川書店（'01）／角川文庫（'03）
作家小説　幻冬舎（'01）／幻冬舎ノベルス（'03）／幻冬舎文庫（'04）
絶叫城殺人事件★　新潮社（'01）／新潮文庫（'04）
スイス時計の謎★ 講談社ノベルス（'03）／講談社文庫（'06）
白い兎が逃げる★　光文社カッパ・ノベルス（'03）／光文社文庫（'07）
モロッコ水晶の謎★講談社ノベルス（'05）／講談社文庫（'08）
動物園の暗号★☆　岩崎書店（'06）
壁抜け男の謎　角川書店（'08）／角川文庫（'11）
火村英生に捧げる犯罪★　文藝春秋（'08）／文春文庫（'11）
赤い月、廃駅の上に　メディアファクトリー（'09）／角川文庫（'12）
長い廊下がある家★　光文社（'10）／光文社カッパ・ノベル

ス（'12）／光文社文庫（'13）
高原のフーダニット★　徳間書店（'12）／徳間文庫（'14）
江神二郎の洞察☆　創元クライム・クラブ（'12）／創元推理文庫（'17）
幻坂（まぼろしざか）　メディアファクトリー（'13）／角川文庫（'16）
菩提樹荘の殺人★　文藝春秋（'13）／文春文庫（'16）
臨床犯罪学者・火村英生の推理 密室の研究★　角川ビーンズ文庫（'13）
臨床犯罪学者・火村英生の推理 暗号の研究★　角川ビーンズ文庫（'14）
臨床犯罪学者・火村英生の推理 アリバイの研究★　角川ビーンズ文庫（'14）
怪しい店★　ＫＡＤＯＫＡＷＡ（'14）／角川文庫（'16）
濱地健三郎の霊（くしび）なる事件簿　ＫＡＤＯＫＡＷＡ（'17）／角川文庫（'20）
名探偵傑作短篇集 火村英生篇★　講談社文庫（'17）
こうして誰もいなくなった　ＫＡＤＯＫＡＷＡ（'19）
カナダ金貨の謎★　講談社ノベルス（'19）
濱地健三郎の幽（かくれ）たる事件簿　ＫＡＤＯＫＡＷＡ（'20）

〈エッセイ集〉
有栖の乱読　メディアファクトリー（'98）
作家の犯行現場　メディアファクトリー（'02）／新潮文庫（'05）＊川口宗道・写真
迷宮逍遥　角川書店（'02）／角川文庫（'05）
赤い鳥は館に帰る　講談社（'03）
謎は解ける方が魅力的　講談社（'06）
正しく時代に遅れるために　講談社（'06）
鏡の向こうに落ちてみよう　講談社（'08）
有栖川有栖の鉄道ミステリー旅　山と溪谷社（'08）／光文社文庫（'11）
本格ミステリの王国　講談社（'09）
ミステリ国の人々　日本経済新聞出版社（'17）
論理仕掛けの奇談　有栖川有栖解説集　ＫＡＤＯＫＡＷＡ

('19)

〈主な共著・編著〉

有栖川有栖の密室大図鑑 現代書林('99)／新潮文庫('03)／創元推理文庫('19) ＊有栖川有栖・文／磯田和一・画

有栖川有栖の本格ミステリ・ライブラリー　角川文庫('01) ＊有栖川有栖・編

新本格謎夜会　講談社ノベルス('03)

有栖川有栖の鉄道ミステリ・ライブラリー　角川文庫('04) ＊有栖川有栖・編

大阪探偵団　対談 有栖川有栖 vs 河内厚郎　沖積舎('08) ＊河内厚郎との対談本

密室入門！ メディアファクトリー('08)／メディアファクトリー新書('11)(密室入門に改題) ＊安井俊夫との共著

図説 密室ミステリの迷宮　洋泉社ＭＯＯＫ('10)／洋泉社ＭＯＯＫ('14完全版) ＊有栖川有栖・監修

綾辻行人と有栖川有栖のミステリ・ジョッキー①　講談社('08)

綾辻行人と有栖川有栖のミステリ・ジョッキー②　講談社('09)

綾辻行人と有栖川有栖のミステリ・ジョッキー③　講談社('12) ＊綾辻行人との対談＆アンソロジー

小説乃湯　お風呂小説アンソロジー　角川文庫('13) ＊有栖川有栖・編

大阪ラビリンス　新潮文庫('14) ＊有栖川有栖・編

北村薫と有栖川有栖の名作ミステリーきっかけ大図鑑
ヒーロー＆ヒロインと謎を追う！
　第１巻 集まれ！ 世界の名探偵
　第２巻 凍りつく！ 怪奇と恐怖
　第３巻 みごとに解決！ 謎と推理　日本図書センター('16)
　＊北村薫との共同監修

おろしてください　岩波書店 ＊市川友章との絵本

|著者|有栖川有栖　1959年大阪市生まれ。同志社大学法学部卒業。在学中は推理小説研究会に所属。'89年に『月光ゲーム』で鮮烈なデビューを飾り、以降「新本格」ミステリムーブメントの最前線を走りつづけている。2003年に『マレー鉄道の謎』で第56回日本推理作家協会賞、'08年に『女王国の城』で第8回本格ミステリ大賞、'18年に「火村英生」シリーズで第3回吉川英治文庫賞を受賞。近著に『論理仕掛けの奇談　有栖川有栖解説集』『カナダ金貨の謎』などがある。

初出

「メフィスト」
〈2017 VOL.3～2018 VOL.2〉

●本書は2018年9月、講談社ノベルスとして刊行されました。

インド倶楽部（クラブ）の謎（なぞ）
有栖川有栖（ありすがわありす）

講談社文庫
定価はカバーに
表示してあります

2020年9月15日第1刷発行

発行者――渡瀬昌彦
発行所――株式会社　講談社
東京都文京区音羽2-12-21　〒112-8001
電話　出版（03）5395-3510
　　　販売（03）5395-5817
　　　業務（03）5395-3615
Printed in Japan

デザイン―菊地信義
本文データ制作―講談社デジタル製作
印刷―――凸版印刷株式会社
製本―――株式会社国宝社

ISBN978-4-06-520132-9

講談社文庫刊行の辞

二十一世紀の到来を目睫に望みながら、われわれはいま、人類史上かつて例を見ない巨大な転換期をむかえようとしている。

世界も、日本も、激動の予兆に対する期待とおののきを内に蔵して、未知の時代に歩み入ろうとしている。このときにあたり、創業の人野間清治の「ナショナル・エデュケイター」への志を現代に甦らせようと意図して、われわれはここに古今の文芸作品はいうまでもなく、ひろく人文・社会・自然の諸科学から東西の名著を網羅する、新しい綜合文庫の発刊を決意した。

激動の転換期はまた断絶の時代である。われわれは戦後二十五年間の出版文化のありかたへの深い反省をこめて、この断絶の時代にあえて人間的な持続を求めようとする。いたずらに浮薄な商業主義のあだ花を追い求めることなく、長期にわたって良書に生命をあたえようとつとめるところにしか、今後の出版文化の真の繁栄はあり得ないと信じるからである。

同時にわれわれはこの綜合文庫の刊行を通じて、人文・社会・自然の諸科学が、結局人間の学にほかならないことを立証しようと願っている。かつて知識とは、「汝自身を知る」ことにつきていた。現代社会の瑣末な情報の氾濫のなかから、力強い知識の源泉を掘り起し、技術文明のただなかに、生きた人間の姿を復活させること。それこそわれわれの切なる希求である。

われわれは権威に盲従せず、俗流に媚びることなく、渾然一体となって日本の「草の根」をかたちづくる若く新しい世代の人々に、心をこめてこの新しい綜合文庫をおくり届けたい。それは知識の泉であるとともに感受性のふるさとであり、もっとも有機的に組織され、社会に開かれた万人のための大学をめざしている。大方の支援と協力を衷心より切望してやまない。

一九七一年七月

野間省一